Antonello

2

IRIS

Iris: logo di Maurizio Temporin

www.mauriziotemporin.com

Illustrazioni: Mattia Ottolini

Referenze fotografiche

Copertina: © Sebastian Duda/Fotolia

pag. 351: © Alexander Raths/Fotolia

Redazione Studio editoriale Fabris, Udine; Elena Carloni

Impaginazione: Studio editoriale Fabris, Udine

www.giunti.it

Via Bolognese 165 - 50139 Firenze - Italia

Via Dante 4 - 20121 Milano - Italia

Prima edizione: ottobre 2011

Ristampa	Anno
6 5 4 3 2 1 0	2014 2013 2012 2011

Stampato presso Giunti Industrie Grafiche S.p.A. – Stabilimento di Prato

IRIS

I Sogni Dei Morti

MAURIZIO TEMPORIN

GIUNTI

A Susanna Scavone e a sua figlia Martina,
una Susan e una Penny
con destini migliori.
A Matteo Temporin, mio fratello,
che ho iniziato a conoscere.

A chi vive di notte,
perché è stando seduti nel buio
che si vede davvero.
A chi vive di giorno,
sperando che il sole
non lo abbia già reso
del tutto cieco.

ROMANZO

"Siamo tutti immortali, Thara,

fino a prova contraria".

Ludkar

NEVE NERA

Mia madre non aveva raccontato la storia giusta. Sempre ammesso che esistano storie giuste.

Non era stato mio padre a portarla in ospedale quando stavo per nascere. Al volante c'era Charles.

E adesso Charles era morto.

Avrebbe dovuto mettersi lei alla guida del carro funebre al suo funerale, per sdebitarsi, per ricambiare il favore.

Sono diventata più cinica ultimamente.

Mia madre mi ha raccontato anche che nevicò nero quando sono nata. Non so se credere almeno a quello. L'unica neve che ho visto finora è grigia, e non è nemmeno neve.

È cenere. La cenere è tutto quello che ho adesso.

Ma dovrei riprendere da dove ho lasciato.

Il mondo crollò la notte di Halloween.

Le zucche viola non ridono mai.

UN BACIO

Nate mi guardava nella penombra della stanza sorridendo appena. Con la luce della televisione che aleggiava intorno a noi come una fantasmagoria, sembrava quasi che i lineamenti del volto fossero i suoi. Ma anche se quel corpo non gli apparteneva, gli occhi gli brillavano di colori inimmaginabili e sentivo il suo respiro girare intorno alla mia testa, come un vento che spiava i miei pensieri.

Da quando Charles era morto, anche se avevamo avuto occasione di rimanere soli più di una volta, non c'era mai stata tanta intimità come in quel momento. Dopo il funerale, avvenuto quattro mesi prima, Nate era tornato a vivere da sua madre e aveva passato la maggior parte del tempo con lei. Per Sally non era stato facile accettare la morte di suo marito e la consolazione di un figlio scomparso, che adesso era tornato, non bastava ad asciugarle le lacrime. Aveva smesso di piangere da un occhio solo per iniziare dall'altro.

Io, ovviamente, non pretendevo troppe attenzioni da lui, ma era anche vero che mi sentivo un po' lasciata in disparte. Però andava bene così, mi dicevo che era solo una fase passeggera. Intanto la scuola era ricominciata e nemmeno là potevo vederlo. Dopo l'incendio che Ludkar aveva appiccato nell'istituto, Nate non poteva presentarsi col suo corpo, chiedendo di essere iscritto ai corsi. Capivo anche questo, ma potevo sentirne l'amaro in bocca.

In quel momento ce ne stavamo sul divano di casa mia e facevamo finta di vedere un film. Non so nemmeno quale fosse, ce lo aveva dato Leonard, probabilmente un horror di serie B. Ricordo solo che le urla dei protagonisti contrastavano con la tenerezza dei nostri sguardi.

Me ne stavo distesa con la testa sulle sue ginocchia, mentre lui mi passava le dita fra i capelli dietro alle orecchie. Quel tocco tiepido, gentile, mi faceva ricordare quanto era stato orribile il periodo in cui non potevamo nemmeno sfiorarci. Quando, nel Cinerarium, il solo contatto della nostra pelle poteva distruggerlo come un ramo nel fuoco.

Socchiudevo gli occhi, provando un piacere leggero ogni volta che mi scostava i capelli dalla fronte. Quando li riaprivo, ritrovare il suo sguardo sopra di me mi faceva sentire come se tutto fosse finito e quella fosse la cosa più bella che poteva regalarmi la vita.

Nascosto dalle ombre era il volto di Ludkar, lo sapevo, ma a farlo vivere era lo spirito di Nate. Quel sorriso, quelle fossette ai lati della bocca erano un segreto che solo lui conosceva. Solo lui sapeva farmi provare quel brivido che mi percorreva ogni volta che mi stava vicino.

«Come ci riesci?» gli domandai alzando lentamente il braccio per sfiorargli il mento.

Al contatto col dorso della mia mano, lui sorrise ancora e mi provocò con un po' di malizia.

«A fare cosa?»

Rimasi qualche secondo in silenzio, guardandolo da un occhio all'altro, persa nelle sue iridescenze. Poi mi alzai di scatto e gli diedi un bacio.

«Te lo spiego dopo... Adesso vado a farmi un tè» dissi ridendo mentre mi alzavo.

Lui lasciò cadere la testa in avanti e appoggiò le braccia sulle ginocchia.

«È sleale da parte tua...» sussurrò mentre tornava a fissarmi.

Gli diedi un colpetto sulla fronte.

«Devi metterti al passo coi tempi. Le amnesie non funzionano più come scusa».

«Sono stato per quasi vent'anni in un mondo di cenere...» disse trasformando il sorriso in una smorfia. «Ho il diritto di essere un po' strano, non credi?»

Sospirai e mi allontanai verso la cucina.

«Come vuoi, io ti tengo testa».

Non gli chiesi se anche lui volesse un tè caldo, perché sapevo che non avrebbe accettato. Con il corpo che si ritrovava, quello di un Nocturno, non poteva sentire il sapore dei cibi e una tisana gli sarebbe sembrata solo un bicchiere di acqua calda.

Andai al mobiletto vicino al frigo e aprii gli sportelli. Feci scorrere lo sguardo sui barattoli, che contenevano più di trenta varietà di fragranze differenti. Da quando avevo scoperto di essere una Crepuscolare, cioè un "vampiro di fiori", avevo cominciato a sperimentare gli effetti che ogni varietà di petali provocava su di me. Per esempio, avevo scoperto che gli infusi alla violetta e camomilla, anziché rilassarmi, riuscivano a eliminare del tutto il sonno che mi tormentava fin da quando ero piccola. Oppure che i chiodi di garofano mi permettevano di avere riflessi particolarmente pronti. Non che me ne facessi qualcosa, tranne che alle lezioni di ginnastica, ma mi piaceva l'idea di poter avere abilità che altri non hanno. Ovviamente, escludendo quella di viaggiare fra i mondi grazie al profumo degli iris.

Scelsi un tè alla rosa, sapevo che mi rendeva più bella agli occhi di chi mi voleva bene e quella sera volevo essere il più bella possibile per Nate. Misi l'acqua sul fuoco e rimasi in cucina aspettando che si riscaldasse. Stava finendo l'estate, la scuola era ripresa e un vento umido, che arrivava dall'ovest, aveva cominciato a far volteggiare le foglie secche sull'asfalto, come se l'autunno avesse mandato avanti una squadra di ricognizione.

Mi raschiai la gola. Quel tempo non mi faceva bene. Ma quella sera ero di buon umore. Non solo perché Nate e io eravamo da soli in casa e perché finalmente avremmo potuto passare un'intera notte insieme, tenendoci abbracciati nel buio, ma anche perché mia madre aveva accettato di uscire a cena con Kolor, mio padre.

Il bollitore cominciò a fischiare e mi affrettai a spegnere il fuoco. Presi una tazza e vi versai all'interno l'acqua bollente. Appena aggiunsi i petali secchi, si colorò di rosso e la cucina si riempì di un odore intenso. Inspirai i fumi di rosa e pensai che ormai era da parecchio tempo che non andavo nel Cinerarium.

Non potevo permettermelo spesso. Ludkar era a piede libero nel mondo di cenere, senza più la raffineria per passare da questa parte e senza la sua vendetta. Ma soprattutto gli avevamo rubato il corpo. Doveva essere inferocito, o forse, chissà, dopo che Nate era entrato in possesso delle sue spoglie, il suo spirito si era consumato fra le sabbie, diventando uno dei Grigi. Però non potevo saperlo.

Mi spiaceva soltanto poter vedere così poco Susan e Penny. Loro erano rimaste nella Biblioteca di Alessandria e non avevano molto da fare. Regolarmente andavo all'ospedale per vedere quali fossero le loro condizioni. Purtroppo erano sempre in coma e i medici non riscontravano miglioramenti. Comunque, anche se ero costretta a star loro lontana, bruciavo ogni settimana un paio di libri e di lettere, pensando a loro. In quel modo sapevo che sarebbero arrivati a destinazione.

Tornai in salotto con la tazza calda fra le mani. Nate era ancora seduto sul divano, nella posizione in cui lo avevo lasciato. I lunghi capelli dalle ciocche rosso fuoco gli pendevano davanti al volto. Avevamo provato a tagliarli, ad accorciarli, per togliere il più possibile l'immagine di Ludkar che si trascinava appresso, ma era risultato impossibile. Appena la forbice li recideva, il tempo che impiegavano a cadere a terra bastava per vederli ricrescere.

Sullo schermo del televisore stavano ormai scorrendo i titoli di coda.

«Hai visto il finale?» chiesi a Nate andandogli accanto e appoggiando la tazza sul tavolino.

«Solo quello. Questo genere di film non fa per me».

Mi sedetti e gli misi le braccia attorno al collo, mentre sullo schermo passavano nomi come stelle comete.

«Credo che questa sera nessun film faccia per noi» dissi guardandolo negli occhi.

Mi sorrise con la complicità sufficiente per farmi capire che aveva inteso e strofinò il volto nell'incavo del mio collo.

«Hai un buon profumo...» sussurrò vicino al mio orecchio, tanto che il suono della sua voce vibrò sotto la mia pelle.

«Non sono io...» dissi lasciandomi sfuggire un sorriso. «È il tè alle rose» e mi sporsi per prendere la tazza.

Lui mi seguì nel movimento, facendomi provare un lieve brivido.

«No. Sei tu... Non potrò sentire il sapore delle cose, ma saprei riconoscere il tuo profumo a chilometri di distanza. Questo corpo di Nocturno... è fenomenale per certi aspetti».

Lo scostai un poco e gli appoggiai una mano sul volto, facendo scorrere le dita vicino alla sua bocca.

«E non lo conosciamo ancora tutto». Mi accorsi di essere stata un po' equivoca e cercai di correggermi: «Intendo dire... Hai una forza notevole... i tuoi sensi sono...».

Nate non cambiò espressione e, dopo aver premuto il volto contro il mio palmo e aver inspirato profondamente, mi baciò il polso. La mano in cui tenevo la tazza mi vibrò un poco e fui costretta ad appoggiarla di nuovo per non farla cadere. Sentivo che anch'io stavo cominciando a respirare profondamente. Avere Nate così vicino mi faceva quasi perdere le forze.

«Nate...» provai a iniziare la frase, ma riuscii solo a deglutire, mentre lui mi sollevava la manica e cominciava a baciarmi nell'interno del braccio, gentilmente, con la delicatezza che può avere un petalo che cade sull'acqua.

Non disse nulla e con un braccio accompagnò la mia schiena fino a farmi stendere sul divano. Sentivo gli occhi chiudersi su un miraggio che non si poteva vedere e la sua ferma dolcezza muoversi sopra di me, come un'ombra che mi proteggeva dalla notte.

Le sue labbra avevano scelto di indagare il mio corpo risalendo fino alla spalla. E quando arrivarono là, aiutate dalle dita, scostarono lo scollo della mia maglietta, fino a scoprire la pelle. Vi si adagiarono sopra schiudendosi appena e richiudendosi dopo aver sussurrato "amore" in una lingua di silenzi.

Ero persa, abbandonata, incantata ad ascoltare quella musica fatta di tocchi e carezze. Anche sul collo arrivò il suo sorriso e io reclinai la testa all'indietro, per lasciargli spazio, per concedergli la libertà di farmi sognare. Ma quello non era un sogno. Era talmente vero e bello che non riuscivo a provare piacere nel presente tanto ero presa a capire e aggrapparmi all'istante appena passato.

Sentivo unicamente i nostri respiri e ogni tanto i capelli di Nate che mi solleticavano i pensieri, mischiando alla tensione un po' di gioco. Dio, quanto lo amavo. Il bene che volevo a quel ragazzo dagli occhi arcobaleno era forse troppo, forse tutto quello che avevo a disposizione nella vita. Ma solo a lui lo avrei dato. Solo alla sua anima.

E intanto lui era sceso, battezzando con un bacio il mio petto. La sensazione fu quella di sentirmi toccare direttamente il cuore. Un battito fu il mio modo di ricambiare quel piccolo gesto che sapeva farmi sentire viva e contare la felicità.

Ero quasi sul punto di non sentire più il corpo e di sprofondare nelle sensazioni, quando la maglietta che si sollevava sulla mia pancia e l'aria fresca d'autunno fecero fremere la mia pelle. Subito il respiro di Nate la riscaldò, e lo sentii appoggiare la guancia sul mio ventre. Ero lì per lui e lui lo sapeva. Quanti pericoli avevamo passato per quei brevi momenti, quanta solitudine e quanto odio avevamo visto... E adesso tutto era calmo, tutto era sereno, buono e giusto. Finché le nostre anime fossero state vicine, nulla avrebbe potuto corrompere il mondo.

E allora Nate, socchiudendo anche lui gli occhi e adagiando le mani sui miei fianchi, mi baciò ancora vicino all'ombelico. Strinsi appena le labbra fra i denti per alleviare l'intensità di quel momento e, senza che me ne accorgessi, stavo gridando.

Urlavo per il dolore.

La magia scomparve in un istante e tornai nella stanza, come scagliata dal soffitto sul divano. Mi rimisi a sedere sgranando gli occhi e trovandomi a fissare il televisore su cui comparivano solo interferenze grigie.

Mi accorsi di essermi portata un braccio sulla pancia e, quando abbassai lo sguardo, vidi qualcosa che non doveva esserci. Scostai la mano. Stavo sanguinando.

Lentamente, come se non volessi vedere l'inevitabile, alzai la testa alla ricerca di Nate. Lui era seduto lì accanto, con la faccia stravolta e la bocca semiaperta, circondata da un alone nerastro. Quell'immagine mi riportò alla mente ricordi violenti.

Rividi la morte di Charles con una nitidezza devastante. Ludkar in mezzo alla strada, un inferno alle sue spalle, un sorriso schizofrenico che si abbatteva sulla città, e il mio amico ucciso, senza dignità, sull'asfalto.

Quella visione mi fece sobbalzare e spostare istintivamente all'indietro.

«Nate...» sussurrai, con la paura inconsulta che quello non fosse lui, che Ludkar fosse tornato in qualche modo in possesso del proprio corpo.

Sembrò non sentirmi, teneva lo sguardo fisso a terra cercando solo di far calmare il respiro affannoso.

«Nate!» ripetei trovando il coraggio di mettergli una mano sulla spalla e scuoterlo appena.

Allora sollevò la testa di scatto e mi guardò. I colori dei suoi occhi erano più spenti, come se una goccia d'inchiostro vi fosse caduta dentro.

«Thara... io...» provò a dire passandosi la lingua sulle labbra.

Appena si accorse del sangue fu terrorizzato più di me e si pulì nervosamente con la manica. Continuò a strofinarsi anche quando ormai non ce n'era più traccia e io fui costretta a fermarlo con la forza.

«Nate! Basta! Stai tranquillo...»

Ma le mie parole sembravano non avere alcun effetto, come se dentro di lui si fosse innescata una reazione irreversibile. Non so chi di noi in quel momento fosse più spaventato e per cosa, ma non ci sentivamo a nostro agio. Era come se un demone fosse stato lì, da qualche parte, e avesse aspettato il momento perfetto per rovinare tutto.

Nate si alzò in piedi di scatto e io feci lo stesso.

«Ti ho morsa...» disse sconvolto, portandosi una mano fra i capelli e guardando innervosito il pavimento, come se stesse cercando qualcosa che non poteva trovare dentro di sé. «Non posso credere di averti morsa...»

Anche se non ero del tutto sicura delle mie parole, lo amavo così tanto che riuscii a fingere d'ignorare il dolore.

«Nate... Calmati, non è niente... Guarda, solo un graffio. Può succedere». Sorrisi cercando di sdrammatizzare. «Non che io abbia esperienza. Intendo... I tuoi denti sono appuntiti, è stato soltanto un incidente».

Sollevai la maglietta, per mostrargli che non era niente di grave. Purtroppo, fui io la prima a notare che la ferita aveva proprio la forma di un morso. Non era profonda, ma abbastanza da far uscire ancora sangue.

Sospirai e riabbassai la maglia. Le vene sul collo di Nate stavano pulsando, come se non riuscisse a riprendere il controllo.

«Thara... Io sono davvero spaventato e dispiaciuto... Non volevo farti del male».

«Non c'è bisogno di dirlo. Ne parleremo domani con mio padre. Adesso siediti... e abbracciami».

Cercai di andargli vicino, ma appena mossi un passo, lui ne fece uno all'indietro.

«No» disse fermamente e respirando a fondo. «È meglio che vada».

«Nate, per favore, è tanto che aspettiamo di poter passare una sera insieme».

Ma non riuscii ad aggiungere altro che lui aveva già raggiunto la porta. La aprì tenendo gli occhi chiusi, come se si vergognasse di guardarmi.

«Sono spaventato, Thara. Qualcosa dentro di me, dentro a questo corpo, mi ha detto di morderti. E io...» per un istante aprì le palpebre e mi lanciò uno sguardo tristissimo «e io l'ho ascoltato».

Poi scese le scale, con un unico salto. Corsi sul pianerottolo, ma era già andato. Sentii il tuono del portone.

Ormai non aveva più senso chiamarlo e così richiusi la porta. Mi strinsi nelle braccia e le strofinai. Non avevo ancora ben realizzato cosa fosse successo e non ci sarei riuscita fino al giorno dopo. In quel momento avevo solo voglia di non pensare, di rimettermi sul divano e tornare con la mente ai momenti di prima, ma un dolore bruciante alla pancia mi ricordò la ferita.

Andai in bagno per cercare le bende nella cassetta del pronto soccorso. Quello, se non altro, era il vantaggio di essere figlia di una farmacista: medicamenti in abbondanza.

Ciò che era successo quella sera non doveva più ripetersi.

Evidentemente, stare nel corpo di un Nocturno non era così semplice come Nate e io avevamo creduto. Mio padre ci aveva messi in guardia, ci aveva detto di essere cauti, ma fino a quel momento Nate non aveva mai avuto nessun sintomo. Comunque, ero convinta non fossero cose di cui doversi preoccupare davvero. Magari Nate, non essendo abituato a situazioni così intense, si era lasciato andare come avevo fatto io e qualcosa aveva preso il sopravvento sulle sue azioni. Insieme saremmo riusciti a superarlo. Io, del resto, avevo accettato senza troppi rimpianti il suo nuovo corpo, e mi ero adeguata alle esigenze del mio ragazzo. Sì, alla fine c'eravamo messi insieme, anche se nessuno dei due lo aveva mai detto esplicitamente all'altro. Ci sembrava evidente.

Kolor era stato di grande aiuto: aveva insegnato a Nate come trattenere la fame, per evitare di mangiare carne animale e perdere pian piano l'umanità. Perché quello succedeva ai Nocturni: diventavano ciò che mangiavano.

Finii di medicarmi e tornai in salotto. Spensi distrattamente la tv e controllai l'ora. Era tardi. Il giorno dopo sarei dovuta tornare a scuola e anche se non avevo sonno, e visto che la notte con Nate era ormai diventata un ricordo non vissuto, dovevo sforzarmi di dormire.

Lanciai uno sguardo alla tisana di rose che avevo abbandonato sul tavolino e che stava esalando gli ultimi fumi. Prima di stendermi, mi sarei messa un po' davanti al computer per controllare le e-mail e vedere se Christine aveva postato le foto del suo compleanno.

Mi sedetti alla scrivania. Il pc era già acceso e bastò muovere appena il mouse per far rinvenire lo schermo. Diedi subito un'occhiata al profilo di Christine per vedere le foto e le trovai. C'eravamo noi cinque davanti a una torta di compleanno nera. L'avevo fatta fare io apposta per lei sapendo quanto le piacessero le cose dark.

Lasciai qualche commento, senza però accennare nulla a quello che era successo poco prima con Nate, e aprii la mia posta elettronica. Eliminai un po' di spam e risposi a una ragazza che mi chiedeva se potevo darle lezioni di latino. Stavo per chiudere, quando il trillo che segnalava l'arrivo di un nuovo messaggio mi trattenne.

Aggrottai la fronte. Il nome del mittente era Mr Spectre.

«Ancora?» dissi a bassa voce.

Erano un po' di mesi che non ricevevo più e-mail da quell'indirizzo sconosciuto. Quasi sempre erano vuote, o con delle strane scritte, più che altro segni. Ormai pensavo che si trattasse di qualcuno che sbagliava indirizzo o di un errore del server. Quella sera, visto che le cose avevano già cominciato ad andare male, era giusto che finissero peggio. Non era per niente casuale che questi messaggi arrivassero a me. La persona che li mandava sapeva benissimo a chi erano rivolti.

In quella e-mail, come nelle precedenti, non c'era testo. C'era un allegato, però. Una foto.

Nell'istante in cui la aprii, i miei muscoli si paralizzarono. E la paura che provai fu molto più forte di quella che avevo avuto quando Nate mi aveva morso.

L'immagine che adesso occupava per intero lo schermo era stata scattata al funerale di Charles. La foto ritraeva me che osservavo Nate mentre aiutava a ricoprire la fossa sotto la pioggia battente. Era stata scattata da abbastanza lontano con un obbiettivo molto potente, tanto che sotto l'ombrello si poteva riconoscere il mio volto cupo. Come in quel momento, davanti al computer.

Avrei potuto bere qualsiasi tipo di tè quella sera.

Non sarei mai riuscita a dormire.

BARE DI CRISTALLO

Ricordo che quando tornammo dalle grotte della luna, subito dopo quell'orribile giorno in cui le nostre vite sembravano sul punto di essere sepolte, la prima cosa che facemmo fu chiamare mia madre e chiederle dove Charles l'aveva lasciata.

Il padre di Nate, appena aveva saputo che Ludkar poteva farle del male, si era premurato di metterla al sicuro in un motel fuori città. La voce di Julia, mia madre, quando mi rispose al telefono, era disorientata. Non aveva la minima idea di quello che stava succedendo. Si era sentita in pericolo e non sapeva nemmeno da cosa stesse scappando.

Avevo chiesto a Leonard di guidare fino al motel Harrow, dove lei si trovava, e quando entrai la trovai seduta sul letto che guardava le foto nel suo portafogli. Mi sedetti accanto a lei. C'eravamo solo noi, nella stanza. Non mi chiese niente. Evidentemente aveva più fiducia in me di quanto non credessi. Così la abbracciai e mi misi anch'io a guardare le foto.

«Sai…» mi disse estraendone una in cui comparivamo entrambe e io non avevo più di sei anni «assomigli molto a tuo padre».

Quella era una frase che non mi sarei mai aspettata di sentire da lei. Mio padre era sempre stato un argomento che era meglio non toccare, mia madre aveva addirittura bruciato tutte le sue foto per tenermene lontana il più possibile. E il mio stupore fu enorme quando, tenendo quella foto in mano, la vidi voltarla e mostrarmene un'altra. Su una ruota panoramica, c'erano lei e Kolor che si tenevano abbracciati come io e Nate c'eravamo tenuti per tutto il tragitto in macchina fin lì; erano innamorati.

«È lui tuo padre…» mi disse senza avere il coraggio di guardarmi.

E io non potei che rispondere: «Lo so».

In quel momento, sulla soglia della stanza, comparve un'ombra alta e scura.

Solo allora mia madre fece scorrere lo sguardo sulla moquette, fino a risalire il corpo di un uomo che non vedeva da quando ero nata. Un uomo che non era cambiato neppure di una ruga, e che sapeva guardarla come lei aveva dimenticato di saper fare con lui.

«Kolor...» disse alzandosi con le gambe che le tremavano.

La luce del tramonto faceva apparire l'interno della stanza come l'antro di un vecchio castello. Nel libro che Ray Pitbury aveva scritto e che io avrei finito di leggere in futuro, *Tutti i colori del buio*, la scena che aveva immaginato era identica, ma i ruoli erano invertiti. Alla fine era stato mio padre a tornare, e mia madre si era scoperta la persona più sola di tutte. Era stata lei a rinchiudersi nel mondo e non lui in un rudere.

Seguirono attimi in cui nessuno osò ammettere di essere lì, poi lei si portò le mani al viso e disse una frase straziante, che non riesco ancora a capire:

«Amore... ti prego, vattene! Sparisci dalla mia vita!».

Vidi il cuore di mio padre, che già da tempo non batteva, chiudersi su se stesso e appassire, mentre le sue labbra rimanevano immobili. Non mosse un muscolo mentre lei gli passava accanto e correva giù dalle scale e, quando io tentai di consolarlo, lui seppe essere più saggio.

«Thara... non preoccuparti. Dalle tempo. Quando capirà che non voglio niente da lei, forse potrà guardarmi».

«Ma papà...» sussurrai commovendomi per lui.

«Le emozioni sono la cosa più bella e pericolosa che possa esistere, figlia mia. Nel mio cuore non abitano più...» In realtà, sapeva di mentire. «Se non quelle che voglio davvero».

Mia madre, piuttosto che stare in macchina con noi, preferì tornare in città con un autobus e non accettò che Kolor venisse a casa nostra. Decisi di seguire il consiglio di mio padre, di non prendermela con lei. In quel momento, dopo la morte di Charles, non c'era davvero più spazio per altri dolori.

Così, quella sera, fui io ad accompagnare Nate da sua madre e con noi venne Kolor. Sally non capì subito quello che stava accadendo e le consigliammo di andare a dormire.

I giorni seguenti per lei furono pieni di gioie e sofferenze, ma mio padre pensò a tutto per farla riposare e si trasferì definitivamente nella villa. Non ricordo di aver mai visto felicità più grande di una madre che riabbraccia un figlio. E una felicità simile non poteva che essere contagiosa, e far amare di più Nate anche a me. Sally non fece caso che il corpo non fosse il suo, conosceva troppo bene l'anima del figlio per farsi ingannare dagli occhi.

Passarono lunghe giornate insieme a scambiarsi bei ricordi e a risistemare le proprie vite; io assistevo alle loro conversazioni cercando di non essere l'estranea che mi sentivo.

Anche Leonard e Christine si univano spesso a noi e presto, senza nemmeno conoscersi troppo bene, diventarono come vecchi amici. Il cinema che ci aveva lasciato Charles non esisteva più, ma Sally ci mise la casa interamente a disposizione per ritrovarci.

«Così avrebbe voluto Charles» diceva.

Questo era il modo in cui erano andate le cose e il modo in cui stavano andando.

Che la sera prima mio padre e mia madre fossero usciti a cena era un buon segno. Mi aveva fatto piacere vederli andare via insieme e più li conoscevo più mi riusciva difficile pensare che uno stupido equivoco fosse riuscito a separarli.

Per diciassette lunghi anni Julia aveva creduto Kolor responsabile della morte di Nate, ma quando Nate stesso le raccontò come fossero realmente andate le cose, che era stato Ludkar il tumore nelle vite di tutti, fu costretta a mettere da parte la paura e, cosa molto più difficile, a perdonarsi. Nel suo cuore si stava riaprendo una ferita che ormai credeva sanata, ma era l'unico modo per permettere a mio padre di entrarci di nuovo.

Adesso io e Kolor ce ne stavamo insieme al museo d'arte moderna e contemporanea, di fronte a un quadro che ritraeva un uomo con bombetta davanti al cui volto stava sospesa una mela verde.

«L'ho conosciuto, lo sai?» disse mio padre parlando a bassa voce.

Alzai la testa verso di lui. Era molto alto e a causa del suo aspetto, della pelle bianchissima, era costretto a indossare un cappello a tesa larga quando usciva di casa. Non solo per ripararsi dal sole, ma soprattutto per nascondere agli altri l'assenza di capelli e i tratti somatici non del tutto umani, per nascondere quello che era: un Nocturno.

«Chi, scusa?» gli domandai.

Lui sollevò piano una mano nella direzione della tela. Le dita affusolate si mossero come le ali di un uccello.

«Magritte. Il pittore. Non tutti sanno che questo quadro, *Le fils de l'homme*, l'originale intendo, è nato da un'idea molto divertente. Una cosa accaduta in un mercato di Bruxelles». Si strofinò il mento sorridendo, per far intendere che vi aveva assistito e, per un attimo, da dietro le labbra, spuntarono appena due incisivi appuntiti. «In realtà, aveva in mente di dipingere anche un secondo quadro, ma pensava che non lo avrebbero preso sul serio se lo avesse fatto. Si trattava di quello che sarebbe accaduto un secondo dopo. La mela avrebbe colpito in faccia il signore».

Anche a me sfuggì una risata.

«Papà, avevi promesso di raccontarmi com'è andata la cena con la mamma...»

Lui mi appoggiò una mano sulla spalla e con l'altra abbassò il cappello sul volto.

«Bene...» disse facendomi voltare e cominciando a camminare nella galleria. «Anche se lei ha mangiato meno di me».

Sospirai, fingendo di essere irritata. Anche se quello che mi dava davvero fastidio era che Nate non fosse insieme a noi.

«Qualche dettaglio in più?»

«Le ho chiesto scusa».

Mi fermai un istante e forse parlai a voce troppo alta, perché le altre persone presenti si girarono nella mia direzione.

«Tu hai chiesto scusa a mia madre?»

Kolor rise. Il suo volto cupo, triste, quel giorno sembrava sereno.

«Beh, uno dei due doveva farlo. E lei non se la sentiva». Riprendemmo a camminare facendo echeggiare i nostri passi sul pavimento lucidissimo. «Abbiamo ricordato un po' i vecchi tempi, anche se per me non si possono neanche definire ricordi da quanto sono ancora vividi...»

«Uscirete ancora insieme?»

Lui infilò la mano libera nell'impermeabile nero e ne estrasse un cellulare.

«Mi ha regalato questo... Non so ancora bene come funzioni, ma da quanto ho capito ci permette di rimanere in contatto».

Lo strinsi, appoggiando la testa sotto al suo braccio.

«Ma che teneri, vi mandate i messaggini...»

«Messaggini?» domandò lui stupito. «Mi puoi insegnare come si fa?»

«Charles avrebbe fatto sicuramente una battuta sui pipistrelli viaggiatori» dissi mentre svoltavamo in un'altra ala del museo, dove avevamo lasciato Leonard e Christine.

Loro però non c'erano.

«Già... Charles» ripeté mio padre lasciando di nuovo scivolare nella tasca il cellulare. «Ho parlato con Nate questa mattina» disse poi cambiando argomento.

Si accorse che la mia stretta attorno al suo corpo si era allentata e allora mi portò a un divanetto rosso che stava al centro della sala. Ci sedemmo là, rimanendo a guardare una strana installazione. Si trattava di una bara realizzata interamente in vetro, al cui interno si poteva vedere la scultura di un uomo che sembrava chiedere aiuto. Il titolo era *La follia*, ma a me ricordava altro. Qualcuno che conoscevo bene.

«Perché non è voluto venire con noi oggi?» domandai a mio padre. «Non ha nemmeno risposto alle mie chiamate».

«Si è spaventato molto per quello che è accaduto ieri sera» rispose col tono di qualcuno che ci era già passato. «Ha pensato che avrebbe potuto farti del male. Sai, anche con tua madre era stato difficile all'inizio. Stare così vicino alle persone non è facile».

«Ma pensavo che gli avessi insegnato...»

«Thara, lui ha quel corpo solo da pochi mesi, io convivo col mio da secoli. Sono cose che si imparano con il tempo e il tempo non basta mai».

«Ma io non sono nemmeno del tutto umana... Sono una Crepuscolare, giusto?»

Mio padre si voltò a guardarmi, come se avessi detto qualcosa di crudele senza essermene accorta.

«Thara... credi forse che io non sia umano? Nocturni, Crepuscolari... sono solo nomi che abbiamo dato alle nostre condizioni. Persino Ludkar lo era. Sono solo le azioni che possono renderci disumani. Cosa importa se ci cibiamo di carne, di fiori o di acqua?»

«Non volevo dire questo...» risposi sentendomi in difficoltà. «Pensavo solo di non essere, ecco... appetibile».

Allora mio padre smise di tenere quel tono severo.

«Lascia a Nate la possibilità di conoscersi. Vedrai che tutto andrà bene. Non c'è motivo di preoccuparsi. Siete molto in sintonia. E non lo dicono i miei sensi da...» apostrofò con una smorfia «"non umano", lo dice il mio istinto di padre».

«Lo so» risposi lasciando cadere le spalle. «Gliel'ho detto anch'io. È stato solo un graffio. Non mi ha sconvolto. Ho passato ben di peggio. Quello che mi ha dato fastidio è stata la sua fuga. Insomma, dovremmo parlare di queste cose. Dovremmo affrontarle assieme».

Kolor mi prese una mano.

«Per quanto sia paradossale, quando si sta tanto tempo in solitudine, ci si affeziona alla solitudine. E gli altri, nonostante si amino, sembrano sempre una minaccia».

«Non ti capisco» confessai.

«Meglio così» disse lui rialzandosi. «Meglio così».

In quel momento, dal fondo della sala sentimmo provenire delle voci un po' troppo forti per essere tollerate all'interno di un museo. Leonard e Christine si stavano spintonando, cercando di strapparsi a vicenda dalle mani la piantina del museo.

«Ti dico che è da questa parte!»

«Vuoi che ti prenda a schiaffi o che mi metta a urlare?» rispose Christine mentre lo stava già facendo.

«Avrò anche perso la tua maglia, ma non il senso dell'orientamento».

Leonard lasciò andare la presa seccato e una volta che Christine ebbe in mano la mappa non la degnò di uno sguardo.

«Vuoi sempre avere ragione. Ecco il tuo problema» disse puntandogli un dito contro il petto e facendo vibrare i campanellini dei suoi braccialetti. «Se al mio compleanno avessi fatto come ti dicevo, la torta non l'avrebbe assaggiata solo il tappeto».

«Pensavo di riuscire a reggerla con una mano... Almeno il mio regalo ti è piaciuto» rispose lui mentre lei lo colpiva scherzosamente con la mappa.

«Sì...» commentò Christine, facendo sorridere solo i suoi occhi vagamente asiatici marcati dal nero. «È solo per la borsa che non ti ho mutilato».

«Figurati... È stato un piacere» disse ancora Leonard, sarcastico, massaggiandosi il collo.

Anche se continuavano a non ammetterlo, i miei due più cari amici non sarebbero riusciti a resistere un giorno senza vedersi. E quel piccolo litigio, a cui stavamo assistendo io e mio padre mentre li raggiungevamo, non faceva che renderli più teneri. Nelle grotte della luna avevano capito entrambi cosa provavano l'uno per l'altra, ma non potevano pretendere di vivere situazioni estreme tutti i giorni per ricordarselo.

«Cos'è, una sorta di performance artistica?» domandai.

Christine appoggiò una mano sul fianco, aiutando il suo modo dark di vestire a darle un'aria più da dura.

«Mi chiedo perché i suoi genitori lo lascino uscire dalla gabbia tutti i giorni».

«Basta, ragazzi...» disse mio padre muovendo appena la mano.

Aveva dei modi estremamente leggeri, per niente autoritari, ma la sua figura era una presenza che non si poteva ignorare. O per fascino o per timore.

«Ti è piaciuto il museo, Kolor?» chiese Leonard avvicinandolo.

«Sì, naturalmente, anche se l'arte contemporanea mi ha un po' deluso» rispose lui. «Ma nemmeno durante il medioevo ero entusiasta. Le streghe hanno smesso di esistere quando noi abbiamo smesso di bruciarle, così diceva Voltaire. L'arte ha smesso di esistere quando abbiamo iniziato a metterla nei musei» concluse lasciandoci senza possibilità di replicare.

Rimanemmo a gironzolare per il museo ancora una mezz'oretta, poi decidemmo di uscire. Leonard doveva finire di studiare per l'esame di matematica che ci sarebbe stato il giorno dopo e mio padre doveva tornare da Sally per aiutarla in alcuni lavori pesanti. Così, io e Christine li accompagnammo alla fermata degli autobus e poi approfittammo per fare ancora due passi in centro.

Il tempo non era dei migliori e, quando la pioggia cominciò a lavare via del tutto i colori dalla città, ci rifugiammo in un bar.

«Bene, siamo anche senza ombrelli» disse lei sistemandosi i due codini.

Christine prese un caffè e io un tè alla menta. Anche se non influiva su di me in nessun modo particolare, mi piaceva la sensazione fresca che lasciava nella gola.

«E così ti ha morsa» cominciò Christine quando ci eravamo ormai sedute e le avevo raccontato tutto quello che era successo la sera prima.

«No, che non mi ha morsa!» risposi appoggiando la tazza per non scottarmi. «Con i denti di Ludkar è facile che capitino incidenti del genere...»

«Cerchi di giustificarlo, tipico delle relazioni in rotta. E poi non ha risposto alle tue chiamate...» continuò a infierire lei.

Mi scostai i capelli dal volto, per mostrarle meglio il mio disappunto.

«Forse ho sbagliato a parlarti di questa cosa».

Christine fece del suo meglio per addolcirsi.

«Dai, stavo solo scherzando, cercavo di sdrammatizzare, mi conosci».

Allora feci un respiro profondo.

«Lasciamo perdere... In realtà era di un'altra cosa che ti volevo parlare».

Allora Christine si sporse in avanti e rimase a sentire in silenzio, questa volta quasi seria, la storia delle e-mail che Mr Spectre mi spediva. Quando le mostrai sul cellulare la foto che mi era stata scattata al cimitero, la sua espressione divenne veramente preoccupata.

«Ne hai già parlato con qualcuno? Forse dovremmo avvertire la polizia».

«Stai scherzando, vero?» le risposi sgranando i miei occhi viola. «Ti ricordo che Nate è ancora indagato per omicidio. Cioè, Ludkar. Lo spieghi tu ai poliziotti del Cinerarium e tutto il resto?»

Christine si appoggiò allo schienale della sedia.

«Basterebbe prendere le dovute precauzioni».

«No, no...» risposi scuotendo la testa. «Non voglio aiutare le cose ad andare male. E ti prego, tienitelo per te».

Christine sorseggiò il caffè.

«Come vuoi... Ma sta' attenta».

SPETTRI NEI COMPUTER

Mentre tornavo a casa, smise di piovere.

Arrivata all'angolo della via, vidi che davanti alla farmacia era parcheggiato un furgone della Octagon Corporation. Odiavo quella società farmaceutica. Quando ero piccola, avevano proposto a mia madre di curare la narcolessia di cui soffrivo a spese loro, se mi fossi sottoposta ad alcuni trattamenti sperimentali. Trattamenti che ricordavo ancora bene e che non mi avevano portato benefici, ma solo dolore e la sensazione di essere trattata come una cavia.

Comunque, in quel momento, stavano solo facendo regolari consegne e mia madre stava firmando una ricevuta. Restituì col sorriso sulle labbra la cartellina a un uomo in divisa nera. Sorrisi anch'io, senza accorgermene: evidentemente la sera precedente si era liberata di un peso. Quando notò la mia presenza dall'altra parte della strada, mi salutò con la mano.

La aiutai a portare dentro alcuni pacchi, ormai era quasi l'orario di chiusura, e durante tutto il tempo, a differenza di mio padre, mi raccontò cosa era successo a cena in ogni dettaglio. Anche dopo aver abbassato le saracinesche, mentre salivamo le scale per entrare nell'appartamento, non smise per un attimo di parlare. Ad essere sincera non ascoltai tutto e non capii gran parte del racconto. Faceva riferimenti a fatti troppo lontani nel tempo, dando per scontato che io sapessi molte cose che le erano accadute e dimenticandosi che non mi aveva mai raccontato niente prima di allora. Cenammo in cucina. Era così su di giri che disse di voler riordinare tutto lei, che avrebbe pensato a sparecchiare e a lavare i piatti. Allora ne approfittai per congedarmi con la scusa dello studio. Ero contenta di vederla così, ma se avesse continuato ancora mi avrebbe fatto venire il mal di testa.

Mi chiusi in camera portando con me il portatile. Una volta alla scrivania, riuscii a tirare un sospiro di sollievo. La stanza era silenziosa, tranquilla, e la voce di mia madre si sentiva appena canticchiare da dietro alla porta. Scostai i libri aperti su cui stavo studiando e appoggiai il computer sul ripiano. Mentre lo facevo, mi cadde lo sguardo sul disegno che avevo fatto a Nate la prima volta che c'eravamo incontrati nel Cinerarium. Era ancora là, attaccato davanti alla mia scrivania. Lo ritraeva in piedi, su un treno bruciato, con gli occhi che gettavano tutt'attorno riflessi iridescenti. Quello sì che era stato un momento indimenticabile.

Il ricordo mi fece venire voglia di sentirlo. Presi il cellulare e composi il suo numero. Squillò a vuoto per almeno cinque volte e poi riattaccai. Non mi demoralizzai e non lasciai spazio alla rabbia. In fondo avevo sempre aiutato Nate, e avevo imparato che il suo modo di chiedere aiuto era silenzioso.

Provai a chiamarlo a casa. Rispose Sally, sua madre. Sembrava preoccupata. Lei non sapeva nulla di cosa era successo, ma mi disse che lui non c'era. Pensava che avesse passato il pomeriggio in camera, ma quando era entrata l'aveva trovata vuota.

«Forse sta venendo da te» mi disse.

«Sì, è probabile. Sicuramente sta venendo qui» la rassicurai mentendo nel modo più sincero possibile.

La salutai e riagganciai.

Chiusi gli occhi e mi dondolai all'indietro sulla sedia. Non avevo davvero idea di cosa stesse succedendo, di dove fosse andato. Per qualche istante mi convinsi addirittura che stesse davvero venendo da me. Dovevo distrarmi. Gli avrei parlato il giorno dopo.

Aprii il portatile e subito mi fermai. Non sapevo esattamente cosa fare, se guardare un film, o scrivere un po' il diario che avevo iniziato. Mi morsi le labbra. Sapevo cosa volevo fare, ma non mi piaceva pensarlo. Volevo vedere la posta elettronica. Volevo controllare se Mr Spectre mi aveva scritto di nuovo. Dovevo ancora decidere se si trattava effettivamente di una minaccia.

Feci scorrere il dito sul touchpad. Aprii la posta elettronica e cliccai su messaggi ricevuti.

Niente. Nessuno mi aveva scritto.

Stavo per chiudere il programma, quando il trillo di un nuovo messaggio mi fermò.

Era lui. Mr Spectre. O lei. Non potevo dare per scontato che fosse un uomo solo perché si nascondeva dietro a un nome maschile.

Anche questa volta il messaggio era vuoto e una graffetta disegnata mi informava della presenza di un allegato.

Presi coraggio e lo aprii. Era un'altra foto.

Sentii la pelle percorsa da una scossa gelata, le dita sollevarsi tremando dalla tastiera. Avrei voluto saltare all'indietro, ma non avevo la forza di farlo.

La foto che era allegata al messaggio era stata fatta qualche istante prima. Qualcuno mi stava osservando. Ne ero assolutamente certa. Stessa maglietta, stessi pantaloni, e stesse cose sulla scrivania.

Mi voltai verso la finestra. Le tende erano aperte e fuori vedevo solo una notte che poteva nascondere milioni di occhi di vetro.

Non ebbi nemmeno il tempo di spaventarmi, perché il mio cellulare squillò. Reagii lentamente, senza togliere gli occhi dall'oscurità che avvolgeva la casa.

Presi il cellulare e lessi il messaggio, spedito tramite internet.

"Ti vedo" diceva.

Il telefonino mi cadde dalle mani.

Un altro messaggio arrivò sulla posta elettronica.

"So chi sei" era scritto su quest'altro.

"Ma non so se mi posso fidare" concluse un terzo.

«Smettila!» urlai come se mi potesse sentire, sperando nello stesso istante che non fosse così.

Mi scagliai sulla tastiera.

"Cosa vuoi?" scrissi, cercando di mostrarmi ferma, controllata.

Appena inviai il messaggio, la risposta arrivò come se avesse rimbalzato oltre lo schermo.

«Non mi chiedi chi sono?» lessi a voce bassa, per farmi coraggio, con l'illusione che ci fosse qualcun altro nella stanza.

In fondo mia madre era appena dietro la porta e per il momento continuava a canticchiare. Potevo permettermi di assecondarlo per vedere se riuscivo a scoprire qualcosa di più.

"Chi sei?" gli chiesi allora, come lui voleva.

In quell'istante lo schermo del computer si oscurò. Mi sembrò che si fosse addirittura spento, quando un lampo fece apparire una schermata che non aveva niente a che vedere con la mia. Comparve un occhio umano che si agitava su uno sfondo totalmente nero. Era abbastanza inquietante. Sotto, come se si fosse appena aperta una chat, comparvero altre scritte bianche, che ignorarono la domanda che mi era stato chiesto di porre. Odiavo Mr Spectre.

"Voglio sapere se mi posso fidare" dicevano.

Senza nemmeno assicurarmi di stare scrivendo, urlai con le mani.

"Sono io quella spiata!"

"Davvero dai importanza a certi dettagli?" rispose l'occhio.

"Lasciami in pace".

"Non è quello che vorrai".

Mi fermai per qualche istante. Era evidentemente un pazzo e, come tutti i pazzi, aveva il vizio di pensare bene. Dovevo essere all'altezza della conversazione.

"Non parlare al futuro. Questa storia finisce qui".

Una risata registrata, distorta, elettronica, accompagnò i movimenti dell'occhio, poi comparve la frase:

"Mi aspettavo una risposta già al messaggio che ti avevo inviato tempo fa. Ti ho sopravvalutato".

"Che cosa?"

Non ricevetti subito una risposta e mi avvicinai allo schermo. Più che altro era un modo per dimostrare a me stessa che avevo la situazione sotto controllo.

E poi, tornarono quei simboli che già mi erano stati spediti:

:-)=

«Non ha senso...» dissi questa volta a voce alta, senza scrivere, ma in qualche modo Mr Spectre mi sentì.

"Gli enigmi piacciono a tutti. Proponi un indovinello anche al più stupido degli esseri umani e stai certa che proverà a risolverlo".

Adesso pretendeva anche di offendermi. Da quel momento in poi non scrissi più nulla. Incrociai le braccia e mi limitai a parlare, facendogli notare come poco mi interessassero i suoi metodi intimidatori.

«Mi stai dando della stupida?»

"Anche di peggio se non provi a risolverlo".

Va bene, mi dissi, diamogli quello che vuole. Non pensai. Mi limitai a interpretare quei segni come a una faccina che si usa negli sms. Fu in quell'istante che il mio cervello lavorò per conto proprio, obbligandomi a notare i segni dell'uguale. Erano incisivi affilati! Erano i denti di mio padre!

«È un vampiro!» esclamai.

Mr Spectre inviò un suono che ricordava quello della vincita a una slot machine.

"Troppo semplice... Mi aspettavo una risposta più precisa da una Crepuscolare".

La mia attenzione si svegliò all'improvviso. Mi irrigidii sulla sedia, stringendo con le mani il bordo della scrivania. Come faceva a conoscere quel termine? Come faceva a sapere e fin dove sapeva?

«Un Nocturno. Ma tu come fai...»

Non mi lasciò terminare e non si concentrò troppo sull'argomento, come se dovessi dare per scontato che mi aveva contattata per quello.

"Attenta alle parole che usi. Hai appena ammesso di essere una Crepuscolare. Ti stai confidando. Fallo quando avrai deciso di fidarti. Per il momento non te ne ho dato motivo".

Sorrisi, ma era un sorriso provocato dall'adrenalina, senza nessuna motivazione che potesse collegarsi al divertimento o all'odio.

«Cosa sai di me?»

Mr Spectre fece bloccare l'occhio al centro dello schermo, lasciandolo sbarrato, inespressivo. Doveva davvero divertirsi.

"Che hai degli occhi bellissimi. E tu di me?"

Stava provando a sedurmi? Non sapeva davvero fare di meglio? E poi era lui quello che mi sopravvalutava. Ci ero già passata con Ludkar una volta, doveva inventarsi qualcosa di nuovo se voleva un po' della mia fiducia. E quel ricordo terribile, di quando avevo baciato Ludkar nel Cinerarium, dopo che Nate era stato torturato a mia insaputa, me lo fece odiare con una fermezza che forse, col beneficio del dubbio, nemmeno meritava.

«Che sei arrogante, egocentrico, indiscreto ed estremamente fastidioso» dissi tutto d'un fiato, consapevole di ogni singola sillaba.

"Ce lo si può permettere quando non si ha un'identità, dovresti provare" mi rispose con una prontezza che mi lasciò spiazzata.

«Sei un vigliacco se non ti fai vedere».

"No. Non lo sono".

«Cosa vuoi dire?»

"Quello che dico, altrimenti userei altre parole".

Quell'ultimo scambio di battute lasciò me senza. Con la bocca secca, senza una frase precisa da dire, tornai sui miei passi. Mr Spectre voleva dire che ci eravamo già incontrati?

«Guarda, non sono in vena di avere a che fare con uno psicopatico».

"Però stai parlando".

«Per mandarti via».

"Non sono lì".

Incrociai le braccia e mi voltai verso la finestra, con l'espressione più truce e infastidita che mi riuscisse.

«Ah no, giusto, dimenticavo, sei fuori dalla mia finestra».

Mr Spectre sembrò irritarsi, e per un momento mi fece sentire come se fossi stata io ad aver voluto iniziare quella conversazione.

"Secondo te sono sul tetto della casa di fianco alla tua a scrivere con un portatile? Non mi prendo la briga di rischiare una polmonite per te, ragazzina".

«Sempre più educato... E quella foto?»

Mi sembrò quasi di sentire il timbro della sua voce rispondere con sufficienza.

"Mi sono solo inserito nel circuito di sicurezza della banca dall'altra parte della strada e ho girato una telecamera verso la tua finestra".

«Come hai fatto, scusa?»

Come al solito mi ignorò.

"Volevo spaventarti. Mi interessava capire come reagisci sotto pressione. Adesso lo so".

«E chi ti credi di essere per studiare gli altri!?»

"Quando sarà il momento, ci incontreremo e capirai".

«Spero proprio di no».

"È stato un piacere anche per me".

Saltò la corrente in tutta la casa.

RICORDI PRESENTI

La cenere si alzava lenta nell'aria. Ad ogni passo che facevo, si apriva ai lati dei miei piedi, ricadendo poi con la velocità dei sogni.

Il Cinerarium, il grande deserto grigio nel quale mi trovavo a camminare, aveva continuato a cambiare in quei mesi, come nei secoli precedenti o in un'unità di tempo che nemmeno si può immaginare.

Tutto ciò che bruciava nel nostro mondo rinasceva là, partorito malamente da fiamme viola. E gli oggetti – le case, le auto, le foreste – orfani del mondo, continuavano a esistere solo come un ricordo fragile, ma sempre presente. Trasformate in cenere e alla cenere lasciate.

Mi risvegliavo in quel mondo annusando gli iris, questo mi permettevano i miei occhi viola. Questo significava essere una Crepuscolare. Ma per quanto possa sembrare affascinante avere la capacità di viaggiare fra gli universi, o qualsiasi cosa fosse il Cinerarium, nuovi orrori e nuove sofferenze erano pronti ad accogliermi.

Mi ero ripromessa che non ci sarei più tornata, soprattutto perché Ludkar era là, condannato a vagare e a far accrescere il suo rancore verso di me in eterno, però non potevo abbandonare a loro stesse Penny e Susan.

L'abilità di comparire esattamente nel punto in cui desideravo, vicino alle persone o alle cose a cui pensavo prima di annusare gli iris e addormentarmi, mi era molto utile. Quel giorno avevo pensato a Susan e alla sua sorellina, eppure non mi ero ritrovata all'interno della Biblioteca di Alessandria. Era là che si erano stabilite, sotto alle dune di cenere, nelle segrete, per evitare che Ludkar sentisse il loro odore e le trovasse.

Mi ero risvegliata in un punto qualsiasi del Cinerarium, fra palazzi sventrati dagli incendi che creavano una rada città immaginaria.

Speravo che non ci fossero Grigi nei dintorni, non avevo voglia di fuggire. Quelle creature, che una volta erano state anime umane, mi facevano soltanto pena, adesso. Vederle ridotte in quel modo, come mummie di polvere, non più capaci di pensare, ma solo di trascinarsi, mi dava un'angoscia terribile. Soprattutto perché era quello che sarebbe successo a Susan e Penny se fossero rimaste lì.

E mentre pensavo a quanto le braccia tese dei Grigi, anziché far sprofondare nel nulla, volessero solo chiedere aiuto, fiamme viola esplosero nel cielo.

Mi riparai gli occhi dal bagliore e subito sopra di me comparve un'autocisterna. Rimase sospesa per qualche istante, il tempo che il fuoco finisse di ricomporla, come milioni di ragni che scuciono e ricuciono la ragnatela della realtà. Poi emise un rumore che ricordava il canto di una balena morente e precipitò al suolo, su altra cenere.

Il tonfo sollevò un'ondata densa e irrespirabile. L'impatto che l'aria ebbe sul mio corpo mi fece indietreggiare di qualche passo, ma riuscii a non cadere. Poi, lentamente, tutto tornò silenzioso e la foschia si diradò.

Mi passai le mani sulla faccia per togliere gli ultimi residui di cenere e, quando riaprii gli occhi, vidi l'autobotte riversa al suolo. Sulla parte della fiancata che non era stata squarciata dall'esplosione riportava alcuni ideogrammi giapponesi. Mi accorsi che lì accanto c'erano anche pezzi di una pompa di benzina. Probabilmente c'era stato un incidente in un distributore di Tokyo. Non mi stupii, ed evitai di pensare che delle persone erano appena morte.

Nel Cinerarium non esistevano vere e proprie coordinate spaziali in relazione con il mondo, a volte c'erano, a volte no.

Mi sentii chiamare.

«Thara! Thara! Siamo qui!»

Mi voltai, cercando fra le macerie e le carcasse d'auto. La voce era di Susan, ne ero sicura, ma di lei non c'era traccia.

«Quassù!» disse ancora.

Allora alzai lo sguardo e la vidi sporgersi dalla finestra di un edificio anni cinquanta. Sul davanti aveva un'insegna scrostata, con disegnato un pupazzo a molla.

«Entra, dai!» insistette.

Scossi la testa. Non mi piaceva gironzolare in un posto del genere come se fossimo lì per un picnic. Allora Susan smorzò il sorriso e rientrò, mentre intravedevo spuntare dal bordo della finestra i capelli biondi di Penny.

Nell'attesa mi avvicinai all'entrata della bottega di giocattoli. Quando uscirono, la piccola aveva fra le mani un leoncino meccanico che ricordava quello progettato da Leonardo, mentre Susan stringeva dei giochi di società.

«Sei impazzita ad andare in giro così?» le domandai cercando di tenere un tono calmo.

«Facevamo un po' di shopping…» rispose Susan alzando le scatole, senza sentirsi davvero in colpa. «Dai Thara, so badare a me stessa e a mia sorella. Cercavamo qualcosa per divertirci e passare il tempo. Non è facile stare sempre rinchiuse in una cripta egizia».

Sorrisi a Penny, che mi prese la mano per mostrarmi i suoi nuovi giochi.

«Ma che carini…» dissi inginocchiandomi, poi tornai a guardare Susan. «Bastava dirmelo, vi avrei mandato io delle cose».

«Lo so, ma era da tanto che non venivi».

Mi rialzai e guardai Susan negli occhi. Le volevo molto bene e speravo che avesse capito quanto fossero gli eventi, e non i sentimenti, a decidere la frequenza dei miei viaggi nel Cinerarium.

«Vi accompagno alla Biblioteca» conclusi. «Devo parlarvi di alcune cose».

Durante tutta la nostra marcia nel deserto grigio, la non-luna, il foro nel cielo da cui gli spiriti avevano accesso, continuava a fissarci. Per un attimo mi sembrò che fosse l'enorme occhio aperto di Ludkar che seguiva ogni nostra mossa. Penny mi strinse la mano come se avvertisse la mia angoscia. Abbassai lo sguardo su di lei e ricambiai quel gesto.

«C'è qualcosa che non va?»

La bambina mi sorrise.

«Sono contenta che torniamo a casa insieme».

Si erano abituate. Questa era la cosa più terribile. E in parte era colpa mia. Quel mondo così ostile era diventato la loro casa e io la vicina che andava a trovarle di tanto in tanto e che magari bruciava qualche dono per rendere più familiare il Cinerarium. Quel giorno mi sentivo più persa di quando ero caduta la prima volta tra la cenere seguendo il profumo degli iris.

Susan mi scosse.

«Thara, mi sembra che sei tu quella piena di pensieri. Pensieri brutti». La sua voce da forte divenne più gentile. «Sai cosa facciamo noi per sopportare tutto questo? Ci immaginiamo di camminare sull'erba di prati verdi e di vedere un cielo ancora azzurro. La cosa più difficile è immaginare di sentire odori diversi da quelli di cose bruciate».

Penny continuava a tenermi per mano ed era come se fossi io la piccola che aveva bisogno di conforto.

«Funziona. Susan l'ha imparato a un corso di teatro» disse lei.

Susan si schermì, come se dovesse essere un segreto.

«Mi dicevano anche di immaginare la platea in mutande».

Finalmente riuscì a farmi scappare una risata e ci scambiammo un'occhiata come se stessimo pensando entrambe la stessa cosa.

«Io però Ludkar in mutande non riesco proprio a immaginarlo».

Parlando non ci eravamo accorte di aver superato la duna più alta, che spuntava dalla cenere come la gobba di un gigantesco cammello. Oltre, in lontananza, si vedeva la Biblioteca di Alessandria. La conoscenza perduta, il sapere che tutto il mondo pensava scomparso per sempre era sopravvissuto nel Cinerarium, utile solo a rimpiangerlo ancora.

Mentre ne varcavo la soglia, seguita dagli occhi delle sfingi che scoccavano enigmi di pietra, mi sentivo come una piega impercettibile su un libro antichissimo.

Susan e Penny mi precedettero lungo il cortile e poi dentro l'edificio.

Scendemmo nei sotterranei, dove c'era la sala dedicata ai Crepuscolari. Là le due sorelle si erano ritagliate il loro angolo, disponendo due brande vicino ai vecchi scaffali. La statua dagli occhi viola, che reggeva il libro in cui erano custoditi gli arcani segreti del Cinerarium, era stata modificata dalla piccola Penny, che la usava come una bambola, mettendole vestiti e truccandola con un'unica tinta: color cenere. Lì accanto c'erano un tavolinetto e delle sedie su cui era stata interrotta una partita a scarabeo. Susan appoggiò le scatole dei giochi e poi si sedette.

Penny, invece, sistemò il leoncino meccanico vicino ad altri giochi un po' anneriti, su una mensola che non era bruciata del tutto. Quel piccolo gesto mi ricordò il mio primo incontro con Nate, quando anche lui cercava di conservare un po' di colore in quel mondo che sembrava dipinto dalla morte. Penny accarezzò la criniera di legno e Susan, con un colpetto di tosse, ruppe il silenzio dei libri.

«Cosa ci volevi dire, Thara?»

Tentennai. Mi chiesi se era il caso di parlarne subito e di ricordargli il passato e il presente dei loro corpi. Non volevo certo riferire loro la vera opinione dei medici, le avrebbe distrutte, così mi limitai all'unico fatto positivo.

«Volevo avvisarvi che vi hanno trasferite in un altro ospedale, quello al centro della città. Lì sono più attrezzati, adesso la speranza che possiate svegliarvi è molto più concreta. E poi potrò venirvi a trovare, nella "realtà" intendo, molto più spesso».

«E questa non la chiami realtà?» mi domandò Susan mettendosi le mani sui fianchi, come se l'avessi offesa, ma si accorse subito d'aver esagerato un po' i toni. «Grazie Thara, ma abbiamo imparato a vivere giorno per giorno senza aspettarci miracoli».

Quello che temevo stava avvenendo, la speranza di tornare a guardare il mondo si stava affievolendo dentro di loro come una fiamma sotto una campana di vetro. Avrei voluto scuoterle. C'era una ragione per cui dovevano continuare a credere di potercela fare, di lasciare quell'inferno dalle fiamme sbagliate.

«Non avete paura di Ludkar, di quello che può farvi? Sembra

quasi che non vi importi più niente di lui, del fatto che sia qui fuori in agguato» dissi avvicinandomi alla statua.

«L'unica cosa di cui aver paura è la paura stessa. Lo diceva Roosevelt. Ho avuto molto tempo per leggere ultimamente».

«Voi non avete conosciuto il vero Ludkar. Io ho visto la faccia del male e non la dimenticherò mai».

Le parole uscirono di getto, non riuscivo a controllarle. Non volevo aggredirle, ma mi sembrava impossibile che proprio loro, prigioniere del Cinerarium, potessero essere così tranquille. Ero quasi invidiosa.

«Thara, adesso è chiaro che c'è davvero qualcosa che non va... nel mondo di sopra» indicò il soffitto lavorato della stanza.

Penny si avvicinò alla sorella e la vidi guardarmi con occhi preoccupati, come se leggesse dentro di me l'inquetudine che vi abitava.

«Forse...» risposi debolmente. «Ora devo andare. Tornerò fra qualche giorno, devo sistemare un paio di cose».

Susan mi guardò storto, ma non volle indagare. Aveva ragione, ero io quella troppo ansiosa, dovevo stare più tranquilla se volevo far andar bene le cose.

Abbracciai le due sorelle e, mentre mi chinavo per baciare la piccola sulla fronte, il buio mi richiamò al mondo. Nell'attimo in cui il mio spirito si spargeva fra gli universi e i miei sensi ricercavano un corpo a cui aggrapparsi, un rumore intermittente e acuto, un rumore verde, mi indicò la strada.

Mi risvegliai di soprassalto, con la testa appoggiata al bordo del letto d'ospedale. Accanto al mio viso, sulle coperte candide come neve, come disinfettante, giaceva un iris.

«Thara...» sentii pronunciare da una voce familiare.

Lo sguardo ancora offuscato indagò la stanza, passando sul monitor che registrava il ritmo cardiaco. La sagoma di Ludkar si compose più chiaramente e bastò a farmi riprendere del tutto.

«Thara, mi ha detto tuo padre che ti avrei trovata qui».

«Nate...» dissi scostandomi i capelli dal volto e massaggiandomi la fronte. «Non devi farti vedere in giro. La polizia...»

Lui si sedette sul bordo del letto e mi passò una mano sulla nuca.

«La polizia non mi riconoscerà».

Lo guardai meglio. Era meno pallido del solito e un grosso paio di occhiali da sole gli nascondevano il viso. Non riuscii a usare la faccia seria che mi ero preparata per quando lo avrei rivisto e mi lasciai sfuggire un sorriso.

«Mi prometti che non farai più come l'altra sera?» gli chiesi appoggiando la testa sulle sue ginocchia.

«Sì, Thara, è tutto risolto».

Non volli chiedergli niente di più. Ero troppo stanca. Viaggiare nel Cinerarium ultimamente mi portava via molte forze. Non capivo perché, ma stava diventando più difficile. Per il momento, mi bastavano le sue carezze.

«Come stanno Penny e Susan? Mi dispiace non poterle salutare».

Mi rialzai lentamente e insieme a Nate guardai i loro corpi vuoti riposare sui due lettini.

«Bene... ma non abbastanza. Si stanno abituando. Non ho trovato il coraggio di spiegare che i loro corpi stanno diventando troppo deboli. Guardale... sembra che siano così tranquille, che stiano sognando».

Purtroppo erano i respiratori che pompavano l'aria nei loro polmoni.

«Andiamo, ti riaccompagno a casa» disse lui appoggiandomi la giacca sulle spalle. «Ho una sorpresa per te».

Sospirai e sistemai gli iris che avevo portato con me in ospedale nel vaso sul comodino. Diedi a Penny il bacio che non ero riuscita a darle e uscimmo dalla stanza.

Mentre camminavamo lungo i corridoi, verso l'uscita, non mi chiesi qual era la sorpresa che Nate aveva preparato. Mi sentivo distaccata, lontana, anche se lui era proprio lì accanto. Fu mentre le porte scorrevoli si aprivano che capii come mai. Quel "è tutto risolto" non mi aveva convinta. C'era qualcosa di freddo dentro Nate, qualcosa che non mi piaceva per niente.

Quando ci ritrovammo all'esterno, mi strinsi nella giacca e lo guardai. Non era il vento d'autunno a raffreddarmi le guance.

«Ti sei accorto che non è stato bello scappare così da casa mia e non rispondere alle mie chiamate?»

Intravidi Nate cambiare espressione dietro alle lenti scure.

«Scusami...» disse passandosi una mano sul collo. «Credevo che fosse più grave di quello che era. Kolor mi ha spiegato come fare. Non ti farò più del male».

Sorrisi guardandomi attorno, un po' innervosita.

«Possibile che tu non abbia ancora capito? Non è quello il punto. La questione è che, se ci sono dei problemi, dobbiamo parlarne insieme e non prendere il primo volo per la Transilvania! Dobbiamo avere fiducia in noi».

Nate abbassò la testa e si guardò le scarpe, forse lo avevo mortificato troppo. Decisi di addolcirmi un po'.

«Non devono esserci segreti fra noi due... Mai».

Allora lui tornò a sorridermi e le fossette ai lati della bocca, se pur non della sua, mi fecero capire che le cose si erano davvero sistemate.

«Mai» ripeté lui.

In quell'istante, come se avessi rivolto contro di me una pistola e poi mi fossi sparata al petto, tornò il ricordo della conversazione con Mr Spectre. Avrei dovuto parlargliene, forse lo stavo proprio per fare, ma lui mi interruppe tirando fuori dalla tasca una busta.

«A proposito di voli... anche se in realtà vorrei andarci in moto... era questa la sorpresa» mi passò la busta e rimase a sorridermi mentre la prendevo dalle sue mani, sospettosa.

L'aprii lentamente, continuando a lanciargli occhiate e lasciando sfuggire un sorriso.

«Ho pensato... dato che a scuola da te non posso iscrivermi e che qui in città non posso farmi vedere molto...» continuò lui mentre capivo di cosa si trattava. «Beh, pensavo ti avrebbe fatto piacere passare un weekend insieme alla baia di Cape Cod. Che ne dici? Non si potrà fare il bagno, ma la baia è molto carina. Ho prenotato un ristorante vicino al faro...».

Riuscii a trattenermi solo per qualche istante, poi gli saltai al collo stringendolo forte. Non aveva idea di quanto mi avesse resa felice. Un fine settimana tutto per noi. Era quello che desideravo più di ogni altra cosa al mondo. Stare lontano da tutti e tutto anche solo per due giorni, poter essere due persone normali, era un desiderio che si realizzava senza stelle cadenti.

Lo baciai e anche lui mi baciò, senza preoccuparsi delle conseguenze. Perché quello era il significato che ormai davo all'amore.

IL MAESTRO E MARGHERITA

Dopo l'incendio che Ludkar aveva appiccato alla nostra scuola, erano stati costretti a ristrutturarla e a costruire nuove aule. Da questo punto di vista, forse non era stato neanche un male, dato che il liceo aveva bisogno da tempo di una risistemata.

Poche settimane prima si era persino svolta una vera e propria inaugurazione, a cui avevo partecipato contro voglia, con tanto di palco, striscioni, musica, discorsi e nessun buffet. Il preside aveva dichiarato che fatti simili non si sarebbero mai ripetuti e che dalle ceneri bla bla bla. Che bisognava guardare al futuro perché bla bla bla. E che i giovani dovevano credere nel bla bla bla. Ma alla fine di quel discorso, di cui condividevo e ricordavo ogni sillaba, dopo gli applausi, introdusse l'unico argomento a cui ero davvero interessata. I nuovi insegnanti.

Vennero presentati uno per uno, tranne il più controverso e chiacchierato di tutti. Il professor Igor Demidoff, che sarebbe diventato il mio nuovo insegnante di latino. Si diceva che si facesse chiamare "Il Terribile" e che la sua severità fosse pari solo al suo cinismo. Per fortuna, il latino era la materia in cui me la cavavo meglio, però ero in ansia per Leonard e Christine. Forse mi stavo preoccupando per nulla, ma quella mattina capii che non era così.

Eravamo seduti in classe e tutti stavano vociando. Christine, io e altri compagni ci scambiavamo ipotesi su come sarebbe stato. Leonard sperava solo in una cosa:

«Mi auguro che non ci riempirà di compiti come il precedente. Magari il soprannome "Il Terribile" deriva solo da voci e invece è simpaticissimo» e incrociò le dita perché il suo desiderio si avverasse.

Christine fantasticava a occhi aperti su qualche giovane fusto che sarebbe rimasto stregato dai suoi occhi neri.

«Io ho delle vibrazioni positive. Sicuramente sarà un tipo attraente. Lo dice la statistica. Tutti i nostri prof sono delle mummie. Uno che non abbia settant'anni deve arrivare prima o poi».

Steve, il giocatore di rugby, faceva il palo sulla porta. Era uno che non si faceva spaventare nemmeno da una carica di avversari, e fu per questo che mi preoccupai quando si voltò sbiancato. Non disse nulla, ma da come si mise al suo banco e tirò fuori i libri capii che dalla porta non sarebbe entrato il Salvatore.

Il professor Igor Demidoff entrò a gamba tesa. Era altissimo, magrissimo, con un che di rettangolare in tutto. Lasciò andare la maniglia e la porta si richiuse da sé, come se fosse stato lui a muoverla col pensiero.

La classe si acquietò all'improvviso. Io e Christine ci scambiammo uno sguardo scioccato, mentre a Leonard ormai facevano male le dita a forza di intrecciarle.

L'insegnante si annunciò con un colpetto di tosse, senza muoversi dal posto. Era giovane, alto, asciutto e nervoso. Vestiva una giacca sportiva che ricadeva un po' larga sulla camicia a righe verticali, e i suoi piccoli occhi malvagi sembravano tenuti in celle di sicurezza dietro alle lenti degli occhiali.

«*Alea iacta est*. Ecco che inizia un altro anno e dalle vostre facce posso immaginare che non sarà facile. Ho visto pietre con lo sguardo più vivo del vostro» disse passandosi con uno scatto la mano fra i capelli, rischiando di staccarseli.

Prese a sedere dietro la cattedra e vi appoggiò sopra una borsa in pelle. Fece scorrere la zip e il rumore della cerniera assordò il silenzio.

«Sono il professor Igor Demidoff. Igor "Il Terribile" per gli amici. E io non ho amici. Metto subito in chiaro una cosa: non mi piacciono le ironie sul mio accento russo. Anzi, non mi piacciono gli spiritosi e basta. Ci siamo capiti? Se volete fare una battuta usate una delle mie».

La voce era quasi metallica, come quella di un automa programmato per terrorizzarci. L'addolcì un poco riportandola a un tono più umano.

«Comunque ora facciamo l'appello. Nome e cognome. Non voglio sapere altro. Quello che mi interessa sono le vostre conoscenze di latino e per una valutazione preliminare non c'è niente di meglio di un bel...» fece una pausa lunga e per tutti noi fu come sprofondare lentamente nelle sabbie mobili «C.A.S., che per chi non è avvezzo agli acronimi sta per: Compito A Sorpresa».

L'inverno arrivò all'improvviso. La classe gelò. Demidoff iniziò a chiamarci in ordine alfabetico, scandendo i nostri nomi e pretendendo che ci alzassimo in piedi e dicessimo "presente" come in una classe di fine Ottocento.

C'era solo un'assenza: una nuova studentessa che non si era ancora presentata in classe e che nessuno conosceva. Vidi che Demidoff prendeva un appunto su un piccolo notes nero aperto di fianco al registro. Quando toccò alla S di Suarez, Jennifer provò a sgranare i suoi occhioni e ad aggiungere che era felice di avere un insegnante più vicino alla nostra età, perché sarebbe stato più in sintonia con noi, con i nostri problemi. Demidoff la bloccò subito e scrisse di nuovo sul libretto scuro.

«I vostri problemi non mi interessano. Però vi assicuro che ve ne darò io di nuovi per dimenticarvene. Diciamo che sarà come passare da un dito gonfio a una mano amputata. Sarò l'incubo del vostro incubo peggiore. Durante le mie ore parleremo solo di latino. Sì, è così che si chiama la materia che comincerete a conoscere. Quello che avete studiato negli altri anni si chiama mortificare il sapere, pettinare le arance, contare gli spigoli con la testa. In quanto a te, Suarez, per questa volta passi, perché è la prima» si sfregò le mani velocemente, come se stesse stritolando un passerotto a livello molecolare. «Alla prossima finisci dietro alla lavagna. E la lavagna è a muro. Ora so chi è l'ochetta della classe e, come al solito, è un vero peccato che allo sviluppo del davanzale non corrisponda quello del cervello».

Jennifer rimase ancora qualche secondo in piedi come paralizzata dallo sguardo della Medusa e poi cadde sulla sedia con gli occhi vacui di chi aveva perso se stessa.

«Tu» Demidoff indicò Clive, che mormorò qualcosa di incomprensibile. «Prendi i compiti e consegnali agli altri esemplari».

Quando il ragazzo si avvicinò alla cattedra, Demidoff liberò una risatina di scherno.

«Clive… tu devi essere quello che ci prova con tutte, ma l'unico soggetto femminile singolare con cui riesci ad avere una relazione è la tua mano destra e dal suo aspetto mi sa tanto che anche lei si sta stufando di te. Per lei è come giocare con l'amichetto immaginario».

Clive sbiancò e lo vidi stringere i pugni. Mi dispiaceva per lui, stranamente. Stava provando l'amara medicina di Demidoff. Intere cucchiaiate di sciroppo al gulag.

«Insieme all'ochetta giuliva, in ogni classe c'è sempre il lecchino. Sei perfetto per quel ruolo. Aggiudicato. Ma ti conviene tenere la lingua ben chiusa in bocca. Ci vuol altro per comprarmi: accetto solo dobloni d'oro e non credo che la tua misera paghetta possa sostenere una costosa corruzione».

Entrato solo da un quarto d'ora, Demidoff era già riuscito a conquistarsi la simpatia di tutti.

Si puntò gli occhi con le dita e concluse.

«Ti tengo d'occhio, Clive, ti osservo. Ogni tua mossa sarà nel mio radar. Bip bip».

Quelle parole, che avevano colorato la faccia e l'acne di Clive prima di rosso e poi di violetto, mi ricordarono quelle di qualcun altro. Ma non avevo tempo per pensarci, il compito stava per essere recapitato sul mio banco. Quando Clive tornò al suo posto, Demidoff guardò l'orologio.

«Avete un'ora di tempo. Poi aprirò il gas».

Dopo che tutte le teste si piegarono sui fogli e le mani iniziarono a muovere freneticamente le penne, Igor Demidoff estrasse un portatile dalla borsa e lo aprì. Se era intento a guardare la posta elettronica o chissà quale sito perverso, c'era comunque la possibilità di copiare.

Fu Steve il primo a provarci, cercando di togliere dallo zaino i foglietti che si era scritto in caso di emergenza, e quella era la più grande emergenza di tutte. Ma la sua mano, mossa con l'abilità di un giocatore d'azzardo, non fece in tempo a spiegarli che Demidoff si alzò e puntò i suoi occhi sul malcapitato.

«Steve, puoi anche smetterla con i tuoi patetici tentativi. Quello che ho detto all'oca e al lecchino vale per tutti voi. Siete nel mio radar come piccoli puntini luminosi. So sempre esattamente cosa fate o cosa tentate di fare. Non costringetemi a premere il pulsante dell'atomica. Anche se un giorno spero che me ne darete l'occasione...» continuò guardando Christine. «Steve, consegna il tuo compito».

Christine lo ignorò, mentre Steve, con la testa china, quasi incassata nelle spallone da sportivo, marciò verso la cattedra. Mise il foglio davanti al professor Demidoff. Se non fosse stato per nome e cognome sarebbe stato bianco.

«Sono davvero felice di iniziare il mio lavoro scrivendo l'alfabeto al contrario». Si fermò un attimo facendo scattare la penna, perplesso. «Esiste la Z nei voti? Ma sì...» disse scrivendola sull'intero foglio. «Qui vige la mia legge. La mia legge è dura, ma è la mia legge. *Dura lex, sed lex*».

Quando il campanello trillò, il professor Demidoff si alzò in piedi e ci guardò con i suoi piccoli occhi da dietro gli occhiali. La sua figura alta e allampanata ci inchiodò ancora alle sedie.

«Passo io a ritirare la vostra F, che sta per Falliti» e cominciò a vagare per la classe con passi molto ampi, come se dovesse decidere a chi sparare.

Quando ebbe finito, ci disse di uscire e ci augurò buona giornata, tenendo a precisare che per lui una buona giornata era quella trascorsa in tribunale a spiegare quanto era facile confondere un cervo con un cacciatore. Mentre stavo fuggendo dall'aula, in compagnia di Christine e Leonard, lo sguardo mi cadde sul suo portatile, aperto sulla cattedra. Mi bloccai per un istante. Sul monitor si vedeva la nostra classe. Sul monitor c'ero io, in piedi accanto alla scrivania, che guardavo il portatile. Stavo per cercare dove avesse nascosto la webcam, quando la sua mano ossuta richiuse di scatto il laptop.

Mi ritrovai a fissarlo e lui ricambiò come avrebbe fatto un corvo.

«Ti chiami Thara o "Non-mi-faccio-gli-affari-miei"?» domandò facendo brillare lo sguardo. «Capirai tutto quando sarà il momento» e si voltò facendomi un cenno nervoso di andarmene.

Indietreggiai stringendomi i libri al petto. Non volli pensare a niente. Non volli fare nessun tipo di congetture. E mi ritrovai in corridoio a sbattere la schiena contro Christine.

«Sei più suonata del solito o sbaglio? Anche tu non riesci a resistere al fascino del nuovo insegnante?»

Demidoff sbatté la porta imprecando e io tornai a fissare Christine con un po' più di lucidità.

«È simpatico come un massaggio ai piedi con i ricci di mare» aggiunse Leonard mentre riprendemmo a camminare nel corridoio, dirigendoci verso l'aula di matematica.

«Ragazzi...» dissi cercando di essere presa sul serio. «Credo che Demidoff sia ossessionato da me. Credo che sappia tutto».

Leonard rise.

«Quelli di cui è importante che non sappia niente siamo noi! Abbiamo copiato con una professionalità tale che dovremmo chiedere gli straordinari» e provò a farsi battere il cinque da Christine, che gli spostò la mano con sgarbo.

«Senti, anche se fra te e Nate le cose si stanno mettendo male, non puoi vedere complotti ovunque».

«No, no...» la interruppi. «Con Nate ho sistemato. Ti dico che Demidoff mi spia. Credo che sia stato lui a fotografarmi al funerale di Charles. Mi ha anche mandato dei messaggi assurdi...»

«E come fai a dirlo con tutta questa certezza?» chiese Christine tenendo le palpebre a mezz'asta e guardando davanti a sé.

Balbettando e confondendomi per l'agitazione, raccontai ai miei amici tutto quello che sapevo su Mr Spectre, facendo loro notare nel dettaglio le coincidenze. Mi aveva detto "quando sarà il momento, ci incontreremo e capirai" e Demidoff anche. Demidoff aveva una webcam con cui ci teneva sotto controllo, proprio come Spectre aveva tenuto sotto controllo me. Demidoff sapeva perfettamente il mio nome già alla prima lezione e tutto il resto andava a combaciare in modo inquietante.

«Siamo nella merda, allora...» commentò Leonard. «Vedrà mentre copio dal cellulare».

Mi fermai e lo presi per il cappuccio.

«Leonard! Sono seria! Mi dovete aiutare...»

Christine intervenne facendomi mollare la presa.

«Stai calmina. Non mi sembra che questo sia un grande problema. Se è un pervertito, ci penso io. Entro in aula quando non c'è nessuno, gli faccio qualche proposta che una studentessa non dovrebbe fare per avere un bel voto, Leo fa due scatti e abbiamo vinto. Contenta?»

«Ha in mente altro! Non lo capite? Sa che sono una Crepuscolare».

In quel momento, alla nostra sinistra, sentimmo provenire dei singhiozzi. Voltammo la testa tutti e tre in quella direzione. Una ragazza stava piangendo nei bagni. Rimanemmo in silenzio a pensare tutti e tre se era il caso di andare a vedere, magari ci mettevamo in una situazione da cui dovevamo stare fuori, ma quello sembrava davvero un pianto che chiedeva aiuto.

Entrammo solamente Christine e io, Leonard ci aspettò fuori. Non c'era nessuno ai lavandini e sbirciando sotto alle porte delle toilette non vedemmo gambe. I singhiozzi però continuavano. Sembravano provenire dall'ultima porta, così accostammo l'orecchio e bussammo.

«Ehi, tutto bene lì dentro?» domandò Christine.

Il solo tocco delle nocche fece aprire lentamente la porta, che non era stata chiusa col chiavistello.

Quando si spalancò del tutto, cigolando, trovammo una ragazza rannicchiata sopra alla tavoletta. Si stringeva le gambe con le braccia, nascondendo la testa dietro alle ginocchia. Potevamo vedere solo i suoi capelli, biondi, di una lucentezza incredibile. Christine provò a chiamarla ancora, ma lei era troppo impegnata a piangere per accorgersi della nostra presenza. Così, allungai una mano per toccarle una gamba. Appena la sfiorai, la lasciò ricadere, senza forze, e apparve metà del suo volto. Il rimmel le rigava la faccia, come se avesse pianto lacrime nere, e i suoi occhi, azzurrissimi, mi guardavano come se stessero urlando aiuto.

«Come… come ti chiami?» le chiesi a bassa voce, avvicinandomi.

La sua testa non si mosse, solo i suoi occhi mi seguirono. Non parlò subito, mi studiò prima, poi una voce leggera, fragile, disse: «Margareth…».

Anche Christine si avvicinò.

«Hai un problema serio o ce ne dobbiamo andare?» domandò con un tono troppo brusco.

Le diedi un colpetto sul braccio.

«Dai, poverina, aspettiamola qui fuori. Così si sistema».

Lanciai uno sguardo a Margareth, sperando di trovare un po' di intesa.

La ragazza fece di sì con la testa e noi le lasciammo il suo spazio. Uscite dal bagno, trovammo Leonard che guardava il cortile dalla finestra.

«Secondo me è una figlia di papà che piange perché le si è rotta un'unghia» commentò Christine.

«A me basta che sia una buona scusa per saltare trigonometria» aggiunse Leonard cercando indizi sui nostri volti.

Quella ragazza aveva dei grossi problemi, era evidente, ma ancora più evidente era che si trovava in un ambiente nuovo in cui non aveva nessuno con cui parlarne.

«È la ragazza che era assente alla lezione di latino» dissi. «Sicuramente è lei. Sapevo che c'era una nuova, ma non mi ricordavo il nome. Si chiama Margareth».

In quel momento la porta del bagno si aprì e la ragazza uscì con la testa bassa, guardandosi intorno come se delle bestie feroci avessero intenzione di attaccarla. Aveva provato a lavarsi la faccia, ma il rimmel e il rossore intorno agli occhi erano quasi del tutto rimasti. Su una ciocca aveva legate due perle trasparenti, che ciondolavano come lacrime rimaste impigliate.

«Io… Scusate per prima» cominciò cercando i nostri sguardi,

come se stesse dicendo qualcosa di sbagliato. «Non vorrei avervi dato fastidio. Oddio...» si passò le mani sulla faccia. «Il primo giorno qui e già combino questi casini...»

Quasi senza accorgermene le appoggiai una mano sulla spalla. Quella ragazza mi ricordava tanto me un anno prima, ma senza amici su cui contare.

«Ti va di venire a mangiare qualcosa con noi?» le chiesi. «Saltiamo quest'ora e ci prendiamo una pausa, che ne dici?»

Margareth mi sorrise dispiaciuta.

«No, no... Andate, non preoccupatevi, starò bene».

Con mio grande stupore, ma soprattutto con grande stupore di Christine, Leonard si fece avanti. Gli brillavano gli occhi e nella sua voce vibrava un'emozione strana.

«Per favore, insistiamo. Offro io».

***

Poco dopo ci ritrovammo a bere del caffè caldo sotto al portico del cortile. Christine si era seduta sul muretto, appoggiando la schiena a una colonna. Margareth non le piaceva, voleva mantenere una certa distanza, e forse capivo perché. Ma quella povera ragazza ci raccontò cose talmente tristi, che anche lei dovette addolcirsi. All'inizio non disse nulla, era molto riservata, però quando tentò di fare un po' meglio la nostra conoscenza, di chiacchierare d'altro per distrarsi, scoppiò a piangere ancora. Si buttò fra le braccia di Leonard singhiozzando e lui, imbarazzato, guardandoci, le strofinò una mano sulla schiena. Solo allora Margareth ci raccontò come mai si era dovuta trasferire in città. Apparteneva a una famiglia molto facoltosa, ma la quantità di denaro che i genitori possedevano era compensata in proporzione dalla loro assenza. Entrambi dirigenti di importanti società, fin da quando era piccola l'avevano lasciata crescere dai nonni. Purtroppo, nell'ultimo mese, i nonni si erano spenti per colpa di un cancro che sembrava averli presi uno con la tenaglia sinistra e l'altra con la chela destra. E così lei era dovuta andare a vivere nella città in cui i suoi lavoravano, dove pensavano di poterle stare più vicini. Anche se i loro intenti erano stati buoni, non si era verificato nulla di quello che le avevano promesso, e adesso si trovava in una città sconosciuta, in cui camminavano persone sconosciute, a passare i pomeriggi in un grande e lussuoso appartamento vuoto.

«Per fortuna, ho incontrato voi ragazzi...» disse poi asciugandosi le lacrime. «Ho davvero bisogno di un po' di compagnia. Pagherò io se vorrete uscire con me».

«Non dire stupidaggini» la interruppe Leo scostandola a malincuore.

Christine lo guardò storto.

«Parla per te».

«Almeno una volta, per sdebitarmi» volle insistere Margareth.

Fu allora che mi guardò dritta negli occhi. Fino a quel momento non mi ero accorta del suo "strabismo di Venere": le pupille non erano perfettamente in asse, ma leggermente divergenti. Le davano un'espressione vaga, ingenua, di chi non sa perfettamente cosa gli stia accadendo intorno. Lei, invece, non fece caso ai miei occhi viola, o non volle farci caso. La cosa mi colpì molto. Eravamo abbastanza vicine perché si accorgesse che non si trattava di lenti a contatto. Questo me la rese sinceramente simpatica.

«Grazie» le dissi sorridendo. «Uno di questi giorni potresti venire alla villa tornata dalla polvere con noi».

Margareth mi guardò perplessa.

«E cosa sarebbe?»

«Il nostro ritrovo» intervenne Leo. «Veramente è la casa del padre di Thara e del suo ragazzo...»

Margareth strabuzzò gli occhi.

«Tuo padre... e il tuo ragazzo vivono insieme?»

«È una lunga storia che è meglio non raccontare, lascia perdere...» risposi arrossendo un po'.

Margareth prese fra le dita le perline che penzolavano dalla sua ciocca.

«Che ne dite se invece... venite da me questa sera? Sono da sola, vorrei invitarvi a cena».

Ci guardammo. Non avevamo programmi particolari e, anche se avrei voluto stare un po' da sola con Nate, ci aspettava un weekend tutto per noi.

«Ok» dissi alzando le spalle e sorridendo di nuovo.

«Fantastico!» gioì Margareth. «E porta anche il tuo ragazzo. Così avremo due coppie. E io farò la quinta incomoda».

«Ehi, ehi, ehi...» la fermò Christine saltando giù dal muretto. «Leo e io non siamo una coppia di quel genere. Se intendi come Stanlio e Ollio o Wile E. Coyote e Beep Beep, allora ci siamo».

«Oh...» si scusò Margareth stringendosi nelle braccia. «Vi vedevo così affiatati... Ho pensato male. Scusate. Meglio così» concluse poi lanciando uno sguardo d'intesa a Leonard, che ricambiò impreparato.

DOLL HOUSE

Quella sera, quando arrivammo all'indirizzo esatto che Margareth ci aveva lasciato, abbassando il foglietto trovammo un grattacielo. Christine, Leonard, Nate e io alzammo lo sguardo su quel monolite di vetro. Sembrava che le immense nuvole grigie ci si specchiassero contro per rifarsi il trucco. Avevamo capito che abitava in centro, ma non nel palazzo più alto di tutta la città. Quando ci aveva detto ultimo piano, immaginavamo il quarto o il quinto, non l'ottantesimo.

Ci avvicinammo alle porte scorrevoli, che si aprirono con un cristallino silenzio. Dentro, un uomo in divisa ci salutò con un cenno della testa, al quale rispondemmo con un timido "come va…", e al termine del tappeto blu trovammo quattro ascensori. Appena le porte del primo si aprirono, ci scagliammo all'interno. Tutta quella compostezza, quel rigore, ci metteva in ansia. Leo schiacciò il bottone e la lancetta che indicava i piani cominciò a muoversi.

Mi strinsi al braccio di Nate e lui alzò gli occhiali da sole per guardarmi con occhi dolcissimi. I suoi colori di solito sapevano tranquillizzarmi, eppure quella volta non funzionò. Non ero solo preoccupata di fare brutta figura perché ero vestita casual, quello che mi premeva era appunto la presenza di Nate. Avevamo discusso a lungo nel pomeriggio se andare insieme o meno, anche perché lui non poteva mangiare quello che veniva servito a tavola. Nate mi aveva rassicurato: avrebbe detto di aver preso delle medicine che non poteva mischiare al cibo. E mi aveva convinto con un bacio.

Quando le porte dell'ascensore si riaprirono, Margareth ci stava aspettando sulla soglia di casa. Teneva le braccia conserte e sorrideva facendo luce. Forse era in ansia più di tutti noi.

«Ciao! Siete stati puntualissimi!» disse mentre ci avvicinavamo.

I capelli biondi raccolti in uno chignon le facevano risaltare il volto dalla pelle chiara e la fronte ampia. Vestita così, quasi da sera, il suo collo sembrava lungo come quello di un cigno.

«E tu... devi essere Nate» disse presentandosi.

Lo studiò per un istante, indecisa.

«Sì» rispose il mio ragazzo sorridendo. «Sono io. Grazie dell'invito».

«Gli occhiali da sole a quest'ora?» domandò poi guardando me.

«Ho una congiuntivite... Per questa sera sarò un po' maleducato» risolse lui scherzosamente.

Per fortuna, Margareth non fece altre domande e ci fece accomodare. Se avesse visto i suoi occhi oltre ai miei, avrebbe iniziato a chiedersi un po' troppe cose. Un giorno, quando ci saremmo conosciute meglio, le avrei raccontato tutto, ma non volevo fare la figura della pazza già al primo appuntamento.

Quando entrammo nell'appartamento, rimanemmo senza fiato. Era un attico di dimensioni enormi, più della nostra palestra, e tutte le pareti erano di vetro. Si poteva vedere la città quasi a trecentosessanta gradi.

Non resistemmo e ci avvicinammo alle vetrate. Leo ci appoggiò anche le mani contro e Christine gli diede un buffetto sulla nuca per non fargli lasciare ditate.

«È fantastico...» sussurrai.

Da là sopra si vedevano le vene della città pulsare di macchine e autobus. I palazzi, bassi come ombre, sembravano far parte di un complicato gioco di logica. Il sole finì di tramontare proprio in quel momento, lasciandoci contemplare le tinte autunnali spegnersi nel cielo.

Un profumo di arrosto accompagnò la suggestione.

«È già pronto, se avete fame» disse Margareth invitandoci a voltarci.

Una tavola, anch'essa di vetro, su cui erano stese strisce di stoffa nera, era apparecchiata per cinque. In piedi, accanto al carrello delle vivande, un bel ragazzo ci fece segno di sederci. Doveva essere una specie di maggiordomo, anche se vestiva una giacca sportiva.

Prendemmo posto, lasciando Margareth a capotavola. Nate mi si sedette accanto, e Leo e Christine si sistemarono davanti a noi. Prima di raggiungerci, Margareth andò al computer, che sembrava una postazione della Nasa, e mise un po' di musica. Musica classica.

«È *Il flauto magico?*» domandai mentre lei si sedeva.

«Brava!» esclamò con un entusiasmo esagerato. «Sì, è l'opera di Mozart che preferisco».

«Ah... Mozart, altro che gli H.I.M. che piacciono a Christine» disse Leo con un'aria da intenditore, pensando di impressionarla.

Margareth rise portandosi una mano alla bocca.

«Anche a te piace la musica classica?» domandò.

«No» rispose Christine al suo posto, al limite dello sgarbato. «Le uniche cose che ascolta sono i miei insulti. E a lui piace così».

Margareth non se la prese e fece segno al maggiordomo di servire la cena.

«Lui è Enea, un ottimo cuoco!»

Il ragazzo sorrise e avvicinò il carrello delle vivande. Appena scoperchiò i vassoi, mi sentii sollevata. Oltre a uno splendido arrosto, c'era anche un bel carpaccio che Nate avrebbe potuto mangiare senza inventarsi stupide scuse. Guardai il mio ragazzo cercando un'intesa. Lui inclinò leggermente il capo per dire di aver capito.

«E così ti piace la musica classica?» chiesi a Margareth tornando a fissarla.

«Oh sì, a dire la verità studio canto».

«Davvero? Interessante» rispose Nate. «Io non sono molto tagliato per quel genere, ma sarei curioso di sentirti cantare».

«Oh...» arrossì Margareth. «Magari un'altra volta... Potreste venire allo spettacolo di Halloween... È strano, ma sul palco non mi vergogno».

Le sorrisi, mentre Enea mi venne accanto per servirmi l'arrosto insieme a un po' di insalata.

«Sarebbe fantastico».

«Ho sempre desiderato andare all'opera!» aggiunse Leo.

«Se continui così, rischi di diventarne il fantasma» gli sussurrò Christine nell'orecchio con un mezzo ghigno, poi con un sorriso di circostanza ringraziò Enea per averla servita.

«Io prenderei solo il carpaccio» disse Nate.

«Anche per me» lo imitò Margareth. «Oggi voglio tenermi leggera».

Leonard non si fece scappare l'occasione di fare un complimento.

«Non ne hai bisogno. Sei un figurino».

«Tu invece fai solo figuracce» e questa volta Christine gli disse qualcosa che solo lui comprese e per tutta risposta deglutì preoccupato.

Il maggiordomo stappò una bottiglia di vino e riempì i bicchieri a tutti. Non ce la sentimmo di rifiutare, ma io ne avrei bevuto solo un sorso.

«A Margareth... E tutte quelle cose che si dicono quando si fa un brindisi!» disse Leo entusiasta, alzando il calice.

Lo imitammo e cominciammo a mangiare. Fin da subito si instaurò una certa sintonia. Margareth aveva più cose in comune con noi di quanto immaginassimo. Alla fine, ci sembrò davvero che i soldi non facessero la felicità, ma addirittura la allontanassero. Ci raccontò un po' meglio cosa facevano i suoi genitori e anche noi condividemmo un po' delle nostre vite. Io mi limitai a parlare della farmacia di mia madre e Nate di tutto quello che gli era accaduto prima che Ludkar lo scagliasse nel mondo di cenere, aggiornandolo ai tempi correnti e aggiungendo che frequentava una scuola diversa dalla nostra. Margareth sembrava particolarmente attratta dalla circospezione che lui usava nei suoi brevissimi interventi. Era come se avvertisse quella parte di bugia nella verità, come se sentisse che il suono delle sue parole era sbiadito, quasi un'eco che arrivava da molto lontano nel tempo.

«Come mai sei di così poche parole?» gli chiese interrompendosi nel tagliare il carpaccio.

«Silenzioso...» commentò lui alzando le sopracciglia e corrugando la fronte. «No, è che mi piace ascoltare».

Christine gli puntò contro la forchetta e non si preoccupò di parlare con la bocca piena.

«Non dire che hai anche il mal di gola dopo la congiuntivite, altrimenti ti mettiamo a mangiare in un tavolo a parte».

«Forse è Leo ad essere un po' troppo allegro» dissi io mentre il nervosismo mi faceva ballare la gamba destra.

«Giusto, metti giù il bicchiere» tagliò corto Christine togliendo il calice dalle mani del mio amico che si atteggiava a esperto sommelier.

«Non devo mica guidare» si lamentò lui.

Christine abbassò le palpebre, come due serrande blindate.

«È vero, l'ambulanza ha l'autista...»

Margareth riprese a tagliare il carpaccio sorridendo, cercando di far andar via quell'atmosfera ostile che ogni tanto risaliva come bolle d'aria da sotto un mare calmo. La classe che metteva anche solo nel muovere le posate era tanto magnetica quanto eloquente, come se ci dicesse: "non è il caso".

«Non volevo farmi gli affari tuoi...» continuò dopo aver deglutito un piccolo boccone. «Ero solo curiosa, sembri... pensieroso».

«Già, ma sto solo pensando agli esami di domani, una scocciatura» rispose lui simulando un'esagerata disinvoltura.

«Ah, e che scuola frequenti?»

Gli diedi un calcetto sotto al tavolo. Non lo feci del tutto apposta, ma era il caso che smettesse di tirare fuori dettagli che poi non sarebbe stato in grado di ricordare.

«La scuola... scientifico. Liceo scientifico» azzardò lui.

Margareth, forse con innocenza, forse per una curiosità alimentata dalla buona educazione o dal desiderio di risultarci ad ogni costo simpatica, non voleva smettere di giocare a Veronica Mars.

«E dove si trova?»

Nate rimase per qualche istante silenzioso. Potevo quasi vedere i suoi occhi colorati muoversi dietro alle lenti scure, in cerca di un aiuto dal pubblico.

«Non mi ricordo» rispose poi, prima che un mio secondo calcio gli dicesse "forza, dai, ti ci sei messo da solo, adesso tiratene fuori". «Cioè, non mi ricordo il nome della strada, ma sta a est».

«A est di cosa?»

Per una volta Leonard seppe dire la cosa giusta al momento giusto.

«Sai, Nate suona molto bene la chitarra» intervenne, sperando di fare leva sulla passione musicale della nostra ospite, e funzionò.

«Ah, bene!» esclamò Margareth, illuminando i suoi occhi d'estate. «Potremmo fare un duetto allora! Chitarra e lirica. Hai un gruppo?»

L'espressione soddisfatta di Leonard durò pochi secondi, proprio come accadde alla mia.

«Sì! Siamo in gamba, ci chiamiamo i Bambini Caleidoscopici» esclamò Nate, senza pensare alla conseguenza disastrosa che poteva avere quella risposta.

A quel punto mi arresi. In fondo era comprensibile che volesse far credere di avere una vita. Forse mi stavo preoccupando troppo, non era di certo uno stupido. Se aveva pronunciato quelle parole con tanta decisione doveva sapere quello che stava facendo. Magari i suoi sensi da Nocturno percepivano vibrazioni di Margareth che noi non eravamo in grado di sentire.

«Ma se vi siete sciolti il mese scorso...» disse però Leo pensando di far bene.

«Sì, ci sono stati dei problemi con la band, ma niente di grave...» precisò Nate, appoggiando un gomito sul tavolo e passandosi un dito sulle labbra. «Suono di più per conto mio ultimamente».

Decisi di supportarlo. Alla fine era anche un gioco divertente, costruire un'identità. Sentirsi complici è sempre eccitante. E se anche Margareth avesse saputo la verità, avrebbe pensato a uno scherzo.

«Sì, ha scritto delle canzoni davvero belle».

«Beh...» aggiunse Christine pulendosi la bocca sgraziatamente. «Belle se ti piacciono le cose depressive, lagnose da usare come sottofondo mentre ti tagli le vene».

Margareth sorrise ancora. Non capivo se apprezzasse davvero le battute di Christine o se la sua innocenza le impedisse di trovarle offensive. Aveva la nostra età, ma sembrava non conoscere molte cose del mondo.

«E poi cos'altro fai?»

«Mi piace andare in moto».

Nate si girò a sorridermi e mi prese una mano. Gli sorrisi anch'io. Era davvero l'unica persona in grado di tranquillizzarmi col solo suono della sua voce. Quando cantava, suonando la chitarra, mi trasportava in un altro mondo molto più intensamente di quanto non sapessero fare gli iris, e non capivo più dove finissero le corde e iniziasse la sua voce.

«Ha insegnato anche a me a guidarla» dissi piano, ricordando quei pomeriggi in cui mi abbracciava per non farmi cadere dalla sella. «Ci andremo via insieme questo weekend».

Nate mi accarezzò il polso.

«Sì, ma guido io».

Leo ammiccò.

«Di cosa hai paura, che ti graffi la carrozzeria?»

«Forse ha paura che ti addormenti durante il viaggio» aggiunse Christine rivolta a me.

«Non ho più questo problema, Christine...»

Mi fermai e lanciai uno sguardo a Margareth. Aveva ripreso a mangiare e non sembrava aver dato troppa importanza a quell'ultima frase.

«Quindi è da tanto che state insieme» disse solo.

«Vorrei che fosse da più tempo» rispose Nate dolcemente. «Potrei quasi dire che prima di conoscere Thara, la mia vita era... grigia».

Avrei voluto abbracciarlo. Solamente io e lui potevamo capire a cosa si riferisse davvero. Poi Margareth fece una domanda decisamente fuori luogo o, almeno, che io non avrei mai fatto.

«E prima di Thara? Qualcun'altra di speciale nella tua vita?»

Rimanemmo tutti quanti stupiti. Ma non c'era malizia nel suo modo di fare. Continuava ad essere limpida, come i suoi occhi.

Probabilmente non aveva mai avuto esperienze e non capiva del tutto dove fossero i confini, quali si potessero varcare e soprattutto in che situazioni.

«Come mai me lo chiedi?» domandò Nate.

A quel punto Margareth si accorse dei nostri sguardi perplessi e si rese conto che forse aveva sbagliato.

«Ah, scusa, non volevo essere inopportuna».

Non volevamo farla sentire a disagio, così Leo cercò di stemperare buttandola sul ridere e, comunque, sempre a suo favore.

«Nella mia nessuna ha mai occupato un posto speciale...» disse con un'espressione che non era credibile neanche per un vecchio western. «È tutto libero, bello vuoto, pronto all'uso».

«Te lo ha chiesto?» protestò Christine, questa volta volendo mantenere una certa serietà. «E poi non ci vuole un radar per le ex nel tuo caso».

«Forse non conosci così bene i miei "ex-files"... agente Christine» rispose lui senza nemmeno guardarla, con un colpo da cinefilo.

Margareth rise, portandosi una mano a coprire la bocca, mentre i denti di Christine erano sul punto di fare scintille.

«Ma che tenero... da mangiare crudo...»

Ad ogni modo, dato che io e Nate non eravamo mai entrati in argomento, mi divertiva l'idea di metterlo in difficoltà.

«Questa è una curiosità che vorrei togliermi anch'io...» dissi passandomi una mano sul mento. «Non ne abbiamo mai parlato».

Nate rise imbarazzato, grattandosi dietro alla testa.

«Non credo ce ne sia bisogno».

«Io credo di sì» replicai divertita.

La memoria adesso gli era tornata, non poteva giocare ancora per molto la carta della cenere. Non che mi interessasse davvero quello che gli era accaduto vent'anni prima, se aveva avuto delle ragazze ormai erano più grandi di mia madre, però ero curiosa di sentire quali erano gli scheletri che aveva nell'armadio. Di solito era molto sicuro di sé, ma quando toccavo tasti così personali, andava quasi in paranoia da far tenerezza.

«Beh...» balbettò lui sistemando gli occhiali da sole. «C'è stata una ragazza, molto tempo fa, anche lei suona nel gruppo».

Margareth mi guardò stupita della mia tranquillità.

«E Thara, tu non sei gelosa che continui a vederla?»

«No... Non sono il tipo di persona» dissi facendo un gesto come se scacciassi un moscerino.

«E poi c'è stata Alice» riprese Nate, che aveva cominciato a impegnarsi nel ricordare. «Beh, lei ancora prima, aveva una passione per i cavalli. Cavalcavamo spesso assieme fuori città».

Non mi piacque vederlo sorridere nel ricordarla.

«Anche a me piacciono i cavalli...» esclamò Margareth. «E pensare che c'è gente che li mangia...»

«Non ho mai provato» le rispose Nate dondolandosi all'indietro con la sedia.

«Attento, che poi inizi a nitrire» lo fulminò Christine.

Le feci capire con un sopracciglio che non c'era bisogno di prendere le mie difese.

«Ah, e poi c'è stata Helen...» continuò ancora Nate portandosi le mani dietro alla testa, ormai perso a vagare nei ricordi con un po' troppo piacere. «C'eravamo conosciuti a una festa. Mi ha riportato a casa dopo che un ragazzo ubriaco mi aveva preso a pugni perché...»

«Beh, credo basti così» intervenni secca, sorprendendomi della mia reazione. «Sta cominciando a diventare la lista della spesa...» sorrisi, ma dentro, che lo volessi o no, ero stupidamente gelosa del mio ragazzo dagli occhi arcobaleno.

Nate tornò alla realtà e a sedersi compostamente.

«Oh, scusa, Thara... non volevo infastidirti».

«Ma no...» lo rassicurai io, era stato solo un momento di nervosismo, senza nessuna motivazione.

«Non si parla di certi argomenti quando si mangia» rimarcò Christine, notando gli sguardi che Margareth e Leo continuavano a scambiarsi come una patata bollente.

Continuammo a cenare e presto la bottiglia di vino finì. Enea ne portò una nuova e, mentre la stappava, speravo che anche gli argomenti potessero cambiare. Tornammo a parlare della mattinata a scuola, raccomandammo a Margareth le persone da frequentare e quelle da evitare, come Esteban e Clive. Poi, memori dell'ora infernale con il professor Demidoff, Christine e Leo si unirono quasi in coro per chiedermi di aiutarli con il latino.

«D'accordo, d'accordo...» li fermai pulendomi col tovagliolo. «Ma scusa una domanda, Margareth, come mai ti sei iscritta a una scuola pubblica, dato che te ne potresti permettere una privata?»

Lei socchiuse gli occhi azzurri e inclinò la testa.

«Ho già tanti vantaggi che non mi sembrava giusto...»

«Il vantaggio del cuoco non mi dispiace» commentò Leo guardandosi intorno. «E questa casa poi...»

«Potete venire quando volete» gli rispose Margareth, appoggiando una mano sulla sua.

Christine non si preoccupò davvero più di dire quello che pensava. Era evidente che Margareth stesse flirtando con Leo, ma fulminai lo stesso con lo sguardo la mia amica. Aveva sempre detto di non provare nulla per lui e, adesso che qualcuna si faceva avanti, non avrebbe dovuto comportarsi come se le stessero togliendo la ciotola dei croccantini.

«Noi un posto ce l'abbiamo già» si limitò a dire incrociando le braccia.

Margareth abbassò la testa, come se si fosse sentita in colpa.

«Capisco... È solo che i miei non vogliono che esca. Non ci sono mai e hanno dato ordini a Enea di tenermi qui, per la mia sicurezza. Non capiscono che ho bisogno di avere una vita... Pensano che tenermi sotto una campana di vetro mi protegga dal mondo».

Le strofinai una mano sulla spalla.

«Ti capisco. Anche se mia madre non è mai stata così esagerata... Comunque verremo qui a trovarti molto volentieri».

«Certo. So cosa vuol dire la solitudine» aggiunse Nate, alludendo ai suoi anni passati nel Cinerarium.

«E pensare che a me piacerebbe viaggiare... vedere l'Europa... la Francia, l'Italia... ma i miei genitori non mi ci hanno mai portata. Vorrei tanto vedere Firenze...»

«Mi ricordo di Firenze...» disse Nate all'improvviso, dopo aver inghiottito un boccone, attirando soprattutto la mia attenzione. «Credo di esserci stato».

«Davvero?» gli domandai inclinando la testa e sgranando gli occhi.

Non me lo aveva mai detto. Anzi, ricordavo bene che avesse detto di non essersi mai allontanato troppo dalla città.

Margareth rise di gusto.

«Come "credi"? Una città simile non si può dimenticare!»

Nate aggrottò la fronte. Era come se si fosse reso conto d'aver detto qualcosa che non voleva. Qualcosa di cui non sapeva davvero niente.

«No, avete ragione... Non so perché l'ho detto».

Christine bevve un bicchiere di vino in un solo sorso.

«È Leonard qui quello che sta cercando di attirare l'attenzione. Non vorrai rubargli la scena...»

Christine non era abituata a bere alcolici e, per quanto quel vino fosse ottimo, ero preoccupata che le facesse un brutto effetto. Stavo per dire qualcosa, ma proprio in quel momento sentii il cellulare vibrare nella tasca dei pantaloni. Pensai fosse mia madre che si lamentava della lavatrice non svuotata. Quando lo sfilai dalla tasca, la mia faccia sbiancò. Lo stavo tenendo sotto al tavolo, ma Nate se ne accorse lo stesso.

«Chi è che ti chiama a quest'ora?»

«Oh...» balbettai mentendo. «È solo mia madre, dice di non fare tardi».

Lui mi sorrise e io lo imitai come meglio potevo. Dietro alla mia faccia sentivo di avere l'espressione di un teschio.

Mr Spectre mi aveva mandato un messaggio.

"Vedo che la tua compagnia si è alzata di livello. Un bacio alla mia ragazza speciale".

Senza farmi notare spensi il cellulare e me lo rimisi in tasca. Cercai di seguire di nuovo i discorsi al tavolo, ma mi sentivo assente, distratta. La mia mente era tornata a pensare a quell'assurdo individuo che aveva scelto di tormentarmi. E, senza volerlo, vedevo il volto del professor Demidoff ridere in una stanza buia, col monitor di un computer che si rifletteva nei suoi occhiali.

«Non ho mai letto manga» disse Margareth dopo la domanda di Christine. Probabilmente le aveva chiesto quali erano i suoi interessi.

«Ti consiglio *Death Note*, allora. È davvero brillante».

Fortunatamente aveva trovato un argomento con cui distrarla.

«Racconta di un ragazzo che trova un quaderno particolare. Se scrive il nome di una persona in quelle pagine, la persona muore» continuò Christine, ma l'attenzione di Margareth era ancora indirizzata su Leonard, così calcò la lama che si era ritrovata per caso fra le labbra. «E tu, Margareth, com'è che fai di cognome?»

Mi alzai di scatto quasi senza accorgermene.

«Posso usare il bagno?» domandai alla nostra ospite tenendo gli occhi fissi su Christine.

«Ma certo, è in fondo al corridoio».

«Mi accompagni, Christine!?» calcai la voce per farle capire che non c'erano opzioni alla risposta.

Lei si alzò controvoglia, sbattendo il tovagliolo sul tavolo, e appena ci fummo allontanate dalla sala la presi per un braccio.

«Cosa ti salta in mente!? Vuoi smetterla di comportarti così?»

Mi guardò con l'espressione di un pitbull.

«Fatti gli affari tuoi, Thara».

«Sono affari miei! Ci ha invitati a casa sua e offerto la cena, non mi sembra bello ricambiare dicendo che la vorresti morta».

Lei sospirò a fondo.

«Sì, ho visto che fa un po' la gatta morta con Leo, e allora?» continuai. «Leo te l'ha detto mille volte che gli piaci, tu lo hai sempre rifiutato e trattato come se fosse un fratello che ti diverti a tormentare…»

«No, non è vero! E lo sai…» si infuriò Christine.

Scossi la testa e la portai un po' più avanti.

«Non hai il diritto di prendertela. Margareth è una ragazza carina e gentile, quando pensi che capiterà di nuovo a Leo di trovarne una così che gli riserva certe attenzioni? Deciditi, se ti dà tanto fastidio, parlagli e digli quello che provi».

«Non provo niente... È solo che quella...»
Christine non riuscì a terminare la frase.

Dalla sala arrivò un grido di Leo.

Corremmo a vedere cosa stava succedendo.

«Oh mio Dio...» dissi quando arrivammo.

Nate era svenuto ed Enea lo stava sorreggendo. Aveva perso gli occhiali da sole e i suoi occhi erano quasi del tutto girati al contrario.

«Nate! Amore!» gridai andandogli accanto.

Mi inginocchiai alla sua destra, col cuore che batteva tanto forte da ovattare le voci. Il mio corpo era pervaso da una sensazione terribile, sentivo il bisogno di aiutarlo con tutta me stessa, ma non sapevo cosa fare. Mio padre aveva detto che i Nocturni non possono ammalarsi, che sono immuni alla morte e che probabilmente sopravviveranno alla fine dell'universo, ma Nate era là steso a terra e le sue condizioni sembravano davvero gravi. Gli presi il volto fra le mani. Stava tremando.

«Amore, ti prego!»

Mi voltai in direzione di Margareth. Lei non si era mossa, era impietrita, salda alla sedia come se le avessero cucite assieme. Volevo fermarla prima che chiamasse un'ambulanza, ma non lo stava facendo. Sembrava essere stata colpita da un fulmine di ghiaccio.

Fu allora che Nate emise un rantolo e drizzò il busto all'improvviso.

«Arca!» gridò, con una determinazione lucida e incomprensibile.

Rimase in quello stato catatonico per qualche secondo, poi il suo corpo tornò a rilassarsi. Quando anch'io riuscii a respirare di nuovo, si voltò a guardarmi.

«Perché sono sul pavimento?»

Lo strinsi forte, senza rispondergli.

«È meglio se torniamo a casa...» gli sussurrai vicino all'orecchio.

Margareth fu molto comprensiva, disse che non si era spaventata e che avrebbe voluto fare qualcosa per noi. Si offrì di chiamare un taxi per Leo e Christine, mentre io dissi che eravamo venuti in moto. Scherzammo sul fatto di non aver potuto assaggiare il dolce che aveva preparato Enea, sicuramente buonissimo, e ci salutammo sulla porta.

Mentre scendevamo con l'ascensore, Leo cercò di sdrammatizzare l'accaduto.

«Sapevo che volevi fingere di stare male per non mangiare, ma non ti sembra di avere esagerato?»

Nate, che ancora aveva qualche dolore al petto, gli sorrise debolmente.

«Non ti è piaciuto come scherzo? Credevo di aver imparato dal maestro...»

Christine fece sibilare la lingua mentre le porte si riaprivano.

«Dal maestro con gli ormoni selvaggi...»

Leo rimase a guardarla mentre usciva per prima e mi lanciò uno sguardo interrogativo. Scossi la testa e sperai che durante il viaggio in taxi avrebbero parlato.

Ci salutammo davanti al grattacielo e rimanemmo a guardare l'auto gialla allontanarsi nel traffico. Quando finalmente rimanemmo soli, la mia espressione si fece più tesa.

«Nate, cosa ti è successo? Mi hai spaventata».

Lui si sfilò gli occhiali da sole e con l'altra mano si strofinò il volto.

«Non lo so, Thara... Davvero non lo so. Ho solo un gran mal di testa. Non credo che riuscirò a guidare la moto fino a casa».

Sospirai.

«Hai urlato una parola quando è finita la crisi... Arca».

«Arca?» disse lui cercando di ricordare. «Saranno stati suoni a caso. Aspetta!»

Si interruppe facendo vagare il suo sguardo dai mille colori su un'immagine che aveva solo nella testa.

«Mi ricordo... Prima di perdere i sensi... Credo di aver avuto un'allucinazione».

«Che cosa?» risposi allarmandomi.

«Ho visto la tavola... Ho visto tutti voi... È disgustoso solo pensarlo».

«Che cosa!?» insistetti prendendolo per la giacca.

«Ho visto un massacro. Vi ho visti morti, ricoperti di sangue».

Deglutii.

«La cosa assurda era che mi piaceva».

«Che diavolo stai dicendo!?» esclamai facendo diventare la voce più acuta.

«No... non mi fraintendere. Intendo dire che avevo una sensazione particolare, come se fossi stato soddisfatto, appagato. Sazio. Ecco».

Rimasi a fissarlo, senza accorgermi che lo stava percependo come un rimprovero.

«Ne parleremo con mio padre. Adesso guido io» dissi avvicinandomi alla moto.

Aprii il sellino e tirai fuori due caschi. La prima volta che eravamo saliti insieme su una moto stavamo scappando da Ludkar e Nate si era dissolto mentre eravamo in corsa. Anche se situazioni simili non si sarebbero mai più verificate, avevo insistito perché mi insegnasse a guidare. Poteva sempre tornare utile.

Così salimmo, io davanti e lui dietro. Mi abbracciò per tenersi, ma anche per sentirmi vicina. Gli strofinai una mano sulla gamba.

«Dai, amore... Pensa al nostro weekend».

E accelerai.

LE UNGHIE

Quando arrivammo vicino alla vecchia villa, rallentai. Tutte le luci erano spente tranne una, quella della soffitta. Mi fermai davanti al cancelletto e rimasi per qualche istante a guardare la casa. Anche se era bianca, nella notte prendeva un aspetto spettrale a causa dello stile neogotico con cui l'avevano costruita. Quante storie si erano intrecciate lì dentro, sembrava quasi fosse il nodo che legava i fili delle vite di noi tutti.

Nate scese dalla moto per primo e il sobbalzo mi fece tornare a guardare all'altezza del cancello. Oltre le sbarre si vedevano brillare alcune zucche di Halloween.

Mentre lui prendeva le chiavi dalla tasca, mi sfilai il casco e scossi la testa per lisciarmi di nuovo i capelli.

«Cosa ne pensi di Margareth?» gli chiesi.

Nate girò la chiave nella serratura e spinse le inferriate.

«Cosa ne penso? Che non le piace proprio farsi gli affari suoi».

Gli sorrisi, anche se la mia preoccupazione mi rendeva difficile qualsiasi tipo di espressione. Speravo che la luce scarna delle zucche mi potesse aiutare. Durante tutto il viaggio la mia mente era rimasta a casa di Margareth. Nate mi aiutò a spingere la moto all'interno del giardino, portandola lungo il vialetto ai lati del quale continuavano a ondeggiare iris fantasma. Non avevo idea di come sua madre riuscisse a tenerli fioriti quasi tutto l'anno, forse era la casa a volerli così.

Lasciammo la moto davanti all'entrata del garage e mentre abbassavo il cavalletto continuai a evitare l'argomento che mi turbava.

«Non deve avere una vita molto interessante... Margareth insomma...»

Nate mi fermò prendendomi per un braccio. Mi guardò. Sapeva a cosa stavo pensando in realtà. Sapeva sempre cosa pensavo. Per questo mi scostò i capelli dal volto, facendo poi scorrere le dita sul collo.

«Non come la nostra» rispose, cercando di farmi vedere i lati positivi.

«Già… non come la nostra» ripetei volendo credere al suo sguardo. «Anche se mi piacerebbe che avesse un po' meno stranezze».

Mi mise una mano attorno alla vita e ci incamminammo verso il portico.

«Le ha fatte tutte tua mamma queste zucche?» gli chiesi guardando gli strani volti che le zucche potevano mostrare solo in quel periodo dell'anno.

«No, in realtà è tuo padre l'artista. Le ha intagliate tutte lui in un pomeriggio… Ha usato le unghie, era incredibile. Tu non ne hai fatte?»

Mi strinsi più vicino a lui.

«Non ero dell'umore. È da un po' di tempo che non disegno neppure».

Salimmo i gradini del portico, fermandoci davanti alla porta d'entrata. A illuminarci era un sorriso tremolante e arancione. Nate attese qualche istante prima di spingere la maniglia e mi prese entrambe le mani fra le sue.

«Vedrai…» sussurrò. «Questo weekend sarà all'insegna della normalità, d'accordo? Anzi, facciamo un patto, da quando partiamo a quando torniamo, non voglio sentire parlare di Nocturni, di Iris, o di qualsiasi altra cosa che non sia più che normale. Ok?»

Lo guardai cercando di fargli capire quanto mi sentivo complice.

«Sai che ti amo per questo».

Lui volle scherzare.

«Non è per i miei occhi?»

«Scemo…» gli risposi, dandogli un colpetto sulla spalla, ed entrammo.

Richiudemmo la porta dietro di noi senza accendere subito la luce.

Rimanemmo per qualche istante nell'oscurità, illuminati solo dagli spiragli biancastri che filtravano tra le persiane chiuse.

«Ehi!» dissi a Nate, che stava già per salire le scale.

Si fermò sul primo scalino e schiacciò l'interruttore.

«Scusami… non ci ho fatto caso».

Gli sorrisi per rimproverarlo. Io non avevo la vista di un Nocturno. Mentre salivamo le scale, sotto lo sguardo dei gufi impagliati, ai quali erano rimasti i cappellini da party anche dopo la scomparsa di Charles, mi tornò in mente un dettaglio della cena che fino a quel momento era rimasto offuscato.

«Ma ce le avevi davvero tutte quelle ragazze?» chiesi a Nate con una certa disinvoltura, mentre gli guardavo spudoratamente il fondoschiena.

Lui si voltò appena, sforzando un sorriso.

«Ma no, facevo così per dire…»

In quel momento, proprio mentre stavamo arrivando al piano superiore, una musica dolce e debole ci giunse alle orecchie. Era come il suono di un violino che serpeggiava fra le nostre gambe.

«Hai sentito?» chiesi a Nate.

«Questa musica? Sì, è da prima che si sente».

«Non ho le tue super percezioni, scusa se arrivo in ritardo».

Nate mi prese per mano e mi portò avanti nel corridoio.

«Sarà tuo padre che ascolta un disco… Lo capisco, è difficile non poter dormire mai».

«Non so come facciate» commentai, pensando a tutti i problemi che comportava essere un Nocturno. «Non vi viene proprio mai sonno?»

«No, mai» sussurrò lui, mentre passavamo accanto alle porte.

L'ultima, sul fondo, era illuminata. Era la porta della soffitta, dove adesso viveva mio padre. Quella musica, che ricordava quasi un profumo da quanto era dolce, e un colore, il viola, per quanto era malinconica, proveniva da là.

Nate mi stava portando nella sua stanza, e avremmo potuto stare finalmente un po' da soli, ma quei suoni mi avevano fatta sentire incredibilmente triste. Era orribile pensare al fatto che, quando dormivamo assieme, lui mi teneva abbracciata senza poter chiudere occhio. È così bello poter dormire accanto a chi si ama che quella mi sembrava la più grande delle ingiustizie. Così mi fermai.

«Credo sia meglio parlare con mio padre di quello che è successo a cena».

Lui mi lasciò andare il braccio.

«Come...» sussurrò, sapendo benissimo che anche a quel volume Kolor ci avrebbe sentiti. «Pensavo che volessi stare un po' con me».

«Certo» gli dissi avvicinandolo. «Ma non riuscirei a dormire se non sapessi cosa ti ha fatto stare male. Potrebbe accaderti ancora».

Non gli lasciai il tempo di replicare e spinsi la porta della soffitta.

Seduto sul tavolo accanto alla finestra ovale c'era mio padre. Sapevo che era una strana creatura, ma non mi sarei mai aspettata di scoprire che il libro di Pitbury, *Tutti i colori del buio*, diceva la verità anche su ciò che stava facendo in quel momento. Kolor, con gli occhi chiusi, stava suonando.

Alla luce agonizzante che pendeva dal soffitto inclinato come un impiccato, stava suonando con le sue lunghissime unghie. Le suonava come fossero state un violino, tenendone cinque appoggiate sulla spalla, e muovendoci sopra le altre come archetti. Si era accorto che eravamo entrati, ma non volle smettere. Non solo per lui, ma soprattutto per noi, che eravamo rimasti incantati a vedere quel concerto che avrebbe ingelosito un campo di cicale. Muoveva le dita lentamente, con quella grazia impercettibile che ha il pensiero quando accarezza il ricordo. E mentre le note si sfilacciavano nell'aria, i miei occhi viola si lasciarono trasportare alle foto di Charles appese sul muro. Una lacrima di ametista cadde al suolo e si infranse.

Mio padre, sentendone il suono, si fermò. Il silenzio ci sembrò qualcosa di strano e inconcepibile, per qualche istante avevamo avuto l'impressione che quella musica fosse la lingua del mondo. Poi la voce antica e profonda di Kolor ci volle parlare.

«Ragazzi... erano solo due accordi stonati, non statevene lì sulla porta come spaventapasseri».

«Papà...» dissi passandomi una mano per asciugare gli occhi inumiditi. «Non sapevo che potessi farlo davvero... non sapevo che suonassi».

Lui sorrise, mostrando appena gli incisivi appuntiti. In pochi istanti le unghie gli tornarono corte, come se i musicisti fossero scomparsi dietro al sipario.

«Incredibile...» aggiunse Nate guardandosi le mani, forse chiedendosi se anche lui poteva farlo.

«Una volta ero violinista. Prima di diventare quello che sono... Era da tanto che non suonavo».

«Stai preparando una sorpresa alla mamma?» gli chiesi stringendomi nelle braccia.

Corrugò la fronte con un cenno d'assenso.

«Farò finta che sia stata una mia idea a questo punto...»

«Ti cedo i diritti» scherzai, ma scherzai per molto poco, perché avevo intenzione di parlare seriamente.

Accennai a mio padre quello che era accaduto alla cena, la visione di Nate e il suo improvviso malessere. Ci fece sedere sul letto e chiese al mio ragazzo di spiegargli bene i dettagli. Rimase appoggiato al tavolo, ascoltando pensieroso tutta la storia e sfregandosi una mano sul mento bianco.

«Può accadere di tanto in tanto... Per quanto siamo immortali, fino a prova contraria del resto, il nostro fisico è pur sempre umano. A volte sono stato male per il digiuno. Ma dopo lunghi, lunghissimi periodi» volle rassicurarci. «Nello specifico, credo che il tuo problema sia legato al nuovo corpo...»

«In che senso?» gli domandò Nate.

«Beh...» riprese Kolor «per quanto sia il tuo spirito ad abitare il corpo di Ludkar, è sempre del suo cervello che si tratta. E il cervello conserva ricordi».

«Vuoi dire che ho visto cose...» disse Nate con un'espressione disgustata. «Vuoi dire che quell'allucinazione fosse un ricordo di Ludkar?»

«È possibile... Ma se finora hai tenuto sotto controllo il tuo corpo, non vedo perché preoccuparsi. Probabilmente Ludkar, in tempi passati, ha partecipato a una cena finita nel sangue e qualche elemento simile ha fatto riemergere il ricordo».

«Quindi... Potrebbe riaccadere?» chiese preoccupato.

Gli appoggiai una mano sul ginocchio. Volevo che mi sentisse vicina e che non cominciasse a farsi strane idee.

«È solo un'ipotesi di mio padre... Non credo che ci siano mai stati casi simili al tuo».

Kolor mosse il capo per dire di essere d'accordo.

«Ha ragione mia figlia. È solo un'ipotesi».

«No...» continuò Nate alzandosi in piedi e cominciando ad andare avanti e indietro per la stanza. «Cioè, già devo stare dentro al corpo di un assassino, non mi andrebbe proprio a genio di condividerne anche i ricordi. Kolor, ti prego, trova un'altra spiegazione».

Mio padre, per inclinazione del suo carattere ma soprattutto per buon cuore, volle proporgli un'altra ipotesi.

«Beh, non vorrei fare la parte del genitore severo, ma potrebbe anche essere stato il vino. Ti ho sempre sconsigliato di assumere sostanze che il nostro metabolismo non può assimilare. Hanno sempre effetti negativi o amplificati e l'alcool potrebbe aver alterato le tue percezioni».

Nate si fermò e lasciò cadere le spalle, lasciandosi scappare un sorriso.

«Essere un Nocturno è davvero una dannazione...» ironizzò guardandomi più tranquillo. «Non ci si può neanche permettere una birra».

Kolor rise e gli appoggiò una mano sulla spalla.

«Non pensarci, in ogni caso. Pensa al presente e pensate a volervi bene. L'amore è il rimedio migliore, soprattutto per i mali che non possiamo capire o controllare».

Lo ringraziammo e ci complimentammo ancora per il concerto. Gli avremmo dovuto presentare Margareth prima o poi, avrebbero potuto mettere in piedi uno spettacolo mai visto prima. Kolor mi baciò sulla fronte e mi augurò la buona notte, poi si richiuse nella soffitta a parlare con le ombre e a giocare a scacchi coi ragni.

Nate e io, un po' rincuorati, tornammo nel corridoio e camminammo nell'oscurità fino alla porta della sua camera. Una volta entrati, cercai di sfuggire alla tentazione di lasciarmi cadere sul letto. Ci provai, ma fu inutile, dato che fu lui a prendermi di peso e a lanciarmi sul piumone. Risi, mentre provava ad avvicinarsi con un'espressione sensuale da creatura della notte.

«Non ti viene molto bene, devi fare pratica» dissi lanciandogli contro un cuscino.

«Non è vero, mi sono sorbito tutti quegli horror per colpa tua, qualcosa dovrò pur avere imparato...» disse lui sbottonandosi la camicia.

«Te li facevo vedere per fare due risate...»

Salì sul materasso con le ginocchia e si tolse l'elastico che gli teneva legati i capelli. Gli ricaddero su un lato e sul volto che si ritrovava, di Ludkar, apparve quello di un cucciolo.

«Dormi qui con me questa notte?» mi chiese.

Mentre si avvicinava ancora gli infilai una mano sotto alla camicia, strofinandola sulla pelle bianchissima della schiena.

«Se vuoi, sì... Ma dovrei avvertire mia madre» gli risposi io facendolo accoccolare sulla mia spalla.

«È da tanto che non dormiamo assieme».

Alzai un sopracciglio.

«Sei tu, Nate, che vuoi fare le cose con calma».

«È che voglio...»

«Non dire che vuoi che la nostra prima volta sia speciale» lo precedetti. «Perché se no lo facciamo con una sega elettrica».

Ridemmo entrambi e ci scambiammo un piccolo bacio. Il suo sorriso aveva un sapore speziato.

«Dai, Thara... cerca di capirmi. Da te c'è sempre tua madre e posso venire solo di sera. Qui c'è tuo padre, che sente anche quando una pulce va in bagno...»

Mi lasciai scivolare pian piano sul suo petto e sospirai.

«È proprio il caso di dire che i miei genitori ti stanno addosso».

«Dai, abbi pazienza fino a domani sera» disse lui accarezzandomi i capelli. «Poi partiremo per la baia di Cape Cod e il mondo ci lascerà in pace per un po'...»

Non ricordo cosa disse dopo, perché le sue carezze, come un vento che soffia nelle sere di agosto, mi avevano già fatta addormentare.

EFFETTI COLLATERALI

Mi risvegliai di soprassalto. Ero ancora sul letto di Nate. Lui non c'era più, ma potevo ancora sentire il suo profumo. Mi tirai su sui gomiti e sbadigliai. La luce che proveniva dall'esterno era intensa. O gli alieni erano venuti a prendermi, o era pieno giorno.

Mi stropicciai gli occhi. Ero troppo riposata per sperare che fosse ancora mattina. Nate doveva avermi lasciata dormire di proposito. Vedendo quanta voglia avevo di stare con lui, si era preso l'impegno di essere irresponsabile al posto mio. Ma la giornata persa di scuola non mi dispiaceva per niente. Avrei avuto di nuovo due ore con il professor Demidoff e lui avrebbe saputo come mettermi di cattivo umore.

Mi alzai, stirai le braccia e mi misi in equilibrio sulla punta dei piedi, da far invidia a un gatto. Sorrisi, prendendo il cellulare. Non c'erano mille chiamate di mia madre. Nate aveva pensato ad avvertirla. Come si faceva a non volergli bene?

Mentre andavo verso la porta della camera, mi soffermai a guardare gli scaffali. C'erano nostre foto e pochi oggetti. Mi intenerii scorrendo i libri. C'era anche la copia di *Peter Pan* che gli avevo regalato, proprio uguale a quella con cui gli avevo insegnato a leggere nel Cinerarium. Sembrava aver conservato quella passione per mantenere le piccole cose in ordine e dare loro importanza. Aveva rispolverato vecchi premi vinti a gare di sport, la sua chitarra e altri dischi, sistemandoli proprio come aveva fatto nella stiva della nave. Doveva dargli sicurezza.

Mi stavo lavando i denti e dando una rinfrescata alla faccia, quando una voce acuta e irascibile mi fece sporgere la testa dalla porta del bagno. Proveniva dal piano inferiore. Non era quella di mia madre o di Sally ed era davvero inferocita. Mi sciacquai la bocca e mi preparai al peggio. La sera prima Christine e Leo non dovevano aver risolto un bel niente.

Uscii dal bagno con cautela, camminando nel corridoio fino alla cima delle scale, quasi schivando quelle urla. Urla che sembravano avercela con me.

«Thara! Vieni subito giù» gridò Christine dalla cucina con una tale forza che mi sentii quasi afferrare per la maglietta.

Scesi gli scalini titubante, continuando a guardare fra le assi del parapetto, come se un mostro fosse pronto a tirarmi giù per le caviglie. Ma tutti i mostri di Charles disseminati per la casa, fantasma robot, mummie insettiformi o zombie vegetariani, sembravano fischiettare e guardare da un'altra parte.

Quando arrivai in fondo alle scale, Christine era immobile in mezzo al soggiorno. Teneva le braccia incrociate e la sua pettinatura era più sparata del solito. Mi chiesi se era a causa delle scariche elettriche che sembrava emanare.

Strinse gli occhi, attorno a cui aveva esagerato col nero.

«Con che coraggio oggi mi hai lasciata da sola a scuola!?» mi sibilò contro, come se avessi commesso il peggiore dei tradimenti.

«Buon giorno anche a te...» ironizzai. «Non era nei programmi saltare, ma so che sei una tipa tosta, sapevo che te la saresti cavata».

Feci per andare verso la cucina e lei mi fermò puntandomi un dito contro il petto. I due codini che si era fatta assomigliavano terribilmente a corna.

«Non avrei avuto problemi nel tempio maledetto, ma con quella...» fece una smorfia piuttosto che dire il nome di Margareth. «Non hai idea di quello che ho passato».

Le misi una mano sulla spalla.

«Adesso ci facciamo una bella tisana. A te serve per rilassarti e a me per svegliarmi, ok?»

Un po' delusa dalla mia tranquillità, mi seguì in cucina e si sedette sul tavolo accavallando le gambe.

«Io non capisco... Provarci così con Leo in modo tanto spudorato...» continuava a rimuginare Christine facendo dondolare nervosamente le gambe, tanto che le sue calze a righe bianche e nere iniziarono a darmi fastidio.

Mi voltai verso i pensili e cominciai a cercare le tisane nell'armadietto.

«Tu sei la persona più diretta che abbia mai conosciuto a questo mondo, non capisco perché ti vieni a sfogare con me anziché risolverla con loro» mi voltai per un istante. «Ah, hai visto mio padre e Nate?»

«Sì» disse lei indicando l'esterno col pollice. «Sono sotto il portico. E poi non ho neanche avuto il tempo di parlarci, con Leo. Non è che voglia farci niente con lui, lo sai, è che quella non mi piace».

Aprii il rubinetto e misi sotto il bollitore.

«Andiamo, Christine, non ci vuole un manuale di psicologia per capire che la tua è gelosia».

La sentii sbuffare dietro di me.

«Non dire cazzate... E Leo comunque è uno stronzo. È stato tutta la mattinata a parlare con lei e a ignorarmi. Dovevi vederli, facevano vomitare. Erano così in calore che se avessero avuto una pannocchia fra le labbra avrebbero fatto i popcorn».

Dopo aver acceso il gas e sistemato il bollitore, mi voltai per assicurarmi che quell'ultima frase fosse solo dovuta al fatto che mi ero svegliata da poco. No, non era così.

«È la prima volta che vedo Leo interessato a qualcosa che non ha un controller o un joystick» le risposi andando verso il tavolo e scostando la seggiola. «Te l'ho già detto ieri sera, se provi qualcosa per lui diglielo, sono sicura che ricambierà».

Christine alzò il mento.

«Non ne ho alcuna intenzione, soprattutto dopo quello che ha fatto all'uscita».

«Sentiamo...» dissi appoggiandomi su un gomito. «Cosa avrebbe fatto?»

«Mi ha lasciata da sola! Se n'è andato in macchina con Margareth! Quella ha fischiato e lui le è corso dietro come un... come un...» La fermai con un gesto secco.

«Ti prego, basta con le metafore. Sono sicura che Margareth ha invitato anche te a entrare in macchina, e sono sicura che ha anche provato a parlarti durante la mattinata».

Christine mi guardò storto, aprì leggermente la bocca, ma poi la richiuse senza dire niente.

«Ho ragione?» insistetti.

«Forse...» concluse guardando dall'altra parte.

Il bollitore ci mise poco a fischiare come una piccola nave, e lo portai al tavolo insieme a due tazze. Feci vedere a Christine i vari tipi di infusi, praticamente di ogni fragranza. Lei scelse un tè aromatizzato ai chiodi di garofano, mentre io decisi di prendere il solito, iris e violette. Era il tè con cui avevo scoperto di essere un "vampiro di fiori", quello che mi dava più energia in assoluto e che mi impediva di addormentarmi in continuazione.

Mentre facevamo ondeggiare nelle tazze le nostre bustine, nella cucina era tornato il silenzio. Christine si era fatta pensierosa e io non volevo disturbare il can che dorme. Sembravamo due pescatori su una barca, intenti a osservare i galleggianti. E intanto che l'acqua diventava torbida, e i profumi si destreggiavano nell'aria calda della stanza, speravo che nessun pesce avrebbe abboccato. Dalla finestrella che dava sull'esterno potevamo sentire mio padre e Nate chiacchierare.

Bevemmo quasi all'unisono e io sentii il potere rinvigorente degli iris invadermi le vene fino agli occhi. Che sensazione meravigliosa! Ogni volta mi sembrava di rinascere. Me ne bastavano due o tre al giorno ed ero la persona più attiva di questo mondo e degli altri. Christine, invece, stava sorseggiando e fissando le decorazioni di Halloween sui vetri, come se non si fosse nemmeno accorta di stare bevendo. Poi sbottò all'improvviso, sbattendo la tazza sul tavolo.

«La pesto e risolvo tutto!» esclamò.

«Mi sembra ragionevole...» commentai. «Anche se io non vorrei avere a che fare con i suoi avvocati».

«Quella lì ha bisogno di qualcuno che le insegni come stare al mondo, te lo dico io... Fa tanto l'ingenua, ma in realtà sa bene quello che fa».

Bevvi un altro sorso e accavallai le gambe. Non lo facevo mai, ma aiutava a darmi un'aria di superiorità.

«Fai in fretta a dare giudizi. Ti ricordo che l'abbiamo incontrata ieri mentre piangeva nei bagni».

Christine si sporse verso di me, guardandomi da due fessure di rimmel, come se stesse cercando errori nei miei pensieri.

«Ma com'è possibile che ti sia così simpatica? Dopo l'interrogatorio che ha fatto a Nate ieri sera...»

«Christine, te lo dirò un'ultima volta» mi sporsi anch'io verso di lei. «No, sul serio, guardami negli occhi» le arrivai così vicino che riuscivo a distinguere le singole venature delle sue iridi. «Vai da Leo e...»

Non riuscii a terminare la frase che gli occhi di Christine si chiusero all'improvviso, come due saracinesche lasciate andare. E quello fu il rumore, quando, cadendo su un lato, sbatté la testa sul tavolo.

«Christine!» esclamai prendendola per le spalle. «Christine!»

Sembrava essersi addormentata, proprio come accadeva a me molto tempo prima. Non mi feci prendere dal panico perché mi accorsi che respirava normalmente. A dire la verità, si era persino messa a russare. La sollevai come meglio potevo, chiamando ad alta voce mio padre e Nate. Non mi ero accorta che in realtà erano già sulla porta. Il loro udito finissimo doveva aver rilevato che qualcosa non andava.

Si avvicinarono perplessi, chiedendo cosa fosse successo. Mi ritrovai a gesticolare e a non dire niente. Insomma, avevamo solo bevuto una tisana, stavamo parlando e lei si era addormentata.

«Dio...» aggiunsi. «Non bastavi tu a stare male... Adesso anche Christine. Spero solo che sia uno scherzo di cattivo gusto».

Non si trattava di uno scherzo, perché dopo che mio padre la ebbe portata in salotto per stenderla sul divano, Christine rimase a dormire per quasi mezz'ora. Rimanemmo tutti e tre lì attorno, facendo congetture su quanto poteva essere accaduto. Forse era stata colpa dello stress, ma, in quel caso, sarebbe stata più probabile la combustione spontanea. No, doveva essere qualcos'altro. O non aveva dormito o era allergica ai chiodi di garofano. Ma mentre stavamo ancora discutendo, esattamente come si era addormentata, Christine si risvegliò di soprassalto, urlando.

E urlò a lungo. Urlò per un buon minuto, interrompendosi solo per riprendere fiato. Noi rimanemmo in piedi a lasciarci fissare. Quando si fermò, non si era per nulla calmata. Tentò di rimettersi in piedi barcollando. Andò a sbattere contro il cannone portagiornali e un'armatura medioevale, prima che Nate riuscisse a sostenerla.

«Christine...» domandò mio padre. «Che ti è successo?»

Lei si puntò sulle gambe, con le ginocchia che le tremavano ancora. Poi alzò lentamente un braccio e mi indicò.

«Tu... quel cazzo di posto...»

Aggrottai la fronte.

«Cosa stai dicendo, Christine?»

«Esiste!» gridò.

«Cosa?»

Mi guardò con la faccia più sconvolta che avessi mai visto, come se avesse appena tirato fuori la testa da un forno.

«Mi hai mandata nel Cinerarium!»

***

Qualche ora dopo, Christine tornò a ragionare. Le mettemmo attorno alle spalle una coperta e la facemmo sedere con noi sotto al portico. Non le proposi di nuovo un tè, ma le preparai una cioccolata calda. La giornata si era fatta nebbiosa, ma lei aveva insistito per prendere un po' d'aria. L'esperienza che aveva vissuto l'aveva davvero scossa.

«Non ho idea di come sia successo...» le dissi prendendo un biscotto dal tavolino.

Mio padre, seduto sul dondolo, teneva i gomiti appoggiati sulle ginocchia e le mani incrociate, stando in una strana posizione che lo faceva sembrare una statua.

«Nemmeno io ho mai sentito parlare di un fenomeno simile...»

Nate, che era andato a rimettere la moto nel garage, prevedendo un temporale, ci raggiunse passando dal vialetto. Attorno a lui le zucche coloravano la foschia di un arancione malato.

«Ehi, va un po' meglio, vedo» disse salendo i gradini con un solo passo.

Christine bevve un po' della sua cioccolata e inclinò il capo.

«Non era come lo immaginavo... Quel posto è davvero terribile: quell'odore... quelle macerie...» fissò Nate con il rimmel che si era sciolto quasi del tutto. «Mi dispiace che tu abbia dovuto passarci tanto tempo. Adesso capisco molto meglio...»

Non avevo mai sentito parlare Christine così seriamente. Ma potevo capirla: anche il mio primo viaggio nel Cinerarium era stato un'esperienza allucinante. Speravo solo che non avesse incontrato creature di cenere. Purtroppo, le era capitato di peggio.

Si strinse la coperta attorno al corpo e mi guardò. A dir la verità, guardò la zucca che stava sul davanzale dietro di me, ma avevamo la stessa espressione scavata.

«Ho incontrato Ludkar».

«Che cosa!?» sobbalzai. «E ti ha fatto del male?»

Scosse la testa velocemente, mentre Nate si sedeva sul dondolo accanto a Kolor.

«No...» riprese Christine. «Mi sono risvegliata in una specie... Non saprei come definirlo. Nel deserto c'erano accatastate decine di container... e una gru gigantesca era ritorta su se stessa. E poi c'erano... pezzi di un porto. Non lo so. Forse si trattava di una base petrolifera».

«Vai avanti» la incitai prendendole una mano.

Quel gesto le ricordò che lei interpretava la parte di una ragazza forte, dark, decisa, non poteva permettersi di farsi vedere così debole e così a lungo. Così raddrizzò le spalle e si passò una mano sulle guance.

«Vi dicevo, mi sono ritrovata in questo posto assurdo, e dopo aver gridato fino a farmi venire il mal di testa, sapendo un po' quello che avrei affrontato dai racconti di Thara, mi sono mossa fra la cenere e ho provato a uscire dal labirinto di container». Si grattò la fronte. «Era come muoversi fra una montagna di lattine giganti cadute da uno scaffale, ma appena sono riuscita a trovare una strada e a uscire da quella roba... ho sentito la sua risata. Quella risata che non riesco a togliermi dalle orecchie».

«Deve aver sentito il tuo odore...» commentò Nate sporgendosi in avanti.

«Comunque...» continuò lei «non ho aspettato un secondo di più e mi sono infilata dentro il primo container aperto che ho trovato. Ho richiuso i portelloni più piano che potevo. Per poco non mi si sgretolavano fra le mani. E sono rimasta là, nell'oscurità...». Ci guardò tutti e tre, per vedere le nostre reazioni. «Sono scivolata fino in fondo, fino a sentire la parete di ferro o... o di quello che è, contro la schiena. E sono rimasta là, immobile, a fissare quell'unica fessura di luce».

«Dev'essere stato terribile» la confortai.

«Terribile... sì!» esclamò Christine buttando a terra la coperta. «Ma mai come quando ho cominciato a sentire quei colpi. Ludkar aveva iniziato a saltare sopra i container. Bam! Bam! Bam!» Mimò il gesto picchiando un pugno contro il palmo dell'altra mano, poi si fermò e rimase qualche istante in silenzio. «I colpi si sono fatti sempre più lontani e ho iniziato a sentirmi un po' più tranquilla, forse se n'era andato. Ma quel bastardo...» rise quasi, mascherando un isterismo col divertimento. «Secondo me lo ha fatto apposta. Ha strappato i portelloni del container ed è rimasto là a fissarmi. Era in controluce, con la testa inclinata... Ho visto solo una figura scura e dei capelli rossastri che ciondolavano». Guardò Nate per un momento: «Senza offesa».

Nate le sorrise.

«Figurati, era l'unico corpo disponibile e c'era anche lo sconto del trenta per cento».

Christine apprezzò la battuta e decise di tagliare corto.

«Vabbè, poi si è messo di nuovo a ridere, come piace fare agli schizopatici... psicofrenici, quella roba lì, e mi sono svegliata».

Un tuono lontano, senza lampo, accecò i nostri ragionamenti. Che Ludkar fosse ancora perso a vagare nel Cinerarium, facendo rotolare una gigantesca palla di cenere e rancore, come fanno certi scarabei, era un fatto appurato. Ma per il momento non aveva passaggi stabili nel nostro mondo e non era un pericolo se non per Penny e Susan. Quello che invece mi preoccupava era la possibilità di non riuscire a tenere a freno quello che avevo fatto a Christine. Dovevo capire il prima possibile di cosa si era trattato per evitare di scaraventare altri nell'acquario di cenere dove viveva il piranha Nocturno.

«Quindi...» dissi stupidamente «credi che sia stata io».

Christine mi guardò con la solita espressione con cui guardava il mondo: spazientita.

«Non mi sembrava di aver prenotato per Disneyland».

Mi ritrovai a fissare le assi sul pavimento del portico, cercando chissà quale soluzione fra le venature. Fu allora che Nate mi venne vicino e si mise in ginocchio davanti alla mia sedia. Avvicinò il suo volto al mio, lo avvicinò come aveva fatto Christine, tanto da farmi vedere i suoi occhi cambiare colore, come se dei liquidi colorati rigirassero su loro stessi dentro a una sfera di vetro.

«Vedi? Io non sono finito nel Cinerarium. E poi, per favore, avevamo fatto una promessa...»

Gli sorrisi.

«Niente cose assurde nel nostro weekend» sussurrai.

«E il nostro weekend è già cominciato. Ti accompagno a casa così prepari le tue cose. A tutto questo penseremo lunedì».

Sospirai, mentre Christine si alzò.

«Ha ragione il tuo ragazzo, prenditi una pausa. Andate lontano, dove volete, più mi stai alla larga meglio è». Mi strizzò un occhio. «Non vorrei dover passare ancora del tempo a fare pupazzi di cenere insieme a Ludkar».

Mio padre fece un segno di assenso con la testa e si ritirò in soffitta per dedicarsi a un'attività che, nonostante la sua lunga vita, non conosceva: i videogame.

Nate si offrì invece di riaccompagnare Christine, ma lei insistette che le avrebbe fatto bene camminare. Doveva tenersi in allenamento se c'era in previsione qualche fuga per il futuro.

Così la salutammo e tornammo in garage a tirare fuori la moto. Dopo aver percorso il vialetto, partimmo, infilandoci nel traffico che si muoveva lentamente nella nebbia.

Passando in mezzo alle case, le strade sembravano quasi sconosciute. Riconobbi la mia solo per quel bagliore verde che l'insegna della farmacia lanciava come un faro.

Nate accostò e mi fece scendere. Alzò la visiera del casco per baciarmi e ci salutammo. Ci saremmo sentiti in serata per metterci d'accordo sull'ora della partenza. Io sarei scappata anche subito.

Lo guardai allontanarsi e mi strofinai le braccia. Stava arrivando la sera e il calore del pomeriggio se ne stava andando insieme alla luce. Passai in farmacia per salutare mia madre prima di risalire in casa. Poi mi feci una doccia e mi buttai sul divano a fare un po' di zapping selvaggio. Volevo spegnere la testa. E quando ricevetti un messaggio sul cellulare da Mr Spectre con scritto "Vedo che oggi abbiamo fatto fare un giro sulla giostra agli amici", spensi anche quello.

LA PENISOLA A SPIRALE

Avevo puntato la sveglia alle sei e mezzo, ma riaprii gli occhi spontaneamente mezz'ora prima. Sbirciai fuori dalla finestra incrociando tutte le dita perché il cielo fosse sereno. Non era proprio un acquerello, ma si poteva andare in moto. Mi vestii velocemente, a strati, sia con indumenti pesanti che leggeri. Mi lavai e cercai di truccarmi prima che la lancetta dei secondi facesse un giro completo.

Era già tutto pronto. La sera prima mi ero preparata il necessario. Nello zaino avevo messo quello che sarebbe servito a tre persone per sopravvivere a un atterraggio di fortuna sulle Ande. Oltre ai vestiti, mi ero anche portata le cose per dipingere. Era da tanto che non lo facevo ed ero sicura che, dove saremmo andati, avrei trovato un po' di ispirazione. Ero dell'umore giusto per essere dell'umore giusto.

Quando Nate arrivò, mi trovò già davanti alla farmacia. Indossavo una fascia viola per i capelli e una sciarpa a righe dello stesso colore. Accostò con la moto e, senza neanche togliersi il casco, mi fece segno di salire.

Presi il casco che mi porse ed emozionata saltai sul sellino.

«Sei pronta per la nostra avventura?» gli sentii dire mentre dava gas per fare un po' di scena.

«Dai! Dai andiamo!» gli dissi abbracciandolo forte. «Voglio che duri il più possibile, non voglio sprecare qui un secondo di più».

Mi misi le cuffiette in cui suonava la canzone che avevamo cantato la prima volta assieme, *The Sound of Silence*, e partimmo.

Attraversammo la città di primo mattino col sole che ancora un po' rosa e timido appariva e scompariva dietro ai profili dei palazzi. Ne vedevo i riflessi sui vetri dei grattacieli o sul casco di Nate, come pennellate improvvise. Guardandomi intorno, cercai di distinguere qual era il palazzo in cui viveva Margareth. Me la immaginai da sola, nel suo attico, a fissare come noi il sole, ma senza una moto per poterlo rincorrere. Non volli pensarci, dovevo sforzarmi di lasciare tutto quello che era la mia vita in città. Così, quando arrivammo in periferia e imboccammo l'entrata dell'autostrada, chiusi forte gli occhi per qualche momento, come per sigillare il mondo che avevo alle spalle da quello sconosciuto che avevo davanti.

Ci avremmo messo circa tre ore ad arrivare alla baia di Cape Cod. Dalle immagini che avevo visto sui depliant che mi aveva lasciato Nate, era un posto incantevole. La cittadina di Provincetown, dove ci saremmo fermati, era formata da piccole case di legno, quasi tutte bianche, come la sabbia sottile della costa. Persino quelle foto profumavano di mare. Un mare pulito e blu scuro, in cui la notte si specchiava persino di giorno. La città si trovava proprio sulla punta della baia. La terra curvava da destra verso sinistra, come se avesse voluto abbracciare l'oceano. Nate mi aveva promesso che avremmo cenato nel ristorante del faro, e che nel faro avremmo dormito al canto dei gabbiani.

Lo strinsi più forte mentre la moto sfrecciava lungo la striscia d'asfalto che ci avrebbe condotto alla nostra favola da due giorni. La bruma che ancora saturava l'aria mi rimaneva intrappolata sulle maniche del giubbotto in piccole gocce e, guardandola, mi faceva sentire come un fiore che al mattino si risveglia con la rugiada sui petali.

Continuammo a viaggiare per un'ora, finché Nate mise la freccia per fare una sosta in una stazione di servizio. Rallentammo e seguimmo un altro paio di auto nel parcheggio. Fermammo la moto accanto alle altre e spegnemmo il motore. Quando scesi e mi tolsi casco e cuffiette, il mondo mi sembrò perdere quell'idealizzazione che gli avevo dato durante il tragitto, ma non mi rattristai. Essere consapevole di poter decidere come vedere le cose mi faceva sentire bene, forte.

Anche Nate smontò e si tolse il casco, ma la sua espressione era tutt'altro che raggiante.

«Ehi, amore... ti senti bene, sei stanco?» gli domandai appoggiandogli una mano sul fianco. «Vuoi che guidi io?»

«No, no, è solo che...» tentennò «vorrei fermarmi un attimo».

«Ah...» risposi indicando l'autogrill. «Allora io faccio colazione».

Quando arrivammo all'entrata, Nate si allontanò verso il retro. Non entrai finché non lo vidi svoltare l'angolo. Camminava in modo strano, barcollando. Mi scostai i capelli dal volto, come se potessi anche scostare la preoccupazione. Poi le porte automatiche si aprirono e il microcosmo dell'autogrill mi inghiottì. Mi misi a guardare le riviste, pensando che non avrei potuto leggere durante il viaggio. Così ordinai un caffè e sbocconcellai una ciambella glassata di verde. In tutto quel tempo, Nate non era ancora tornato e cominciavo a preoccuparmi.

Stavo prendendo della carne secca e una bibita energetica, quando mi voltai e mi ritrovai Nate a pochi centimetri dal volto. Sembrava stare molto meglio.

«Eccomi».

«Va... va meglio?» gli domandai, porgendogli le cose che avevo in mano per poter aprire la borsa.

«Molto meglio» rispose lui sorridendo, ma guardando da un'altra parte, come imbarazzato.

«Voglio fidarmi. E ricordati...» lo bacchettai «niente segreti fra di noi».

Fece ancora di sì con la testa, ma non aggiunse altro. Aveva solo una gran fretta di ripartire.

Così pagai gli acquisti, li infilai nello zaino insieme al resto e ripartimmo alla volta di Provincetown.

Il resto del tragitto mi sembrò molto più lungo.

***

La baia di Cape Cod era immensa, quasi duecento chilometri di spirale. L'autostrada non correva sempre lungo la costa ma, quando lo faceva, regalava alla vista un orizzonte sconfinato. Se mi mettevo a fissarlo, dimenticando di essere su una moto, stretta a Nate, mi sembrava di essere ferma.

Passammo numerose uscite e poi, finalmente, arrivammo alla nostra: Provincetown. Pagai il pedaggio con la carta di credito che mi aveva prestato mia madre e, quando la sbarra si alzò, fu come se mi stesse dando il benvenuto in un sogno. Nate accelerò e la strada si fece più piccola. Seguimmo le strisce gialle al centro assaporandone l'atmosfera pacifica. Un paio di camioncini ci passarono accanto nell'altra direzione e subito comparvero le prime case, dai cui balconi in legno spiccavano grandi bandiere. Ci tenemmo sulla strada principale, passando davanti ai piccoli negozi e ai tralicci della luce, anch'essi in legno, che si susseguivano legati solo da due fili sottili, portando la corrente in tutta la cittadina. C'erano parecchie persone in giro per strada, anche qualche ciclista. Il clima era mite e sembrava che ottobre fosse troppo pigro per trascinare la sua valanga di foglie secche fin là. Mi ricordai che era quasi Halloween solo nel momento in cui passammo accanto al municipio. Al fondo delle scale c'era una zucca gigantesca e nella piazza alcune bancarelle. Doveva trattarsi di qualche festival locale.

Riconobbi subito la nostra nuova e purtroppo temporanea casa, il faro si vedeva già sopra ai tetti delle case. Era alto e stretto, ridipinto da poco, come la torre di una scacchiera antica restaurata. Ormai non veniva più usato, ne avevano costruito uno nuovo e tutto il complesso era stato trasformato in una specie di albergo.

Arrivammo nello spiazzo, dove erano parcheggiate solo quattro macchine. Eravamo proprio accanto al mare. A separarci dall'acqua c'erano cinquanta metri di sabbia da cui spuntavano lunghi steli di erba che non si era ancora seccata.

Appena scendemmo dalla moto e tolsi il casco, respirai a pieni polmoni. Quell'odore salmastro era così buono e, come Nate aveva promesso, già all'ora di pranzo si sentivano cantare i gabbiani. Alcuni stavano saltellando sulla riva accanto a una barchetta.

Nate mi prese per mano e lo seguii sotto alla veranda. L'insegna di una sirena col nome del ristorante penzolava come quella di una locanda in un film di pirati.

Quando entrammo, non c'era nessuno. Alla nostra destra si trovavano il bancone della reception e una rampa di scale, alla sinistra la sala da pranzo. Illuminati da grandi finestre, sì e no quindici tavoli erano già apparecchiati; reti da pesca decoravano l'ambiente, insieme ad alcuni salvagente con la scritta *Titanic*. Sorrisi per l'ingenuo cattivo gusto. In quel momento, dal fondo della sala, ci raggiunse un ometto pittoresco quanto confusionario, tanto da schiarirsi gli occhiali e pulirsi la voce.

Nate gli sorrise e, mentre mi guardavo attorno, firmò la prenotazione con un nome falso e si fece consegnare le chiavi. Pagare in contanti risolve molti problemi.

Il signore si offrì anche di accompagnarci, ma Nate disse che avrebbe trovato la strada da solo. Uscimmo, scaricammo i bagagli dalla moto e ci dirigemmo verso il faro, che si trovava sulla parte rocciosa della riva.

Attraversammo il sentiero di sabbia, fra l'erba che ondeggiava mossa dai respiri del mare. Salimmo i gradini scavati nella pietra e, mentre Nate prendeva la chiave, alzai lo sguardo verso quella grande torre dipinta a strisce bianche e rosse, come le calze di una qualche strega.

La chiave che l'uomo ci aveva lasciato sembrava quella di un vecchio forziere e il rumore della serratura ci preoccupò, ma appena entrammo fu come attraversare lo specchio di Alice.

Era tutto così piccolo e curato! Feci qualche passo senza riuscire a trattenere la mia felicità. Al piano terra si trovava la cucina. Incantevole. Tutti i mobili erano fatti a mano e dipinti di rosso, su un pavimento a mattonelle bianche e nere. E alla nostra destra, lungo la parete tondeggiante, una scala elicoidale saliva fino al piano superiore. Questa volta fui io a prendere Nate per il braccio e a trascinarlo. Lui esclamò qualcosa, lasciò cadere a terra gli zaini e si mise a correre su per gli scalini metallici insieme a me.

Ci bloccammo entrambi quando arrivammo al piano superiore. Mentre Nate, alle mie spalle, si compiaceva per la scelta del posto, mi portai le mani alla bocca. Un letto a due posti, a baldacchino ma semplice, guardava verso la finestra, il suo balcone e il suo mare. Mi avvicinai per toccare la stoffa quasi trasparente che pendeva dalla struttura superiore. Era incantevole.

Stavo per saltare al collo di Nate, ma lui alzò l'indice per indicare il piano che si trovava ancora più sopra.

Questa volta salii con cautela e, quando sbucai nella sala, fu come essere una mosca finita dentro a una grande lanterna. Al centro c'era il riflettore che un tempo aveva ruotato a indicare la rotta alle navi. Una stella polare artificiale, pensai aprendo la porticina di vetro e uscendo sul ballatoio esterno. E mentre mi appoggiavo alla ringhiera, contemplando quello scenario capace di calmare anche l'anima più irrequieta, sentii le braccia di Nate avvolgersi attorno al mio corpo. Appoggiò il mento sulla mia spalla e mi sussurrò all'orecchio che mi amava. E insieme continuammo a guardare. Lui era la mia stella polare. Il mio cuore puntava verso di lui e, guardandolo, sapevo sempre dove andare. Sapevo che c'era sempre una nuova meta da raggiungere.

QUANDO LE STELLE CADONO TROPPO VICINO

Passammo la giornata in modo estremamente banale e quello per me fu meraviglioso. Non dovevamo preoccuparci di nasconderci o di chi eravamo. Non dovevamo pensare né ai grandi problemi, né a quelli piccoli. Ci limitammo ad essere due ragazzi normali, che si volevano bene, che si amavano.

Pranzammo in centro città, approfittando della fiera per assaggiare le specialità delle varie bancarelle. Facemmo anche una foto vicino alla grande zucca. Poi passammo il resto del pomeriggio entrando nei vari negozi, comprando qualche ricordo e imparando a fare gli origami. La proprietaria di una cartoleria ne stava facendo alcuni bellissimi per addobbare il negozio e la mia curiosità l'aveva convinta a insegnarci quell'antica tecnica.

Quando l'aria si fece più fresca, tornammo verso il faro, passando però lungo la spiaggia. Ci togliemmo le scarpe e camminammo sulla sabbia, col mare che ci solleticava i piedi di tanto in tanto. Lungo il percorso, costellato da piccole imbarcazioni che aspettavano di essere messe in acqua, ci divertimmo a raccogliere conchiglie e sassolini colorati. Non so perché, ma li adoravo fin da quando ero piccola. Era strano pensare che quelle cose fossero in realtà solo pezzi di bottiglie rotte, dissi a Nate. Sembrava che avessero un valore inestimabile. Sembravano diamanti del mare. E lui mi rispose, giustamente, che se io davo loro quel valore, quello era il valore che avevano. Il mare li aveva digeriti per chissà quanto tempo infondendo loro proprietà magiche. Perché non si sa cosa accade nelle profondità dell'oceano, che a volte è più misterioso dello stesso spazio, e proprio come lo spazio non è mai stato esplorato fino in fondo.

Quando ormai eravamo arrivati al ristorante e il sole stava calando, ci sedemmo sul bordo di una barca a remi e rimanemmo a fissare il tramonto. Era perfetto, era un classico.

Tirai fuori dalla borsa quello che era avanzato di un dolce preso alla fiera e, dopo averlo fatto a pezzetti, ci mettemmo a lanciarlo verso un gruppo di gabbiani curiosi. Poi un granchio mi passò fra i piedi e urlai alzandomi di scatto. Ci mettemmo subito a ridere e ci allontanammo prima che i gabbiani cominciassero a becchettare anche noi insieme alle briciole cadute.

Ci mettemmo a mangiare a un tavolo accanto alla finestra. Nella sala, oltre a noi, quella sera c'erano solo altre tre coppie. Dai vetri potevamo vedere il nostro faro: avevamo lasciato la luce accesa nella camera da letto e io mi immaginavo già là insieme a Nate e vedevo le nostre ombre muoversi fra le tende sottili. Il mio ragazzo dagli occhi arcobaleno, invece, stava scrutando l'orizzonte. Il cielo si era incupito rapidamente e grosse nuvole stavano arrivando nella nostra direzione. Si poteva intravedere anche qualche lampo. Sembrava preoccupato che potessero rovinare il nostro weekend, ma io gli presi la mano e lo tranquillizzai.

«Dai, se piove a me va bene. Potremmo stare tutto il giorno al caldo sotto le lenzuola».

Mi sorrise e ordinammo la cena al cameriere.

Mentre mangiavamo, io un piatto squisito a base di granchi e Nate alcune fette di carne cruda, parlammo di cosa avremmo potuto fare il giorno dopo, ma entrambi sapevamo che prima di domani ci sarebbe stata quella notte. Eravamo agitati, ma ci prendemmo tutto il tempo necessario per mangiare con calma. Ci scambiavamo sguardi complici e nervosi, però, quando arrivò la bottiglia di vino, ricordai a Nate che lui non poteva, come me, bere per allentare la tensione. Era normale, ma ormai eravamo così intimi che quello che mancava sembrava solo un dettaglio. Il nostro amore non era esagerato, non era una passione folle. Era fatto per durare, come una quercia. Era un amore tranquillo, misurato, profondo, anche se, mentre mi dicevo quelle cose, lo desideravo tremendamente.

Il dessert riuscì a distrarmi: un sorbetto al limone talmente aspro da rivoltare la bocca come un calzino. Poi, finalmente, togliemmo i tovaglioli dalle nostre ginocchia e ci alzammo. Ringraziammo il cameriere per la cena e andammo all'aperto.

La notte si rifletteva sul mare agitato come uno specchio che continuava a frantumarsi. Una pioggia leggera turbinava sul nostro cammino e creava strani aloni attorno alle piccole luci che conducevano al faro. Corremmo sulla sabbia, ma salimmo gli scalini del faro con cautela. Quando arrivammo alla porta, ci mettemmo un po' a trovare la chiave nella mia borsa e le onde che si infrangevano sugli scogli finirono per bagnarci con i loro schizzi.

Una volta dentro, ci togliemmo le giacche per metterle ad asciugare sulle sedie. Nel faro il riscaldamento rendeva l'ambiente estremamente confortevole e sicuro e le luci che provenivano dalle plafoniere creavano un'atmosfera rilassante. Diedi un bacio sulle labbra a Nate per ringraziarlo della bella giornata. Sapevano di sale. Poi, sorridendo, andai per prima al piano superiore.

«Mi faccio una doccia» dissi mentre salivo la scala a chiocciola.

Aprii l'acqua calda e aspettai che l'intero bagno si riempisse di nebbia tiepida prima di mettermi sotto il getto. Quando lo feci, buttai la testa all'indietro e sentii i capelli appesantirsi, percorsi dalla piccola corrente. Mi insaponai con un bagnoschiuma alla lavanda e, quando lo lavai via, mi ritrovai con una pelle liscissima e profumata. Volevo essere al meglio per Nate, ma soprattutto volevo che lui, come desiderava, avesse un ricordo speciale di quella notte.

Uscii dal bagno insieme a una nuvola. Portavo un accappatoio nero e i capelli ancora umidi mi ricadevano davanti agli occhi. Li scostai cercando Nate sopra al letto, ma lui non c'era. In piedi, accanto alla finestra, guardava i lampi all'orizzonte, come se si fosse trattato di scintille provocate da un combattimento di spade fra titani.

"Che romantico" mi venne da pensare quando mi resi conto del perché la luce fosse così fioca e tremolante. Mentre ero in bagno, Nate aveva acceso tutte le candele che erano sparse sulle mensole e le ombre dell'acchiappasogni appeso al centro della stanza, fatto da conchiglie e stelle marine, vorticavano sulle pareti come un planetario oceanico.

Mi sedetti sul bordo del letto, seminascosta dalla stoffa che pendeva dalla parte superiore, e lo chiamai.

«Nate, vieni qui con me...»

Lui voltò la testa nella mia direzione. Aveva un'espressione cupa, più del cielo dietro di lui.

«Dovresti asciugarti i capelli o rischi di prenderti un raffreddore».

Lo ignorai.

«Dai, vieni qua. È stato tutto così bello. Sono stanca, vorrei... vorrei mettermi sotto le coperte con te, adesso» dissi sorridendogli e inclinando il capo.

Lui respirò a fondo e si mosse attorno al letto, apparendo e scomparendo fra la stoffa. Poi si aggrappò a una delle sbarre e si lasciò cadere in ginocchio sul materasso, accanto a me.

«È stata davvero una bella giornata» sussurrò guardandomi a fatica.

Avevo capito che qualcosa non andava. Lo sapevo. Nate non aveva voluto fare l'amore con me fino a quel momento. Capivo che non si sentisse a suo agio, ma pensavo che, finalmente, fosse tutto come desiderava. Pensavo che fosse passato abbastanza tempo perché si fosse abituato alla sua nuova condizione.

«Adesso non puoi dire che non sia stato tutto tremendamente romantico...» dissi con dolcezza, appoggiando una mano sulla sua.

Lui inclinò la testa in avanti, rendendomi impossibile vedere la sua espressione.

«È questo corpo...» sussurrò, come se fosse un condannato. «Non mi sento a mio agio con questo corpo».

Sospirai. Sempre la solita storia.

«Ma perché dici così?»

«Non lo so, forse mi prenderai per pazzo... Ma mi farebbe ingelosire... Questo è il corpo di Ludkar, insomma...»

Cercai di trattenere una smorfia.

«Non la bevo questa».

Solo allora lui alzò la testa, lentamente, e mi diede un bacio su una tempia.

«È per te...» continuò rimanendo con la bocca vicino al mio orecchio. «Vorrei poter fare l'amore con te con il mio corpo, e non obbligarti a toccare quello di chi ha ucciso me e mio padre...»

«Nate...» continuai io senza muovermi. «Sono le sensazioni che contano. Non importa il resto» poi mi voltai e gli sorrisi, passandogli una mano sul collo. «E poi, obiettivamente, non è così male questo corpo...»

Lui si scansò innervosito.

«L'umorismo non aiuta in queste situazioni».

Lasciai ricadere le braccia sul materasso.

«Lo so, è che è tutto così perfetto, vorrei solo fare quello che fanno due persone normali, senza stare a pensare tanto ai come e ai perché...» lo guardai con gli occhi più teneri che riuscissi a fare.

Lo capivo. Ma al tempo stesso non avevo nessuna voglia di capirlo.

«Me lo avevi chiesto tu di portare qui solo me stessa e di lasciare il resto in città» gli ricordai. «Niente passato, niente problemi, niente di niente. Solo tu e io». Gli tesi una mano, per farlo riavvicinare.

Lui guardò le mie dita come se fossero state qualcosa di velenoso, di sconosciuto.

«Thara...» rispose agitandosi ancora. «E se poi, andando così oltre, non riuscissi a controllarmi? Qui non c'è nessuno che mi può fermare».

Passò qualche istante prima che mi venisse un'idea, mentre Nate mi fissava perplesso aspettando una mia reazione.

«Allora, so io cosa fare per convincerti» dissi poi con decisione alzandomi in piedi. «Per farti sentire un po' più a tuo agio».

Con quel gesto irruente però, il laccio che teneva chiuso il mio accappatoio si sciolse. La stoffa si aprì e il mio corpo apparve come una statua di cera. Nate non distolse lo sguardo, né io mi preoccupai di richiuderlo subito.

«Ma tu guarda...» dissi facendo finta di arrossire. «Non sono invertiti i ruoli di solito?»

Poi ripresi il cordino e rifeci il nodo all'accappatoio ancora più stretto, come per dirgli "questo è quello che ti perdi", e andai verso il mio zaino. Lui mi seguì con lo sguardo un po' inebetito, ma non fece commenti.

«Cosa stai facendo?» mi chiese mentre frugavo fra le mie cose.

«Stenditi» dissi accovacciata di schiena.

«Stendermi?»

«Sì, scegli una posizione comoda, perché ci dovrai rimanere per un po'».

Quando mi rialzai, avevo fra le mani un blocco da disegno e dei carboncini.

«Mi vuoi fare un ritratto? Stai scherzando?» chiese lui mentre gli andavo vicino, molto vicino, tanto da fargli sentire bene quanto profumasse la mia pelle.

«No...» dissi socchiudendo i miei occhi viola e usando una voce seducente, come non avevo mai fatto. «L'umorismo non aiuta in queste situazioni».

E con la mano libera lo spinsi all'indietro, facendolo cadere a peso morto sul letto. Ancora indeciso se assecondarmi o meno, Nate si issò sui gomiti e arretrò fino ai cuscini.

«Così... così va bene?»

Nel frattempo avevo preso una sedia e mi ci ero sistemata sopra.

«Spogliati adesso...» dissi cercando di essere naturale e provando ad accavallare le gambe.

Lui mi sorrise stringendo i pugni, poi fece come gli avevo chiesto. Si sfilò la maglietta, lentamente, e io seguii i suoi movimenti con un misto di divertimento e interesse. Sarà anche stato il corpo di Ludkar, ma era Nate ad abitarlo e quella pelle quasi bianca, tesa sopra a quegli addominali perfetti, a quei muscoli slanciati, per me era la sua. Lanciò la maglietta a terra dopo averla appallottolata e si rimise nella posizione di prima, in attesa. Potevo vedergli il petto muoversi su e giù, più velocemente del normale.

«No, no...» dissi scrollando il carboncino. «Tutto».

Nate sospirò e cominciò a slacciare la fibbia della cintura.

«Mi ricorda un po' quel film... quello con Di Caprio» disse mentre il metallo tintinnava.

«Sì, ma l'iceberg è qui sul letto e non nel mare» affermai io seguendo i movimenti delle sue dita.

Vedevo in Nate un discreto imbarazzo, ma ero indecisa se fermarlo o meno. C'era un pizzico di sadismo in quello che stavo facendo, però sapevo che era a fin di bene.

Stava abbassando i pantaloni, quando una vampata di calore mi bruciò le guance e lo feci rallentare.

«Se vuoi...» dissi questa volta «puoi coprirti con un po' di stoffa. Sai, tipo... panneggio».

Nate rise, vedendo che anche per me quello che stavamo facendo era davvero strano.

«Sì, i panneggi sono bellissimi» disse compiendo un gesto da prestigiatore, che consistette nel togliersi il resto dei vestiti e avvolgersi all'altezza del bacino una striscia della stoffa che decorava il letto.

«Allora, ti sei sistemato?» gli domandai mentre lui finiva di aggiustarsi e io fingevo di ordinare i fogli. «Da adesso cerca di stare fermo... È importante...» dissi poi chiudendo un occhio e tendendo una mano.

Presi le misure col pollice e la matita e cominciai a disegnare. Le prime righe furono un disastro, l'elettrocardiogramma di una lavatrice. Il tratto era insicuro e tremante, la situazione non mi aiutava a concentrarmi e la poca luce faceva danzare mille ombre delle mie dita sul foglio. Dopo gli sforzi iniziali, mi asciugai la fronte col dorso della mano e, facendolo, mi sporcai accidentalmente senza accorgermene.

«Hai del nero...» disse Nate muovendosi appena per indicarmi.

«Non muoverti...» lo ammonii.

Non era davvero necessario che stesse così, immobile, ma volevo che pensasse che mi stavo impegnando con tutta me stessa. Ed era quello che stavo facendo. Mi ripulii la fronte a casaccio e dalla risata di Nate capii che probabilmente avevo solo peggiorato le cose. Ma un'artista non si può deconcentrare per certe sciocchezze.

Così continuai imperterrita a guardare quel corpo incredibile, a misurarlo con gli occhi e la mente, per poi tradurlo sulla carta. Era strano, mi venne da pensare mentre calcavo le prime ombre nell'incavo della schiena: una volta Nate aveva un corpo fatto di cenere e adesso, anche sul foglio, lo stavo fissando con della polvere.

Mi soffermai molto sui dettagli del volto, cercando quell'espressione che mi aveva fatto innamorare di lui la prima volta, quel sorriso, quelle fossette e quegli occhi che sapevano illuminare le notti di un secolo. Non usai delle matite colorate, non ce n'era bisogno. L'intenzione del mio tratto era sufficiente a descriverne la potenza.

Continuai per ore, trasformando pian piano quello che era solo un intrico di linee in qualcosa che prendeva profondità e volume. Mi sembrava quasi di scolpire. Le luci e le ombre fecero emergere dalla carta la scena che avevo davanti e Nate, per tutto il tempo, rimase immobile a guardarmi, incantato.

Dopo i primi minuti di imbarazzo, si era dimenticato di essere nudo sul letto. Era quasi sognante, e mi fissava senza nessuna irrequietezza, senza nessun senso di attesa negli occhi. Era come se fosse disposto a stare lì, per me, anche in eterno. Come certe statue sono disposte a stare davanti a cattedrali per secoli. E proprio una statua stava cominciando a sembrare. Di marmo bianco e levigato, con venature appena percettibili di ferro sotto la pelle, scolpito secondo canoni aurei da artisti più immortali della loro arte.

Quell'illusione era tanto forte da farmi fremere quando si muoveva appena per non sentirsi intorpidire. A vederlo così sembrava fragile, quasi indifeso, nonostante il suo aspetto tonico e forte. Oltre alla tenerezza, però, quel corpo mi smuoveva dentro anche altre sensazioni. Ogni volta che inclinava il collo, mostrando i nervi tesi fra il mento e le spalle, ogni volta che piegava leggermente una gamba, facendo prendere una forma definita alla sua muscolatura atletica, la mia mano si doveva fermare.

Ero tentata, in quei momenti, di lasciar perdere e buttare tutto a terra per stendermi lì accanto, accanto a lui. Sentivo il profumo speziato del suo corpo arrivarmi al volto ed era davvero difficile non desiderare di sentirlo meglio. Adoravo strofinare il volto sul suo petto, quando ci accoccolavamo insieme per guardare un film.

Ma in quel momento dovevo rimanere lucida e non cedere se volevo far vedere a Nate quello che davvero provavo per lui. Era necessario resistere ancora un po'. Così continuai a definire i tratti, ad accarezzarlo sulla carta, e dopo una mezz'ora ancora, cancellando una sbavatura e soffiando sul foglio per far cadere i trucioli della gomma, potei finalmente dire di aver finito.

«Ecco...» dissi piano, alzandomi in piedi e richiudendo l'album da disegno.

Nate non si mosse, aspettò che mi sedessi sul letto e che mi sdraiassi accanto a lui.

«Sono stato un buon modello?» domandò passandomi una mano fra le punte dei capelli più lunghi, che erano ancora leggermente umidi.

«Oh sì...» gli risposi piano e gli diedi un bacio sul petto, potendo finalmente concedere un po' di pace alla mia anima.

Allora lui provò a prendermi l'album dalle mani, ma lo fermai.

«Aspetta, prima che tu lo veda... voglio che tu sappia cosa significa... perché ho voluto farti questo ritratto».

Nate sorrise, ma non con gli occhi. Quelli li socchiuse. Era come se volesse sforzarsi di essere felice, ma sapeva che non gli avrebbe fatto piacere vedere il corpo di Ludkar su quel foglio. Detestava persino guardarsi allo specchio.

«Un artista...» cominciai io «Beh, non che io sia un artista... Comunque, ogni artista vede le cose a modo suo, magari nel modo sbagliato, dagli altri può anche venir preso per matto, per visionario, ma se smettesse di farlo, smetterebbe anche di essere un artista». Presi fiato e tempo, lasciando vagare gli occhi sulle pieghe delle lenzuola. «E un artista non è chi si mette a fare quadri o a scrivere o che ne so...» mi morsi le labbra, forse mi stavo complicando la vita. «Un artista è chiunque desideri amare e far vedere agli altri ciò che ama e come lo ama. Ecco...»

E allora fui io a passare il blocco da disegno nelle sue mani. Nate continuò a fissarmi con un'espressione profonda ed enigmatica mentre sollevava la prima pagina che nascondeva il mio lavoro.

Feci un cenno col capo per incitarlo a guardare. Allora lui ruotò la testa e sulla sua bocca si fece strada un sorriso sincero. E questa volta sorrisero anche i suoi occhi.

Sul foglio c'era il suo ritratto, ma non aveva le sembianze del corpo di Ludkar. Sul letto, nel faro, c'era sdraiato Nate, col corpo che gli era stato ingiustamente portato via.

Vidi la sua fronte tremare leggermente e gli occhi inumidirsi. Con le dita sfiorò appena il foglio, come se volesse toccare i lineamenti di quell'immagine che esisteva solo dentro di me.

«È stupendo...» sussurrò con la voce che si scioglieva. «Come hai fatto a ricordare... come...»

«No» lo interruppi. «Non ho ricordato. Io ti vedo così. Sempre». Ricambiai il suo sguardo, dal quale era scivolata una goccia di tristezza. «Quello è l'aspetto della tua anima».

Nate fissò i miei occhi viola, ci guardò dentro, spingendo i suoi colori non so quanto in profondità. Sentii il suo sguardo scendere dentro di me, dentro il nero delle mie pupille, come un sasso che sprofonda nelle infinità oceaniche. E quando finalmente trovò il fondo, dove risiedevano i miei sentimenti per lui, mi prese la testa fra le mani, con una dolcezza che non pensavo possibile. Inclinò il capo e avvicinò le labbra alle mie, aprendole appena, perché i baci più intensi sono quelli sussurrati. Quelli che solo due persone che si amano e conoscono davvero possono darsi, perché metà del bacio avviene fra le anime, in modo segreto e inspiegabile, nel luogo in cui si formano le speranze e le nuvole.

Ma quel tremore, che sentivo provenire dal suo corpo, che inizialmente avevo pensato fosse dovuto all'emozione del momento, trasformò il nostro sogno in un nuovo inferno.

La testa di Nate ricadde con uno scatto all'indietro e i suoi occhi divennero bianchi, come se un fantasma avesse avvolto la sua testa dall'interno. Mi portai le mani alla bocca e non urlai perché ero troppo impegnata a pensare cosa fare.

Presi i polsi di Nate per tentare di tenerlo fermo: aveva cominciato a tremare, come se fosse in preda a una crisi epilettica. Questa volta era molto peggio che a casa di Margareth, questa volta era decisamente una cosa seria. Ero agghiacciata, ma la paura che potesse accadergli qualcosa di terribile mi rendeva estremamente lucida, quasi glaciale. Le mie esili braccia non poterono nulla contro quelle contrazioni violente e Nate cadde rovinosamente giù dal letto, andando a sbattere la faccia contro il legno del pavimento. A quel punto non riuscii a trattenere i singhiozzi, ero disposta a chiamare un'ambulanza, anche se ero sicura che sarebbe stato inutile e che una volta in ospedale lo avrebbero arrestato.

Mi inginocchiai accanto a lui, lo voltai e gli misi un cuscino dietro alla testa per evitare che continuasse a sbatterla ancora e ancora.

Gridai, perché era l'unica cosa che potevo fare. E le mie grida si confusero all'esterno con le onde che si stavano ingigantendo, sbattendo contro le finestre come se l'oceano stesse prendendo a schiaffi il faro.

Poi Nate si irrigidì, e con tutto il fiato che aveva in corpo, con una voce demoniaca e nera, pronunciò una parola che suonò come la più oscena delle invocazioni.

«Millarca!»

Allora il suo corpo si rilassò, tornò immobile. Anch'io rimasi ferma per qualche istante, aspettando, sperando che Nate riprendesse come l'altra volta conoscenza. E così fece, aprendo gli occhi a rilento, occhi dai mille colori, sempre più pallidi.

Si girò su un lato, raggomitolandosi leggermente. Così, nudo sul pavimento, stava silenzioso, sembrava quasi mortificato.

«Amore...» dissi stendendomi anch'io al suo fianco e aprendo l'accappatoio. «Sono qui con te».

Appoggiai la mia pancia e i miei seni contro la sua schiena per dargli un po' di calore, e richiusi l'accappatoio per proteggerci entrambi. Era gelido, molto più del solito.

«Vuoi tornare sul letto? Ce la fai?»

Ma le uniche parole che disse furono:

«Devo... devo dormire».

Era la prima volta, credo, nella storia dei Nocturni, che uno di loro sentiva il bisogno di dormire.

Forse tutto quello che gli stava accadendo non era un fatto negativo, e sicuramente non aveva a che fare col cibo. Se i Nocturni erano diventati tali per la paura della morte, forse Nate, con la sua enorme voglia di vivere, stava solo cercando di tornare umano.

***

Mi risvegliò l'oceano, senza riguardo.

Aprii appena gli occhi e scoprii di essere di nuovo a letto. Nate doveva avermi messa sotto alle coperte durante la notte. Lui nella stanza non c'era.

Fuori dalla finestra il cielo era grigio e il vento correva sull'acqua con una forza tale da sollevare onde di venti metri; cavalloni imbizzarriti che si infrangevano contro la base del faro, lanciando verso l'alto esplosioni di schiuma e sale.

Mi alzai prendendo il cellulare dal comodino. Erano le due del pomeriggio. Per fortuna, avevamo comprato qualcosa da mangiare il giorno prima, altrimenti saremmo dovuti rimanere a digiuno. Uscire dal faro con quel tempo era impossibile.

Mi vestii e chiamai Nate a voce alta. Non mi rispose, così capii che non era di sotto. Mi infilai le ciabatte e cominciai a salire le scale a chiocciola per sbucare nella lanterna. Quando arrivai alla sommità e aprii la porta, trovai Nate appoggiato con i gomiti alla ringhiera che circondava il riflettore. La sua espressione era cupa e il suo sguardo si spingeva oltre i vetri di quella che immaginavo come la gabbia della luce. Stava scrutando quel mare feroce, che si agitava come se, sotto la sua superficie, tutti i pesci che lo abitavano stessero dibattendosi in preda a un furore misterioso. Quell'oceano che sembrava essere diventato il campo di battaglia dei venti.

Andai accanto a lui a guardare quel panorama irrequieto. Ogni tanto un'onda anomala ci notava e decideva di aggredirci. Quando accadeva, un muro d'acqua si abbatteva contro il faro con una forza tale da farmi sobbalzare e temere che venisse giù tutto. Una schiuma bianca oscurava per qualche istante le vetrate e poi scivolava via, restituendoci una visione slavata del mondo.

«Sei venuto quassù per distrarti da quello che è successo ieri sera?» gli domandai, pronta a spiegare la mia teoria. «Perché sai, ci ho pensato, forse è il tuo corpo che vuole tornare umano, forse…»

«No» mi interruppe lui. «Non è per questo che sono qui, guarda…» continuò indicando un punto preciso verso il mare.

Aggrottai la fronte e mi avvicinai ai vetri. Inizialmente non notai nulla, ma poi, fra quello sciabordare che copriva ogni suono, vidi quei puntini nel cielo. Sembravano elicotteri.

«Ma… che diavolo stanno facendo?» gli domandai appoggiando la fronte alla superficie trasparente e gelida.

«Sono lì da un'ora. Non ne ho idea. Ci vedo bene, ma non così bene».

La nostra curiosità non dovette attendere molto per essere soddisfatta.

Vedemmo gli elicotteri sollevarsi tutti assieme in verticale in un'operazione coordinata. Il mare sotto di loro si stava gonfiando, come se un Leviatano, un mostro marino gigantesco, stesse emergendo con la schiena.

«Mio Dio…» sussurrai, quando mi accorsi che dalle acque stava realmente uscendo qualcosa.

Era un oggetto dalle dimensioni colossali. Qualcosa di scuro, dalla forma irregolare. L'acqua gli scivolava sopra circondandolo di spuma bianca man mano che emergeva. Gli elicotteri lo stavano issando. Poi, finalmente, uscì quasi per intero. Sembrava un masso ricoperto da materiale nero e verdastro, alghe e sedimenti marini.

«Non è possibile… » sussurrai a Nate mentre gli elicotteri, faticosamente, avevano cominciato a muoversi.

I velivoli si stavano spostando più in alto e dirigendo nella nostra direzione. Portavano con sé quell'enorme peso e, man mano che si avvicinavano, cominciammo a vedere le funi con cui l'oggetto era legato.

Quegli elicotteri, che adesso si distinguevano per colore e forma, neri, con quattro eliche ciascuno, chiaramente militari, avevano strappato qualcosa all'oceano e se lo stavano portando via.

Qualcosa che non doveva essere scoperto e smosso. Ed era per quello che probabilmente il mare era tanto furioso.

Gli elicotteri passarono sopra di noi con la loro preda, come terribili gabbiani metallici. Solo mentre sorvolavano le nostre teste, ci rendemmo conto della dimensione effettiva di quella cosa, talmente grande che oscurò il cielo sopra di noi per mezzo minuto. Durante quel passaggio, in cui le nostre orecchie furono assordate dai motori, le alghe che erano impigliate all'oggetto fecero precipitare sul faro una cascata di sabbia e acqua. Persino qualche piccolo pesce cadde sui vetri che ci separavano da quella mostruosità.

Poi gli elicotteri la portarono via e rimanemmo a guardare mentre si allontanavano. Per un attimo mi sembrò di leggere sulla fiancata di uno di essi qualcosa di familiare. Mi sembrò di distinguere un simbolo ottagonale, ma non ne fui certa.

E quasi il mondo avesse un tempismo perfetto e un riguardo particolare nei miei confronti, il cellulare squillò.

Chi parlava all'altro capo era Christine. Aveva una notizia per me. La piccola Penny si era svegliata.

DILLO COI FIORI

Per cause di forza maggiore, dovemmo aspettare tre ore prima di poter abbandonare il faro. L'oceano ci fece passare sdegnato per averlo lasciato prima che finisse il weekend, ma era troppo importante per me. Ero talmente contenta che continuavo a ripetere a Nate di andare più veloce, nonostante le strade fossero bagnate.

Ci impiegammo tre ore a tornare in città, e furono ore lunghe chilometri. Ripercorremmo tutta la baia di Cape Cod come una biglia in una conchiglia e, quando arrivammo, insistetti per non passare da casa. Volevo assolutamente vedere come stava la piccola.

Nate mi portò davanti all'ospedale e disse che sarebbe andato alla villa per appoggiare le nostre cose. Mi avrebbe raggiunto più tardi. Così lo baciai e lo lasciai andare.

Un secondo dopo stavo già varcando le porte scorrevoli dell'ospedale e imboccando il corridoio degli ascensori. Salii con i piedi che battevano per l'impazienza. Quando raggiunsi il piano, andai verso la camera di Susan e Penny come se avessi avuto dei pattini ai piedi.

Christine era seduta accanto al letto della bambina e le teneva la mano.

«Oh mio Dio… non sai quanto sono felice…» dissi avvicinandomi.

Avevo l'adrenalina che mi viaggiava per il corpo e mi sembrava che stessero esplodendo fuochi d'artificio nella mia testa.

«Non può parlare…» disse piano Christine, voltando la testa nella mia direzione. «È ancora molto debole. I suoi muscoli avranno bisogno di molto esercizio prima di poterla sorreggere ancora».

«Capisco…» dissi piano.

Le misi una mano sulla spalla e la guardai negli occhi. Li teneva socchiusi, ma capii che aveva risposto al mio sorriso. Aveva ancora parecchie macchine attaccate al corpo, ma almeno avevano rimosso il respiratore, che la faceva sembrare condannata a un viaggio eterno nello spazio.

«Ciao, piccola...» sussurrai andandole più vicino. «Vedrai che presto arriverà anche la sorellona».

Le baciai la fronte e d'istinto cercai il suo coniglio di peluche che era sempre stato sul comodino. Quando mi voltai, mi accorsi che oltre al pupazzetto c'era anche un vaso con delle rose gialle.

Ricordi lontani riemersero dalla mia mente come qualcuno che cerca di uscire da una valanga di neve.

«Chi... chi ha portato questi fiori?» domandai a Christine indicandoli.

«Le infermiere hanno detto che li ha mandati il ragazzo di Susan».

Anche l'altra volta, nell'altro ospedale, quando eravamo andate assieme a trovarle, avevamo ritrovato quelle rose gialle. Lo ricordavo bene adesso. E anche quella volta l'infermiera aveva detto che era stato il ragazzo di Susan a portarle.

«Ma Susan... non ha un ragazzo» risposi, con la mente che cercava di dare una spiegazione a quel fenomeno.

Tornai a guardare le rose gialle, le rose di rame, e notai che fra i gambi era infilata una lettera. Non ci pensai due volte e la presi.

«Non l'avevo vista» commentò Christine alzandosi in piedi e venendomi accanto per leggere con me.

Strappai la parte incollata e tirai fuori il biglietto. Conteneva una sola frase: "Stai tranquilla, ho pensato a tutto io". E non era accompagnata da nessuna firma. O meglio, non da una firma che chiunque potesse riconoscere. Accanto alle parole c'erano quei simboli che Mr Spectre usava per disegnare la faccia di un Nocturno.

«È lui...» affermai voltando la testa verso la mia amica. «È Mr Spectre... Quel bastardo».

«Ehi! Ehi! Ehi!» esclamò Christine mettendosi le mani davanti alla faccia e guardando da un'altra parte. «Non ci provare nemmeno a guardarmi. Non ho intenzione di tornare in quel posto di cenere per una distrazione. Mettiti gli occhiali da sole».

«Ma dai, non è più successo. Ieri ho guardato molte persone negli occhi e non è accaduto nulla...» la tranquillizzai.

«Non mi interessa» continuò Christine tenendo le mani in quella posizione. «Se vuoi starmi vicina, ti metti gli occhiali».

Sospirai e cercai nella borsetta gli occhiali da sole. Era da tanto che non li indossavo, ma poteva essere una precauzione. La mia amica aveva ragione, avevo preso quella cosa un po' troppo alla leggera. Li trovai e misi davanti al mio sguardo quelle due lenti scure.

«Ecco fatto, così non rischierai di rimanere incinta» ironizzai.

«Molto divertente... Ma se secondo te è Mr Spectre, cosa vuol dire?»

Rilessi un paio di volte quella frase scuotendo la testa.

«Non lo so, ma immagino che non mi piacerà».

Riguardai Penny attraverso le lenti e accartocciai quel foglietto. Dovevo occuparmi di lei, adesso.

«Vado a comprare degli iris» dissi fissandola e addolcendo la voce per tranquillizzarla. «Devo avvertire tua sorella che stai bene. Mi occuperò io di te...»

In quel momento mi accorsi di aver fatto una promessa che forse non potevo mantenere. Anche se i loro genitori erano morti, e non si era a conoscenza di parenti prossimi, sarebbe stato difficile convincere gli assistenti sociali a un'adozione. Mi morsi le labbra e tornai a guardare Christine.

«Vado qui sotto, torno subito».

Lei fece un segno d'assenso e tornò a sedersi.

Mi allontanai dalla stanza con passi veloci. Non avevo ancora pensato a cosa fare nell'eventualità che fosse la piccola a svegliarsi per prima. Se fosse stata Susan, non ci sarebbero stati problemi, per via dell'età, ma adesso le cose si complicavano. Non avrei permesso che la mandassero in un orfanotrofio.

Arrivai al piano inferiore senza quasi accorgermi, quei pensieri si stavano sostituendo alla realtà con una velocità incredibile.

E Mr Spectre perché continuava a tormentarmi, da quando seguiva la mia vita, per quanto ancora lo avrebbe fatto e perché?

Uscii dalle porte principali con la testa bassa e mi fermai sul ciglio del marciapiede.

Poco più giù, lungo la strada, sapevo che c'era un fioraio, sarei andata lì a comprare gli iris. Avrei chiesto a Susan qualche consiglio, magari poteva farmi contattare qualcuno di famiglia con cui gestire la situazione. Anche se a questo punto la cosa che mi terrorizzava di più era dover dire loro che i genitori non erano stati altrettanto fortunati. Non sapevano ancora che fossero morti. Come avrei potuto dirglielo? Già erano intrappolate nel Cinerarium, dovevo tener viva in loro la speranza o le avrei viste sgretolarsi e unirsi ai Grigi.

Quando il semaforo divenne verde, attraversai le strisce senza assicurarmi che le macchine si fermassero. Andai addirittura a sbattere con una spalla contro un signore che veniva in senso opposto. Mi scusai, però continuai a camminare sul marciapiede in mezzo agli altri passanti senza curarmi di loro.

Ma un'attenzione particolarmente viva dentro di me, o una coda dell'occhio molto lunga e tortuosa, forse prerogativa di noi Crepuscolari, mi fece notare qualcosa. Alzai lo sguardo e vidi un individuo sgattaiolare furtivamente in un vicolo. Sembrava che stesse scappando proprio da me.

Forse era Mr Spectre. Non mi sarei lasciata sfuggire quell'occasione. Così accelerai il passo e mi infilai anch'io in quel vicolo.

Era stretto, scuro. L'asfalto era un po' bagnato per la pioggia notturna. Lungo le pareti di mattoni erano appiccicati vecchi poster strappati e lo arredavano solo un paio di bidoni. Mi addentrai per qualche metro. Gli occhiali scuri e le ombre non mi permettevano di vedere fino in fondo.

Poi sentii un rumore provenire dall'alto e alzai di scatto la testa. Quella figura era aggrappata a un balcone delle scale anti incendio.

«Vieni giù!» gridai senza paura.

Ma quella figura non si mosse. La vidi solo in controluce portarsi una mano alla testa e scuoterla.

Poi lasciò cadere qualcosa e spiccò un balzo contro il muro opposto. E poi lo fece ancora e ancora, risalendo in quel modo le pareti, quasi rimbalzando, fino a scomparire sui tetti.

Capii di chi si trattava solo quando vidi cosa era caduto a terra. Feci qualche passo verso quella cosa scura, dall'aspetto bagnato e dall'odore pungente. Mi fermai.

Ai miei piedi c'era un animale morto. Qualcosa che una volta poteva essere stato un gatto, e che adesso era simile a un piccolo incubo, squartato malamente da denti e mani.

Quello che era scappato era Nate.

Mi buttai con le spalle contro il vicolo. Che cosa stava succedendo!? Era troppo assurdo... Nate aveva aggredito un povero animaletto e lo aveva divorato... Eravamo appena tornati da Cape Cod, cosa significava tutto questo!? Non ne potevo più. Era raccapricciante solo immaginarlo.

Mi portai le mani al volto e sfilai gli occhiali, ma mi sentivo così debole che caddero al suolo. Avevo cominciato a piangere e la mia bocca era aperta, le labbra erano tese e mi facevano male. Non era giusto che nella mia vita ci fosse sempre qualcosa che non andava. Penny si era appena risvegliata e il mio ragazzo era impazzito. Credevo che stesse guarendo e invece mi stava nascondendo qualcosa. La stava nascondendo a se stesso e a me. Stava perdendo il controllo. Singhiozzai e alcuni capelli mi entrarono in bocca, dandomi un senso di nausea improvvisa.

Mio padre doveva intervenire al più presto. Cercai frettolosamente il telefonino e anche quello mi scivolò di mano. Composi il numero con uno sforzo enorme, solo per scoprire che era irraggiungibile.

Chiusi gli occhi e respirai a fondo. Volli solo pensare a quanto lo spirito di Nate fosse forte: avrebbe saputo tenere testa a qualsiasi istinto. Non avrebbe mai fatto quel salto... Non avrebbe mai e poi mai ucciso un essere umano. La sua forza di volontà era grande, smisurata, lo aveva fatto sopravvivere nel Cinerarium per vent'anni! Quello al confronto doveva essere uno scherzo.

Temevo che si sarebbe di nuovo reso irrintracciabile, perciò non tentai nemmeno di chiamarlo. Decisi che dovevo calmarmi e che prima di affrontare quel problema dovevo risolverne un altro. Penny.

Trascinandomi, esausta per la visione sanguinolenta che non mi abbandonava, raggiunsi il fioraio e comprai qualche iris. Non me li feci neppure incartare, li presi con le mani dal vaso e pagai senza volere il resto. Li riportai con me all'ospedale tenendoli a testa in giù, proprio come qualcuno, nell'universo, teneva a testa in giù me.

Quando raggiunsi la stanza, Christine si accorse subito che qualcosa non andava.

«Ehi, cos'è quella faccia?» mi domandò alzando un sopracciglio. «Il fioraio non ti ha fatto lo sconto?»

Mi avvicinai rimettendo gli occhiali da sole.

«Ne parliamo dopo, ok?»

Si alzò facendo finta di essersi indispettita e mi lasciò sedere. Mi sistemai e presi la mano di Penny.

«Vedi, è con questi che vengo da voi. Adesso mi addormenterò e andrò da tua sorella, va bene?»

La bambina spalancò gli occhi. Mi sembrò una reazione strana, ma le risposi con un sorriso. Poi presi i fiori che sapevano allontanare il mondo con il loro profumo e li portai vicino alla bocca.

Respirai profondamente e il profumo mi corse dentro ai polmoni come inchiostro viola in un ruscello. I miei sensi stavano per frantumarsi, la mia coscienza stava per viaggiare alla velocità dei sogni, quando qualcosa dentro di me bloccò tutto. Non accadde nulla. Rimasi là, seduta accanto al letto, come una persona qualsiasi che si ritrova ad annusare un mazzo di fiori.

Aggrottai la fronte e riprovai, respirando con più decisione ancora. Niente. Gli iris negavano di aprirmi i loro cancelli fatti di petali. Mi voltai verso Christine. Ero frastornata.

«Non… non funziona. Non riesco ad andare nel Cinerarium».

La mia amica si puntò una mano sul fianco.

«Beh, allora speriamo che non sia il Cinerarium a venire da te».

LA GOCCIA E LA PIETRA

L'orario di visita ci impedì di rimanere più a lungo. Fummo costrette a salutare Penny e a dirle che saremmo tornate il giorno successivo a trovarla. La baciai sulla fronte e seguii Christine giù per le scale, per quei gradoni che sembravano scavati in una gigantesca valanga di neve.

Le luci invernali delle corsie trapassavano le lenti scure dei miei occhiali, riportandomi alla mente momenti orribili del passato e mischiandoli a momenti orribili del presente. Tutto stava crollando. Di nuovo.

Mi fermai dopo qualche passo e mi presi la testa fra le mani. Un capogiro mi stava per far perdere l'equilibrio. La voce ovattata di Christine che mi chiedeva se stavo bene arrivò solo dopo il colpo.

Non ce l'avevo fatta a rimanere in piedi ed ero caduta all'indietro, sbattendo la testa contro il muro.

Non sanguinavo, dicevano le infermiere che erano venute a controllarmi, ma avrebbero voluto fare dei controlli. Mi opposi con quel poco di lucidità che mi era rimasto. Non avevo intenzione di rimanere in ospedale se non era per Penny. Volevo andarmene a casa e sprofondare la testa fra i cuscini.

Christine riuscì ad essere piuttosto convincente, disse che mia madre era una farmacista e chiamò un taxi per farmi venire a prendere. Così ci sedemmo sulla panchina che stava vicino all'entrata, sotto lo sguardo di due volontari che fumavano appoggiati a un'ambulanza.

«Ma Leo? Non poteva venire lui?» domandai a Christine mentre mi aggiustava il ghiaccio che mi stava scivolando dalla testa.

«Leo sembra che si sia dimenticato della nostra esistenza. Ha passato gli ultimi due giorni a ignorarmi e non risponde nemmeno ai messaggi».

Questa volta non aveva usato un tono rancoroso. Era come se si fosse arresa, come se avesse accettato, o come se stesse aspettando che fosse lui a mandare tutto a rotoli. Per quanto ne sapevamo, non aveva molta esperienza con le ragazze. Per un attimo avevo allontanato l'immagine di Nate che mangiava un gatto in un vicolo, ma dovevo dirlo almeno alla mia migliore amica. Se non altro per proteggerla. In cuor mio volevo sperare che Nate riuscisse a controllarsi, ma per precauzione era meglio avvertirla di stargli alla larga per un po'.

«Senti...» le dissi aggiustandomi gli occhiali da sole. «Per un po' è meglio se stai lontana da me e Nate».

Christine finì il caffè che si era presa e si alzò in piedi. Il taxi era appena arrivato.

«Il fine settimana è stato così romantico che anche voi due mi volete tagliare fuori?» domandò, aiutandomi a reggermi in piedi.

Andammo verso l'auto gialla, ma lo sforzo non mi impedì di sorridere a quel cinismo che Christine riusciva sempre a spargere ovunque, facendo diventare il mondo una sua strana ricetta.

«Piuttosto il contrario...» la informai mentre apriva la portiera e salivamo.

Diedi al conducente l'indirizzo della farmacia e allacciai la cintura.

Christine non lo fece, preferì non toccare niente. Era piuttosto disgustata dall'interno dell'auto che puzzava di umidità e fango. Partimmo e subito restammo imbottigliati nel traffico.

«È un peccato, no?» domandò lei, persa a guardare le luci dei semafori che chiazzavano di rosso quella città così sbiadita.

«Un peccato che cosa?»

«Che proprio a pochi giorni da Halloween le cose vadano così male per tutti. Beh, tranne che per Penny, anche se non so come la prenderà... Era la nostra festa preferita, ti ricordi?»

«Sì» dissi sorridendo e inclinando la testa, fino ad appoggiarla sulla sua spalla. «Passavamo le nottate con Leo a guardare vecchi film a base di popcorn e montagne di arti mozzati...»

Christine non si ritrasse. Eravamo abbastanza intime lì dentro e avvertiva che qualcosa non andava davvero.

«Cosa è successo?» mi chiese.

Poi aprì la borsa e prese gli iris che avevo comprato, sbattendomeli sotto al naso.

«Perché non riesci più ad andare nel Cinerarium? Comodo mandarci gli altri, ma sei tu la Crepuscolare».

Alzai le spalle.

«Non lo so, Christine... Ma sinceramente non mi interessa. Nate sta perdendo il controllo... Prima, quando sono scesa...» mi fermai qualche istante per scegliere al meglio le parole «mi aveva detto che sarebbe andato a casa, e invece l'ho visto in un vicolo... Stava mangiando un gatto».

Christine mi fece rialzare lentamente e mi tenne per le spalle. Mi guardò attraverso le lenti con quei suoi occhi bordati di nero, che in quel momento sapevano essere estremamente limpidi.

«Thara, senti, non te lo dico perché mi piace rovinare le cose che piacciono agli altri...»

Le sorrisi appena.

«Oh, sì che ti piace».

Anche lei ammiccò.

«Va bene, è vero, ma non in questo caso. Se Nate è arrivato al punto di aggredire un gatto, vuol dire che non ci sta con la testa. E non solo io gli starò lontano, ma farò in modo che lo faccia anche tu, dovessi metterti uno di quei collari che suonano...»

La rassicurai.

«Come se avessi accettato... Ma non sarà necessario. Mi rendo conto che così non è possibile continuare... Finora anche mio padre non ha voluto vedere la gravità della situazione, ma è l'unico che possa fare qualcosa. Intendo... l'unico che abbia la forza fisica di fermarlo, nel caso...»

Christine capì subito cosa intendevo, senza obbligarmi a continuare.

«Vuoi che stia a casa con te questa sera? È quasi ora di cena, potrei fermarmi da te».

Buttai la testa all'indietro e, anche se lei non se ne accorse, chiusi gli occhi.

«No, ti ringrazio, sto bene».

Dentro di me, in qualche modo ero preparata. Dopo tutto quello che Nate aveva passato nel Cinerarium, non potevo sperare che farlo tornare nel corpo di un Nocturno non avesse conseguenze.

Christine rimase a studiarmi per qualche istante e poi mi abbracciò. Non sapevo chi delle due avesse più voglia di affetto, ma ricambiai senza fare domande.

Quello che invece chiesi a Christine, quando il taxi si fermò davanti alla farmacia, fu di non dire niente a mia madre o alla madre di Nate. Quella faccenda l'avremmo risolta con discrezione. Sapevamo entrambe molto bene come fossero le madri. Pagai l'autista e lasciai anche la differenza per far accompagnare a casa la mia amica, glielo dovevo.

Sentivo la croce verde della farmacia lampeggiare sopra la mia testa, ma non volli passare in negozio. Mia madre avrebbe sicuramente letto i miei pensieri e iniziato un interrogatorio che al momento non ero in grado di sostenere.

Cercai le chiavi alla svelta e le girai nella porta delle scale. Quando entrai, non accesi la luce: mi bastò sfilare gli occhiali da sole per vedere più chiaro l'androne. Ma il chiarore che proveniva dal piccolo lucernario alle mie spalle era identico a quella dell'ospedale: gelido, apatico, imparziale. Faceva apparire tutto come ricoperto da un sottile strato di brina.

Mi strinsi nelle braccia, sentivo più freddo di quanto non facesse in realtà. Salii a fatica fino al pianerottolo e, mentre lo facevo, tentai di ricomporre sul cellulare il numero di mio padre. Era spento.

Quando arrivai davanti alla porta di casa, capii che sarebbe stato inutile insistere. Mia madre aveva lasciato un foglietto appiccicato alla maniglia. "Sono al cinema con papà. Non aspettarmi" c'era scritto. Sospirai e lo appallottolai.

Anche l'interno della casa, che di solito mi rassicurava, quel giorno mi apparve diverso. In autunno, quando le temperature si abbassavano e le tinte diventavano vaghe, mi piaceva starmene rannicchiata sul divano, vicino ai termosifoni, e leggere un libro. Era una sensazione rassicurante. Invece la sala, quel giorno, mi ricordava solo una tomba arredata da un idiota.

Avrei dovuto essere felice per il risveglio di Penny, ma proprio non ce la facevo.

Scaldai nel microonde un pezzo di pollo che era avanzato dal pranzo di mia madre e condii qualche foglia di insalata. Mentre mangiavo sulla penisola della cucina, non accesi neppure la televisione. Preferivo guardare la luce sbriciolarsi fuori dalla finestra. Boccone dopo boccone, il tramonto più squallido che potessi desiderare si sgonfiò oltre i vetri. E non mi sentivo affatto meglio, io che ero una Crepuscolare.

Un senso di sonno malato mi trascinò fino in camera, ma lasciarsi cadere sul letto non fu piacevole: tutto dentro al mio stomaco sciabordava come un piccolo oceano. Lasciai le luci spente e mi avvolsi malamente nelle coperte, aggrovigliandole con pensieri e ricordi dalle tinte cupissime.

I miei occhi vedevano solo inchiostro. Sentivo le pupille allargarsi all'infinito dietro le palpebre. Ogni tanto mio padre compariva come un'ombra abnorme, e bagliori verdastri, che provenivano dalla croce, dalla finestra, mostravano vicoli nauseabondi. Vicoli che erano un labirinto, un labirinto che grondava nelle fogne in cui erano intrappolati topi, migliaia di topi.

Fra i fumi densi che si levavano dalle griglie di tombini che imprigionavano incendi segreti, vedevo carcasse di animali ammassate in mezzo alle strade. Quei corpi straziati, ammucchiati per la città, bloccavano le auto creando ingorghi stradali e organici, fatti di carne e lamiera.

Il mio ragazzo, in piedi sul cornicione più alto del mondo, scuoteva la testa in modo talmente veloce da farla sfuocare. E, se si fermava, era il volto di Ludkar a fissarmi.

Da un'altra parte una bambina col suo coniglio usciva a gattoni da una piramide nera, lucida, come un'immensa lapide.

In lontananza, la luna veniva rigurgitata da un cielo liquido, oceanico e abissale, e andava a sbattere contro la terra, infrangendosi e facendo tremare le speranze, riportando il mondo al punto di origine, accecando ogni cosa col fragore e con la polvere.

Ma questa volta non era cenere, era polvere di ossa. Perché di polvere di ossa è fatta la luna. La gigantesca palla da biliardo, che scocca contro le nostre vite ogni notte, aveva mandato in buca la otto prima del tempo.

Bisognava ricominciare.

Poi un suono mi svegliò.

Riaprii gli occhi con il sollievo più sincero. Stavo cominciando a credere che quelle visioni, così nitide, fossero vere. Mi ci volle qualche istante prima di capire da dove provenisse quel suono.

Nell'oscurità quasi totale della stanza cercai a tastoni l'interruttore della lampada sul mio comodino. Quando la accesi, accanto alla mia mano c'era anche il cellulare. Non era tardissimo, solo le dieci. Non c'era neppure una chiamata e immaginai di essere ancora sola in casa. Non si sentivano altri rumori a parte quel trillo continuo, che mi aveva strappata agli incubi.

Voltai lentamente la testa. Proveniva dalla scrivania, dal computer. Ma il computer era spento.

Sospirai, esausta. Sapevo già che si trattava di Mr Spectre. Decisamente non ero dell'idea di assecondarlo. Al massimo potevo essergli grata per avermi svegliata. Così mi alzai e andai alla scrivania, con l'intenzione di mandarlo al diavolo con le parole meno eleganti che conoscevo.

Mi sedetti, trascinai la sedia sulle piastrelle e mossi il mouse. Lo schermò si illuminò di nero. Al centro un grande occhio mi osservava fisso. Per risposta, dato l'umore che avevo, presi un foglietto giallo per gli appunti e ce lo appiccicai sopra.

Il cursore stava lampeggiando, ma non appariva alcuna scritta. Mr Spectre mi aveva concesso il vantaggio della prima mossa. Così lasciai cadere le dita sui tasti, veloci come una piccola grandinata.

"Oggi non è giornata, dovresti saperlo". Invio.

Qualche istante di silenzio. Poi il trillo.

"Abbiamo finito di giocare, Thara".

Rilessi per sicurezza.

"Cosa intendi?"

Lo schermo sfarfallò e tutta l'interfaccia inquietante di Mr Spectre sparì. Riapparve la schermata del mio pc, così come doveva essere, e si aprì la finestra di una normale chat. Non che la cosa mi rendesse meglio disposta nei confronti del mio disturbatore, ma gli concessi qualche secondo di attenzione. Fui obbligata anche a togliere il post-it dal monitor per leggere quello che mi aveva appena scritto.

"È diventato troppo pericoloso. A questo punto è necessario che mi esponga. Quello che dovevo sapere, ora lo so".

Gli risposi continuando a rimanere distaccata, ma con l'intenzione di portarlo all'estremo, di far cadere la maschera di pixel e di fargli notare che ormai avevo capito.

"No, davvero, non ho voglia di stare a sentirti. Sei il professor Demidoff, giusto?"

"Non è la cosa più importante, ora" rispose Spectre all'istante, come se volesse accantonare la cosa.

"Ti farò cacciare dal liceo".

Scrissi quell'ultima frase perché sapevo che la volevo scrivere, ma senza sentire minimamente rabbia.

"Fa' come credi, ma intanto devo assicurarmi che tu sia salva".

"Salva da cosa?"

Mi appoggiai su un gomito e rimasi a fissare le lettere che comparivano con le palpebre a mezz'asta. Ero annoiata dai suoi misteri ridicoli.

"Dal tuo ragazzo, tanto per cominciare. Pensavo che avrebbe resistito ancora un po', ma mi sbagliavo".

Usai un solo dito per digitare.

"Spectre, grazie per l'altruismo, ma faccio da sola".

"No… tu non hai idea. Non hai idea del segreto che è chiuso nei tuoi occhi… Non mi interessa guadagnarmi la tua fiducia. Devo solo fare in modo di tenerti in salvo e di sopravvivere anch'io".

Il mio stalker doveva essere molto agitato mentre scriveva, ma su di me non stava avendo effetto. Quello che avevo vissuto mi aveva svuotata, scavandomi come una di quelle zucche che infestavano le case di tutti.

"Spectre… che parole devo usare? No".

"Evidentemente i modi che ho usato prima di questa conversazione sono stati efficaci" rispose. "Volevo che fossi tu la prima a non volermi avvicinare. Sarebbe stato troppo rischioso, per entrambi. Per tutti".

Sbadigliai e scrissi.

"Ora lasciami dormire…"

Mr Spectre ormai doveva essere simile al cursore. Non si muoveva, lampeggiava, tentennava.

"D'accordo, ne riparleremo presto. Ma intanto volevo farti sapere che ho sistemato tutto. Ti ho lasciato dei fiori all'ospedale".

Quello mi interessava. Finché toccava me, potevo tollerarlo, ma se si fosse spinto a infastidire anche le persone a cui volevo bene, no. Soprattutto una bambina di sei anni appena uscita dal coma.

"Cosa hai sistemato?" scrissi calcando sui tasti e mettendomi a sedere diritta.

"I documenti di Penny Digger" rispose lui prontamente, secco.

Sgranai gli occhi. Non capivo.

"Ho falsificato tutto. Tu e tua madre, adesso, siete le sue tutrici legali. Pensavo di farti un favore. E di farlo alla bambina".

Rimasi congelata con quell'espressione per qualche istante, forse trascorse addirittura un minuto. Non riuscivo a realizzare. Era come se il senso di quello che avevo sentito fosse entrato ma non defluito, come se fosse lì in attesa, appena dietro agli occhi, che gli dessi l'ok per proseguire la corsa nel mio sistema nervoso.

Con le conoscenze da hacker che Mr Spectre aveva, non mi riusciva difficile credere che fosse capace di modificare certe documentazioni, ma che lo avesse fatto mi aveva completamente spiazzata. Che significato aveva quell'azione, perché avrebbe dovuto… Forse le conosceva anche lui. Mi ricordavo che già la prima volta in cui ero andata all'ospedale avevo trovato delle rose gialle.

Forse era proprio perché conosceva Penny e Susan che mi aveva contattato. No, non ricordavo se il primo messaggio era arrivato a quel punto... Mio Dio, avevo la testa così confusa, come se stessero cercando di mettermi il cervello in una scatola cranica a forma di cono.

"Ehi, sei lì?" mi punzecchiò Mr Spectre.

Scossi il capo per provare a riprendermi. Quell'ultima affermazione almeno era una dimostrazione che aveva smesso di spiarmi.

"Dici... dici sul serio?"

"Controlla tu stessa. Siete parenti da oggi".

Mi guardai intorno, come se potessi scoprire quanto di vero stava dicendo da qualcosa che era nella stanza. Mi diedi della stupida e provai a scrivere qualcosa. In me era nato un senso di gratitudine che mi disgustava, ma non potevo ignorarlo.

"Se è vero, ti ringrazio, ma non migliora di molto l'opinione che ho su di te".

"Lo so, hai ragione" continuò Mr Spectre. "Ma ti ripeto che volevo essere orribile di proposito. Certe volte mi vergognavo persino... ma dovevo essere sicuro".

"Sicuro di cosa?"

Stavo ancora finendo di scrivere la frase, quando un fruscio mi fece voltare il capo. Mi portai una mano al petto e riuscii a non urlare. La finestra era aperta e nel buio della stanza si vedeva una figura umana, in piedi. Solo le gambe erano illuminate di netto dalla luce dell'abat-jour.

«È così allora che passi il tempo...» disse senza muoversi. «Se proprio vuoi tradirmi, almeno fallo con qualcuno in carne e ossa».

Mi voltai del tutto sulla sedia. Provai a mostrare un sorriso, ma mi venne difficile. L'unico accenno che comparve sulla mia bocca era dovuto a quello che Spectre mi aveva detto poco prima.

«Nate! Cosa stai dicendo?»

«O hai paura che morda anche lui?» continuò facendo un passo nella mia direzione. Solo uno. Ma quel passo bastò perché la luce illuminasse la sua maglietta. Si vedevano chiazze scure e rappprese sopra alla stoffa.

«Amore, se vuoi agitarmi, ci stai riuscendo…» gli dissi con una cautela che mi sembrava assurdo avere.

«Hai paura di me adesso?» Nate strinse i pugni e la sua voce si fece più profonda, più spaventosa. «Cerchi qualcuno che ti protegga dal tuo terribile ragazzo cannibale?»

Scossi la testa nervosamente.

«Nate, ti prego, non dire sciocchezze».

«E allora perché mi stai così lontana?» gridò quasi.

E poi venne definitivamente alla luce. Si fece avanti quasi con un balzo, appoggiandosi con le mani ai braccioli della sedia. Ritirai la testa di scatto, all'indietro, voltandola su un lato. Mi stava davvero spaventando. Il suo volto era stravolto, i suoi capelli erano sciolti e stava sorridendo a scatti, nervosamente, come se non lo volesse.

Ma la cosa che mi mozzò davvero il fiato furono i suoi occhi. I colori meravigliosi che facevano vivere il suo sguardo erano quasi del tutto scomparsi. I suoi occhi stavano diventando neri, come attraversati da una tempesta. Quel volto non mi era mai sembrato tanto simile a quello visto molto tempo prima, quando era un altro spirito a muoverne i muscoli.

«Perché non mi stai baciando!?» continuò lui avvicinandosi tanto da farmi socchiudere gli occhi.

Sulla pelle bianca, a quella distanza, potevo ancora distinguere dei piccoli schizzi. Puzzava di carogna. Ma era il mio ragazzo quello che mi stava di fronte.

«Non sei in te…» provai a sussurrare, per vedere che reazione avrebbe avuto.

«Oh, sì che sono in me!» esclamò rimettendosi dritto e sgranando gli occhi. «Sono in me come non lo sono mai stato prima».

Anch'io mi alzai in piedi. Ero talmente frastornata che rischiai di perdere l'equilibrio. Quella situazione era davvero troppo assurda.

«Nate! Hai mangiato un gatto!» gridai, guardandolo con l'espressione più grave che mi riuscisse.

Era difficile anche per me mantenere il controllo. Per tutta risposta lui lasciò cadere la testa in avanti e la fece ciondolare. Quell'atteggiamento… quei movimenti, non erano suoi.

«L'avevo trovato già morto» disse lentamente, cantilenando le parole, come se ci trovasse un lato divertente.

Mi portai una mano sulla bocca e tirai su col naso.

«Ti sembra una scusa?»

Tornò a guardarmi fisso, con uno scatto. I nervi del suo collo erano tesissimi.

«Non cambiare argomento!» digrignò fra i denti. «Stavamo parlando di te e di quello… come devo chiamarlo?»

«Mr Spectre…»

«Li ho letti, i vostri messaggi!» gridò.

Lasciai ricadere le braccia.

«Mi hai preso il cellulare?» gli domandai con stupore sincero.

«Per sbaglio…» tentennò lui voltando i palmi verso l'alto, come a prendermi in giro.

«Certo, hai letto i miei messaggi per sbaglio» presi tempo io roteando gli occhi.

Non mi interessava cosa avesse fatto col mio dannato cellulare, ora dovevo trovare un modo per calmarlo e fermarlo. E la mia testa aveva deciso di non collaborare.

«Non cambiare argomento, ti ho detto!» gridò ancora Nate.

Il mio respiro era diventato veloce e irrequieto. Cercai di calmarlo, riempii i polmoni più che potevo e parlai lentamente. Forse, facendo a quel modo, potevo tranquillizzare anche lui.

«Senti, ti avrei parlato di lui, ma non volevo farti preoccupare».

«Allora avevo ragione…» disse Nate con un'incredulità talmente marcata da risultare ridicola, in un altro momento. «Non posso crederci».

«No, non in quel senso» lo frenai prima che prendesse a pugni la libreria che gli stava a fianco. «È uno che mi perseguita».

Ma le sue orecchie sentivano quello che volevano sentire, e quello che volevano sentire era una voce dentro di lui, simile alla mia, che lo ridicolizzava.

«Cosa credi, che sia uno stupido?»

Il pugno che avevo immaginato finire contro la libreria arrivò, ma non lì. Nate colpì il muro con una forza sovrumana, tanto da far vibrare l'intera stanza. E fece tremare anche me. Il colpo sgretolò l'intonaco e frantumò parte della parete. Un secondo dopo, i quadri appesi in camera caddero a terra.

«Stai esagerando, Nate...» provai a dire con un tono serio, di rimprovero, ma ero davvero spaventata e la voce mi tremava.

Non riuscivo a credere che potesse farmi del male, ma quello non sembrava lui... Il mio cuore batteva il ritmo di una musica angosciante che non era fatta di note. Mi appoggiai alla scrivania cercando con le dita il cellulare. Nel frattempo continuai a parlare, ma la mia voce era diventata così spezzata che non ero sicura di farmi capire da Nate.

«E non credo che tu sia uno stupido... no. È per questo che adesso ti siederai e... e starai a sentire come stanno le cose».

Nate era furibondo. Le sue spalle andavano su e giù, come se stessero pressando il resto del corpo per tenere la rabbia a freno.

«No, non mi siederò e non starò a sentire». Si passò la lingua sulle labbra. «Ti dico io come stanno le cose...». Aprì una mano e l'appoggiò sul proprio petto, facendo ad ogni affermazione un piccolo passo verso di me. «Come credi che mi senta a non poter venire a scuola con te? Come credi che mi senta a poter uscire solo di nascosto, al massimo di notte, perché la polizia potrebbe riconoscere questa cazzo di faccia e arrestarmi?»

Si puntò il volto con un dito, facendo espressioni sconcertanti, senza senso.

«Nate, so tutto, non è facile neanche per me, ma devi renderti conto che adesso non stai ragionando... C'è qualcosa che non va... Lascia che ti aiuti».

Pensavo ancora di riuscire a farlo ragionare, ma in quella situazione i sentimenti erano solo di intralcio.

«Tu...» mi passò le dita sulla guancia, calcando un po' troppo. «Dove trovi ancora il coraggio di parlare?» e intanto mi scrutava, con occhi che sembravano pozzi. «Ti approfitti di questa situazione per cercare altri ragazzi, tanto sai che non posso fare niente...»

«Faccio finta di non aver sentito...» sussurrai con distacco.

E allora lui rise, rise proprio come faceva chi camminava col fuoco. Con un altro scatto del braccio, violentissimo, scaraventò il mio computer a terra. Non lo vidi, non avevo la forza di voltare la testa, di distogliere lo sguardo dalla persona che mi ostinavo ad amare, ma sentii il fracasso.

Allora la rabbia mi percorse fino ad arrivare alle mani. C'erano cose importanti là dentro. Tutte le nostre foto, i miei studi, il mio diario. Spinsi Nate con forza all'indietro.

«Cosa hai fatto!?» gridai ritrovando lucidità nella collera. «Ti stai comportando peggio di Ludkar!»

Nate non oppose resistenza e rimase fermo, mentre le mie mani lo buttavano giù. Cadde all'indietro allargando le braccia, e quando toccò il suolo, con un tonfo, disse:

«Forse. Forse perché un po' lo sono, forse perché un po' lo sto diventando».

«Eh!?» esclamai mentre mi stavo già sentendo in colpa per quello che avevo fatto.

«Ma non hai ancora capito?» continuò lui sdraiato sul pavimento, guardando fisso il soffitto. «Ho il suo corpo, ho il suo cervello... È una macchina malata. Mancano degli ingranaggi. Ho i suoi istinti... e da un po' di tempo anche i suoi ricordi».

«Cosa...» mi strinsi nelle braccia e feci un passo verso di lui. «Perché non me ne hai parlato? Dobbiamo fare qualcosa».

Stavo per aiutarlo a rimettersi in piedi, ma lui si tirò su sui gomiti e mi guardò con un misto di stupore e pietà.

«E che cosa? Vuoi seppellirmi? Ricacciarmi nel Cinerarium? Così tu e il tuo nuovo ragazzo potrete starvene tranquilli?»

Mi passai una mano sulla faccia. Per la prima volta desideravo finire io nel Cinerarium e starci per sempre. Non era possibile che tutto quello stesse accadendo.

«Smettila! Nate, smettila!»

«Vuoi la verità, vuoi sapere tutta la verità?» mi chiese, prima di rimettersi in piedi con un salto.

«Dimmela!»

Mi afferrò per le spalle e si irrigidì, come qualcosa di inanimato. Mi guardò dritto negli occhi, spalancando i propri come se volesse che ci guardassi dentro. Come se pensasse che potessi farmi strada fra l'inchiosto, negli abissi delle sue pupille, e vedere quello che mi stava dicendo.

«Vedo cose che non ci sono, Thara! Vedo tutto coperto di sangue e di ruggine! Gli attacchi che ho avuto alla cena... al faro. Sento una risata terrificante dentro di me. E sono io a ridere!»

«Chiamo mio padre» dissi abbassando lo sguardo e trovando il mio cellulare accanto ai resti del computer.

Stavo per chinarmi, ma Nate mi trattenne. Non mi fece male, però ci andò molto vicino. Era una sensazione orribile.

«Tuo padre... tuo padre ha il suo corpo! Non è come me! Non hai idea di quello che hanno visto questi occhi, gli occhi di Ludkar... I suoi ricordi, le sue mani che uccidono... Sta tornando tutto, è sempre più forte!»

«E cosa vorresti fare!?» alzai il tono al suo livello.

«Sempre più forte! Cammino per la strada e vedo cadaveri! Cadaveri! E anche tu sei fra quei cadaveri! Non capisco più cosa è reale e cosa no!»

Spalancò la bocca più del dovuto, quasi disarticolando la mascella e la pelle ai lati delle labbra cominciò a rompersi. Quella visione mi disturbò notevolmente. Nate se ne accorse e usando un briciolo di affetto che conservava nei miei confronti, lasciando da parte per un momento quella folle e ingiustificata gelosia, richiuse le labbra e il suo corpo guarì all'istante le ferite.

«Non capisco più dove finisco io...» sussurrò «e dove inizia lui!» Si passò ancora la lingua sulle labbra. «Sto facendo i sogni di un morto!»

Lasciò scivolare le braccia sulle mie spalle ed ebbi la sensazione che volesse farmi una carezza. Ma sapeva che, dopo il comportamento che aveva avuto, mi era difficile poterlo accettare. Eppure lo accettai. Gli sorrisi malinconicamente.

«Lo sai...» continuò lui facendo sfumare quell'espressione da pazzo «quando ci siamo fermati all'autogrill sulla strada di Cape Cod?»

«Sei andato in bagno» dissi piano.

«No, non sono andato in bagno… Ho aggredito un uomo». Prima di continuare guardò la mia espressione, e non vedendola cambiare, continuò. «Sono entrato nella cabina di un camion e ho sbattuto la testa del camionista contro al cruscotto, fino a farlo svenire. L'ho morso e ho bevuto, e ho mangiato… Spero solo che non sia morto dissanguato…»

Una lacrima mi uscì dagli occhi senza che me ne rendessi conto. Allora era già arrivato a quel punto. Il punto dal quale non sapevo se c'era ritorno.

«Non stai dicendo sul serio…» dissi con la voce che scompariva pian piano, come avrei voluto scomparire io.

Nate si voltò, dandomi le spalle.

«Forse no, forse ho immaginato anche quello. Ma dopo ho smesso di tremare, per un po'…» Andò verso la finestra, dove le tende stavano ancora giocando col vento. «E adesso, Thara? Che cosa vuoi fare?»

Lasciai spazio ai suoni che provenivano dall'esterno, ai rumori delle auto e al brusio delle foglie. Poi la notte mi suggerì le parole. Quelle sincere.

«Voglio curarti».

«Curarmi…» ripeté lui appoggiando un piede sul davanzale. «Come se fosse una malattia! No… Non c'è niente da fare. O questo, o il Cinerarium».

«Non se ne parla!» esclamai con il petto che mi faceva male per quello che teneva dentro.

«Di sicuro non ne parlerò con te…» replicò Nate con una voce profonda e seria.

«Dove vai?» furono le ultime parole che riuscii a dirgli.

«A fermarmi» rispose senza guardarmi.

Poi saltò.

Corsi alla finestra e lo vidi aggrapparsi con un braccio a un lampione e scivolare giù fino a terra, per poi correre via, via da tutto, verso la città che lo avrebbe mangiato prima che lui mangiasse qualcun altro.

E quando fui sola, in quella stanza dove non volevo più dormire, che non volevo più fosse mia, mi lasciai cadere in ginocchio e cominciai a piangere.

Piansi finché il mondo non annegò dentro ai miei occhi e il dolore divenne così faticoso che il pavimento sembrava volermi abbracciare.

QUI GLADIO FERIT GLADIO PERIT

Fu mia madre a svegliarmi al mattino. Mi chiese cosa ci facevo sul pavimento e cosa diavolo era successo al computer. Le dissi che andava tutto bene, ma non ci mise molto a capire chi era il responsabile di quel buco nel muro.

La vedevo, conoscevo quell'espressione e quel tono, stava per cominciare a fare una scenata. E prima che iniziasse a parlare male dei Nocturni, a urlare e a improvvisarsi psicoterapeuta, stavo già mettendo nella borsa i libri. Le dissi che avevamo avuto una piccola lite, ma che era già tutto sistemato. Non ho idea di come riuscii a dirlo in modo convincente, ma ci riuscii. Mi chiese anche se volevo essere accompagnata a scuola. Rifiutai. Sapevo che era solo un modo per tentare di estorcermi altre informazioni.

Le diedi un bacio su una guancia e uscii. Mentre attraversavo la strada, potevo sentire i suoi occhi che mi fissavano le spalle dalla finestra.

Non presi l'autobus, ero troppo agitata quella mattina, volevo camminare. Faceva freddo e la foschia era più densa del solito, ma mi sentii costretta a indossare gli occhiali da sole. Già non vedevo chiaramente cosa stava accadendo nella mia vita, e non mi era certo d'aiuto che anche il mondo diventasse offuscato. Così mandai un messaggio agli unici punti fermi che sapevo di avere. Leo e Christine.

Non mi risposero subito e mi fermai lungo la strada a fare colazione. Nella fretta di uscire, mi ero dimenticata di bere il tè che mi avrebbe permesso di rimanere sveglia, così dovetti ripiegare sul caro e vecchio caffè.

Avevo scelto il bar più vicino alla scuola, dove ogni tanto si fermavano anche i professori, sperando di poter incontrare subito

Demidoff. Dalla sera prima non aveva più provato a ricontattarmi.

Il telefono mi trillò proprio mentre stavo bevendo. Christine mi diceva che mi avrebbe raggiunto a momenti. Strano che parlasse al singolare, di solito lei e Leonard arrivavano sempre assieme. Mi rassegnai a vedere anche lei di pessimo umore.

Ma se le cose devono andare male, secondo una misteriosa legge dell'universo, tenderanno ad andare male tutte assieme. Infatti non tardò molto perché dalla porta del bar entrassero anche Jennifer Suarez e le sue amiche del pancreas. L'unica parte vera che probabilmente le era rimasta in quel corpo.

Mentre ordinavano provò a fare qualche commento ad alta voce su di me e sui miei "occhiali da nebbia". Nonostante tentassi di ignorarla, sembrava che avesse bisogno degli altri per esistere, soprattutto di quelli che non le prestavano attenzione. Era come un Succubus al contrario, che ti succhia la vita da sveglia.

A ruota, dopo di lei, entrò anche Clive, il ragazzo più viscido di un panetto di burro e con più punti neri in faccia di un gioco della settimana enigmistica. Non capivo come mai avessi tutto quel senso dell'umorismo quella mattina nello squadrare il mondo. Non avevo nessun motivo di ridere, e infatti non ridevo. Forse era un filtro che il mio cervello metteva per dirmi: "Stai calma o finisci per avere una crisi di nervi".

Comunque, anche se Clive tentò un approccio, usando la scusa delle lezioni di latino, che ormai avevo smesso di dare per molte ragioni, la sua bava non mi fece scivolare.

Christine gli arrivò alle spalle e lo spostò come avrebbe fatto con un alce o un tronco caduto in mezzo alla strada. Clive fece qualche apprezzamento anche su di lei, cose del tipo: "Secondo me tu sei una specie di dominatrice… Ti piace usare il frustino o preferisci direttamente le mani?".

Christine gli sorrise, poi tornò seria. Senza cambiare espressione, fece qualche passo accanto al bancone, prese il mocio ancora umido dal secchio per lavare in terra e tornò verso Clive. Prima gli diede una bastonata sulla schiena, poi una sulla testa e infine una che non gli avrebbe più permesso di far viaggiare il proprio cognome nelle generazioni future. Mentre era ancora piegato e dolorante, gli mise sulla faccia la parte terminale del mocio e riuscì a spingerlo fuori dal locale e a farlo rotolare per terra.

La fermai quando vidi che tornava al secchio non per mettere a posto il mocio, ma per gettare su Clive anche l'acqua sporca.

«Christine... penso che sia sufficiente».

L'intero locale la stava guardando.

«Non c'è nessun altro ragazzino che mi vuole offrire la colazione?» chiese a voce alta.

Tutti gli sguardi trovarono all'istante un punto su cui poggiarsi diverso dalla sua faccia.

Aspettai che prendesse anche lei un caffè, ma poi insistetti per uscire. Mi sentivo un po' a disagio e preferivo cercare un posto appartato dove parlare.

Così andammo nel parco del liceo e ci sistemammo vicino a un albero sul quale alcuni ragazzi avevano appeso dei finti impiccati. Non era molto allegro, ma quasi a tono. Se ci fosse stata una corda libera, forse l'avrei usata io.

Christine incrociò le braccia e aspettò che le dicessi quelle cose "urgenti", come le avevo definite poco prima. Era molto più truccata del solito, quasi una maschera infernale, e mi metteva un po' in soggezione. Mi appoggiai all'albero mentre le raccontavo tutto quello che era accaduto, in ordine sparso, quasi casuale, dalla conversazione con Mr Spectre all'incursione di Nate. Mi sembrava di rivivere tutto ad ogni singolo suono che usciva dalla mia bocca e le immagini erano così nitide, così tremendamente nitide, che quasi mi venne da stare di nuovo male.

«Calma, calma...» mi bloccò Christine. «Per quanto riguarda Nate, lo sai come la penso... Adesso cerchiamo Demidoff e mettiamo le carte in tavola almeno con lui. Non mi è mai piaciuto e se ho l'occasione di poterlo ricattare non me la faccio scappare».

«Christine, non è uno sprovveduto. Se si è mosso così ha le sue ragioni. Forse dovrei ringraziarlo per quello che ha fatto con Penny».

Lei alzò una mano facendomi segno di frenare.

«Non lo sai ancora se lo ha fatto. Te l'ha detto uno che ti spia da mesi, vorrei ricordartelo».

«Sì, ma mi sembrava...» abbassai lo sguardo sull'erba curata del prato «mi sembrava sincero».

«D'accordo, allora andiamo... La campanella è già suonata da un pezzo. Vediamo di trovarlo».

Christine si mosse e anch'io mi staccai dal tronco per seguirla.

«Sai in che classe si trova?» le domandai.

Si mise in bocca un chewing-gum e mi rispose masticando.

«Comincerei dalla sala delle torture».

Così entrammo nel liceo, camminando per i corridoi semideserti, fra gli armadietti che mai come quella mattina mi ricordavano i loculi di un cimitero. Metà delle luci erano spente per un guasto al sistema elettrico e l'intero edificio sembrava quasi abbandonato, o uno di quei manicomi che si vedono nei film dell'orrore.

Mentre passavamo di fianco alle porte chiuse, si sentivano voci tenebrose uscire ovattate, voci che sapevo appartenere ai professori, ma che facevano immaginare personaggi malsani in camicia di forza, pazzi che scrivevano ossessivamente sui muri utilizzando un gessetto tenuto fra i denti, se non direttamente i denti.

Cominciammo dalla sala insegnanti, ma trovammo solo la professoressa Palmer che fotocopiava un vecchio romanzo rosa a spese della scuola. Lo nascose imbarazzata e ci cacciò via prima che riuscissimo a dare un'occhiata alla tabella degli orari.

Passammo per la mensa e giusto per scrupolo controllammo pure lì. Non ci saremmo stupite se avessimo sorpreso Demidoff mangiare una mela dritto in mezzo alla sala mentre uno studente sospettato d'aver copiato correva in mutande lungo i muri. Ma nella mensa trovammo solo la donna delle pulizie. Non si accorse nemmeno di noi perché stava ascoltando qualcosa con le cuffiette, così potemmo andare a vedere gli orari, che erano appesi anche lì.

Scorremmo fino a trovare il nome di Demidoff. Scoprimmo che per quelle prime due ore sarebbe stato nel suo ufficio. Rivestiva anche la carica di vicepreside oltre ad essere un insegnante. Ci dirigemmo là e, quando ci trovammo di fronte alla targhetta con il suo nome e cognome, Igor Demidoff, fummo indecise se bussare o fare irruzione puntandogli contro un dito.

Stavamo ancora pensando, quando la porta si aprì senza bisogno di un nostro intervento. Nello spiraglio che si creò i nostri sguardi non incrociarono nessun volto. Allora abbassammo le teste e ci trovammo di fronte un ometto alto poco più di un metro, che teneva stretto al petto un registro. Ci guardò con indifferenza da dietro gli occhiali azzurri a mezzaluna.

Era il nostro preside.

«Il professor Demidoff è assente, se lo state cercando» disse con una voce nasale, richiudendo la porta alle spalle. «Si è dato malato questa mattina e non credo che lo rivedremo presto».

Non ci salutò, ma mentre se ne andava con il passo di un pinguino obeso, ci sembrò di sentirlo bofonchiare qualcosa. Qualcosa di poco gentile verso il professore. Demidoff non piaceva proprio a nessuno. E ancora meno a chi era alto la metà di lui ed era costretto a vedersi tutti i giorni ritratto al suo fianco in una gigantografia appesa all'entrata.

«Che cosa facciamo adesso, irruzione?»

Portai via Christine prima che il preside tornasse per darci una nota disciplinare.

«Ma no, non sarebbe così stupido da lasciare prove nel suo ufficio...»

«E allora? Andiamo in classe?»

Scossi la testa.

«No... Non sono proprio dell'umore» dissi prendendo il cellulare. «Chiamo mio padre e gli chiedo se ci vediamo in centro».

Composi il suo numero mentre mi avviavo verso l'uscita. Dava ancora non raggiungibile. Mi innervosii. Probabilmente si era dimenticato di riaccenderlo.

«Possibile che mio padre non abbia ancora capito come funziona un cellulare!» dissi ad alta voce, con stizza.

«Ehi, ehi, Thara!» mi rimproverò quasi Christine. «Tuo padre è stato lontano dalla civiltà per un po'... Non sappiamo neanche quanti anni abbia. Non mi stupirei se Kolor provasse ad accendere i fornelli con due bastoncini...»

«I videogiochi li sa usare però!» replicai secca mentre uscivamo dal portone principale.

«E allora è solo distratto. Una qualità che vorrei avesse mio padre...»

Scendemmo gli scalini e provai a digitare il numero della villa di Charles. Dava libero. Dalla quantità di volte che squillò a vuoto, capii che mio padre non era in casa e che Sally o si trovava in giardino o stava scendendo le scale. Ormai davo per scontato che Nate non fosse tornato a casa. E la sua assenza mi fu confermata dalla madre, che mi chiese quando il figlio sarebbe tornato.

«Non lo so, Sally, si è fermato a dormire da me... Dice che vorrebbe fermarsi anche oggi. Non ti dispiace, vero?»

«Ma no, certo che no!» disse lei ridendo piano. «Voi ragazzi dovreste stare più assieme! Mi ricordo con Charles, quando eravamo giovani... Sai che una volta siamo persino scappati e ci siamo accampati nel giardino di casa sua? Eravamo bambini...»

No, Sally non aveva la minima idea di quello che stava accadendo ed era meglio così. Rimasi ad ascoltare l'aneddoto che mi stava raccontando senza nemmeno sentirlo e, quando ebbe finito, la pregai di passarmi mio padre.

«Ah, adesso non c'è... È uscito a fare delle compere. Vuoi che ti faccia richiamare?»

«No, non è necessario. Ma puoi dirgli di raggiungermi in centro».

Dissi a Sally che avevamo intenzione di andare fuori per pranzo e che ci avrebbe fatto piacere invitare anche mio padre, per farci raccontare come stavano andando le cose con mia madre. Fissai l'appuntamento per le dodici, nello stesso ristorante in cui secoli prima ero uscita con Esteban. Era un posto abbastanza appartato, vicino al parco, facevano panini e lo collegavo solo a brutti ricordi. Andava più che bene. Non volevo contaminare con le sensazioni orribili che avevo quel giorno un posto che mi piacesse.

«E adesso cosa facciamo fino all'ora di pranzo?» chiese Christine mentre riattaccavo.

«Recuperiamo Leo».

«Ma se non risponde neanche a te?»

«Allora chiamerò Margareth».

Christine guardò da un'altra parte e, prima che cominciasse a ringhiare qualcosa, sul portone si affacciò proprio Leo. Bussò come se stesse chiedendo permesso per entrare in una stanza.

«Buongiorno! Avete visto Margareth?» disse con un sorriso tanto ampio da fare paura.

«Dio santo, Leo!» gli risposi guardandolo seriamente.

La sua faccia si fece interrogativa, ma non perse quel tono scanzonato che negli ultimi tempi tendeva all'ebete.

«Che c'è? Che cosa ho fatto?» domandò mettendosi le mani nelle tasche della felpa e scendendo gli scalini.

Christine non lo guardò neppure e si rivolse a me.

«Thara, com'è che adesso parli al vento? Dovresti lasciar perdere gli amici immaginari dopo una certa età».

«Uh...» le rispose Leo. «Acida come una centrale del latte scaduta».

Allora la mia amica si voltò, pronta a fare qualcosa per cui nel nostro Stato non era ancora stata inventata una pena adeguata. La fermai mettendomi fisicamente fra loro due.

«Leo, sei scomparso dalla circolazione e va bene, ti capisco... Ma sono successe delle cose di cui dobbiamo parlare assolutamente».

«Ok...» rispose lui guardandomi alle spalle. Non avevo idea di che gesti stesse facendo Christine.

«Vieni con noi, andiamo a pranzo. Ci raggiunge anche mio padre».

In quel momento sugli scalini scesero i passi della persona sbagliata. Non avevo niente contro di lei, ma contro il suo tempismo sì.

«Margareth!» esclamò Leo. «Ma dove eri finita?»

«Ciao, ragazzi!» ci sorrise.

«Come fa ad essere così perfetta anche di prima mattina?» sussurrò Christine in modo che potessimo sentirla solo io e il diavolo sulla sua spalla.

«Ciao, Margareth...» risposi ai suoi occhi incredibilmente azzurri. «Tu e Leo avete passato il weekend insieme, ho saputo».

Lei mi sorrise e gli prese il braccio.

«Oh sì, è stato così gentile... Mi ha tenuto compagnia per tutto il tempo. Ha anche portato quei suoi film bruttissimi... Mi sono divertita tanto».

Mentre parlava potevo avvertire Christine al mio fianco e la sua testa fischiare come un bollitore. L'immagine di Margareth e Leo sul divano di quell'attico lussuoso veniva in mente in modo abbastanza nitido: lei che urlava e si stringeva al suo petto, mentre lui faceva la parte dell'esperto e coraggioso.

«Ero un po' triste che foste fuori...» continuò Margareth. «Mi sarebbe piaciuto passare del tempo con voi».

Guardai Christine. Incredibilmente, anche se era paonazza, si limitò a dire di aver dovuto studiare. Studiare un alibi convincente, pensai io. Poi Leo disse ancora una volta la cosa sbagliata.

«Le ragazze stavano dicendo di andare fuori per pranzo, che ne dici se ci uniamo anche noi?»

«Oh, sarebbe fantastico!» esclamò Margareth.

Christine alzò una mano, mostrando il palmo.

«Frena, bella. Non sei invitata».

Presi il braccio di Christine e lo abbassai con forza. Fu difficile come tirare giù la sbarra di un passaggio a livello.

«No, Margareth...» tamponai vedendola rattristarsi. «È che devo parlare con Leo di una cosa privata, di famiglia. Viene anche mio padre...»

«Ah... capisco...» disse lei abbassando la testa. «Non importa... Se le cose stanno così... E poi volevo fermarmi in biblioteca per ripassare... E sicuramente Enea non mi avrebbe lasciata venire».

Mi sentii terribilmente in colpa nel vederla in quello stato. Era sembrato che parteggiassi per Christine, ma non potevo di certo coinvolgere Margareth in quella faccenda.

«Dai, Margareth, mi dispiace... Non volevo offenderti».

Guardai Leo con rimprovero. Se avesse tenuto la bocca chiusa, non mi avrebbe messo in quella situazione. Allora lui si grattò la testa e cercò di risollevarle il morale.

«Beh, allora... Appena è finito il pranzo ti veniamo a trovare a casa, che ne dici?»

Margareth stava appena accennando una sfumatura di buon umore, che subito Christine smorzò.

«Veramente, Leo, se avessi risposto almeno a una mia chiamata, sapresti che Penny si è svegliata dal coma. Dopo andiamo in ospedale».

Leonard fu così colpito dalla notizia e in modo così sincero, che non fece caso alla prima parte della frase di Christine.

«Sul serio! Ma è una notizia grandiosa!» esclamò.

E, nonostante anch'io fossi contagiata dal suo buon umore improvviso ricordando la piccola mentre mi sorrideva dal letto, non riuscii a ignorare la reazione di Margareth.

Si era voltata all'improvviso e stava tornando verso il portone, senza neanche salutare.

«Ehi, Margareth, aspetta...» disse Leo a voce alta.

«Scusatemi, ma devo proprio andare» la sentimmo rispondere con una voce che sembrava provenire da molto più lontano rispetto a dove si trovasse. Leo stava per seguirla, ma mi vidi costretta a trattenerlo.

«Non potevi usare un po' più di tatto?» richiamai Christine. Leo rincarò la dose.

«Lo sai che i suoi non la fanno uscire».

Christine ci guardò maliziosamente, si portò una mano alle labbra e disse: «Ops!».

***

Per quanto mi sentissi un po' colpevole di trascurare i drammi amorosi dei miei amici, ero convinta che fosse molto più importante occuparsi di Nate al momento. Se in entrambi i casi ci andavano di mezzo dei cuori, nel secondo potevano andarci di mezzo un po' troppo letteralmente. E smettere di battere.

Così, mentre andavamo in centro, spostandoci con un autobus, raccontai a Leonard tutto quello che era accaduto da quando c'eravamo visti l'ultima volta, a cena da Margareth. Lo pregai con lo sguardo di evitare invece il suo resoconto.

Per tutto il tragitto Christine era rimasta a fissare fuori dal finestrino chissà quali rancori. Leo dovette offrirle un chewing-gum per farsi rivolgere la parola e lei lo accettò solo per poterlo masticare e poi appiccicarglielo in fronte mentre scendevamo alla fermata.

Era ancora presto rispetto all'ora dell'appuntamento, così facemmo un giro per il parco. C'erano talmente tante cose di cui discutere che il tempo sembrava davvero poco.

Ci ritrovammo a passeggiare per quelle strade fra l'erba dove una volta ci eravamo trovati a correre, fuggendo da Ludkar. Ripassammo anche davanti alla chiesa dove avevamo assistito al brutale assassinio di un senzatetto.

Quegli orrori erano ancora bene impressi nei nostri ricordi e trovarsi là, dove era accaduto tutto, ci fece di nuovo tremare. Ma soprattutto ci fece rendere conto concretamente di cosa Nate rischiasse di ripetere. Era come se Ludkar continuasse a tornare in un modo o nell'altro a perseguitarci, come uno spettro che infestava le nostre notti e la nostra veglia.

Ci allontanammo, dirigendoci verso la fontana che per la stagione era stata spenta. Là alcuni piccioni si stavano abbeverando in una pozza di pioggia e uno scoiattolo ci osservava incuriosito. Per quanto riguardava Mr Spectre, a Leonard riusciva difficile pensare che Demidoff mi perseguitasse da così tanto tempo, e continuava a farmi domande così complesse da farmi venire il mal di testa.

Nel frattempo le lancette dell'orologio avevano continuato a correre e all'ora di pranzo si trovarono allineate, proprio come noi ci trovammo davanti all'entrata del ristorante. Mentre camminavamo sulle strisce pedonali, notammo attraverso i vetri che mio padre era già seduto a uno dei tavoli.

Entrammo e gli andammo incontro. Stava leggendo il menù. Come al solito, portava l'impermeabile, gli occhiali scuri e il cappellaccio, che mai come in quella circostanza gli conferivano un aspetto da detective noir.

«Avrà anche secoli, ma è di una puntualità spaventosa» commentò Leo.

«E ci sento anche benissimo» rispose lui senza abbassare la lista dei cibi.

«Me lo dimentico sempre...» aggiunse Leo.

Prendemmo posto e Christine fece bene attenzione a non sedersi accanto al mio amico. Preferì mio padre come compagno di panca. Gli si strinse anche vicino.

«Oggi non so chi di noi due è più dark» commentò.

Mio padre le sorrise.

«Mi mancano i teschietti sui codini... Sfortuna la mia calvizie. Ma in questo locale fanno solo panini?» chiese poi abbassando il menù e guardandomi. «Thara, porti ancora gli occhiali da sole?»

Sospirai.

«Lasciamo perdere. Non voglio correre il rischio di far succedere ad altri quello che ho fatto a Christine. In compenso, sono io a non riuscire più ad andare nel Cinerarium. Ma non è questa la cosa che dovresti notare, papà».

Mi guardò stranito. Avvertiva nella mia voce che qualcosa non andava. Oltre alla mia precisazione, chiaramente. Ci passò in rassegna uno dopo l'altro, sollevando un angolo delle labbra e mostrando appena i suoi incisivi appuntiti.

«Dov'è Nate?» chiese alla fine, bloccandosi su Leonard.

«Bingo!» rispose lui facendo un gesto da pistolero. «E ora, signora, può scegliere fra una lavatrice e un set di pentole».

Lo fissai imbarazzata, imbarazzata per me e per lui.

«Ti sembra il caso di scherzare?»

Leo si rabbuiò e mi lasciò spiegare senza interferire oltre.

«Le cose sono peggiorate drasticamente... A Nate stanno succedendo delle cose... e sta facendo delle cose... che non vanno per niente bene. Non era il vino ad averlo fatto stare male. È il suo corpo, il corpo di Ludkar. E non parlo del fatto che sia quello di un Nocturno... Parlo del fatto che sia...» aspettai che voltasse del tutto la testa nella mia direzione e che i nostri occhi si trovassero. «È il cervello di Ludkar il problema».

Mio padre fece una smorfia e si passò una mano sul mento, preoccupato.

«Intendi dire che Nate sta venendo intaccato non solo dai ricordi, ma anche dalla personalità di Ludkar?»

«Quello che sto dicendo...» balbettai «è che... che Nate sta diventando Ludkar!»

Kolor si sfilò gli occhiali da sole con le mani ossute, lentamente. Le dita gli tremavano impercettibilmente. Il suo sguardo era particolarmente cupo, più nero delle lenti che si era tolto, e le rughe intorno agli occhi molto segnate.

«Ho sottovalutato il problema, evidentemente... Ma sei sicura di quello che dici?»

«Si è mangiato un gatto e ha dissanguato un camionista» intervenne Christine in modo lapidario, guardandosi le unghie.

La reazione di mio padre, per quanto pacata, fu estremamente intensa. Si percepì come un'ondata d'ombra investire la stanza. Come se tutti i suoni del locale fossero stati annientati dal suo pensiero che si espandeva.

«Ha fatto il salto...» sibilò dietro al bordo del cappello. «Non può essere...» riempì la fronte di un labirinto fatto di dubbi. «E dove si trova adesso? Ho sentito vaghe tracce del suo odore, venendo qui, ma erano residui infinitesimali sparsi nell'aria della città...»

«Non lo sappiamo» dissi scuotendo la testa. «L'ultima volta che l'ho visto è stata ieri sera. Mi ha raccontato tutto: le visioni, i ricordi, gli sbalzi di personalità... È diventato violento... Poi è scappato via dalla finestra, come un pazzo... Come Ludkar». Feci una pausa per digerire quello che avevo appena detto e che faticavo ancora a realizzare. «Ti ho fatto venire qui per non allarmare Sally. Per un po' le diremo che Nate sta da me. E anche alla mamma non diremo niente».

Kolor non disse nulla. Si limitò a fissare severo un punto oltre lo spazio e il tempo, alla ricerca di una saggezza lontana che racchiudesse una soluzione. Nemmeno Leo e Christine trovarono spazio per dire qualcosa. Anche loro sembravano voler seguire mio padre in quella riflessione antica. Poi Kolor parlò.

«Me ne incaricherò io. Lo cercherò e lo troverò» disse misurando le parole. «È possibile che si sia rifugiato in qualche luogo familiare a Ludkar... E quando lo avrò trovato... dovrò valutare molte cose e capire con precisione cosa sta avvenendo nella sua mente e nelle sue vene. Poi prenderò la decisione più giusta possibile. Ma non ne parliamo adesso. Il futuro è talmente variabile e complicato che tutto il nostro passato e la storia dell'universo, sommati assieme, non basterebbero a colmarne un solo secondo».

«Mi fido di te...» gli dissi, provando a sorridere e appoggiando la mano sulla sua. «Ma tieni quel diavolo di cellulare acceso».

Discutemmo ancora qualche minuto su tutta quella storia e gli fornii nuovi dettagli. Poi la cameriera venne a prendere le ordinazioni e quando se ne andò, per togliere un po' della cupezza che ormai aleggiava sul nostro tavolo, diedi a mio padre la buona notizia del risveglio di Penny. Non gli parlai di Mr Spectre, non mi sembrava necessario. Non volevo apparire del tutto indifesa ai suoi occhi o si sarebbe preoccupato troppo per la mia incolumità e troppo poco per quella di Nate.

Kolor si alzò quando arrivarono al tavolo i nostri ordini. Non avrebbe potuto in ogni caso mangiare e preferiva iniziare subito la ricerca. Lo salutai con un bacio sulla guancia gelida.

Lui era davvero l'unica possibilità per Nate.

DOUBLE FEATURE

«Quindi tu puoi mandare le persone nel Cinerarium?»

Era già da un po' che Leonard stava rimuginando sull'argomento, ma si decise a chiedermelo solo mentre stavamo andando all'ospedale.

«Non lo so, Leonard, è successo una volta sola».

«Mi ci puoi mandare?» chiese saltellandomi quasi davanti.

Sapevo che me lo avrebbe chiesto e mentalmente mi ero già preparata a dover negare per ore.

«Scordatelo».

«E dai, faccio attenzione» insistette con uno dei suoi sorrisi.

Christine intervenne in modo allusivo.

«Non è una cattiva idea secondo me».

«Christine...» la raffreddai prima che riprendesse a punzecchiarlo.

«Basta che mi guardi e finisco di là, cosa vuoi che mi succeda, ci sei andata tante volte tu».

«Non mi toglierò questi occhiali neanche con la forza, Leo» insistetti pressandomeli sul naso. «Vedi di smetterla. Vuoi fare una partita a carte con Ludkar per caso?»

Il mio amico incrociò le braccia e alzò il mento.

«Pensi di essere così superiore...»

Mi fermai e lo trattenni per un braccio. Ormai eravamo vicini all'ospedale e non avevo intenzione di fare scenate davanti all'entrata.

«No, Leo, non penso di essere superiore o di avere più esperienza... Mi preoccupo per te, non voglio che ti faccia del male!»

«Ma io...» si lamentò guardando con tristezza il piccolo parco giochi nel cortile «ero solo curioso. Volevo vedere com'era. Mi piacerebbe rivedere il nostro vecchio cinema...»

Quell'ultima frase mi fece intenerire e aprii la bocca senza far uscire alcun suono. Il cinema di cui stava parlando Leo era l'ultimo ricordo che avevamo di Charles. Ce lo aveva lasciato come regalo, come posto in cui riunirci. Poi Ludkar si era mangiato lui e le fiamme si erano mangiate il cinema.

Le ultime volte in cui ero andata nel Cinerarium non avevo pensato a cercarne le macerie, ero troppo impegnata con Penny e Susan. Loro erano l'unico motivo per cui tornavo in quell'inferno silenzioso e immobile.

«Scusa, ma se tu ti concentri su quello e poi mi guardi...» continuò Leo, vedendo che mi ero bloccata «dovrebbe succedere come quando vai tu nel Cinerarium. Dovrei apparire proprio nel cinema e Ludkar sarebbe a chilometri di distanza».

Mi scostai i capelli dal volto. Potevo capirlo, anche a me mancava Charles.

«Come quando ci andavo» precisai con un tono più comprensivo. «Ora non posso più. E poi nel Cinerarium le leggi fisiche... le distanze, non contano così tanto. Troppo rischioso».

Leo mi guardò con gli occhi di un cucciolo e mi appoggiò la mano sul braccio.

«Ti prego...»

A quel punto non sapevo più cosa era giusto fare. Poteva anche avere ragione lui. La volta prima con Christine era stata una cosa improvvisa, ma se mi fossi concentrata e anche lui avesse fatto lo stesso...

«Fallo» disse poi la mia amica. «Fagli prendere un bello spavento, Thara, magari dopo torna sulla terra con i piedi un po' più saldi e non sarò costretta a piantargli io dei chiodi».

Sospirai e ripresi a camminare verso le porte scorrevoli.

«Ne parliamo più tardi».

Quando arrivammo nella stanza di Penny e Susan, il primario di neurologia ci accolse con un sorriso. Diceva che era incredibile. La bambina si stava riprendendo a una velocità entusiasmante.

Usò proprio quella parola. E poi, riferendosi a me, aggiunse che era molto bello vedere una cugina così premurosa. Gli sorrisi e guardai Christine sconcertata. Allora Mr Spectre non aveva mentito. Aveva detto la verità, lo aveva fatto.

Il medico, aiutato da un'infermiera, ci mostrò gli esami che avevano fatto. Tutto era oltre la norma. E la bambina aveva già cominciato a dire qualche parola. Infatti mi chiamò per nome e io le andai accanto per stringerle la mano.

Se danni cerebrali il primario assicurava che miracolosamente non ce n'erano stati, la mia preoccupazione era indirizzata a quelli fisici. Il corpo di Penny era stato immobile per quasi quattro mesi. Ma il dottore disse che i bambini, all'età di Penny, riprendono tono muscolare velocemente. Probabilmente non avrebbe passato neanche due settimane in sedia a rotelle, e dopo tre avrebbe abbandonato anche le stampelle.

Ci fece le sue più calorose congratulazioni e, mentre se ne stava andando, non riuscii a trattenere una domanda. Gli chiesi quando sarebbe potuta venire a casa con me. Sapevo che era rischioso, perché avrebbe potuto chiedere informazioni più dettagliate sul nostro rapporto di parentela, ma immaginavo che Spectre si fosse occupato di fare un lavoro dettagliato.

Il primario si fermò sulla porta e guardò ancora la cartellina che aveva in mano.

«Beh...» disse. «Bisogna fare ancora degli accertamenti, ma se fosse tutto a posto, come vogliamo sperare... E considerando che sua zia è una farmacista e anche paramedico...»

«Mia mamma?» chiesi.

«Sì...» rispose il medico aggrottando la fronte. «È stata lei a mandarci ieri la lettera con la richiesta dell'affidamento».

«Certo...» tentai di tamponare.

«Credo, al massimo, la settimana prossima».

Poi il medico se ne andò e io e i miei amici rimanemmo da soli nella stanza. Ero euforica. Anche Penny sorrideva. Doveva sentirsi molto meglio ora che sapeva di venire via con me. Speravo solo che non avesse collegato la cosa con la scomparsa dei suoi genitori.

Ad ogni modo non era il caso di pensarci adesso. Non riusciva a parlare benissimo, diceva solo qualche breve frase, e i suoi occhi erano ancora stanchi.

Le presentai Leonard, rendendomi conto che non si erano ancora conosciuti. Lui fu molto dolce con la bambina, le regalò persino un pupazzetto che teneva sempre legato all'astuccio. Mi sembrò strano che a Penny piacesse quel mostriciattolo, ma stavano facendo conoscenza. Ero contenta che fra di loro ci fosse un'intesa, presto saremmo diventati una famiglia. Anche Christine apprezzò quel gesto e mi accorsi che si stava intenerendo.

Passammo quel pomeriggio in ospedale. Ero convinta che alla piccola facesse bene sentire un po' di chiacchiere. E anche Christine riuscì a fingere di essere in buoni rapporti con Leo in modo credibile.

Non volevo pensare a come Penny doveva sentirsi a stare lì, mentre noi non c'eravamo. Per fortuna, una tenda divideva il suo letto da quello della sorella. Non doveva vederla con i respiratori.

Quando l'orario di visita terminò, fummo costretti ad andarcene. Stavamo tornando verso le rispettive case per la cena e, poco prima di dividerci, Leo cominciò a fare un discorso pasticciato. Capimmo che le sue intenzioni erano quelle di farci delle scuse solo perché lo conoscevamo bene. Si fermò e ammise di averci trascurato un po' negli ultimi giorni. Disse che Margareth lo aveva fatto sentire bene. Non usò altri termini. Ma non ci avrebbe tradite per nulla al mondo. Si era fatto distrarre, come quella volta che aveva comprato il cofanetto di *Twin Peaks*.

Christine inizialmente non lo volle ascoltare, ma poi si lasciò persino abbracciare. Sapevo che le cose fra loro due non erano così semplici da sistemarsi con un abbraccio, ma era pur sempre un inizio. Ci salutammo e io me ne tornai verso la croce verde.

***

Cenai con mia madre in soggiorno.

Mi osservò perplessa per tutto il tempo ed era così impegnata a farlo che quasi non toccò il cibo. Non riusciva a capire come facessi ad essere così di buon umore, dato che quella mattina mi aveva rinvenuta sul pavimento. E non capiva nemmeno perché tenessi in casa gli occhiali da sole.

«Sei strana oggi...» disse poi infilzando il primo boccone.

La precedetti.

«Tutto bene fra te e papà? Il cinema ieri sera... Vi divertite, insomma».

«Sì...» rispose lei sempre più circospetta. «Ma non è della nostra relazione che ti dovresti preoccupare. Vuoi dirmi cosa è successo ieri sera?»

«Niente...» mentii fermandomi per qualche istante e pressando il risotto contro i bordi del piatto. «Un po' di gelosia... è normale fra i ragazzi della nostra età».

Lei alzò un sopracciglio.

«Beh, le riparazioni del muro le pagherà lui, spero. Almeno la prossima volta ci penserà prima di dare di matto. E per il tuo computer... L'ho portato a riparare oggi, ma mi hanno detto che non c'è niente da fare. Mi dispiace, tesoro».

«No, non fa niente» dissi mentendo. «Quello in realtà l'ho buttato io in terra. Ma si era rotto per un corto circuito. Era vecchio, dovevamo cambiarlo». Provai a dirlo come se fosse stato qualcosa di divertente. «Comunque tutte le mie cose le avevo salvate su un disco esterno, non è così grave».

Terminammo il riso senza discutere di niente in particolare, tenendo una conversazione piuttosto vacua e falsa. Da un po' avevo riallacciato i rapporti con lei, soprattutto da quando si vedeva con papà, e mi dispiaceva dover essere così elusiva. Ma quello che mi premeva davvero era parlarle della questione di Penny. Non sapevo davvero da dove cominciare.

Fu lei a farlo per me.

«Oggi mi hanno telefonato dall'ospedale. Quello dove stanno quelle tue due amiche...»

Deglutii, anche se non avevo nulla in bocca.

«Ho capito che la più piccola si era svegliata dal coma quando hanno parlato di una lettera che avrei scritto per averla in affidamento durante le cure...»

La faccia mi diventò un pezzo di ghiaccio. Sapeva tutto. Provai a bere, per fare qualcosa che mi impedisse di rispondere, ma il risultato fu che il bicchiere amplificò la sua voce.

«Non ho idea di cosa tu abbia fatto... Non sapevo che fossimo parenti... Ma so che non ha nessuno. E i servizi sociali non mi sono mai piaciuti».

Sorrise leggermente, come se si fosse divertita a terrorizzarmi. Come se volesse farmela pagare non per quello che avevo fatto, ma perché lo avevo fatto in segreto.

«Vuoi dire che...»

«Che per me va bene. La casa è grande e so quanto le sei affezionata».

Non dissi nulla. Mi alzai semplicemente dal posto e le andai accanto, le misi le braccia attorno al collo e la strinsi forte. Era davvero diventata un'altra persona da quando Kolor si era riaperto un varco nel suo cuore. Sentii la sua mano appoggiarsi sulla mia schiena.

«D'accordo, d'accordo...» disse sorridendo vicino al mio orecchio. «Ma lavi tu i piatti questa sera».

Sparecchiai senza nemmeno accorgermene, con naturalezza. Mi sentivo come se un sorriso invisibile aleggiasse sulle mie labbra ed ero molto più tranquilla.

Mio padre stava cercando Nate e sapevo che con la sua grande esperienza avrebbe saputo come aiutarlo. Mia madre si era sdraiata sul divano e stava riguardando un album dei ricordi che aveva ripescato dalla soffitta di Charles.

Mentre lavavo le stoviglie sotto l'acqua tiepida, i miei pensieri andarono anche a Leo, Christine e Margareth. Avrebbero trovato un modo di andare tutti d'accordo, ne ero certa. Ma a dirmi che quella notte sarei riuscita a dormire era il pensiero che Penny, una volta salvata dal coma, sarebbe anche stata salvata dal terrore di essere sola e persa.

Mi asciugavo le mani e intanto guardavo mia madre sfogliare

quelle vecchie foto con dolcezza. Le cose sarebbero tornate alla normalità ancora una volta.

Andai in camera mia e chiusi le persiane. Non pensavo che Nate sarebbe tornato, ma volevo sentirmi protetta, anche solo dalla luce. Forse il giorno dopo non mi sarei alzata per andare a scuola. Forse avrei sognato di andarci.

Mr Spectre non si era più fatto sentire e anche quello era meglio così. Aveva fatto una buona azione e poi era scomparso, come il genio di una lampada da un unico desiderio.

La mia scrivania era vuota, e dove l'intonaco si era rotto mia madre aveva appeso un quadretto con me da piccola. Sorrisi, mentre mi stendevo sotto le coperte.

***

Anche se mi ero ripromessa di rimanere a letto a godermi il caldo delle coperte, al mattino mi alzai lo stesso. Se volevo tenere ordine nella mia vita, nonostante tutto, dovevo cominciare proprio dai ritmi.

Feci colazione con un tè agli iris, per assicurarmi di rimanere vigile e sveglia tutto il giorno. Passai anche in farmacia a salutare mia madre e mostrarle quanto ero di buon umore.

Mentre uscivo, il cellulare squillò. Mi fermai sul marciapiede e abbassai gli occhiali da sole per leggere il messaggio. Mi aveva scritto Leonard.

"Ci vediamo al cinema bruciato. Margareth e io siamo già lì".

Il buon umore che mi era venuto, nel vedere che forse non aveva capito la lezione, scomparve. Però gli avevo promesso che avremmo riparlato della questione cinema-Cinerarium. Non avevo ancora deciso se provare a mandarcelo o meno, ma non mi andava bene che coinvolgesse Margareth in quella storia.

"Almeno hai avvertito Christine?" gli scrissi mentre prendevo la direzione opposta a quella del liceo.

La risposta arrivò subito.

"Yes, baby. Dice che non se la vuol perdere".

Mentre una mattinata particolarmente pigra si apriva sulla città come un lenzuolo bagnato, camminai pensando a cosa avrei fatto davvero una volta arrivata. Mi diedi della stupida pensando che avevo appena finito di bere un infuso agli iris. Era andata così la volta precedente, con Christine. Forse, se non lo avessi bevuto, avrei guardato Leo negli occhi e non sarebbe successo niente. Gli avrei detto "stupido" solo da più vicino del solito. O forse mi stavo facendo problemi inutili e non sarebbe successo niente lo stesso. Eppure, qualcosa dentro di me diceva di non togliere gli occhiali da sole.

Quanto a quello che una volta era il cinema, mi stupii che nessuno fosse ancora intervenuto. L'edificio era ancora là in piedi, nero, come se fosse stato un castello napoleonico tinteggiato a lutto. I vetri delle finestre erano tutti rotti e si potevano vedere le striature sui mattoni che avevano lasciato gli artigli delle fiamme. Era quasi vicino a ricordare un edificio del Cinerarium.

L'unico intervento delle forze dell'ordine era stato mettere dei nastri sulle entrate. Vidi che su una porta laterale erano strappati e immaginai che Leonard e Margareth fossero entrati da là. Avevo ancora le chiavi legate assieme a quelle di casa, ma era inutile tirarle fuori.

Spinsi il portellone di metallo, che ormai ricordava il cofano di un auto dopo un incidente. L'aria che mi investì era soffocante. Nonostante fossi abituata all'odore acre della cenere, tossii. Là dentro era davvero intenso.

Le fiamme avevano intriso le cose di oscurità, le avevano fuse in un tutt'uno; tende, sedili, schermo, pavimento e muri erano diventati un'unica e incomprensibile ombra solida.

Fui costretta a togliere gli occhiali da sole.

Sarebbe stato impossibile distinguere anche solo la struttura se non si fosse conosciuto il cinema prima del disastro.

Gelidi raggi biancastri penetravano dai lucernari esplosi sul soffitto. Era una luce magrissima, che conferiva a quel piccolo scenario apocalittico qualcosa di teatrale, di finto. Non era la stessa cosa che avevo pensato il giorno dell'esplosione.

«Ehi, Thara!» sentii chiamare da qualche parte.

Leonard e Margareth mi stavano venendo incontro camminando sopra alle macerie. Leo sorrideva e andava spedito, mentre dietro di lui la nostra nuova amica misurava ogni centimetro su cui appoggiare i piedi. La vedevo stordita e impaurita. Leo poteva cacciarla nei guai. Immaginavo come fossero andate le cose e lui fu orgoglioso di confermarle quando mi arrivò accanto.

«Sono riuscito a trascinare anche lei, hai visto?» disse orgoglioso. «Abbiamo aspettato che l'autista se ne fosse andato e poi siamo venuti qui di nascosto. Non è eccitante?» concluse voltandosi verso Margareth.

Anche lei riuscì a superare il percorso a ostacoli e mi guardò con un sorriso mortificato.

«Sì... eccitante» confermò mentre con gli occhi mi chiedeva di portarla via da quella situazione.

«Non dovevi venire, Margareth» le dissi dandole una mano per stare in piedi. «Se io e Christine avessimo seguito Leo ogni volta che ci proponeva di unirci al circo... È un ragazzo divertente, ma devi dargli le noccioline stando dietro al vetro».

«Questa è una delle mie battute, Thara. Non rubare».

Ci voltammo. Christine era entrata in silenzio e ora se ne stava seduta sul bordo di quello che era stato un piccolo palco.

«Ciao... Sei venuta sola o hai portato anche il buon umore?» le dissi mentre scendeva e si avvicinava a noi.

Non mi rispose e, senza nemmeno guardare cosa facevano scricchiolare i suoi anfibi, si rivolse a Margareth.

«Con che scusa ti ha portato qui? Non hai paura di rovinarti le unghie in un posto così... pericolante?»

Margareth scosse la testa. Un po' di fuliggine le volò via dai capelli biondi.

«Oh no, anzi... E poi mi fido di voi».

Leo mi guardò con la faccia che perdeva pian piano colore. Io alzai le spalle. Non avevo nessuna intenzione di intervenire. Doveva averlo capito.

«Non avevi mai fatto qualcosa di così avventuroso, vero?» continuò Christine venendo al mio fianco e appoggiandosi a un grumo nerastro, forse un sedile. «Dico... entrare in un edificio bruciato è qualcosa di "wow"...»

Margareth si difese da sola, con gentilezza e senza nessun rancore. Forse avevano trovato un modo di interagire.

«Ero curiosa».

«La curiosità uccise il gatto. Ma porca...»

Il sedile a cui Christine si era appoggiata cedette di colpo e lei finì a terra. Sollevò una nuvola densa che fece portare le mani al volto a tutti e tre, come se si fosse rotto un sacco di calce.

«E la superbia fece inciampare la darkettona» le feci eco aiutandola a rialzarsi.

Con l'altra mano provò a pulirsi la faccia, ma come risultato fece sbavare il trucco e si impiastricciò ancora di più. La sua fortuna era che si vestiva sempre e solo di nero.

«Sarei disposta a fare la kamikaze per farti saltare in aria».

Margareth cercò di smuovere l'aria di fronte alla sua faccia e provò a continuare la conversazione.

«Comunque ho sempre creduto che al mondo ci fossero cose strane... Non così strane, ma posso dirmi soddisfatta».

«Le ho raccontato...» spiegò Leo studiando il mio volto «tutto...»

Lo fissai senza avere reazioni particolari. Sapevo che prima o poi avremmo dovuto dire a Margareth come stavano le cose, ma pensavo più poi che prima.

«Leo...» mi limitai a dire «dovevamo discuterne prima assieme, magari...»

«Una ragione in più per cui non capisco cosa ci faccia qui» tagliò corto Christine strofinandosi le braccia. «Non credi che siamo dei pazzi?»

Margareth aprì la borsetta e le passò un pacchetto di fazzolettini.

«No, al contrario... Quando Leo mi ha raccontato la vostra storia...» Christine le strappò i fazzoletti di mano, ma lei continuò come se nulla fosse «molte cose, che all'inizio mi sono sembrate strane, hanno cominciato a quadrare».

Mi resi conto che ero io quella incredula.

«Quindi tu gli hai creduto?»

Margareth spalancò i suoi occhi azzurrissimi.

«Oh sì... Era tutto troppo complicato per essere falso!» terminò la frase sorridendo a Leo e lui ricambiò.

«Questo è vero».

«E poi, controllando su internet...» riprese dimostrando a tutti di non essere una sprovveduta totale. «Tutti quegli incendi avvenuti in città... quelle altre cose... Era l'unica spiegazione plausibile. Ludkar...» aggrottò la fronte. «Come abbiate fatto a sopravvivere a un tale psicopatico... Avete tutta la mia stima».

«Ok, grazie...» le rispose Christine indifferente. «E adesso che ce l'abbiamo, dove la devo buttare, nel bidone dell'umido o nel secco?»

Margareth fu l'unica a ridere alla battuta e Christine ci rimase parecchio male. Poi si ricompose e mi guardò negli occhi cercando un'espressione comprensiva. Io mi tirai indietro d'istinto. Non volevo che si avvicinasse troppo e che accadessero inconvenienti.

«Volevo anche dirti che mi spiace molto per Nate...» Mi appoggiò una mano sul braccio e quel gesto mi fece piacere. «Quando è stato male a cena da me, ero davvero preoccupata, mi sono sentita così in colpa...»

«Oh, ne ha passate tante...» risposi cercando di minimizzare. «Ma adesso si sta occupando mio padre di cercarlo».

La voce di Margareth si fece lievemente malinconica.

«Deve essere una persona in gamba tuo padre. Leo me ne ha parlato molto bene... Chissà com'è essere figlia di un essere così strano».

«Non è poi così strano se paragonato a Leonard» intervenne Christine e subito Leo le restituì il colpo.

«E tu non sei così feroce se paragonata a un velociraptor».

«Te lo presenterò, appena le cose si saranno sistemate» dissi calcando il tono, per far capire ai due bambini di smetterla.

Per un po' si calmarono e così ebbi la possibilità di parlare a Margareth con più libertà e serenità. Le raccontai un po' meglio di com'erano andate le cose fin dall'inizio, smorzando tutte le esagerazioni che Leonard aveva aggiunto. Poi l'interesse di Margareth, naturalmente, si soffermò sulle mie capacità. Voleva comprendere meglio come funzionavano i miei poteri.

«Quindi tu sei una Crepuscolare...»

Feci di sì con la testa.

«E puoi viaggiare in un altro mondo annusando i fiori di iris».

«Posso spostare la mia coscienza nel Cinerarium» le spiegai incrociando le braccia. «Sono i miei occhi viola che me lo permettono».

«Ed è un posto in cui tutto è fatto di cenere».

«Ha fatto i compiti, vedo. Brava, brava» disse Leo parodiando uno stereotipo di professore.

«Sì. Ricorda un grande deserto...» continuai a spiegare io, cercando di essere il più precisa possibile. «Là appaiono tutte le cose che bruciano nel nostro mondo».

«Incredibile...» sussurrò Margareth pensierosa.

Christine, che aveva finto di estraniarsi dalla conversazione controllandosi il trucco con uno specchietto, intervenne.

«Ci sono stata anch'io, se è per questo».

Margareth si guardò intorno temporeggiando.

«Oh, io avrei troppa paura...»

Potevo capirla. Per una ragazza che aveva vissuto fino a quel giorno in un castello di cristallo, anche solo saltare la scuola doveva sembrare un'avventura. Ma aveva un carattere strano, alcune sue azioni sembravano fortemente in contrasto con il suo modo di porsi. Per esempio, aveva accettato di entrare con Leo in un cinema andato a fuoco. E non era incoscienza.

Pensando a quello, mi resi conto che era la cosa che volevo chiedere al mio amico da principio. Come mai eravamo andati lì?

«Beh...» rispose lui sfilandosi lo zaino dalla schiena. «Ho pensato che venire qua avrebbe facilitato le cose.

«Perché?»

«Per concentrarsi, tutti e due» continuò inginocchiandosi e slacciando la cerniera.

Avevo capito che voleva essere mandato nel Cinerarium, ma volevo almeno assicurarmi che lo facesse con maturità e non solo per impressionare la sua aspirante fidanzata.

«Vuoi davvero che ci provi?» gli domandai guardandolo dall'alto in basso. «Vuoi davvero che ti ci mandi?»

«Ah, per quello ci sono io...» sussurrò Christine.

«Sì, Thara» disse lui fermandosi per un momento e guardandomi con serietà. «E ho anche portato questi per sicurezza».

Dallo zaino tirò fuori un mazzo di iris. Sospirai.

«Non funzionano, Leo» dissi, mentre lui si rialzava e provava a sentire che odore avessero.

«Sì, sembra che Thara abbia le pile scariche» gli ricordò Christine».

«Prova un po'».

Leo me li avvicinò distrattamente al viso e io feci un salto all'indietro.

«Fa' attenzione!» gridai, facendo saltare tutti. «Se per caso avessero funzionato, adesso mi avresti mandato chissà dove! Devo concentrarmi».

«Ah, scusa...» rispose Leo pentito, passandomeli con più garbo. «Tieni, prendili tu... prova un po'».

Presi il mazzo dalle sue mani e cercai un posto dove sedermi. Se per caso fossi finita nel Cinerarium, non volevo cadere in terra. Christine mi indicò un punto che era libero dalle macerie e mi accovacciai lì. Mentre chiudevo gli occhi e mi preparavo, anche gli altri si sedettero in cerchio. Leo si mise accanto a me.

Solo allora, pensando intensamente al cinema, al posto in cui ci trovavamo, avvicinai quei dannati petali viola al naso e respirai. Respirai profondamente, sentendo quel colore infausto e luttuoso scivolarmi nei polmoni, cercando una tana.

Non accadde nulla. Riaprii gli occhi e restituii a Leo il suo bouquet.

«Visto... niente».

Lui li prese e li appoggiò a terra, poi mosse la testa per incrociare il mio sguardo.

«Prova con me adesso».

Sospirai. Sapevo che avrebbe continuato con la speranza di far ripetere quel fenomeno per molto tempo. Se non ci fossi riuscita in quel momento, mi avrebbe perseguitata per giorni. Mentre lo guardavo in volto, la domanda che mi ponevo era: quanti giorni?

«Soddisfatto?» dissi piano.

«Guardami di più» insistette lui.

«Ma come faccio a guardarti di più!?» esclamai. «Sei a tre centimetri dalla mia faccia!»

Lui si avvicinò ancora, in modo quasi irruente, tanto che mi fece irritare. E fu proprio quell'attimo di agitazione che scatenò la scintilla. Sentii una scarica elettrica trapassare le dimensioni e i nostri cervelli.

Poi Leo cadde svenuto.

***

«Leo! Leo! Tutto a posto?»

Tutte e tre gli stavamo sopra, ma era Christine a scuoterlo per le spalle.

Da quando era svenuto, lo avevamo portato all'esterno per farlo respirare meglio e ora ce ne stavamo nel bar comunicante con il cinema, l'unica parte dello stabile che si era salvata.

Leonard sollevò le palpebre, intontito, come se si fosse risvegliato dalla sbronza più colossale della sua vita.

«Che... figata!» disse aumentando gradualmente il tono di voce.

Appena Christine ebbe la certezza che stesse bene, lo lasciò andare facendogli prendere una sonora testata contro al muro.

«Ti avevo detto che dovevamo prendere un secchio d'acqua gelida» aggiunse anche.

Margareth e io lo aiutammo a mettersi a sedere. Faceva ancora fatica a mantenere l'equilibrio.

«È stato meglio che un frullato di dopamina!»

«Ok, ok, non agitarti» lo frenai. «Sei riuscito a trovare il cinema?»

Leo fece di sì con la testa.

«È stato come… All'inizio credevo che foste state voi a scomparire, non mi sono nemmeno accorto di essermi addormentato. È stato… è stato come sbattere le palpebre e tutto ha perso colore».

«E non hai incontrato creature di cenere, o…» dissi, rendendomi conto che, se fosse successo, mi avrebbe già informato lui.

«No, non c'era nessuno nel cinema… Dall'altra parte, intendo» aggrottò la fronte. «Però… avevo una sensazione strana. Beh, a parte quella di essere stato sbalzato in un'altra dimensione».

«Cosa?» insistetti.

«Avevo la sensazione di essere osservato. Sono stato solo pochi minuti nel Cinerarium, mi sono appena affacciato sul deserto, e mentre stavo per mettere un piede fuori, ho sentito poggiarsi qualcosa sulla spalla… Come se qualcuno avesse appoggiato una mano… per fermarmi. Ma mentre mi stavo voltando, mi avete risvegliato».

Mi sistemai gli occhiali da sole. Era quasi diventato un tic. Avevo la sensazione continua che potessero scivolarmi dal naso da un momento all'altro.

«Beh, sembra che le tue teorie da B-movie abbiano funzionato…» lo rimproverai con tono sereno. «Ma non ci sarà nessuna replica».

L'OSPITE

Da quel giorno perdemmo completamente le tracce di Nate e dal giorno dopo anche quelle di mio padre.

Kolor mi telefonò al mattino, durante le ore di lezione, costringendomi a uscire dall'aula. Diceva di essere seriamente preoccupato. Forse il mio ragazzo aveva abbandonato la città. Non riusciva più a sentirne l'odore. Le tracce si erano fatte vaghe e lo smog non lo aiutava a usare i suoi sensi affinatissimi. Disse che era già in viaggio, che si sarebbe mosso a piedi per avere più possibilità. Poi il segnale divenne disturbato e tutti i miei tentativi di richiamarlo furono inutili.

In pochissimi istanti la preoccupazione iniziale si trasformò in rabbia. Gli avevo detto di tenere quel dannato cellulare acceso! Probabilmente lo gridai nel corridoio, perché il professor Weber si affacciò per vedere cosa stesse accadendo. Passai altre due ore seduta al banco come se mi fossi trovata in una stanza blindata. Non sentivo suoni, non vedevo le altre persone e soprattutto non sapevo perché ero lì. Quando suonò la campanella e venne l'ora di pranzo, mi sembrò quasi che avessero aperto la cella. Uscii dall'aula e, rimettendomi gli occhiali da sole, mi diressi in mensa a testa bassa.

Leo, Christine e Margareth erano incredibilmente seduti allo stesso tavolo. Ma se l'astio di Christine sembrava disposto a una piccola tregua, ero io a dover portare scompiglio.

Mi sedetti senza prendere il vassoio. La fame se n'era andata insieme a tutta una serie di cose che garantivano un certo equilibrio dentro la mia persona.

Dissi subito come stavano le cose. Margareth conosceva la verità solo da un giorno, ma le circostanze richiedevano che si aggiornasse velocemente. Leo provò a dire qualcosa per farmi stare tranquilla, ma non era il suo forte. Christine, invece, non ebbe problemi ad essere schietta.

«Lo sapevi anche tu, Thara, che sarebbe successo. Questa storia era malata fin dal principio. E la cura sappiamo tutti qual è».

«Non dirlo neanche per scherzo» dissi appoggiandomi una mano sulla fronte.

«Thara, siamo anche noi amici di Nate, ma quello... Non è più Nate».

«Sì che lo è!» le gridai quasi contro, tanto che i ragazzi seduti agli altri tavoli si voltarono nella nostra direzione.

«Forse... forse lo è ancora in parte. Ma per quanto?» mi chiese.

Lo sguardo della mia amica era terribilmente serio. Non voleva farmi del male, solo mettermi di fronte ai fatti il prima possibile. Era doloroso, ma in un certo senso giusto. Se mio padre avesse dovuto mettere fine a quella storia nel modo che non mi auguravo, dovevo essere pronta.

Non riuscii a ribattere, incrociai le braccia sul tavolo e ci appoggiai sopra la testa. Sentii la mano di qualcuno appoggiarsi sulle mie. Era di Margareth.

«A volte accadono cose che non possiamo controllare» disse piano. «So di non essere l'esempio migliore, ma l'unica cosa che adesso puoi fare è pensare a chi puoi aiutare veramente. Penny ha bisogno di te».

Non riuscii a sorriderle, ma capì ugualmente che avevo apprezzato. Non avevo la forza per stare male e stare male avrebbe significato perdere tutte le forze. Amavo Nate, amavo il suo sorriso e le sue carezze, ma il vento se li era portati via. Mio padre era il marinaio in viaggio su quelle correnti, l'unico che sapeva percorrerle. Era partito al posto mio per un viaggio che non potevo affrontare. Dovevo accettarlo e sperare. La speranza era l'unica cosa alla quale mi potevo aggrappare. Avrei seguito il consiglio di Margareth. Avrei dimenticato e sperato.

***

I giorni che seguirono non furono facili da affrontare. Se durante la giornata riuscivo più o meno a tenere la testa impegnata, quando arrivava la sera e mi ritrovavo da sola a casa, tutto cominciava a girare. Ma la parte peggiore veniva quando mi mettevo a letto.

Cercavo di tenere lontani i pensieri più orribili, quasi tendendo le braccia nel buio, ma quelli mi passavano fra le dita come fumo. La notte è madre di consigli, dicono, ma anche di angosce. Nel buio mi sembrava di risentire Nate parlare come un pazzo e agitarsi per la stanza come uno spettro. Se riaprivo gli occhi e mi guardavo attorno, potevo quasi rivedermi alla scrivania mentre lui saltava giù dalla finestra, verso un'impossibile fuga da se stesso. L'oscurità che era nel suo cuore aveva lasciato aloni nell'aria della mia stanza e potevo percepirne quasi l'odore. Stavo da schifo. Mi ripiegavo su un lato e a volte sentivo quasi di dover vomitare.

Senza dire niente a mia madre, una notte scesi giù in farmacia e andai a cercare qualche sonnifero negli scaffali. Trovai alcuni flaconi e da quella volta ripresi a dormire. Ma il mio sonno era vuoto, fasullo, come se staccassi la spina a una macchina. Me lo sentivo spremuto dentro la testa come aria compressa. E la mattina, quando mi rialzavo intontita, era come se non mi fossi riposata nemmeno un po'.

Le ore di lezione erano diventate un'unica grande confusione di parole. Non riuscivo a seguire neanche i discorsi più semplici e i miei voti crollarono drasticamente.

Al pomeriggio Christine mi trascinava da lei e ce ne stavamo in camera sua a fare conversazioni che sembravano haiku. Una volta mi prese persino a schiaffi per quanto ero catatonica. L'unica ragione per cui stava con me e non con una morta vivente, diceva, era che io almeno non puzzavo di carne marcia. Anche se qualcosa, dentro di me, stava andando in frantumi.

Al mio cuore stava capitando ciò che, una volta, era capitato al cuore di Nate. Si stava spegnendo, stava diventando di cenere.

Non provavo quasi più sentimenti, quei pochi che conservavo li tenevo da parte per le visite che facevo alla piccola Penny. In ospedale mi sforzavo di essere la figura di cui aveva bisogno.

Anche Leonard e Margareth erano molto presenti, ma il fatto che lei non potesse uscire mai di casa ci impediva di vederci spesso. Christine certo non mi proponeva di andare da lei, anche se, da quello che potevo vedere, fra Leo e Margareth non stava succedendo niente di che, le cose sembravano essersi arenate. Ma non potevo esserne del tutto certa. Forse si comportavano a quel modo per non farmi soffrire di più.

E intanto Halloween si avvicinava, e i ghigni di tutte le zucche erano rivolti verso di me.

Di Nate e di mio padre nessuno sapeva più nulla e tenere il segreto con mia madre e la madre del mio ragazzo cominciava a diventare troppo difficile. Non sapevo più cosa fare, così decisi di dire a entrambe la verità.

Sally la prese molto male.

Le raccontai tutto mentre prendevamo un tè nel soggiorno: la mano in cui teneva la tazzina cominciò a tremare e il rumore che produsse vibrando contro il piattino fu qualcosa di agghiacciante. Mi chiese di lasciarla da sola e, quando provai ad abbracciarla, reagì in modo violento. Si scusò subito dopo e, scoppiando a piangere, si abbandonò sul divano. In quel momento, vedendola soffrire a quel modo, insieme all'angoscia, nella mia anima si depositò anche un profondo senso di colpa. Avevo fatto tornare suo figlio solo per poi portarglielo via di nuovo. Anche nei miei occhi viola salirono alcune lacrime, ma non volevo piangere lì. Così presi le mie cose e me ne andai.

Quella stessa sera, tornando a casa, trovai mia madre dentro alla farmacia dopo l'orario di chiusura. La raggiunsi al bancone dove stava finendo di controllare i conti. Alzò la testa per sorridermi, ma, quando vide che da dietro i miei occhiali stavano scendendo lacrime, chiuse la cassa abbandonando il lavoro. Mi gettai fra le sue braccia e cominciai a piangere senza riuscire più a trattenermi. Mi fece domande a cui non riuscii a rispondere. I singhiozzi mi toglievano la voce e i pensieri. Mi fece sedere e si mise in ginocchio, accanto a me.

Solo allora, mentre mi passava una bottiglietta d'acqua, riuscii a tranquillizzarmi e a parlare. Fu estenuante e usai parole sbagliate, ma lei seppe dare un senso alle mie frasi sconnesse. Sapeva già da tempo che qualcosa non andava, mi confessò, ma aveva preferito tenersene fuori. Non voleva fare la parte della mamma impicciona, disse. Riuscì addirittura a strapparmi un sorriso. Poi mi passò una mano sulla guancia, asciugando una piccola goccia del mio dolore. Sapeva anche che mio padre era scomparso e immaginava che fosse per aiutarmi a fare qualcosa. Non era più riuscita a rintracciarlo nemmeno lei, eppure mai una volta aveva chiamato a casa di Sally per chiederle dove fosse Kolor.

Infine mi dette la bella notizia. Il giorno dopo saremmo andate insieme all'ospedale per portare Penny a casa con noi.

***

Alle dieci e trenta del mattino mia madre stava già firmando i fogli per far dimettere la piccola. Io aiutai gli infermieri a metterla sulla sedia a rotelle e, dopo aver ringraziato il medico e assicurato che per ogni evenienza lo avremmo contattato, spinsi Penny lungo il corridoio, fino all'ascensore, per poi varcare le porte scorrevoli.

Una volta all'aria aperta, mia madre andò a prendere l'auto e io rimasi con la bambina sotto alla tettoia d'ingresso.

«Sei contenta di venire a casa con noi?» le domandai.

«Tantissimo!» esclamò lei con quella sua voce sottile.

«Ti abbiamo preparato una sorpresa...»

Vederla così in salute e di buon umore riuscì in qualche modo a tirare su anche il mio morale. Per lei sarebbe stata dura, io e mia madre non avremmo potuto rimpiazzare i suoi genitori, ma eravamo la cosa migliore che le potesse capitare.

Mia madre suonò il clacson e la raggiunsi nel parcheggio passando lungo una rampa. Lei scese e aprì la portiera. In due prendemmo la bambina e la appoggiammo delicatamente sul sedile. Mentre mia madre piegava la carrozzina e la metteva nel portabagagli, io mi preoccupai di appoggiare sulle ginocchia di Penny il suo coniglietto.

Le allacciai la cintura e mi sedetti accanto a lei. Mentre richiudevo la portiera, mi prese la mano.

«Non sei più riuscita ad andare da mia sorella, vero?» mi domandò guardandomi speranzosa.

«No...» fui costretta ad ammettere. «Non ci sono più riuscita».

Poi anche mia madre entrò in macchina e partimmo.

Quando arrivammo, mia madre chiese aiuto a un commesso della farmacia perché portasse in braccio Penny al piano superiore, mentre io mi occupai goffamente della carrozzella. Una volta entrate in casa, ci rimettemmo sopra la bambina e finalmente le demmo il permesso di riaprire gli occhi.

«Benvenuta!» disse mia madre dietro a una torta che profumava di fragole.

La piccola rimase a bocca aperta. Sul tavolo del salotto, insieme al dolce su cui brillavano alcune candeline, c'erano due pacchetti.

«Ma non è il mio compleanno...» disse Penny voltandosi appena per guardare anche me.

«Buon non-compleanno allora!» le risposi sorridendo.

Poi le passai i regali. Mentre li scartava, io e mia madre ci scambiavamo sguardi soddisfatti. Avevamo preparato la torta durante la notte e impacchettato due oggetti che ci erano molto cari. Volevamo darle il miglior benvenuto e sembrava proprio che ci fossimo guadagnate un posto nel cuore di Penny.

«Così il tuo Bianconiglio non si sentirà solo» dissi mentre lei tirava fuori dalla carta un gatto di peluche.

«È bellissimo!» disse Penny con tono innocente. «Ma non si sarebbe lo stesso sentito solo... adesso che ci siete voi».

Quella frase, detta da una bambina così piccola, mi intenerì. Mi sedetti sul tavolinetto e le tolsi la carta che aveva appoggiato sulle ginocchia.

«Quel gattino era il mio migliore amico quando ero piccola come te. Ci dormivo sempre insieme...»

Penny lo strinse forte e poi aprì anche l'altro pacchetto, con delicatezza.

«Che cos'è?» domandò guardando il ciondolo.

«Un ricordo di famiglia» disse mia madre venendomi accanto e poggiando una mano sulla mia spalla. «Mia nonna lo ha dato a me e io l'ho dato a mia figlia. È Thara che ha voluto regalartelo. Succede così da sempre...»

Mi misi a ridere.

«No, sta scherzando» precisai. «È solo una collana che mi ha regalato lei quando ero piccola. Ho pensato che ti sarebbe piaciuta».

«Oh sì...» disse Penny guardandola riflettere la luce.

«Ma adesso viene la parte migliore...» Mi alzai e andai dietro alla sedia a rotelle per spingerla. «Lo abbiamo tirato fuori dalla soffitta questa notte...» dissi passando nel corridoio. «I vicini si sono lamentati per il rumore, ma non ci importava...»

Mia madre aprì la porta della mia camera per farci entrare.

«Ecco qua. Saremo compagne di stanza, come sorelle...» dissi accorgendomi in ritardo di quanto fossero sbagliate le parole che avevo usato. «Beh, intanto che aspettiamo Susan dovrai avere una sorellona, no?»

Accanto al mio letto adesso ce n'era un altro, più piccolo. Lo avevo usato io una volta, e adesso sembrava perfetto per Penny.

«Grazie...» sussurrò la piccola guardandosi intorno. «È molto bella la tua stanza».

«E ci sono anche dei giochi!» dissi andando accanto a un baule, anche quello rispolverato dalle mie vecchie cose. «Non ti annoierai di certo».

Penny mi sorrise e, per qualche istante, mi sembrò che in quella casa fosse tornato il sole. L'oscurità non può davvero aver niente a che fare con una bambina.

***

Quella giornata fu la prima, dopo quelle appena trascorse, a farmi riassaporare la vita. Penny era un modo meraviglioso per sentirsi bene. Il suo entusiasmo era talmente grande che non potevo esserne indifferente.

Pranzammo assieme e passammo il pomeriggio a sfogliare album con vecchie foto. A un certo punto arrivarono anche Leonard e Christine e tirai fuori un gioco da tavolo di cui non riuscimmo a capire le regole. Leo rimediò all'istante tirando fuori dalla felpa due film assurdi che aveva scaricato illegalmente il giorno prima. Per fortuna, erano adatti anche a una bambina. Gliene fui grata, conoscendo i suoi gusti.

Verso l'ora di cena se ne andarono e mia madre rientrò dal lavoro. A dir la verità, aveva continuato a fare su e giù dalla farmacia per tutto il giorno. Penny aveva bisogno di costanti attenzioni mediche, che io non ero in grado di darle.

Appena finita la cena, rimanemmo tutte e tre a chiacchierare, ma presto la piccola cominciò a sbadigliare e decidemmo che potevamo andare a dormire prima del solito. Anch'io avevo del sonno arretrato da recuperare. Quella notte non avrei preso sonniferi.

Le lavammo i denti, le mettemmo il pigiama e la aiutammo a infilarsi nel letto. Le rimboccai le coperte, le misi accanto i suoi peluche e le chiesi se voleva una luce accesa. Scosse la testa.

«Non ce n'è bisogno. Non ho paura».

«Beh...» le dissi sedendomi sul bordo del letto «qui di mostri non ce n'è. Gli unici che esistono li hai già visti nel Cinerarium».

Le diedi un bacio sulla fronte e le sussurrai in un orecchio:

«Qui sei al sicuro. Ti voglio bene, piccolina».

Anche lei mi diede un bacio sulla fronte e, dopo averle dato la buonanotte, mi misi anch'io nel mio letto.

Spensi la luce sul comodino e per qualche istante rimasi a guardare il soffitto inondato da una tenue sfumatura bluastra. Quella sera non c'erano davvero ombre nella stanza, sopra di me c'era un cielo d'estate.

Chiusi gli occhi e respirai a fondo. Pensai a Nate, ma la speranza non me lo fece vedere come l'ultima volta in cui ci eravamo incontrati. Me lo mostrò come quando lo avevo conosciuto. In piedi sopra a un treno bruciato, che mi sorrideva. Alle sue spalle un deserto di cenere e nei suoi occhi l'arcobaleno. Quell'immagine si prolungò in un sorriso e il mio sorriso si sciolse nel sonno.

Non so quanto tempo passò prima che mi svegliassi di soprassalto, non stavo neppure sognando. Riaprii le palpebre cercando di capire cosa stava accadendo. C'erano dei rumori nell'oscurità, suoni che non si aggrappavano a nessun'ombra. Per un istante pensai che Nate fosse tornato e la preoccupazione mi fece riaccendere la luce in un istante. Ma non era il mio ragazzo a provocare quei suoni.

«Mio Dio!» esclamai a bassa voce. «Cosa stai facendo?»

Penny se ne stava in piedi, fra il mio letto e il suo, appoggiata con una spalla alla parete. Le sue gambe erano ancora troppo deboli per sostenerla.

Mi alzai per andarle in soccorso e, mentre la prendevo tra le braccia, mi disse:

«Volevo… volevo dormire vicino a te».

La guardai negli occhi e la aiutai ad arrivare al mio materasso.

«Potevi dirmelo, sciocchina… Certo, mettiti qui».

La feci sedere e le appoggiai le gambe sul letto.

«Non devi fare certi sforzi. Vuoi tornare in ospedale, per caso?»

Si fece più in là per lasciarmi posto al suo fianco.

«No… è che…»

Mi stesi accanto a lei e sistemai le coperte.

«È tutto a posto» la rassicurai spegnendo la luce.

Mi voltai su un fianco a guardare la sagoma della sua testolina. Anche lei mi stava fissando, ma, mentre parlava, non riuscii a vedere che espressione aveva sul volto.

«Volevo dormire con te… perché mi mancano la mamma e il papà» disse piano.

Anche se l'interno del letto era già caldo ed eravamo strette, sentii la temperatura del mio corpo abbassarsi in un lampo, come se fossi precipitata dentro alla voragine di un ghiacciaio. Allora lo sapeva. E se non lo sapeva, lo immaginava.

«Io…» non sapevo cosa dirle, mi aspettavo che quel momento sarebbe arrivato, ma non in quel modo. «Io… non so dove siano i tuoi genitori, Penny».

Mi sembrò il modo più delicato per dirlo.

«Sono morti, vero?» chiese la bambina con una naturalezza che mi lasciò disarmata.

Respirai a fondo.

«Sì...» dissi piano. «Ma sono sicura che adesso sono da qualche parte e che ti pensano».

«Sono in un posto come il Cinerarium?» mi chiese, come se io potessi avere una risposta.

«Non lo so, piccola. Può essere» le accarezzai la testa e le passai un dito sulla guancia.

Non stava piangendo.

«Va bene così» disse e poi aggiunse: «Io non ci credo nel paradiso».

Mi stava davvero mettendo a dura prova. Cosa dovevo risponderle? Quali erano le parole giuste?

«Nemmeno io» dissi. «Ma non credevo nemmeno al Cinerarium. Eppure c'è».

Allora la piccola Penny si fece più vicina e mi abbracciò forte.

«Tu non mi lascerai mai, vero?» mi chiese, mentre anch'io la stringevo.

«No, Penny. Per nulla al mondo».

Lei si rannicchiò con la testa sotto il mio collo e strinse la stoffa del pigiama sulla mia schiena.

«Neanch'io».

E così restammo abbracciate per tutta la notte, promettendoci l'eternità.

Quella bambina aveva perso tutto, eppure aveva ancora la forza di sorridere. Aveva tanto da insegnarmi e io poco da darle in cambio. Ma un abbraccio che la scaldava sembrava bastarle.

Si addormentò quasi subito, con pensieri che profumavano di futuro. Io ci misi un po' di più a riprendere sonno e accadde solo quando capii che ero io i suoi pensieri.

SANGUE E RUGGINE

Era il 30 ottobre. Mancava un giorno ad Halloween. Quell'anno tutte le zucche avrebbero smesso di ridere e una regina pazza le avrebbe dipinte di viola.

Il campanello di casa suonò mentre mi stavo preparando per le lezioni.

Mia madre sarebbe dovuta rimanere in casa con Penny, ma capii subito che c'era un cambio di programma. Dirigendomi verso la porta, le dissi di andare al lavoro e, quando aprii, aggiunsi che saremmo rimasti in casa io, Leonard e Margareth.

I miei amici entrarono portando con loro un pacco.

«Che diavolo è?» domandai a Leo mentre mi passava accanto e andava ad appoggiarlo sul tavolo.

«Piuttosto, tu che diavolo fai? Manca un giorno ad Halloween e tu vuoi andare a scuola... Sei matta».

Margareth rise, quasi fosse un'abitudine.

«Comunque...» continuò Leo «Margareth e io abbiamo pensato che se quella povera bambina deve stare qui in casa con te, si annoierà a morte, così le abbiamo comprato una playstation. Cioè... Margareth ha voluto prenderla».

Le sorrisi per il gesto, ma si era fatta sicuramente influenzare da Leo. Era da un mese che lui puntava gli occhi sulla nuova playstation.

«Credo che sia un po' piccola...» dissi incrociando le braccia.

In quel momento Penny entrò in soggiorno spingendo la sua carrozzina. Si fermò davanti a noi tre lasciandoci molto perplessi. Non salutò Leo, ma si mise a fissare Margareth con un'espressione che non le avevo mai visto. Sembrava sconcertata. Più che sconcertata, sul punto di alzarsi in piedi e andarla a vedere da vicino. Forse era la sua bellezza ad averla colpita.

«Ciao...» disse Margareth imbarazzata.

«Ciao...» rispose Penny, con la voce che era diventata invisibile.

La mia amica si chinò in avanti e le tese una mano sorridendo.

«Mi chiamo Margareth. Tu devi essere Penny, giusto?»

Penny rimase a fissarle la mano. Poi tornò a guardarla negli occhi.

«Sei splendida» le disse, parole che non ci aspettavamo.

Anche Margareth si sentì a disagio, ma una bambina di quell'età è imprevedibile, soprattutto se appena uscita dal coma. Così cercai di sviare l'attenzione della piccola sulla cosa che aveva portato Leo.

«Perché non vai a vedere cosa ti hanno regalato?»

Penny riprese a muoversi con la carrozzina, lentamente, ma non staccò per un attimo gli occhi da Margareth. Prese in mano la scatola del videogioco e chiese cos'era, senza nemmeno guardarlo.

«Qualcosa che ti farà viaggiare in altri meravigliosi mondi...» declamò Leo con entusiasmo. «E senza neanche annusare un iris».

Mia madre si affacciò dal corridoio.

«Ciao, ragazzi...» intervenne, sbirciando cosa stava accadendo e finendo di infilarsi un orecchino. «Allora vado in farmacia. Vi lascio in buone mani. E per buone mani intendo quelle di Penny».

Il sorriso di Leo si fece più timido, ma tornò a sfavillare appena Julia si infilò il camice e uscì di casa.

«La proviamo?» domandò.

Mentre Penny osservava distrattamente le immagini sulla scatola, Margareth mi si avvicinò e aprì la sua borsetta.

«Veramente eravamo passati per lasciarti questo...» ed estrasse un invito stampato su carta pregiata. «Si tratta dell'opera. Sai che canto... Beh, domani sera ci sarà la prima del *Flauto magico*. Io farò la parte della Regina della Notte. Mi farebbe piacere se tu accettassi l'invito». Si passò una mano fra i capelli per aggiustarseli. «Ma se non potessi venire, capirei il motivo...»

Presi il foglio, cominciando a pensare al modo migliore per scusarmi, quando Penny si voltò bruscamente sulla sedia.

«Oh, a me piacerebbe tanto vedere l'opera...» disse la piccola. «Mi ci porti, Thara?»

Rimasi a guardarla. Sembrò un po' strano a tutti che una bambina fosse interessata all'opera, quasi più strano che lo fosse Leonard.

«Non credo che tu possa ancora uscire, fa molto freddo...»

«Per favore...» continuò Penny addolcendo il tono.

Sorrisi a lei e poi sorrisi a Margareth.

«Non lo so, dovrei chiedere a mia madre...» dissi. «Nel caso c'è posto per due?»

Margareth si strinse nelle spalle come se stesse per dire qualcosa di orribile.

«Certo, non ci sono problemi... Il teatro è dei miei genitori».

Non mi stupii, ma una risatina nervosa mi uscì dalle labbra. I genitori di Margareth potevano permetterselo. E poi anch'io, una volta, avevo un cinema.

***

I miei amici rimasero a tenerci compagnia fino all'ora di pranzo e Leo, dopo una lunga agonia, riuscì a farci provare il videogioco. Scoprii presto di essere una frana totale, il mio avatar continuava ad andare a sbattere ripetutamente contro il muro, come se pretendesse di poterci passare attraverso. Margareth non ebbe problemi, era una ragazza sveglia e coordinata. Penny invece si accanì su un gioco di auto con risultati migliori dei miei, limitandosi a investire un numero esagerato di pedoni. Per fortuna, sarebbero passati anni prima che prendesse la patente.

Poi suonarono le dodici e Margareth disse che doveva andare, in modo che Enea non sospettasse niente. Li accompagnai alla porta e quando la aprii, quasi si fossero messi d'accordo per darsi il cambio, trovai Christine. Non sembrava soddisfattissima di trovare la coppia, ma a modo suo li salutò.

«Per Halloween avete già comprato il costume, vedo... Il guinzaglio c'è già, ma dovresti aggiungerti delle orecchie e una coda, Leo».

Margareth come al solito non se la prese, e tentò addirittura di dare anche a lei un invito. Christine non la stette neppure ad ascoltare e diede loro una mano a uscire. Letteralmente. Spinse Leo sul pianerottolo e gli richiuse la porta in faccia.

«Non sei stata molto educata» la rimproverai mentre si toglieva la giacca.

«No, vero?» rispose Christine arricciando il naso. «Devo lavorare ancora molto sul mio carattere».

Poi si accorse che in soggiorno Penny stava giocando con la console e si dimenticò della mia esistenza. Raggiunse la bambina e si sedette sul divano prendendo in mano l'altro joystick.

«Non ci credo! Io sono fortissima a questo gioco. Ti va una sfida?»

Penny fece di sì con la testa. Allora le lasciai alla loro realtà virtuale e me ne andai in cucina a farmi un caffè. Ne avevo bisogno. Non volevo esagerare con gli infusi di iris.

Mi godetti la colazione in tranquillità, con un sottofondo di esplosioni che provenivano dalla sala accanto. Mentre mangiavo un paio di biscotti allo zenzero, realizzai che non avevo un vestito adatto per la serata di Halloween. Questa volta non avrei indossato un costume da strega, avevo bisogno di qualcosa di elegante. Mi venne in mente che avevo un vestito lungo viola nell'armadio, ma mia madre lo aveva messo per sbaglio in lavatrice, riducendolo a una vela pirata. Dovevo procurarmene un altro. Così mi alzai e chiesi a Christine se poteva rimanere a casa per qualche ora con Penny mentre uscivo a fare compere.

Disse di sì distrattamente e mi chiese di portare qualcosa da mangiare al mio rientro. Delle ciambelle o dei dolcetti di Halloween. Quella ragazza doveva smetterla di mangiare solo cose dolci, ma forse lo zucchero compensava il suo carattere.

Mi vestii, afferrai la borsa, misi sul naso gli occhiali da sole e uscii. Presi un autobus per spostarmi più vicino al centro. Non era una brutta giornata e avrei preferito camminare, però non volevo rimanere fuori casa troppo a lungo.

Scesi alla fermata che stava proprio di fronte all'Apple Store. Da là cominciava la strada più commerciale della città, ma prima volevo fare un salto all'interno del negozio per controllare la posta elettronica, visto che il mio computer era fuori uso.

Così entrai nell'edificio dalle pareti di vetro e cercai un computer libero. Non ero la sola a rubare un po' di connessione. Girovagai per un po', salii fino al secondo piano e là trovai una postazione tutta per me.

Appoggiai la borsa sul tavolone bianco e andai sul sito della mia posta. Non so cosa mi aspettassi di trovarci. Mr Spectre aveva il mio cellulare e non si era più fatto sentire. E forse era meglio così. Ma la nostra ultima conversazione mi aveva lasciato un retrogusto strano.

Così digitai la password e cliccai.

Come previsto, non c'erano nuovi messaggi. Solo una pubblicità che mi voleva convincere a comprare un bibitone dietetico. Mi sorpresi a sentirmi delusa. E quasi Mr Spectre se ne fosse accorto, ma più probabilmente mi stava osservando, ecco comparire un nuovo messaggio nella mia casella di posta.

«Era ora» dissi a bassa voce guardando intorno.

Nel negozio c'erano perlopiù studenti, commessi e uomini d'affari. Lasciai perdere qualsiasi tentativo di individuarlo. Lui non era lì.

Cliccai sul messaggio. Il testo diceva: "Sta bene. Non andare" e in allegato c'era un video.

Quando lo aprii, alcune emozioni contrastanti fecero a gomitate per prendere possesso del mio cervello. Un senso di sollievo e, contemporaneamente, di angoscia mi fece tremare la palpebra destra dietro gli occhiali.

Il video era di pochi minuti prima. Mr Spectre lo aveva scaricato dal sistema di sorveglianza del metró. L'immagine era sgranata, andava a scatti, ma riconobbi subito chi si stava muovendo sulla banchina, ondeggiando.

«Nate...» sussurrai stringendo i denti.

Il mio ragazzo dava le spalle all'obbiettivo e stava camminando come un equilibrista sulla riga gialla che separava i binari dalla banchina. Quando arrivò il treno, continuò imperterrito, rischiando di essere travolto. Mi portai le mani alla bocca. Qualcuno tentò di tirarlo indietro, ma le porte si aprirono e la folla lo fece scomparire.

Guardai la barra in fondo al lettore. C'erano ancora alcuni secondi. Il treno ripartì e quando la piattaforma fu di nuovo svuotata dalla gente, ritrovai ancora Nate. Era proprio in fondo, nel punto in cui cominciava la galleria. Lo vidi saltare giù e scomparire nel buio. Poi il video si fermò.

Anche se la definizione era pessima, riuscii a leggere il nome della fermata. Era lontana da dove mi trovavo, quasi in periferia, ma pensai di farcela in una ventina di minuti.

***

Il suono del metró era come l'urlo di uno spettro d'acciaio. Persone in piedi, persone sedute, tutte con gli sguardi bianchi, mi circondavano. Gli occhiali da sole che portavo mi proteggevano da quel brusio di occhiate. Avrebbero riconosciuto le mie pupille come intruse e non per il colore, ma per le immagini che portavano dentro, per il modo in cui si muovevano: vive, preoccupate, senza pace.

Presi il telefonino e provai a chiamare mio padre. Là sotto, il cellulare prendeva a fatica. Kolor, come nei giorni passati, non era rintracciabile, ma mentre tenevo il cellulare accanto all'orecchio lo sentii vibrare. Lo scostai e vidi il messaggio.

"Non andare" ripeteva Mr Spectre.

Schiacciai il bottone rosso e lo spensi. Grazie dell'aiuto, ma da lì in avanti avrei fatto da sola.

Il treno sotterraneo rallentò e una frenata che faceva scintille anche nel suono mi perforò le orecchie. Le porte si aprirono come sportelli di gabbie e io uscii insieme all'altra gente, che sembrava forsennatamente alla ricerca di aria pura. Eppure io non sarei riemersa, non cercavo l'aria, io sarei andata più in profondità, nelle viscere del labirinto.

Attesi che la folla si sparpagliasse, chi per le scale mobili, chi per i gradini incrostati di giornali e gomme da masticare, e mi mossi camminando all'indietro. Mi avvicinai pian piano al punto in cui Nate era scomparso nel video. Non sarei saltata di sotto, era troppo pericoloso, sia per l'elettricità che percorreva i binari, sia per il treno successivo che non mi avrebbe di sicuro risparmiata. Per quanto impercettibilmente, la banchina continuava nella galleria. Un piccolo cartello di divieto segnalava che quel marciapiede era solo per addetti ai lavori o per chi cercasse una morte veloce e sicura. Io avrei percorso quel sentiero dorato.

Lanciai uno sguardo alla telecamera di sicurezza. Ero certa che Spectre mi stesse osservando, ma non potevo sapere se anche le guardie in quel momento fossero attente. Così aspettai qualche minuto, giusto il tempo che altre persone si mettessero fra me e l'obbiettivo.

Poi i fari del treno cominciarono a farsi vedere dall'altra parte e l'attenzione di tutti fu rivolta là. Ne approfittai per sgattaiolare nel cunicolo e mi appiattii contro al muro. Il cuore mi stava battendo forte. Non solo ero terrorizzata dalla situazione in cui mi stavo cacciando, dal pericolo che mi sarebbe sfrecciato accanto, ma anche da quello che stavo cercando.

Il metró ripartì e i finestrini mi passarono vicino come una raffica di flash. Non riuscii neppure a vedere le persone. A quel punto decisi di togliere gli occhiali. Di sicuro non avrei incontrato nessuno là sotto. E se per caso Nate fosse diventato troppo aggressivo, avrei sempre potuto usare i miei occhi come difesa. Se avessero funzionato.

Tenendomi con una mano a un tubo o a un cavo, l'oscurità era troppo densa per distinguerli, iniziai a camminare lungo lo stretto percorso. Non avevo idea di cosa fosse andato a fare là sotto Nate, ma non mi piaceva. Non mi piaceva per niente.

Camminai su quella superficie a tratti ruvida e a tratti scivolosa per diverse centinaia di metri che mi sembrarono nazioni intere.

Davanti a me non vedevo uscite e alle mie spalle ormai era scomparsa anche la banchina. Ero in mezzo al buio.

Riuscii a vedere qualcosa solo per pochi istanti, quando un secondo treno arrivò a illuminare il tunnel come il carrello impazzito di una miniera. Mi dovetti tenere con due mani al tubo, il risucchio dell'aria per poco non mi fece precipitare di sotto. Ma anche se in quel momento tutte le mie forze erano tese a sopravvivere, potei scorgere qualcosa.

Il treno aveva curvato.

C'era un bivio.

C'erano due gallerie.

La seconda era chiusa da un portellone d'acciaio.

Poi tornò il buio e dovetti affidarmi alle dita per proseguire. La luce improvvisa aveva tolto ai miei occhi ulteriore sensibilità. Dovetti calcolare le distanze a memoria e andai avanti finché un mio piede trovò il vuoto. Mi sbilanciai pericolosamente in avanti, ma riuscii a ritrovare l'equilibrio. A quel punto mi diedi della stupida e riaccesi il cellulare. La luce dello schermo era flebile, ma mi permise di individuare degli scalini che portavano fino al livello dei binari.

Scesi con cautela, finché mi trovai davanti al portellone che sigillava la galleria. In terra c'era acqua sporca e oleosa, e i binari sembravano continuare oltre la parete metallica. Forse si trattava di un deposito in cui tenevano vagoni inutilizzati.

Capii che non era così quando trovai la porta e lessi il cartello.

"Vietato l'ingresso. Lavori in corso". Mi sembrò strano che stessero lavorando a una biforcazione della metro. L'aspetto di quel posto sembrava risalire agli anni Cinquanta.

Abbassai il cellulare sulla maniglia. Era stata forzata. Così spinsi con cautela e la porta si aprì con un cigolio acutissimo.

Davanti a me comparve il tunnel. Riuscivo a vederlo perché sul fondo, dove terminavano i binari, una tenue fonte di luce faceva intuire delle forme. Era molto distante e, per quanto facesse brillare i binari e illuminasse soffitto e pareti, dava a quel luogo l'aspetto di una grotta.

Un treno passò alle mie spalle e il rumore riecheggiò contro il ferro. Chiusi la porta per non essere assordata. E fu allora che sentii la musica. Era quasi impercettibile. Un riverbero di note che le mie orecchie completavano in modo intuitivo.

Ma ero sicura che provenisse da là in fondo, dalla luce.

Rimisi via il cellulare e camminando fra le traversine dei binari cominciai a dirigermi in quella direzione. Man mano che andavo avanti la musica mi raggiungeva con più precisione, dandomi indizi sulla melodia.

Era gentile, quasi dolce, ma non riuscivo ancora a distinguerla. Sicuramente si trattava di una vecchia incisione e le pareti del tunnel impastavano le parole di una calda voce maschile.

Poi, finalmente, riuscii a capire qualcosa.

"*A candy-colored clown they call the sandman... Tiptoes to my room every night... Just to sprinkle stardust and to whisper... Go to sleep, everything is all right...*"

E mentre quelle parole accompagnavano i miei passi sempre più cauti, cominciai anche a vedere meglio qual era la mia meta.

"*I close my eyes... Then I drift away... Into the magic night... I softly say... A silent prayer... Like dreamers do... Then I fall asleep to dream... My dreams of you*".

Non riuscivo a crederci. Era talmente surreale e grottesco... Montato sui binari, su una piattaforma con le ruote di un treno, c'era un letto a baldacchino, vecchissimo, mezzo rotto, con tende rosse stracciate.

E sopra, in piedi a darmi le spalle, c'era Nate.

"*In dreams... I walk ... With you. In dreams I talk to you. In dreams you're mine... All of the time we're together... In dreams, in dreams*".

Rimaneva immobile con solo un braccio alzato e schioccava le dita al ritmo della musica. Di quella musica, *In dreams*, che proveniva dal jukebox lì accanto, una vecchia macchina della musica dai colori sciolti e malinconici.

"*But just before the dawn... I awake and find you gone... I can't help it... I can't help it... If I cry... I remember... That you said goodbye... It's too bad that all these things... Can only happen in my dreams... Only in dreams... In beautiful dreams*".

Quando la musica terminò, col rumore gracchiante della puntina che graffia il vinile, anche Nate smise di schioccare le dita e io smisi di camminare. Ormai ero vicinissima al letto.

Sapevo che si era accorto di me. Doveva aver sentito per forza la mia presenza, ma non si voltava ancora. Aspettò che mi guardassi intorno, che studiassi quel posto assurdo, quel rifugio squallido dalle pareti brunite e umide. C'era odore di ruggine, un forte odore pungente che ricordava il sangue. Solo allora abbassai lo sguardo al suolo.

In terra, mescolate ai detriti, c'erano ossa troppo grandi per appartenere ad animali. Riuscii a mantenere il controllo solo perché capii che non erano recenti. Le tibie, i femori e le mandibole che mi circondavano come ghiaia erano scure e a pezzi. Risalivano a molti anni prima.

Mentre fissavo quel macabro pavimento, Nate saltò giù dal letto. Atterrò su un cranio e lo frantumò, provocando un rumore truce e una visione empia. Fu allora che mi accorsi dei suoi piedi. Non portava scarpe. Erano nudi.

Deglutii. Non potevo permettermi il lusso della paura.

Risalii con lo sguardo le sue gambe. Portava pantaloni scuri e stracciati. E più su ancora, il suo petto bianco era coperto da un gilet d'altri tempi su cui ricadeva un foulard. Un foulard rosso con righe nere a spina di pesce.

Ma, soprattutto, aveva lo sguardo e il sorriso più oscuri che il mondo avesse mai ospitato.

«Sai perché non porto le scarpe?» disse con una voce che non era più la sua.

Si curvò in avanti piegando la testa e i capelli rossastri gli ricaddero sul viso.

Feci un passo indietro e lui fece un passo verso di me.

«Perché mi piace sentire le ossa sotto i piedi...» agitò nervosamente le mani guardando verso l'alto. «È come se la morte in persona mi mandasse un massaggio!»

Poi scoppiò a ridere furiosamente, in una maniera esagerata e inquietante, che fece vibrare quella tana demoniaca e meccanica.

«Nate... Mi riconosci, vero?» gli domandai immaginando mille volte al secondo lui che diceva di sì.

Quando l'eco delle risate se ne andò via e rimasero solo i suoi occhi neri e schizofrenici che mi fissavano, il mio cuore smise di battere.

«Thara» disse lui senza dare un tono particolare al mio nome, come se gli avessi chiesto se sapeva riconoscere una sedia. «Che domande fai... Non hai un indovinello? Qualcosa di un po' più...» si passò la lingua sulle labbra nere «stimolante?»

Non tirai sospiri di sollievo, ma almeno il mio cuore riprese a battere. Pulsazioni lente e lontane.

Mi guardai intorno. Quel luogo sembrava la manifestazione di un incubo. L'altra faccia di ciò che avevamo vissuto al faro. Il letto a baldacchino montato sui binari era adatto solo al riposo eterno e alla violenza. C'erano anche delle catene che pendevano oltre le tende stracciate e appesi a ganci altri abiti polverosi che una volta erano appartenuti a Ludkar.

«Che posto è questo?» domandai alla parte di Nate che non era sua.

«Speravo in qualcosa di meglio...» si lamentò facendo un passo verso di me, poi spalancò le braccia. «È casa. Scusa il disordine...» continuò soffiando via un ciuffo di capelli «ma sono vent'anni che non metto a posto e la donna delle pulizie... beh...» indicò il suolo distrattamente «credo che sia qui da qualche parte, insieme agli altri».

Scossi lentamente la testa, cercando di guardare oltre ciò che lui mi stava facendo vedere di sé.

«Questo posto non ha niente a che vedere con te».

Nate si mosse allora verso il jukebox e vi passò sopra una mano, come ad accarezzarlo. Sul vetro che mostrava i vinili c'erano macchie scure e incrostate, testimonianze di massacri passati.

«Ti sbagli... Ho così tanti ricordi qui».

«Ricordi sbagliati» lo contraddissi all'istante, ma lui mi ignorò.

«Riesco quasi a sentire ancora le grida...»

Il mio istinto, la mia confidenza, mi fecero muovere verso di lui. Feci per prendergli un braccio.

«Andiamocene...»

Ma lui si scostò corrugando la fronte.

«E dove? Riesci a immaginare un posto migliore di questo?»

Sospirai, sperando di riuscire a convincerlo mostrando la mia profonda desolazione.

«Siamo tutti molto preoccupati. Mio padre ti sta cercando da giorni».

Quella frase, anziché trovare comprensione, scatenò una rabbia improvvisa, andando a toccare la parte di Nate che non era Nate.

«E io l'ho cercato per anni!» gridò con un tono cavernoso, irascibile.

Si stava riferendo al periodo in cui mio padre era scappato dall'Europa per venire qui, dove aveva incontrato mia madre.

Mi ritrassi ancora. Era come se fra noi ci fossero campi magnetici uguali, più tentavo di avvicinarlo e più venivo respinta.

«Nate... questi non sono i tuoi ricordi, sono di Ludkar, devi rendertene conto».

La rabbia che gli avevo scatenato dentro non si placò, ma si trasformò in qualcos'altro, di più tagliente. Assottigliò gli occhi e inclinò la testa.

«Come mi hai chiamato?»

Mi trovai a balbettare. Non stavo davvero più riuscendo a capire quali fossero i gorghi che si espandevano e ritraevano continuamente fra le due personalità.

«Nate... Nate, amore, ascoltami per una volta».

Vedevo che qualcosa in lui stava per scoppiare. Vedevo quanto i suoi nervi fossero tesi, quanto stesse combattendo. E poi, per sfogare tutto quel frastuono dell'anima, tirò un calcio al jukebox, con una forza tale, disumana, che lo sollevò dal suolo scaraventandolo contro alla parete.

La macchina si frantumò come se fosse precipitata da una scogliera.

Mi riparai gli occhi dalle scintille e dai pezzi di disco che saltarono ovunque. Ma quando ormai mi aspettavo di sentire Nate urlare ancora, lui tornò calmo e mi sorrise. Alzò la mano e fece di no, muovendo un dito come un metronomo.

«No. No. No. Non usare certe brutte parole con me. È da maleducati».

Allora, anche se poteva significare fare la fine di quel jukebox, tentai il tutto per tutto. Con gli occhi che ormai mi erano diventati umidi, mi lanciai verso di lui e lo abbracciai.

Era gelido. Impassibile. Non reagì in nessun modo. Provai una fitta allo stomaco e le mie unghie si strinsero al retro del suo gilet. E anche se lui mi sentì piangere appoggiata al suo petto, non fece niente.

Era come se non ci fosse. Era terribile. Era lì con me, eppure non c'era. Stavo abbracciando una colonna. Un albero pietrificato. Il mio amore era lontano. Troppo lontano, e quella era la frontiera massima a cui potessi arrivare. Avrei voluto spingermi oltre i suoi vestiti, oltre la sua pelle, e afferrarlo dall'interno, per abbracciarlo davvero. Ma in questo mondo il suo corpo era il mio nemico. Non si sarebbe spostato, non mi avrebbe neanche lasciato guardare.

Mi scostai appena per scrutare i suoi occhi. Forse, dietro a quelle pupille, nella grande notte che infestava la sua anima, potevo sperare di vedere un arcobaleno lontano. Ma se anche c'era, le lacrime mi concessero solo un panorama tremante e incerto.

Quell'assenza era la più agghiacciate e misera cattiveria che potesse fare nei miei confronti. Ludkar cavalcava ancora il suo destriero di ossa e fumo nel deserto di cenere. Il meschino Cavaliere dell'Apocalisse non avrebbe mai smesso di galoppare.

«Cosa dovrei provare per te?» disse piano, come farebbe il marmo.

Tirai su col naso.

«Nate... Io ti amo... Non farmi questo».

Imperturbabile affondò la sua spada usando solo parole.

«Ho una vita così lunga alle spalle che il tempo passato assieme è soltanto un gioco di prestigio» alzò un braccio e schioccò le dita. «Ta-dan! Sparito».

Fui io a scostarmi. Gli diedi le spalle. Non avevo intenzione di guardarlo in faccia mentre mi diceva quelle cose. Non ce la facevo.

«Mi stai facendo male...» dissi portandomi le mani al volto e asciugando la mia pelle da quelle lacrime inutili.

Un sogghigno mi risuonò nelle orecchie.

«E non ho ancora usato i denti...»

Lo incitai, con la voce che ormai era stata sconfitta insieme al resto di me.

«Forza... Se hai coraggio, fallo. Mordimi. Uccidimi».

Lo sentii lamentarsi e venirmi di nuovo vicino. Me ne accorsi solo per l'odore acre che i suoi vestiti emanavano, come carogne.

«No...» disse indeciso. «Ho perso la mano per certe cose, rischierei di fare un brutto lavoro».

Non so perché, mi uscì dalla gola una risata. Forse quella l'avrebbe capita.

«Ma ascolta quello che dici... Non sei in te e lo sai».

Uno spostamento d'aria, il tintinnio delle catene e un tonfo mi fecero capire che si era spostato con un balzo.

Quando mi voltai per cercarlo, non lo vidi. La galleria sembrava deserta e i binari si estendevano nel buio, verso gli incubi dell'umanità intera. Poi lo scricchiolio del letto mi fece alzare lo sguardo.

Nate se ne stava appollaiato sulla parte superiore del baldacchino e mi guardava dall'alto, divertito.

«So tante cose, Thara. Ma non mi sono mai sentito meglio. È bello non avere un cuore».

Il mio volto era diventato cupo. Mosso da risentimento e rimorsi.

«Già una volta hai rischiato di perderlo... nel Cinerarium. Io te l'ho salvato».

«Grazie. Non dovevi disturbarti» rispose sarcastico. «Tanto ne abbandonano parecchi lungo l'autostrada d'estate».

Non gli risposi. Rimasi a fissarlo e basta. Nemmeno nel mio cuore stava accadendo nulla. Nel tunnel riecheggiavano solo i rumori dei treni che passavano lontani. Poi dissi poche parole, quelle che non volevo dire.

«Il mio amore non significa più niente per te, è così?»

Allora lui si lasciò cadere all'indietro, rimanendo agganciato con l'interno delle gambe alla sbarra superiore del letto. Rimase appeso così, a dondolare, con i lunghi capelli che sembravano una cascata di sangue. Ma anche in quella posizione non volle rinunciare a un sorriso e piegò in giù gli angoli della bocca per farlo vedere dal mio punto di vista.

«Siamo già arrivati a quel punto della conversazione?» chiese lasciando cadere anche le braccia, come sollevato. «Oh, grazie, grazie infinite per avermi risparmiato ore e ore di lagne...»

«Lo stai facendo per proteggermi?» gli domandai quasi credendoci. «Se è così, lo capirei...»

Fece schioccare la lingua.

«No. Proprio no. C'*est la vie*».

Mi avvicinai e salii sulla piattaforma con le ruote, dove era appoggiato il letto. Mi sedetti sul bordo e voltai la testa verso di lui. I nostri volti erano opposti, ma alla stessa altezza.

«Non ti credo...» dissi piano ma con decisione. «I tuoi baci sono sempre stati troppo sinceri. So che là dentro, da qualche parte, in quell'anima scura che ti sta strozzando, c'è ancora un po' di bontà» mi avvicinai di qualche centimetro. «Ci sono ancora i ricordi di tutti i bei momenti passati insieme...»

Nate sospirò.

«Ti dai alla poesia? Non farlo, ti prego. Sei pessima e poi mi annoia...» mostrò i denti. «Preferisco l'azione».

E con una strana acrobazia saltò su di me, afferrandomi i polsi e sbattendomi con violenza sul materasso. Su quel materasso lercio dalle lenzuola che puzzavano di brutalità.

Non opposi resistenza. Il mio corpo diceva di farlo, anche se i miei sentimenti gli dicevano di tacere. Lasciai che mi stringesse i polsi fino a farmi male senza emettere un suono. Lasciai che avvicinasse la sua faccia stravolta alla mia e che spalancasse la bocca.

La aprì tanto da disarticolare la mascella. E continuò fino a quando la pelle delle guance, ai lati della bocca, cominciò a squarciarsi. Era terrificante, mostruoso. La sua faccia divenne un cratere insaziabile in cui guizzava una lingua. Avrebbe potuto mangiarmi il volto in un istante, sfigurarmi e uccidermi.

Ma Nate lasciò solo uscire un gorgoglio e poi la richiuse di scatto, a un millimetro dal mio naso. In quello stesso istante la carne che si era dilaniata tornò a cucirsi come mercurio.

«Nate...» dissi ancora più piano, con le mani che mi formicolavano e la temperatura corporea quasi inesistente «ti conosco troppo bene. Ti voglio troppo bene. Non riuscirai a farmi paura così... L'unica ragione per cui sono terrorizzata è perché... ho paura di perderti».

Sentii le sue dita allentarsi. Sentii il suo corpo staccarsi dal mio. Provai ad alzarmi sui gomiti e lo seguii con lo sguardo mentre scendeva dalla piattaforma. Non so se fossi finalmente riuscita a smuovere qualcosa, o se anche per lui esistessero dei confini che, con me, non poteva varcare. Ma qualcosa era successo.

Così mi rimisi in piedi anch'io e scesi. Nate se ne stava andando. Forse era rinsavito quel tanto da rendersi conto che voleva tornare con me e non aveva più il coraggio di guardarmi.

Capii che mi sbagliavo quando lo sentii ridere. Le sue spalle andarono su e giù. Poi, con un balzo all'indietro, tornò sul letto. In piedi, con l'espressione di un folle, si godette il mio stupore.

«Allora, se la tua paura è questa...» disse afferrando una leva che sporgeva dalla piattaforma. «Eccoti un bello spavento».

La tirò, producendo un rumore metallico di ingranaggi che si azionavano. Non ebbi nemmeno il tempo di realizzare cosa stava accadendo, che la piattaforma col letto sopra cominciò a muoversi. Le ruote la spinsero sui binari e non nella direzione da cui ero venuta, nell'altra.

Ero convinta che i binari terminassero contro la parete, e invece una grata arrugginita, che non avevo notato, si aprì. Il letto passò nel piccolo tunnel secondario come il carrellino di una miniera e, mentre scompariva, Nate agitò una mano per salutarmi.

«Ciao, Thara» strizzò un occhio. «Non piangere per me...»

Poi la sua voce e la sua immagine furono inghiottite dall'oscurità sferragliante del cunicolo.

Feci per correre in quella direzione, ma la grata ripiombò giù come una ghigliottina. Mi ci aggrappai provando a forzarla e mi resi subito conto che era inutile. Il cancello delle ombre non mi avrebbe mai lasciato passare. Ma se quella era l'opinione della ruggine, per riprendermi Nate ero anche pronta ad andare all'inferno.

E, probabilmente, proprio all'inferno portavano quei binari.

REGINA DELLA NOTTE

Quando tornai a casa, Christine provò a parlarmi.

Non ricordo cosa disse, forse si lamentò di tutto il tempo che ero stata via e del fatto che fossi tornata a mani vuote. Ma non sapeva quanto fosse piena la mia testa. Così piena da non riuscire a pensare.

Capì che qualcosa non andava e mi seguì fino in camera solo per vedermi crollare sul letto. Mi sentivo morta. Svuotata. Nate aveva perso il suo cuore e lo aveva tolto anche a me.

Christine capì che era inutile continuare a chiedermi cosa fosse successo e si sdraiò accanto a me. Penny era rimasta in soggiorno e stava ancora giocando. Christine mi guardò negli occhi, senza paura di essere sbalzata in mondi lontani, e scoprì che non c'era niente. Le mie pupille erano assenti, il mio volto era come cancellato.

Mi accarezzò il viso. In un altro momento mi sarei accorta della sua dolcezza, sapevo quanto le costava. Ero come assiderata, non sentivo neppure le sue dita che mi sfioravano. Allora si avvicinò ancora e mi abbracciò. Ne avevo bisogno. Questo alleviò un poco la mia solitudine. Ma le sue non erano le braccia di Nate.

***

Christine mi chiese se volevo che restasse a dormire, ma le dissi che non ce n'era bisogno. Non volevo farmi vedere fragile da Penny. Prima che se ne andasse, le dissi qualcosa, però non le raccontai i dettagli. Si sarebbe giustamente arrabbiata. Ero stata un'incosciente. Volle comunque aspettare che mia madre rientrasse prima di scendere le scale.

La cena fu terribile. La mia lingua non sentiva nemmeno i sapori e avere una conversazione mi dava la nausea, ma mi sforzai all'inverosimile per sembrare normale. Mia madre mi parlava della sua giornata e voleva sapere troppo della mia. Penny sorrideva e diceva che il giorno dopo saremmo andate a teatro. A quel punto speravo che mia madre dicesse che la bambina non poteva uscire, e invece si entusiasmò. Chiese se poteva venire anche lei. Le dissi di sì. Almeno si sarebbe occupata di Penny. Io non sapevo se ci sarei riuscita.

Dopo cena fui obbligata a seguirla in camera, dove tirò fuori dall'armadio due abiti da sera. Me li fece provare. Erano molto belli, ma mentre mi spogliavo e rivestivo avevo la sensazione di sfilarmi la pelle. Sembreremo quasi sorelle, disse, tutte e tre.

Poi le lancette dell'orologio fecero il loro dannatissimo lavoro, con una lentezza esasperante, e venne il momento di stendersi. Penny volle dormire di nuovo con me. Le sorrisi e sperai che non si accorgesse di quanto il mio abbraccio, quella notte, fosse bugiardo.

❁❁❁

Halloween bussò ai vetri della mia finestra con le nocche di un albero scheletrico. Era il 31, la vigilia di Ognissanti.

Si respirava un'aria diversa quella mattina e, se si prestava abbastanza attenzione, si potevano sentire le zucche ridere in lontananza. Il genere di attenzione che, quel giorno, io non avevo.

Le ore del mattino si confusero con quelle del pomeriggio insieme alla foschia. Mi trascinavo per casa seguendo Penny come avrei seguito un raggio di sole. Continuava a farmi domande su cose della casa, su perché mio padre non ci fosse e altro ancora. Non potevo pretendere che una bambina di quell'età potesse capire il mio stato d'animo e nemmeno volevo che lo decifrasse, ma mi costava tanto risponderle.

Tirai un sospiro di sollievo quando mia madre tornò dal lavoro in anticipo per prepararsi. La sua vivacità mi scuoteva un po' dal torpore in cui scivolavo in continuazione. Era molto felice di andare all'opera. Non faceva che ripetere quanto fosse colpita dal fatto che una ragazza giovane come Margareth fosse già in grado di affrontare un ruolo difficile come quello della Regina della Notte.

Doveva ancora arrivare il buio, ma lei era già pronta alle sette e mezza. Così mi afferrò per un braccio e mi fece sedere su uno sgabello nel bagno. Volle truccare anche me. Diceva che le farmaciste, oltre a curare, avevano anche la dote di dare un aspetto sano con il trucco. Le sorrisi e lei, come risposta, mi disse di stare ferma perché non riusciva a mettere il rossetto. Quando arrivò agli occhi, li tenni bassi per non incrociare i suoi.

Dopo che ebbe finito e mi guardai nello specchio grande del corridoio, dovetti ammettere che ci sapeva proprio fare. Sembravo un'altra persona. Nell'abito lungo e nero, con quel trucco, apparivo molto più adulta. In realtà gran parte del mio aspetto era influenzato da quello che mi stava accadendo dentro. Il mio sguardo era invecchiato e avevo anche qualcosa di sensuale, che mi metteva a disagio.

Poi vennero le otto e mia madre prese le chiavi della macchina. Scendemmo portando Penny sulla carrozzella e la sistemammo sui sedili. Questa volta mi misi davanti. Aprii la borsetta e cercai l'invito, su cui era segnato l'indirizzo del teatro. Mia madre disse di conoscere la strada, mise in moto e partì.

Durante il tragitto ricevetti una telefonata di Leonard. Era eccitato e parlava in modo scalpitante. Ci disse di sbrigarci, lo spettacolo sarebbe cominciato alle nove e mezza. Gli dissi di stare calmo, eravamo in anticipo, anche se io mi sentivo in ritardo sul mondo.

Quando arrivammo davanti al teatro, ci stava aspettando. Agitò una mano per farci segno e mia madre accostò. Era vestito con uno smoking troppo largo, che probabilmente aveva preso in prestito da suo padre. Per quanto si potesse sforzare di essere elegante, Leo era una causa persa. Disse che più avanti si trovava parcheggio e, mentre seguivamo le sue indicazioni, lui ci seguì a sua volta.

Accostammo, spegnemmo la macchina e Leonard si offrì di darci una mano con Penny. Tirò fuori lui la carrozzina dal portabagagli e prese in braccio la piccola per mettercela sopra.

«Come sei bella anche tu, Penny» le disse strappandole un sorriso incantevole.

Mia madre le aveva comprato un abitino che la faceva sembrare una bambola. Se ci fosse stata Christine, avrebbe detto che era spaventoso. Ma Christine non era venuta.

Nel frattempo noi ci infilammo i soprabiti e chiudemmo le portiere. Leo insistette per spingere la sedia a rotelle e diventò rosso quando mia madre gli diede del gentiluomo. Faceva tenerezza vederlo così in ghingheri.

Lo seguimmo lungo il viale, finché non scorgemmo la facciata del teatro. Sulle scale altre persone in abiti da sera stavano salendo. L'entrata si trovava sotto quattro colonne in stile classico. Noi, invece, passammo da una rampa laterale.

Quando entrammo nel foyer, ci ritrovammo immersi in un vociare sommesso sovrastato da diversi lampadari di cristallo. Una luce dorata e calda si muoveva fra i presenti e il pavimento di marmo chiaro su cui Leo spingeva la sedia a rotelle sembrava incantato. Ai miei piedi invece, che quella sera indossavano tacchi, sembrava una trappola di ghiaccio.

Ci spostammo su un tappeto rosso che portava alla cassa. Quando ci presentammo allo sportello e mostrammo l'invito, ci dettero i biglietti precisando che i posti si trovavano su due palchi diversi. Leo provò a intervenire chiedendo se potevano assegnarci poltrone vicine, ma la signorina della cassa disse che era impossibile. L'unica cosa che fece per noi fu consegnarci un libricino con la traduzione dei testi del *Flauto magico* dal tedesco.

Ci allontanammo senza mostrare particolare delusione. In un palco c'erano tre posti, l'altro era singolo.

Mentre prendevamo l'ascensore per raggiungere il nostro livello, insistetti perché fosse Leo a stare con mia madre e Penny. A me avrebbe fatto bene stare un po' da sola. Il mio amico mi guardò dispiaciuto. Gli strinsi una mano e gli dissi di andare, con un sorriso che non sentivo mio.

Quando le porte scorrevoli si riaprirono, si allontanò con mia madre spingendo la sedia di Penny, ma si voltò indietro per guardarmi. Gli feci un ulteriore segno per dirgli di non essere drammatico e allora proseguì.

Appena furono oltre le tende del loro palco, respirai profondamente e controllai il mio biglietto. Si trovava dalla parte opposta. Mi diressi lungo il corridoio che curvava e trovai l'ingresso. Se avevo fatto i calcoli correttamente, i nostri palchi dovevano essere quasi frontali. Infatti, quando scostai la tenda, vidi mia madre, Penny e Leo sul piccolo balcone all'altro lato della sala.

Il teatro era grande e ricordava la scena di un film ambientato nel 1600. Anche se il mio stato d'animo era altalenante, provai un po' di emozione a trovarmi lì. Anche per me era la prima volta, non avevo mai assistito dal vivo a un'opera lirica.

Passai fra le altre persone che erano già accomodate e mi sedetti, facendo un segno con la mano per salutare gli altri. Appena Penny mi vide, rispose agitando il braccio. Mia madre invece si stava ancora togliendo il soprabito e non mi notò. La bambina le disse qualcosa e mi indicò. Sorrisi, anche se era difficile vedere il mio volto a quella distanza. Quello che però era impossibile da ignorare era Leo. Sembrava un procione che rovistava nei rifiuti. Si agitava sul seggiolino alzandosi e risedendosi, sporgendosi verso il palco, guardando l'orologio e arrotolando il libretto per sfogare la tensione.

Fu allora che mi accorsi che il sedile al mio fianco era libero. Per un istante pensai di dire a Leo di raggiungermi, ma lo pensai solo per un istante. Meglio stare sola, e poi magari il proprietario del posto sarebbe arrivato da un momento all'altro.

Stavo sfogliando il libretto dell'opera, quando le luci della sala cominciarono ad abbassarsi e l'orchestra fece vibrare un suono profondo e imponente. Il buio allora divenne completo e il sipario si aprì.

Mi misi comoda. La prima aria stava per cominciare.

I violini e le viole diffusero le note come fumo e sulla scena entrò zoppicando il Principe Tamino.

Era vestito come il degente di un ospedale, con un camice bianco, e si teneva appeso al braccio metallico di una flebo. Se lo trascinava appresso mentre cantava, e sopra, anziché una sacca, c'era una luce che lo illuminava appena, come un piccolo lampione su ruote. Era l'unica fonte luminosa, ma mi bastò per notare il pavimento: era coperto di sabbia grigia e i suoi piedi lasciavano il segno del loro passaggio.

Tamino stava fuggendo da quello che l'opera chiamava serpente, ma la scelta del regista era stata di rappresentarlo con un treno bruciato.

Qualcosa dentro di me si mosse di scatto. Avvertii come una gomitata contro le costole. E non era per via della drammaticità della musica. Quella scenografia... mi rendeva inquieta.

Poi, sopra al tetto del treno, anche le tre dame fecero la loro comparsa. Vennero in soccorso di Tamino tirando il freno d'emergenza e allora il convoglio si fermò. Mentre scendevano per cominciare a girargli intorno, deboli luci disposte sul fondo della scena cominciarono a mostrare i contorni di esili alberi secchi.

E allora le tre annunciarono l'arrivo della loro sovrana.

Astrifiammante.

La Regina della Notte.

Margareth stava per arrivare.

Un flash bianchissimo accecò il pubblico e mi avvolse il cuore nel filo spinato. Non poteva essere!

Enormi fiamme viola avvolsero gli alberi, e lo sfondo, prima nero, divenne un cielo notturno che conoscevo bene. Un cielo sbagliato. Il cielo del Cinerarium.

"*O zittre nicht, mein lieber Sohn!*"

Strinsi i braccioli con una forza incredibile. Non poteva essere... Com'era possibile!?

La scenografia riprendeva fedelmente il deserto di cenere, sembrava quasi che il palco fosse una finestra sul mondo grigio che mi aveva resa schiava.

Tremai, mentre Margareth compariva attraverso la luna nera, il foro, l'orbita del ciclopico cranio della morte.

Uscì spinta in avanti da un braccio meccanico, tenuta a mezz'aria. Non sembrava quasi lei. Era vestita con un tailleur grigio, rigidissimo e severo. Quasi militare. Teneva le braccia incrociate sul petto e i capelli raccolti in un nodo strettissimo. Gli occhi bordati di nero, azzurrissimi, sembravano trafiggere lo spazio.

Non sapevo come reagire a quella visione. Non aveva senso... Chi aveva fatto una cosa simile? Chi era stato? Non c'erano coincidenze lì.

Lanciai uno sguardo al palco di mia madre. Leo mi stava fissando agghiacciato e Penny si era portata le mani alla bocca. Anche loro non potevano rimanere indifferenti di fronte a tutto ciò.

Ma lo spettacolo doveva continuare.

E continuò.

La Regina della Notte lamentava la scomparsa della figlia Pamina, rapita da Sarastro, urlava il suo dolore in acuti musicali che fermavano il respiro. Chiese a Tamino di aiutarla, di riportarla da lei, e lui acconsentì.

Frastornata, assistetti al resto della rappresentazione aspettando la fine del primo atto. Ma non ci furono pause. L'opera procedette ignorando il pubblico, proprio come il pubblico ignorava ciò che aveva davanti.

Rimasi seduta. Anche se avessi provato ad alzarmi, probabilmente non ci sarei riuscita. L'adrenalina che mi aveva scossa era riuscita a paralizzarmi.

«Ti senti bene?» domandò sottovoce qualcuno al mio fianco.

«Sì...» risposi d'istinto. «Solo che...»

«Solo che quel posto lo conosci».

Le mie orecchie smisero di sentire la musica.

Il mio corpo si bloccò del tutto. Chi aveva parlato era la persona che sedeva al mio fianco, nel posto che prima era vuoto. Sentii la pelle diventare come di cartavetro, e il collo scricchiolare mentre forzavo la testa a girarsi.

Chi mi stava accanto all'occhiello dello smoking portava una rosa gialla.

«Calma. Stai calma...» sussurrò ancora Mr Spectre.

Questa volta non si nascondeva dietro a un computer. Questa volta era vero. Era vicino a me.

Scoprii così che si era sempre nascosto dietro a un volto. Dietro a se stesso. Ed era un volto che conoscevo.

«Clive... Non puoi essere tu» dissi con la voce che mi tremava.

Lui sorrise senza guardarmi, tenendo lo sguardo fisso sul palco. Era incredibilmente diverso da come lo conoscevo. Composto, elegante, educato. Non aveva nulla di quel viscido ragazzino che faceva di tutto per essere disgustoso. Mio Dio... capii tutto in un istante. Faceva di tutto per essere disgustoso... per tenere tutti lontano.

Continuai a osservarlo come si osserverebbe un dipinto che, per tanti anni in casa, si scopre essere di un grande pittore. Il suo viso non era rovinato dall'acne. La sua pelle era liscia. E posato a quel modo, potevo addirittura dire che fosse bello.

Solo allora si voltò verso di me e nel suo viso riconobbi qualcosa di inquietantemente familiare. I suoi occhi, occhi incredibilmente responsabili, erano viola.

«Anche tu...» balbettai.

«Sì, sono un Crepuscolare anch'io».

Alzò solo un sopracciglio e mi sorrise appena.

«Avevo ragione, allora».

Non gli risposi subito, ero ancora incapace di realizzare che fosse proprio lui Spectre.

«Come?» chiesi con un tono così basso che lui lesse il labiale.

«Sapevo che avresti scelto di sederti qui da sola. Ho modificato io la prenotazione dei posti. Immaginavo che dopo ieri saresti stata scioccata».

Scossi il capo. Ero contrariata e incredula.

«Sono scioccata da un bel po' di cose, Clive...»

«Sì, anch'io non mi aspettavo questa scenografia».

«Non c'entri nulla tu?»

«Oh, no» disse alzando un sopracciglio. «Ho molte conoscenze in ambito informatico, posso far ballare il tip-tap a un bancomat, ma di arte non ci capisco niente...»

Non era quello di cui volevo parlare.

«Chiedimi scusa, intanto» gli dissi secca, guadagnandomi un brusio alle spalle.

«C'erano dei motivi».

«Spero per te che siano validi. Ho una gran voglia di buttarti di sotto».

Clive rise appena.

«Non ti stavo spiando. Ti stavo sorvegliando. Proteggendo, se vogliamo».

Sospirai e incrociai le braccia.

«Hai una strana concezione delle cose».

Sulla scena, intanto, si preparava la seconda entrata della Regina della Notte. Sdraiata su un letto di libri, all'interno di un tempio egizio, che ricordava molto la Biblioteca di Alessandria, c'era Pamina. Sua madre stava per metterle un pugnale fra le mani e chiederle di uccidere Sarastro.

«So perfettamente quello che faccio. Sempre» disse Clive, con un tono che per poco non mi convinse.

«In quanto a presunzione sono sicura che non hai rivali...»

«E tu per invischiarti in situazioni pericolose» commentò, non riusciva davvero a resistere, doveva avere l'ultima parola su tutto. «Il nostro mondo non è un gioco».

«Il nostro mondo è quello di tutti» gli ricordai.

«Appunto. Hai messo in pericolo delle vite».

Quel commento mi irritò tanto da farmi alzare la voce. Se davvero pensava che fossi responsabile di quello che era accaduto, avrebbe dovuto intervenire prima e non giocare al guardone.

«Azzardati a dire ancora una parola e giuro che ti butto giù».

«Grazie per la riconoscenza».

«Per cosa dovrei esserti riconoscente?»

«Per il fatto che ti sto salvando. Ancora una volta».

Clive non rise e tornò a guardare il palco. Scossi la testa con disapprovazione e presi in mano il libretto dell'opera.

Non conoscevo con precisione il testo e pensai che leggerlo mi avrebbe calmato i nervi.

"Una vendetta infernale divampa nel mio cuore" lessi. "La morte e la disperazione bruciano intorno a me. Se Sarastro non muore per mano tua, tu non sarai più mia figlia. Non sarai più mia figlia. Tu non sarai più mia figlia. Verrai ripudiata e abbandonata per sempre e per sempre saranno spezzati i legami che ci sono fra noi. Ripudiata e abbandonata per sempre! Questo sarà se Sarastro non muore per mano tua! Ascoltate, ascoltate, ascoltate, dei della vendetta! Ascoltate il giuramento di una madre!"

«Oh cazzo…» esclamò Clive all'improvviso stringendo i braccioli. «Lui non dovrebbe essere qua».

«Lui chi?»

Guardai nella stessa direzione.

Nate era in piedi su un palco chiuso al pubblico.

L'ansia mi fece voltare verso i posti occupati da mia madre, Leo e Penny. Si voltò anche Clive e allora capimmo da dove provenissero davvero i problemi.

Tutto precipitò nel giro di pochi secondi.

La musica esplose.

"*Der Hölle Rache kocht in meinem Herzen! Tod und Verzweiflung flammet um mich her!*"

Penny si era alzata dalla carrozzella e aveva afferrato mia madre. Le teneva un coltello alla gola! Penny teneva un coltello già sporco di sangue alla gola di mia madre!

E Leonard, lì accanto, si guardava la mano tagliata dalla lama.

«Cosa…» balbettai sentendo il corpo tremare e le ossa sgretolarsi.

I miei nervi si aggrovigliarono tanto che mi tirarono su dal sedile contro la mia volontà.

La bambina, con uno sguardo indemoniato, mi stava puntando. Sul suo volto un ghigno tremendo, che poteva essere visto dallo spazio, mi diceva che aveva vinto. Un'unica e repellente immagine che sconvolse le mie interiora e che mi fece capire tutto. Mi fece vedere, oltre quel candore che adesso veniva dilaniato, il demone ci passava attraverso.

La bambina rideva tenendo un coltello alla gola di mia madre. E guardandola, potevo quasi sentirla dirmi quanto ero stata ingenua e fragile e stupida e cieca. Umiliandomi e stuprandomi. Umiliando e stuprando me e le persone che amavo.

Un frastuono che proveniva dalle profondità della mia anima risalì fino agli occhi. Mi sentivo così male che Clive mi dovette afferrare per non farmi precipitare dalla balconata. Scoppiai in lacrime, sentendole uscire dalle palpebre come se fossero stati spilli.

«No! Dio! No!» gridai.

Ma Margareth cantava con una voce così potente che la mia disperazione non la fece stonare.

"*Fühlt nicht durch dich Sarastro Todesschmerzen, So bist du meine Tochter nimmermehr!*"

E mentre sul palco una madre chiedeva alla figlia di uccidere, mettendole fra le mani un pugnale, sul balcone una madre chiedeva con gli occhi a sua figlia di toglierle quel coltello dalla gola e di non farla morire. Penny la strattonò facendole fare un passo all'indietro. Non tolse gli occhi dai miei nemmeno per un momento. Scintillavano colmi di lapilli e rabbia. Obbligò mia madre a passare con lei oltre le tende e Leo a stare immobile.

Le altre due persone che erano con loro sul balcone erano già senza vita.

«Presto!» mi strattonò Clive.

I miei sensi erano annebbiati dalla voce di Margareth. E tutti erano incantati ad ascoltare quell'usignolo come minatori che ignorano i gas che stanno filtrando fra le rocce. Il male orribile che stava scivolando fra i loro sedili.

La Regina della Notte cantava la sua ira su note dolci e spietate.

"*Verstossen sei auf ewig, Verlassen sei auf ewig, Zertrümmert sei'n auf ewig. Alle Bande der Natur. Wenn nicht durch dich Sarastro wird erblassen!*"

Un attimo dopo, le tende mi passavano sul viso e mi ritrovavo a correre nel corridoio che collegava tutti i palchi.

Clive continuava a stringermi forte il polso e a trascinarmi verso dove avrei visto l'orrore più da vicino.

Ci fermammo all'improvviso.

Inginocchiata, al centro del corridoio, c'era mia madre. Tremava e mi guardava. Incredula, terrorizzata e senza speranze.

Penny, dietro di lei, continuava a tenerle il coltello da cucina alla gola, con la lama che poteva aprirle la carne da un momento all'altro. Con l'altra mano le stringeva i capelli, tirandole con violenza la testa all'indietro. Era sporca di sangue e peccati inimmaginabili. Il suo bel visino, in quel vestito da principessa deturpato dal rosso vivo di chi vivo non era più, la incoronava assassina.

«Allora è questa la puttana che ha rovinato l'amicizia fra me e tuo padre!?» disse con una voce distorta, alterata dalla pazzia.

«Non puoi essere Ludkar!» gridai liberandomi dalla presa di Clive.

«Fa' attenzione!» provò a fermarmi lui, poi mi fermarono le mie stesse gambe.

La bambina inclinò la testa da un lato e fece una smorfia che conoscevo bene. Che mi faceva risvegliare di soprassalto negli incubi.

«Non potevo fare tanto il prezioso e aspettare un corpo firmato» disse passandosi la lingua sulle labbra. «Il mio sarto di solito è il diavolo, ma questa volta ho fatto da me».

Mi voltai di scatto verso Clive.

«E tu... tu me lo hai mandato a casa!»

«È inconcepibile... io...» rispose spalancando gli occhi.

«Sai sempre quello che fai, eh!?» gli urlai contro.

Poi le grida di mia madre ci costrinsero a guardarla.

Ludkar aveva spinto la lama oltre il primo strato della pelle facendola iniziare a sanguinare.

«Ragazzi...» disse sorridendo «sono io il protagonista in questa scena, per favore, un po' di educazione».

«Tu... schifoso...» provai a insultarlo senza sapere cosa stessi facendo. La rabbia e l'indignazione bruciavano attorno e dentro di me.

«Dai che non mi vuoi così male» mi interruppe Ludkar cantilenando. «Mi abbracciavi così stretto l'altra notte...»

Un conato di vomito mi fece piegare in avanti. L'idea di aver dormito con lui, di averlo tenuto in casa per tutti quei giorni, di avergli confessato anche le cose più intime della mia vita, mi faceva sentire come se mi fossi rotolata nella carcassa di un animale.

«Devi ammettere che ho classe» ringhiò la bestia dentro il corpo di Penny.

«Lascia andare la bambina, ti prego» dissi sapendo quanto le mie parole fossero inutili.

«Giusto! Che sbadato... Non mi ero accorto di avere due ostaggi. Ma per lasciare la bambina, dovrei ammazzare anche lei...»

Strinsi i pugni. Possibile che nessuno si fosse accorto di quello che stava accadendo, che nessuno intervenisse?

"*Alle Bande der Natur. Wenn nicht durch dich Sarastro wird erblassen! Hört, Rachegötter, Hört der Mutter Schwur!*" continuava a cantare la Regina della Notte.

«Cosa vuoi ancora!?» gridai.

«Thara...» disse Ludkar roteando gli occhi e scostando i capelli biondi sporchi di sangue dalla faccia. «Devi avere qualche problemino di memoria. Non voglio dirti che sei una ragazza stupida, ma te lo dico. Tutta quella faccenda del mio corpo, ti ricordi? Quello che adesso ha il tuo ragazzo. Ecco. Lo rivoglio».

Mi misi una mano sulla testa e la scossi velocemente.

«Ludkar... Nate sta impazzendo nel tuo corpo».

«I tuoi problemi sentimentali non mi interessano» ribatté con leggerezza.

Lo fissai con decisione. Mi sembrava tutto assurdo, ma il tempo non avrebbe rallentato la sua corsa per darmi modo di pensare.

«Sta diventando te».

La bambina fece un'espressione stupita.

«Che bello, finalmente qualcuno con cui potrei andare d'accordo... Ci farei volentieri una partita a scacchi, ma magari in un'altra vita...» Poi la sua serietà divenne così profonda da togliere i colori alla realtà, da trasfigurare il mondo, e scagliò contro di noi la sua furia come una vertigine. «Rimanda Nate nel Cinerarium e ridammi il mio cazzo di corpo!!!»

Clive non riuscì a trattenersi. Era abituato a stare nell'ombra, ma non a perdere. E nemmeno a giocare.

«Tu sei davvero fuori di testa» disse sottovoce.

«Stanne fuori, Clive!» intervenni stendendo un braccio verso di lui.

«Lascialo fare...» continuò Ludkar divertito. «Un cadavere in più o in meno non fa differenza e...»

Lo interruppi bruscamente asciugandomi gli occhi. Avevo smesso di piangere già da un po'. Le vite che erano in pericolo erano troppo importanti per permettermi di essere debole. Avevo già visto Ludkar fare a pezzi Charles, non gli avrei lasciato mai più torcere un capello a qualcuno, lo avevo giurato. Forse potevo avvicinarlo e provare a usare i miei occhi su di lui. Forse sarei riuscita a rispedirlo nel Cinerarium. Per il momento, lui non sapeva che ne ero capace.

«Ascoltami. Sono la prima a voler liberare Nate dal tuo corpo» dissi facendo un passo in avanti. «Ma non mi ascolterà».

La bambina strattonò con forza la testa di mia madre all'indietro. La sentii gemere, ma se solo avesse parlato, i movimenti della gola le avrebbero procurato ulteriori tagli.

Ludkar digrignò i denti.

«Non mi interessa quali mezzi vuoi usare, vallo a prendere e sparagli, scuoialo, squartalo, annegalo, brucialo, solleticalo! O farò tutte queste cose a tua madre. E il solletico lo terrò per ultimo».

Clive mi venne a fianco. Dannazione! Ma perché quel ragazzo non lasciava fare a me!?

«Non mi sembri molto nelle condizioni di poterlo fare» disse sorridendo come se avesse la situazione in pugno.

«Oh...» rispose Ludkar spalancando occhi e bocca. «Ti stupiresti di quello che può fare una bambina di questa età nelle mani giuste».

Poi, in pochi secondi, accaddero così tanti eventi che in condizioni normali non si sarebbero potuti verificare nemmeno in giorni. Leo uscì attraverso le tende del palchetto sorreggendosi a fatica. Lasciò cadere il cellulare che teneva in mano e sorrise.

Ludkar si voltò a guardarlo.

«Hai dato l'allarme...» disse spiazzato.

«No!» gridai mentre vedevo la mano con il coltello stringersi per la rabbia.

Le urla che provennero dal teatro arrivarono come uno sciame di locuste, improvvise, violente, frastornanti, sovrastando la musica fino a sostituirla.

Non so cosa passò per la testa di Clive, ma si scagliò verso la bambina, approfittando di quell'istante. Spinse via mia madre, aprendole sul collo una sottile linea rossa, ma la ferita fu superficiale. Travolse Ludkar con un urlo e lo trascinò con sé a terra.

Provò anche a strappargli il coltello, però il corpo della bambina, per quanto debole, era veloce e sfuggente. Riuscì a mettercisi sopra a cavalcioni, ma Ludkar, senza perdere il sorriso, piantò il coltello da cucina dritto nel suo ventre. Con due mani.

Non me ne accorsi subito, la prima cosa che feci fu andare da mia madre.

«Sto bene...» mi disse tossendo. «Dio, aiuta quel ragazzo!»

Mi voltai e vidi quanto le cose fossero cambiate. Adesso era Ludkar sopra a Clive e stava continuando a rigirare il coltello nelle sue interiora.

«Sono un ottimo cuoco!» gridò dalla bocca della bambina. «Adesso ti farcisco come un tacchino e ti mando all'inferno a cuocere per l'eternità a duemila gradi!»

Leo aveva perso troppo sangue per muoversi ed era scivolato a terra. La gente cominciò a uscire dagli altri palchi e vedendo quell'orrore si precipitò giù dalle scale senza nemmeno provare ad aiutare. Gridai anch'io, ma il mio era un urlo di rabbia, e corsi verso la bambina dandole una spinta così forte da farla rotolare per diversi metri e portarsi via il coltello. Un signore che stava correndo in quella direzione inciampò nel suo corpo e rotolò a terra.

Clive mi guardò stravolto, mentre dalla sua bocca continuava a uscire sangue. Non sapevo cosa fare, ero disorientata e tremavo. Poi arrivò mia madre portando con sé la carrozzella di Penny.

«Presto, dobbiamo portarlo in ospedale!»

Clive tese una mano nella sua direzione.

«Vada... vada via...»

Lei lo ignorò e assieme lo issammo sulla sedia.

«Aiuta Leo!» le dissi guardandola negli occhi. «Mi occupo io di lui».

Non le diedi il tempo di rispondere, che mi stavo già allontanando spingendo la carrozzina verso l'ascensore. I miei piedi scivolavano. Clive stava perdendo troppo sangue e lasciava in terra una vischiosa scia rossa.

La folla in preda al panico mi lasciò passare, ma quando mi trovai davanti alle porte dell'ascensore, trovai Penny a bloccarmi la strada.

La testa incavata nelle spalle avvampava di collera e sangue. Immobile, tesa e implacabile, nella mano destra continuava a tenere il coltello. Lo puntò verso di me, per indicarmi.

«Mi piace quando fai così... Quando vuoi salvare il mondo... Rendi tutto molto più stimolante!»

«Le scale...» disse Clive sputando un grumo di sangue.

«Cosa!?»

Con le forze che gli erano rimaste, afferrò le ruote della carrozzella e ruotò, dandosi un'unica spinta. Vidi la sedia a rotelle sobbalzare sul primo scalino e poi continuare in una folle discesa.

Diedi uno sguardo a Ludkar, entrambi ci eravamo stupiti. Forse c'era qualcuno più pazzo di lui. Ma un istante dopo, tentò di accoltellarmi.

Evitai la lama per pura fortuna e scappai vai. Tenendomi al corrimano mi lanciai giù per le scale, seguendo lo sferragliare convulso della sedia. La gente si apriva per lasciarla passare e dovetti approfittare del varco per seguirla. Mi si storse una caviglia e persi una scarpa. L'altra la tolsi io in fretta e furia.

Alle mie spalle potevo sentire i piccoli passi di Ludkar raggiungermi e le persone urlare per il dolore. Per farsi strada non esitava a piantare il coltello nelle gambe di chi lo intralciava.

Mentre i corpi cadevano alle mie spalle, davanti a me la carrozzina aveva raggiunto il piano inferiore. La sua corsa si arrestò andando a sbattere contro a una colonna e Clive precipitò rovinosamente al suolo, strisciando nel suo stesso sangue per alcuni metri. Era incredibile che nessuno facesse niente per aiutarci. Sembrava che le persone avessero scambiato quel sangue per acido.

Gli arrivai accanto e mi inginocchiai per rimetterlo in piedi.

Non ce la faceva davvero più. Era un peso morto. Con uno sforzo enorme riuscii a rialzarlo. Continuava a vacillare, ma provò lo stesso a muovere un passo, rischiando di scivolare ancora.

Poi alzai lo sguardo e vidi che anche la bambina aveva raggiunto la fine delle scale. Ludkar teneva il coltello fra le mani e dietro di lui lo incorniciava uno scenario orrendo di ferite e schizzi.

Il corpo di Clive mi impediva qualsiasi movimento e se adesso avesse continuato a correre verso di noi, ci avrebbe di sicuro raggiunti. Non avevo idea di perché si comportasse in quel modo, forse cercava solo vendetta. Forse cercava solo la violenza che gli era tanto mancata.

Ma quando le gambe di Penny stavano per scattare, la sicurezza intervenne. Un uomo in divisa le arrivò alle spalle e la afferrò per i polsi. Il coltello le cadde dalla mano roteando al suolo. La folla sembrò calmarsi e tutti rimasero a guardare mentre la bambina indemoniata veniva tenuta ferma da altre due braccia.

Ludkar continuava ad agitarsi, tentando di divincolarsi e lanciando grida acutissime. La cosa assurda era che rideva.

Rideva.

Continuava a ridere, a ridere e a ridere.

Qualcuno raddrizzò la carrozzina e me la avvicinò.

Lasciai ricadere Clive sul sedile e lo guardai nei suoi occhi viola per capire quali fossero le sue condizioni.

«La mia macchina...» disse prendendo dalla tasca della giacca un paio di chiavi.

Me le mise in mano contraendosi per il dolore, e con il fiato che aveva mi sussurrò alcune parole.

«Devi portarmi... devi portarmi in un posto».

MULINI A VENTO

Provai a insistere più volte durante il tragitto.

Non ci fu verso di fargli cambiare idea. L'ospedale era fuori discussione. Clive voleva andare a casa. Diceva che solo là sarebbe stato meglio.

Così mi misi alla guida della sua auto e seguii le indicazioni, lanciando di tanto in tanto occhiate alla sua ferita. Era messo davvero male, la macchia rossa si era allargata su tutto lo smoking come se lo volesse divorare.

Non riuscivo a credere che stesse succedendo veramente. Era assurdo.

Mentre guidavo allontanandomi dal centro città, chiamai mia madre. Tenevo una mano sul volante e con l'altra sorreggevo il cellulare accanto all'orecchio. Evitavo i fari che venivano in direzione opposta cercando di non farmi scappare nessuna parola. Lei disse che Leo stava bene. Se la sarebbe cavata con una decina di punti. Ma quando mi chiese a che ospedale mi stavo dirigendo, la batteria si scaricò.

«Merda!»

Clive trovò ancora la forza di sorridere.

«Me la caverò...»

«Devi cavartela» dissi svoltando nella direzione del dito che aveva alzato. «Non proverei nessuna soddisfazione a picchiare un morto».

Ormai ci trovavamo anche fuori dalla periferia, in una zona in perenne costruzione, popolata da tralicci e cantieri. Clive mi fece segno di passare sotto a un cavalcavia e di superare una recinzione metallica.

Rallentai e mi ritrovai a guidare all'interno di un vasto spazio in terra battuta che sembrava adatto solo a mettere la tenda di un circo. Le gomme dell'auto alzavano una polvere così densa che i fari la rendevano simile a una nebbia marrone.

«Ferma!» gridò Clive.

Poi tirò il freno a mano.

L'auto inchiodò di colpo e slittò lievemente su un lato. Sbattei la testa contro la parte superiore della portiera.

«Ma perché...» dissi massaggiandomi la tempia.

«Stavi per ammazzarmi il cane».

Mi risollevai dal sedile e, in mezzo alla polvere che turbinava ancora, vidi un grasso cane marrone. Un bulldog. I suoi occhi brillavano come biglie verdastre e la lingua gli penzolava dalla bocca, dandogli un'espressione gongolante e stupida.

«È cieco e sordo...» riuscì a dire Clive, prima di piegarsi per le fitte e il bruciore che gli stava procurando la ferita.

Poi la polvere si diradò e i fari illuminarono quella che sembrava una lattina gigante. Davanti a noi c'era una roulotte, lunga, bombata, di alluminio.

«E tu vivi qui?»

Clive non riuscì a rispondermi. Immaginai che fosse così.

Scesi e montai la carrozzella, ma mentre lo stavo facendo mi resi conto che non sarebbe servita. Così andai dal suo lato e aprii la portiera. Il corpo di Clive mi cadde pesantemente addosso. Mi chinai e gli misi un braccio dietro alla schiena.

«Forza... Devi aiutarmi o non ce la faccio da sola».

Clive fece scivolare un piede all'esterno. Lo fece dondolare un paio di volte per dargli lo slancio e si rimise in piedi. Il bulldog abbaiò e venne in mezzo ai piedi per annusare.

«Va' via» dissi seccata.

In realtà fu proprio il cane che mi mostrò la strada. Continuando ad abbaiare, trotterellò fino alla porta della roulotte. Lo seguii trascinandomi Clive appresso, scostando coi piedi le lattine di birra che stavano accanto a un tavolino da campeggio.

La parte più difficile furono gli scalini, ma riuscii a tirare dentro

Clive. La porta era aperta e le luci sembravano fulminate. Tutte tranne una. Quella del bagno.

Il cagnetto era proprio lì che mi aspettava.

«In bagno...» bisbigliò Clive.

Tentennai per qualche istante, ma se avevo assecondato la sua follia fino a quel punto, ormai ero obbligata ad andare fino in fondo.

Lo spazio era minuscolo ed entrammo in due a fatica. Anche il cane si intrufolò fra di noi e provai a spintonarlo con i piedi, ma quello non ne voleva sapere e resisteva.

Feci sedere Clive sul WC e quando lo lasciai, lo vidi muovere debolmente un braccio verso lo sciacquone. Lo tirò e allora le cose si fecero più strane.

La stanzetta cominciò a vibrare. Sembrava che si stesse muovendo. Mi voltai per un istante e allora capii che era proprio così. L'interno della roulotte stava salendo, quella era l'impressione, e un muro di cemento prendeva il suo posto. Questo poteva voler dire solo una cosa. Ci trovavamo nell'ascensore più assurdo che riuscissi a immaginare, più folle del TARDIS, e stavamo andando sottoterra.

Poi il bagno si fermò. Il contraccolpo rischiò di schiacciare il cane e di farmi cadere su Clive.

Un portellone blindato fece scattare la propria serratura e si spalancò.

«Mio Dio, Clive...» dissi guardando fuori. «Che posto è questo?»

Il cagnetto sgusciò fra i miei piedi correndo via come un wurstel che cade da un tavolo. Feci rialzare Clive e scendemmo lungo una passerella di metallo, dirigendoci verso il centro della sala. Si trattava di una vecchia base militare. L'intera struttura era fatta di cemento grezzo e le pareti trasudavano chiazze di umidità. Alcuni neon illuminavano l'ambiente di una gelida luce bluastra che faceva quasi male agli occhi.

Clive mi indicò una poltrona, sistemata davanti a un intrico di monitor, cavi e computer all'avanguardia, non come quelli che tappezzavano i muri. L'intera sala controllo, infatti, era arredata da giganteschi calcolatori a nastro che risalivano agli anni Cinquanta e da pannelli su cui si incrociavano milioni di spinotti, come in un folle gioco di logica.

Misi Clive a sedere. Ormai stavo diventando un'esperta. Ruotai la sedia nella mia direzione e mi chinai per farmi bisbigliare all'orecchio. Feci di sì con la testa e seguii le sue istruzioni.

Trascinai la sedia verso una seconda porta. Dovetti inserire un codice su una specie di citofono per farla aprire e, quando si spalancò, mi ritrovai in un laboratorio.

Spinsi Clive fra gli alambicchi e i vari macchinari. Anche lì la tecnologia più avanzata si mescolava a dispositivi di altri tempi.

Raggiunsi la teca di cui mi aveva parlato. Era interamente in vetro e, a differenza del resto, ben illuminata. All'interno potevo vedere lunghe file di boccette, tutte uguali, ma ognuna contenente un liquido di colore diverso. Erano disposte in ordine cromatico e sembrava che qualcuno avesse sintetizzato le sfumature dell'arcobaleno.

Aprii la teca con cautela e cercai fra le gradazioni del viola. La terza da destra, aveva detto.

Eccola.

La presi e tornai verso di lui. Mentre svitavo il tappo, reclinò la testa all'indietro. Una goccia soltanto, mi ripetevo. Usai la pipetta che era innestata nel coperchio per risucchiare il liquido. Non sapevo cosa avrebbe fatto quello strano collirio, però Clive mi aveva detto di metterne una goccia a lui e poi una goccia a me.

E così feci.

Quella volta non fu il profumo a portarmi via. Fu un ruscello di essenze primordiali, una corrente di lacrime.

***

Era da molto che non tornavo nel Cinerarium, ma le cose non erano cambiate. Non sarebbero mai cambiate.

Il cielo, solido, pieno di crateri, mi teneva ancora una volta rinchiusa nella sua gabbia lunare. E là, aperto, l'occhio nero mi scrutava.

Dove mi trovavo questa volta? L'ultimo pensiero che avevo avuto era per Clive, quindi doveva essere là vicino.

Abbassai lo sguardo. Ero in ginocchio. In ginocchio in mezzo a un campo di grano. Ma anche se quelle spighe sembravano così vere, non c'era nessun vento a muoverle. Erano ferme, grigie e false.

Mi rimisi in piedi e gridai.

«Clive!»

Feci un giro su me stessa, ma le spighe erano troppo alte per vedere oltre.

«Clive!» ripetei facendo qualche passo e allargando gli steli con le braccia. Al minimo tocco si frantumavano e cadevano diventando polvere. Tossii per la fuliggine che mi entrava nei polmoni.

«Da questa parte» sentii dire in lontananza, finalmente.

Provai a seguire il suono della sua voce. Poteva anche continuare a parlare, però. Non era per niente facile orientarsi. Poi le spighe si divisero mostrando uno spiazzo circolare, simile a quelli che dicono siano lasciati dagli ufo.

Al centro c'era sdraiato Clive, con le mani dietro alla testa e una spiga in bocca. La faceva ciondolare. Aveva qualcosa di diverso. I suoi capelli. I suoi capelli erano bianchi. Argentei, quasi.

«È davvero fastidioso quando ti piantano un coltello nella pancia, non te lo consiglio» disse sentendo i miei passi scricchiolare vicino alla sua testa.

Non riuscivo a capire come potesse essere così tranquillo. Nel Cinerarium non soffriva, ma nel mondo reale il suo corpo stava per diventare freddo.

«Così morirai dissanguato!»

«No, tranquilla» rispose sputando via la spiga con un'espressione disgustata. «Ci penserà mio padre».

«Tuo padre?»

Si pulì la bocca dalla cenere che gli sporcava le labbra e si issò sui gomiti. Non era stata una grande idea.

«Sì, non si sarebbe avvicinato se ti avesse trovata sveglia».

Rimasi a guardarlo mentre si rimetteva in piedi, scrollandosi dalle spalle la polvere.

«Ma che razza di padre lascerebbe suo figlio nelle tue condizioni...»

Si fermò per guardarmi con un'espressione sfacciata.

«Il mio, presumo».

Poi cominciò a camminare verso le spighe. Sospirai e lo seguii. Sapere che sarebbe stato meglio mi faceva sentire un po' più autorizzata a trattarlo male. Oltre a quello che aveva fatto sotto il nome di Spectre, quel ciuffetto di capelli argentati che sembrava ignorare la gravità mi indispettiva.

«È un Nocturno? O tua madre...»

«Lui» rispose inoltrandosi fra i sottili steli grigiastri. «Ma è una persona complicata».

«Dote di famiglia...» commentai.

Sentii Clive ridere. Non era divertente.

«Ha paura degli estranei e del sangue» aggiunse.

Mi fermai per un secondo, stupita, ma fui costretta ad accelerare nuovamente il passo per non smarrirmi. Camminava con troppa sicurezza in quel campo. Doveva conoscerlo bene.

«Cosa? Un Nocturno emofobico?» esclamai provando a non perdere di vista la sua sagoma, sempre più vaga fra le spighe.

«Strano il mondo, eh? Già, sviene se lo vede».

«E allora come farà a curarti? Come fa a nutrirsi?»

In quel momento il muro di grano terminò nuovamente. Clive si era fermato appena oltre e per poco non andai a sbattergli contro.

Sulla cima della duna davanti a noi si trovava un vecchio mulino. Doveva essere andato a fuoco molto tempo prima, perché la struttura, o quel che ne rimaneva, era fatta completamente in legno. Così scheletrico, con le pale da cui ciondolavano brandelli nerastri, dava l'impressione che tutto il grigio del Cinerarium venisse macinato là, che fosse la vera origine di tutto quello. Un mulino che macina il tempo e la realtà, triturandola fino a ridurla in polvere. Invece quegli ingranaggi non si sarebbero mai più mossi, le pale si erano bloccate per sempre, come lancette su un orologio che segna solo le notti.

Mentre mi soffermavo a guardare, Clive riprese a camminare e mi rispose.

«Gli ho costruito un apparecchio, degli occhiali speciali, che virano i colori sul verde» si voltò per un istante. «Prima faceva il chimico. Dovrà solo darmi una ricucita e il collirio giusto. Tornerò come nuovo».

Lo seguii, salendo sulla duna, con i piedi che mi sprofondavano nella cenere. Come Clive riuscisse a camminare su una superficie tanto instabile con quella precisione era un mistero.

«Il collirio?» gli chiesi.

«Tutte quelle boccette che hai visto...» disse un po' annoiato. «È il risultato del lavoro di anni. Assieme abbiamo sintetizzato praticamente ogni tipo di fiore esistente» mosse un braccio come se stesse mandando via delle mosche. «Ne abbiamo studiato gli effetti, li abbiamo etichettati e quello è il risultato».

Ormai ci trovavamo davanti alla porta del mulino, anche se la quasi totale assenza delle pareti permetteva di entrare praticamente da ovunque.

«Beh, anch'io stavo provando a fare una cosa simile» gli dissi.

Clive si fermò appoggiandosi allo stipite e si girò guardandomi con una superiorità che mirava ad ammansirmi.

«Thara... lo facevi con le tisane. Quelle che compri al supermercato. Secondo te ci avresti mai capito qualcosa?»

«Prima o poi...» dissi guardandolo sparire all'interno.

Aveva un perfetto tempismo per l'ultima battuta.

Lo seguii nel mulino e lo trovai a una scrivania che riordinava fogli così sottili da sembrare fatti con ali di falene.

«Le rose gialle?» mi chiese sempre di spalle.

«Cosa?» risposi distrattamente guardandomi intorno.

Quel posto sembrava una specie di secondo laboratorio. C'erano raccolte informazioni e oggetti dall'aspetto antico. Doveva essere lì che faceva ricerche sui Crepuscolari. Sembrava che fosse andato in giro a raccogliere tutto ciò che parlava di noi. Vidi vecchi libri e papiri che doveva aver preso alla Biblioteca di Alessandria e anche il tomo che una volta la statua reggeva. L'ultima volta lo avevo lasciato nella casa sull'albero. Clive doveva essere andato a prenderlo per custodirlo. Quello che invece mi turbò fu notare la lettera che avevo scritto a Nate quando Ludkar lo aveva rapito. Quella era una cosa un po' troppo personale. Ma prima che potessi dirgli qualcosa, Clive insistette con le domande.

«Cosa fanno le rose gialle?»

«Non...» balbettai «non lo so».

«Stimolano l'intelligenza» rispose voltandosi e appoggiandosi alla scrivania con entrambe le mani. «È il mio fiore preferito, infatti».

Rimase a fissarmi per qualche istante. Mi metteva a disagio. Non sapevo come avesse fatto a rendersi così orribile a scuola, ma adesso era bello quanto irritante. Altalenava con troppa velocità qualcosa di adulto e maturo con un'arroganza dal tocco femminile.

«Comunque, grazie per avermi salvato» disse poi rompendo il silenzio, senza far pesare le parole.

«Non c'è di che» risposi incrociando le braccia. «Dato che mi hai mandato a casa un assassino, mi sembrava giusto ricambiare».

«Ti giuro che non ne sapevo niente» continuò serio.

«Su di me invece sai un po' troppo».

Clive sospirò appena, alzando un sopracciglio. Anche quelli erano bianchi.

«Thara... se sei disposta ad ascoltarmi, ti spiego tutto».

«Ho altri posti in cui andare?»

Mi guardò intensamente. I suoi occhi viola erano molto più scuri dei miei, come se fossero stati usati per molto tempo e ne riportassero gli effetti.

«Sapevo che tu eri una Crepuscolare già da prima che arrivassi nel Cinerarium» iniziò.

«E perché non mi hai detto che eri come me da subito? Perché...»

«Lasciami parlare...» bloccò il mio slancio con una mano. «Non avevo mai incontrato qualcuno come me. Mio padre mi aveva messo in guardia da cose che tu non sai...» socchiuse le palpebre. «Gli avevo giurato che mai avrei rivelato a qualcuno di essere un "vampiro di fiori". Ne andava della mia vita».

Mi accigliai.

«Cosa vuoi dire?»

«Un sacco di cose...» Clive scosse velocemente la testa, come sotto uno stress incredibile. «I nostri occhi, Thara... sono preziosi. E c'è gente che li vuole».

«Che vuole i nostri occhi?»

Clive si lasciò scivolare a terra, sedendosi sulle assi sconnesse del pavimento. Reclinò la testa all'indietro mettendo in evidenza il pomo di Adamo.

«Ci capisci qualcosa di meccanica quantistica?» chiese facendolo andare su e giù.

«Fai finta che abbia risposto» dissi appoggiandomi con le spalle a una delle travi. «Me lo aveva già chiesto Ludkar tempo fa».

«Lui è l'altro motivo per cui non ti ho mai avvicinata. Ti ho seguita praticamente durante ogni tuo viaggio nel Cinerarium, fin dal principio. Ma poi ho iniziato a vedere in che guai ti stavi cacciando...» tirò di nuovo su il capo cercando i miei occhi. «Ho visto di cosa era capace. C'ero anch'io a scuola quando gli ha dato fuoco...»

«E avevi paura?» gli domandai, cercando di avere io questa volta una vaga aria di altezzosità.

«Secondo te?» rispose, spiazzandomi, con il tono più assennato che avessi mai sentito. «Non ho solo la responsabilità della mia vita. Se morissi, mio padre sarebbe spacciato. È un uomo molto fragile, anche se è un Nocturno».

«Va bene... va bene...»

Gli feci cenno con una mano per farlo smettere.

«Ho provato ad avvicinarti, mi ero iscritto anche alle tue ripetizioni di latino» si giustificò facendo diventare la voce più acuta.

«Comportandoti come l'essere più viscido che abbia mai strisciato sulla faccia della terra, hai ottenuto grandi risultati...» gli feci notare.

Non riuscivo a capire come una persona così intelligente – perché era molto intelligente, senza ombra di dubbio – avesse tali difficoltà di relazione.

«Non potevo espormi, te lo ripeto! Anche la settimana scorsa, ho provato a tenerti fuori dai guai, al bar della scuola. Poi Christine è arrivata e mi ha piantato uno scopettone in faccia».

«Tenermi fuori dai guai?»

«Sì, cazzo!» gridò sbattendo i pugni sul pavimento.

Si rialzò e mi venne vicino. Non aveva intenzione di spaventarmi, la sua era una rabbia disperata, di chi si sente colpevole.

«Credevi che Mr Spectre fosse Demidoff! Lo hai scritto mentre parlavi con me al computer! E adesso Demidoff è ricoverato in un ospedale, gli hanno spaccato le gambe pensando che fossi io!»

Feci anch'io uno scatto in avanti.

«Che cosa stai dicendo!?»

Clive cercò di riprendere il controllo.

«Non ti sto dando la colpa...»

Guardò verso terra mentre lo prendevo per le spalle.

«Ma chi sono? Cosa vogliono?»

Con lo stesso sconforto che lo aveva indebolito, disse parole che mi risultarono incomprensibili.

«Vogliono il numero che è dentro ai nostri occhi».

«Il numero...» sussurrai mentre si scostava.

«Sì. Un codice di ottantotto cifre» disse passandosi una mano fra i capelli argentei e bloccandosi in quella posizione. «Non chiedermi a cosa gli serve. Non ne ho idea. Mio padre lavorava per loro anni fa... la Octagon Corporation».

«La casa farmaceutica?» domandai.

«Sì».

Per qualche istante tornai alla mia infanzia. A quando i medici di mezzo Stato avevano provato a dare una spiegazione dei miei occhi viola. Mi ricordavo bene quel nome, la Octagon Corporation era molto interessata al mio caso. Erano ancora fornitori di mia madre.

«Quando ero piccola... avevano proposto a mia madre di curarmi».

«Sì?» disse Clive senza il tono di una domanda e senza stupirsi. «Beh, probabilmente eri troppo piccola, i tuoi occhi non si erano ancora sviluppati del tutto».

«Ma perché non sono venuti a prendermi?»

A Clive sfuggì un sorriso, che non aveva niente a che vedere con il divertimento.

«Stanno solo aspettando. Hanno già iniziato a fare qualcosa su di te».

Corrugai la fronte.

«No, impossibile».

Allora Clive indicò i libri e i papiri, tutto quello che riguardava noi viaggiatori in terre di cenere.

«Non è normale... non è normale che un Crepuscolare sia in grado di mandare altri nel Cinerarium guardandoli. Non è scritto da nessuna parte. Hanno invertito il processo per poter estrarre il numero».

Mi strofinai il viso.

«Vuoi dire che mi hanno drogata? Nessuno mi ha mai avvicinata».

«Hai una nuova amica. Miliardaria, mi sembra».

«Sì, ma Margareth...»

Clive mi interruppe con un tono che doveva sottolineare quanto quello che stava dicendo fosse ovvio.

«Hai mai visto i suoi genitori?» Non mi lasciò il tempo di rispondere, lo sapeva già. «Sai cosa fanno? Perché lo spettacolo di questa sera sembrava una cartolina con scritto: "Ti abbiamo fregata"?»

Sentire accusare così una mia amica mi stava dando molto fastidio, ma i suoi due-più-due, forse, avevano qualcosa di giusto. O, se non di giusto, almeno di logico. In ogni caso, non mi andava per niente l'idea.

«Stai dicendo un'assurdità».

Clive si sedette con eleganza su uno sgabello che di elegante non aveva niente.

«Ho provato a inserirmi nel sistema della Octagon Corporation, una volta...» si chinò per prendere qualcosa da un cestino. «Ecco il risultato» estrasse un hard disk completamente bruciato, tenendolo a penzoloni come un topo schiacciato in una trappola.

«E da qui è impossibile estrapolare informazioni» lo gettò via e accavallò le gambe. «Il loro sistema firewall è impenetrabile anche per me. Dovrei mettere mano fisicamente ai circuiti e allora potrei intervenire in qualche modo...»

«Ma come fai ad avere le prove che stiano mettendo in atto tutto questo?» dissi, facendolo smettere di dondolare la gamba sospesa.

«Se le condizioni di Demidoff non ti bastano...» disse, appoggiando le mani sul ginocchio e piegandosi in avanti «sono stati loro a rendere mio padre un Nocturno» si fermò per qualche istante e poi reclinò ancora la testa all'indietro.

Sembrava quasi un'abitudine tenerla in quel modo, come se lo aiutasse a pensare.

«Quando lavorava per loro, lo avevano praticamente blindato nei laboratori» continuò deglutendo e facendo muovere il pomo d'Adamo con la voce, che prendeva un tono più rauco e sofferto. «Mi ha raccontato che non lo lasciavano più uscire, lo tenevano a lavorare al progetto "Infinito" insieme ad altre menti brillanti. Scienziati specializzati. Ogni campo era coinvolto». Lo percepii corrugare le sopracciglia. «Non potevano parlare fra loro, ti rendi conto? Nessuno sapeva precisamente a cosa stavano lavorando. Sapevano solo che se smettevano sarebbero stati pagati con la tortura e che il licenziamento... beh, sarebbero stati licenziati dal mondo». Poi sorrise disgustato, come se quella fosse la sua espressione preferita quando parlava del mondo. «Alcuni si suicidarono... Ma mio padre amava troppo mia madre anche solo per pensare a un gesto simile». Stirò le braccia. «Non gli permisero di vederla per quasi un anno. È così che è diventato un Nocturno. Lo sai come succede...»

Gli andai vicino. Forse non era nelle sue intenzioni, ma quella storia, anche se triste, lo stava rendendo più umano. Cominciavo a provare una certa comprensione per lui.

«Sì, quando una persona è così terrorizzata dall'idea di morire...» dissi piano «il suo corpo cambia».

«Esatto» continuò Clive senza badare a me. «È una specie di malattia psicosomatica. Il gene dell'invecchiamento sparisce e le cellule continuano a riprodursi senza alterarsi, insieme a incredibili proprietà di guarigione. Praticamente si diventa immortali…»

Mi misi al suo fianco per riuscire a vedere il suo sguardo. Le pupille violacee fissavano il soffitto del mulino in modo assente, seguendo le geometrie irregolari delle travi.

«Ed era questo quello che volevano. Volevano un Nocturno. Lo rimandarono a casa dicendogli che ormai non gli serviva più. Pensò che l'incubo fosse finito. La Octagon Corporation smise di cercarlo, e così sono nato io» fece una pausa e voltò il capo nella mia direzione. «Beh, l'incubo non era finito per niente. Tornarono vestiti di nero. Gli dissero che mi volevano. Avrebbero anche aspettato che crescessi, ma mio padre si oppose. Progettò di fuggire e loro gli diedero da mangiare carne animale. Lo fecero diventare un animale feroce e, quando aveva perso del tutto la ragione, lo lasciarono da solo con mia madre…»

Mi portai una mano alla bocca. Il modo in cui mi stava fissando mi fece capire cosa era successo dopo. Qualcosa di abominevole.

«Mio Dio, Clive… È terribile».

«L'ha uccisa lui. L'hanno uccisa loro».

«Non pensavo che…»

Si rimise a sedere compostamente e i capelli bianchi tornarono a rizzarsi.

«Quando tornò cosciente, dopo aver mangiato il corpo di lei, e si rese conto di ciò che aveva fatto…» riuscì a non mutare espressione, come se si sforzasse a non provare niente «scappò via e mi portò con sé. Sapeva di questa vecchia base militare grazie a progetti che aveva trovato alla Octagon. Non veniva usata da anni». Si rialzò torcendo la schiena all'indietro per stirarsi. «C'era il progetto di abbatterla… Anche lui sa fare molte cose con i computer, mi ha insegnato la maggior parte dei trucchetti che conosco… Non fu un problema cancellare le tracce dell'esistenza di quel posto e dichiarare il terreno non edificabile».

«Vuoi dire che…» gli chiesi cominciando a sentire freddo per quanto il suo racconto era stato nero «che hai passato la tua infanzia là sotto?»

«Fino a dieci anni» rispose secco «ho conosciuto il mondo attraverso i monitor dei computer...»

«E tua madre...» mi venne spontaneo di chiedere «hai provato a cercarla nel Cinerarium? Se è stata uccisa da un Nocturno, deve essere qui».

Clive sorrise ancora, spingendo lo sguardo all'esterno, oltre le pareti rotte del mulino. I campi di grano bruciato cedevano il passo al deserto di cenere e all'orizzonte si potevano vedere violente vampate violacee.

«Sì... ma ormai è diventata una dei Grigi» bisbigliò. «Probabilmente non sa neppure più cosa vuol dire respirare».

LACRIME ARTIFICIALI

Quando riaprii gli occhi, le mie pupille si restrinsero bruscamente per colpa della luce del neon. Scostai la lampada che mi era stata puntata in faccia e per poco non urlai.

Un uomo era piegato sopra di me e mi osservava muovendo il collo a scatti, come farebbe un volatile. Portava giganteschi occhiali rotondi, dalle lenti scure e verdastre. Addosso aveva un camice che una volta era stato bianco, ora era pieno di macchie e sudiciume, e teneva le mani dietro alla schiena.

Appena si accorse che avevo ripreso coscienza fece un salto all'indietro. Sembrava che si fosse spaventato più lui di me.

Il cagnetto si mise ad abbaiare.

«Calmo, Rudolph...» disse Clive.

Mi voltai verso la voce. Clive era sdraiato su un tavolo di metallo, simile a quelli degli obitori, e si stava rimettendo a sedere. Il suo smoking era sbottonato e anche se la stoffa era intrisa di un'incrostazione rosso scuro, la pelle della sua pancia appariva perfetta. I muscoli dell'addome si contrassero senza spasmi di dolore. Era come se non gli fosse accaduto niente.

«Papà, metti su un po' di musica... che facciamo vedere a Thara cosa sa fare Rudolph».

L'uomo col camice fece di sì con la testa velocemente e sgattaiolò rasente i muri. Si muoveva davvero come una specie di uccello in prigionia e anche il suo aspetto malandato aiutava la suggestione ad essere più vivida. Si avvicinò a un grammofono e, mentre muoveva le braccia per sistemare il vinile, vidi quanto la sua pelle fosse cadente, come se gli avessero risucchiato la carne, come se fosse consumato. Anche il collo ballonzolò mentre si voltava a guardarmi e la musica prese a girare. Una sorta di charleston, da quelle poche note che azzeccava la puntina.

«Forza, Rudolph» disse Clive saltando a terra e guardando il bulldog. «È cieco e sordo, ma la musica la sente».

Allora vidi quel cagnetto orribile rimanere immobile e cominciare a molleggiarsi sulle zampette. Avrebbe continuato così finché qualcuno non avesse staccato la musica. Sarebbe andato avanti per giorni.

«L'ho chiamato Rudolph...» disse Clive venendomi accanto «perché va sempre a sbattere contro i muri e gli sanguina il naso». Mi guardò sorridendo: «Come la renna di Babbo Natale, sai, quella col naso rosso...».

Vedendo che non trovavo la cosa così divertente, si voltò a indicare l'ometto col camice e gli occhialoni.

«Comunque lui è mio padre. Il dottor Abram Tower».

Il dottor Tower sorrise timidamente. Più lo guardavo e più la sua pelle giallastra, le sue labbra sporgenti, me lo facevano risultare innocuo. Non riuscivo a immaginare un ometto del genere capace di un omicidio. Ma i Nocturni sono creature strane. Provai a ricambiare il saluto e lui, quasi spaventato, corse via, scomparendo in un'altra stanza.

«Tuo padre...» dissi rimettendomi in piedi, con la testa che mi girava ancora per la forte dose di iris «non mi sembra molto in forma».

Clive mi aiutò a non perdere l'equilibrio e mi accompagnò alla bacheca con i colliri.

«Non ha ancora rimosso il trauma e l'alimentazione che ha deciso di avere... comporta qualche problema».

«Che genere di alimentazione?» gli chiesi mentre apriva la teca.

«Carne bianca» disse Clive facendo scorrere le dita sulle boccette colorate. «Con l'andare del tempo... beh, hai visto gli effetti».

Deglutii senza dire niente. Ognuno è libero di scegliere per sé. Clive era stato molto maturo a non ostacolare il padre.

«Ecco, questa potrebbe esserti utile» disse voltandosi e mostrando una boccetta con un liquido scurissimo. «È lo stesso estratto che ha usato Abram su di me. Tacca Chantrieri, noto anche come "Fiore del Diavolo" o "Fiore Pipistrello". Nel caso dovessimo essere feriti...»

«Dovessimo? Vuoi dire che hai intenzione di aiutarmi ancora?» gli domandai prendendo la boccetta.

«Ormai la mia copertura è saltata. Non credi che abbia dato abbastanza nell'occhio?»

Lo guardai perplessa. Dopo tutto il discorso che mi aveva fatto, pensavo che la sua priorità fosse quella di proteggersi. Secondo me, poteva ancora sfuggire alla Octagon. Mi limitai a sorridergli. Un alleato come lui sarebbe stato prezioso, anche se non avevo la minima idea di che guerra fosse quella in cui sarei stata coinvolta.

«Grazie» lo dissi con sincerità e Clive se ne accorse.

Allora si allontanò senza togliere la musica e lasciando il cagnetto a molleggiarsi. Lo seguii. Abbandonammo il laboratorio e attraversammo un lungo corridoio in cui i neon sfarfallavano. Clive si fermò al termine e, come per la volta precedente, digitò un codice.

Quando la porta si aprì, quello che stava dall'altra parte sembrava la stanza di un adolescente normale. Un po' spoglia, ma normale. Entrai dopo di lui e, mentre cominciava a sfilarsi la giacca, decisi di chiedere qualcosa di più sulle mie amiche nel Cinerarium.

«E Penny e Susan? Come hai fatto a conoscerle?»

«Non le conosco» disse appallottolando il vestito e lanciandolo dentro a una cesta. «Ma seguendoti nel Cinerarium... beh, mi sono affezionato un po' alla loro storia. Ero anche andato a vedere di persona le loro condizioni all'ospedale poco prima di te».

«Mi ricordo» dissi spostando lo sguardo sulla scrivania. «Avevi lasciato delle rose gialle anche là. L'infermiera ti aveva scambiato per il fidanzato di Susan».

Clive si mise a ridere senza che io ne capissi il perché.

Fu allora che vidi il contenitore per le lenti a contatto, una serie di trucchi e dei calchi di lattice che sembravano pelle vera rovinata dall'acne. Clive si mascherava ogni giorno prima di venire a scuola.

Stavo per toccarle, quando si avvicinò e appoggiò una parrucca sulla testa di polistirolo che era lì accanto.

Mi voltai a guardarlo mentre si spettinava i capelli argentati.

«Che prurito... La detesto».

«Stai bene con i tuoi capelli... bianchi?»

Credevo che quella fosse solo una sua proiezione mentale nel Cinerarium, invece erano proprio i suoi capelli.

«Dici?» mi domandò come se fosse stata una questione importante. «Anche a me piacciono. Fanno risaltare il viola scuro degli occhi».

Feci una smorfia.

«Sì, ma se hai sempre saputo cosa stava accadendo, com'è che non ti sei accorto che... Insomma, Ludkar è venuto a vivere con me! Abbiamo dormito assieme!»

Clive alzò le sopracciglia e si sfilò la camicia. Se pensava di poter usare il suo aspetto per distrarmi dalla conversazione era sulla strada sbagliata. Anche se era molto ben... proporzionato. Diciamo che ogni cosa era al posto giusto.

«Ho monitorato le condizioni della bambina all'ospedale» disse massaggiandosi i pettorali. «Non sono andato a controllare come stavano le cose nel Cinerarium. Come potevo immaginare...» si sfilò la cintura dai pantaloni e la tenne a penzolare facendo tintinnare la fibbia.

Mi portai una mano al mento. C'erano ancora alcune cose che non mi quadravano. Per esempio, Nate.

«E Nate? Cosa ci faceva a teatro questa sera? Perché era lì?»

Clive si sedette sul bordo del letto accavallando le gambe.

«Non ne ho idea. Forse ti ha seguita» si sfilò una scarpa. «È tuo padre che mi preoccupa».

Il cuore mi sobbalzò.

«Sai dove si trova? Puoi individuare il suo cellulare?»

«L'ho fatto, finché ho potuto» continuò togliendo l'altra scarpa. «Poi i tracciati sono scomparsi».

Aveva un fisico davvero asciutto. Anche piegato a quel modo, la sua pancia rimaneva perfettamente liscia e le spalle ben definite.

Si teneva in forma. Passando nel corridoio dietro a dei vetri avevo visto una specie di palestra. Ma farmi distrarre in quel momento era da sciocchi.

«Dovrei telefonare a mia madre e ai miei amici...» provai a dirgli mentre sfilava anche i calzini.

«Non se ne parla» disse stirandosi e rimettendosi in piedi. «Gli manderò io un messaggio quando andrai a dormire. Ho deciso di espormi, ma questo posto deve rimanere irrintracciabile».

«Ok, Mr Spectre...» dissi cercando di essere sarcastica. «Un po' di fiducia te la sei guadagnata».

Clive mi avvicinò, guardandomi con le palpebre calate per metà sui profondi occhi viola. Mi aspettavo che dicesse qualcosa e invece aprì un cassetto della scrivania. Prese alcuni fogli e me li mise in mano. Erano schede di una specie di tavola periodica, in cui comparivano le boccette della teca.

«Qui c'è scritto tutto sulle essenze dei fiori e sui loro effetti. Studiale. Ti saranno utili».

Diedi un'occhiata al fascicolo. Era pieno di formule chimiche e appunti incomprensibili. Clive sorrise nel leggere nei miei occhi una totale confusione.

«Basta solo che ti ricordi gli effetti. Non è necessaria la parte tecnica».

«Ah...» dissi.

Ma proprio quando pensavo di poter tirare un sospiro di sollievo, Clive si sfilò i pantaloni. Passò meno di un secondo e camminando si sfilò anche i boxer. E rimase completamente nudo a muoversi per la stanza. Ammutolii. Però non smisi di guardarlo.

«Che c'è?» domandò andando a mettere anche quei vestiti insieme agli altri.

«Io...» dissi leggermente imbarazzata. «Sei nudo».

«Un notevole spirito di osservazione... Come dovrei andare a farmi la doccia, vestito?» mi domandò scrollando i capelli argentati.

Provai a spostare lo sguardo sul pavimento. Non tanto perché mi vergognassi, avevo smesso di farmi certi problemi, semplicemente mi sembrava strano. Ero... leggermente disorientata.

«Beh, allora... uso il tuo letto».
«Sì, io dormo di là sul divano» rispose spigliato.
Feci l'errore di appoggiarmi a un modello di particelle atomiche che mi arrivava più o meno al gomito. Sembrava stabile e invece si sbriciolò spargendosi per tutta la stanza come una collana di perle.
«Grandioso...» sospirò Clive.
Si accovacciò a raccoglierle.
«Potresti anche darmi una mano» disse innervosito.
Deglutii e mi inginocchiai anch'io per prendere i pezzi.
«Era un modello a cui stavo ancora lavorando... Una particella di cenere».
«Mi... mi dispiace. È che di solito la gente non gira nuda per casa».
Ma Clive non mi stava ad ascoltare, o così sembrava.
«Ero quasi riuscito a trovare il legame».
Sorrisi nervosamente. Visto che eravamo lì in terra a raccogliere sfere e bastoncini, mi sembrò un buon modo per distrarmi dall'imbarazzo chiedergli cosa fossero.
«Quindi... studi anche il Cinerarium. Hai capito qualcosa su che cos'è?»
Clive si interruppe un attimo per guardarmi. Era stupito.
«Non dirmi che non lo sai?»
Sollevai la testa per incrociare il suo sguardo. Provando ad avere una mira precisa. Non ci riuscii.
«Beh... sembra una specie di universo parallelo».
«No... no, no. Sei totalmente fuori strada» rispose lui soffiandosi via un ciuffo di capelli. «Il Cinerarium è...»
Si sollevò in piedi abbandonando il lavoro, come se volesse enfatizzare le parole della sua scoperta.
Mi rialzai anch'io di scatto, tenendo fra le braccia alla meglio i pezzi raccolti. Alcuni mi scivolarono di nuovo.
«Il Cinerarium è il nostro mondo!» esclamò Clive.
Appoggiai gli atomi di plastica sulla scrivania per dargli le spalle e guadagnare qualche istante.
«Quindi... È tipo avanti nel tempo?»

«Ma no, Thara!» mi rimproverò lui e si fermò finché non tornai a guardarlo, come se pensasse che gli prestassi scarsa attenzione. «Il Cinerarium è esattamente il nostro mondo. Qui e adesso. Hai presente la radio? Ci sono tante frequenze, dipende dalla lunghezza delle onde».

«Sì...» dissi io provando a seguire il discorso.

In fondo la cosa mi interessava davvero. Anche se, per discuterne, avrei aspettato il giorno dopo senza problemi.

«Il Cinerarium è solo la materia che vibra a una frequenza diversa. È come se girassimo la manopola e dalla stazione rock passassimo a quella classica. Ok, fin qua?» domandò allargando le braccia. «Ora, noi due, siamo in grado di vedere questa frequenza. Grazie ai nostri occhi».

«Ok... domani avrò bisogno di un ripasso».

«I nostri occhi...» continuò lui mentre mi passavo una mano sulla fronte «come le fiamme viola e gli iris, contengono una sostanza che coesiste contemporaneamente sulle due frequenze... È per questo che ci possiamo spostare».

«Frena. Non capisco...»

«Hai ragione» disse mettendosi una mano sul fianco. «Sono andato troppo di corsa».

Mi venne più vicino, destando in me una tensione che faticai a controllare.

«Normalmente, la nostra coscienza, che è anch'essa materia sovrapposta, è legata al nostro corpo» usò le mani sul suo corpo, per sottolineare ciò di cui non c'era bisogno. «Ma se quei legami vengono recisi, come appunto avviene con il coma, e la coscienza non ha più una parte con cui interagire, non ha più i mezzi per muoversi da questa parte, ok?» puntò l'indice sui fogli appoggiati sopra alla scrivania. «È come se un tassista si ritrovasse senza taxi. E l'unica cosa che può fare è andare a piedi. La coscienza è fatta di particelle che vibrano a un'altra frequenza, quella del Cinerarium» poi soffiò di nuovo via i capelli e alzò gli occhi al cielo. «Alcuni la definirebbero anima, spirito, ma è soltanto materia a una diversa lunghezza d'onda».

«Contorto...» fu l'unica parola che riuscii a dire prima di deglutire.

«Lo so, non è facile da capire, ma tu lo hai vissuto in prima persona...» spostò l'indice sul mio petto. «L'altra cosa interessante della materia nel Cinerarium è che gli atomi sono tutti uguali» raccolse due sfere di plastica e le mise vicine. «Uno equivale all'altro e i legami fra di loro sono instabili» le fece scoccare come biglie. «È per questo che si vedono tante trasmutazioni. I legami si muovono nella cenere, se vogliamo continuare a chiamarla così, come una scossa si muoverebbe nell'acqua. L'essenza dell'oggetto rimane, si muove, ma non è sempre costituita dalla stessa materia» tolse il dito solo per portarlo all'altezza dei nostri occhi e muoverlo su e giù. «Il passaggio fra il "livello uno" e il "livello due", realtà e Cinerarium, che avviene attraverso il fuoco, è dovuto al fatto che parte della materia nel "livello uno" viene trasformata in energia e quella che rimane per difetto si distacca sul "livello due"...»

«Va bene, ho presente cosa succede» risposi. «Brucio una cosa di qua e appare di là. Ma per quanto riguarda le persone... e noi Crepuscolari? Riusciamo a interagire modificando anche il nostro aspetto, il posto in cui ci troviamo o...»

Non stavo per niente aiutando la conversazione a morire, ma me ne accorsi in ritardo. Nonostante tutto lo stavo ad ascoltare.

«Parli di proiezione mentale» disse facendo diventare la voce più rauca, tradendo una certa approssimazione nelle parole. «Ci sto ancora lavorando, ma partendo dal presupposto che lo spirito è materia, non vedo quali problemi avrebbe a modificarla a una vibrazione così particolare...» schioccò le dita. «I Grigi per esempio, come li chiami tu...» aggiunse con un po' di sarcasmo «sono coscienze che non avendo più un appiglio speculare, ma solo un residuo di sé nel corpo dei Nocturni, perdono pian piano di essenza, di struttura... Questo può accadere anche a chi è in coma, ma avendo ancora un corpo in cui tornare il processo può essere reversibile... In altre parole, le persone normali possono finire nel Cinerarium in tre modi. O vengono sbalzate dagli occhi di un Crepuscolare. O vengono uccise da un Nocturno e una parte di loro rimane intrappolata nel suo dna, quindi continuano ad esistere. O finiscono in coma e rimangono ancorate al loro stesso corpo. Chiaro? In tutti e tre i casi, se rimangono a lungo nel Cinerarium si trasformano in Grigi».

«Non avevo mai considerato le cose sotto questo punto di vista».

«Questo punto di vista spiegherebbe molti fenomeni che fino ad oggi sono stati considerati sovrannaturali» riprese lui con entusiasmo dissimulato. «Come gli spettri».

«Che c'entrano gli spettri?» fermai gli occhi che stavano di nuovo andando a picco.

«È per farti un esempio...» alzò le spalle e abbassò le palpebre, come se fosse tutto scontato. «La vibrazione... Magari una persona è convinta di aver visto un fantasma, quando in realtà, per pochi secondi, le vibrazioni fra il "livello uno" e il "livello due" hanno combaciato. Succede a volte» si fermò per studiare la mia espressione e la trovò simile a quella di un delfino ammaestrato. «Va bene, ti faccio un altro esempio. Ma da domani, rose gialle! Immagina due ritmi di battito. Immaginali disegnati come due file di puntini. In queste due file hanno distanze diverse. Ora se le sovrapponi, in alcuni casi i puntini combaceranno. Ecco, quelle sono le situazioni eccezionali in cui la nostra realtà e il Cinerarium si trovano a vibrare assieme».

«Quindi, un fantasma...» lo anticipai «potrebbe essere semplicemente una persona che si trova nel "livello due" e noi la vediamo dal "livello uno"».

«Precisamente» rispose.

Per un istante mi sembrò che fosse lui a vedere me nuda. Era raro trovargli sul volto un accenno di stima per l'interlocutore.

«Quindi non c'è nulla di fantastico, di magico...» provai ad aggiungere, ma su quelle parole Clive si voltò e andò verso la porta.

«No, Thara» disse sapendo cosa stavo fissando mentre usciva. «O sì, Thara. In fondo, il mondo che tutti conosciamo è qualcosa di per sé inspiegabile. Basta alzare la testa e guardare l'universo con un telescopio per dire "quanta impossibile assurdità"» si fermò a digitare il codice per aprire il pannello. «La realtà è una magia. È impossibile credere che esista. Eppure... eccoci qua. La differenza fra magia e scienza è solo che la scienza prova a spiegarti il come e il perché» mi diede un'ultima occhiata. «Il trucco, insomma».

«Ok, tutto questo pensare non mi aiuterà a dormire...» commentai, sollevata dal fatto che stesse per uscire.

«Sicura che sia quello che ho detto a toglierti il sonno?» disse maliziosamente alludendo al proprio corpo. «Ammira pure se vuoi, ma non farti strane idee. Sono gay».

E su quella battuta, senza dubbio a effetto, se ne andò.

IRIS GERMANICA

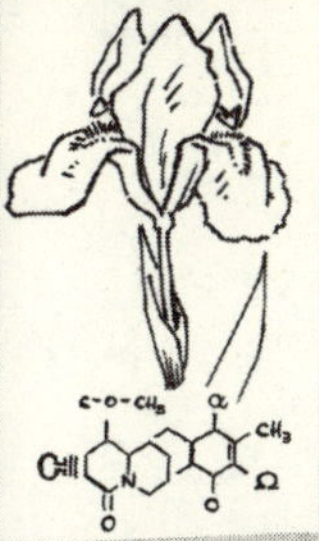

Viaggio Cinereo

IRIS SIRIBICA

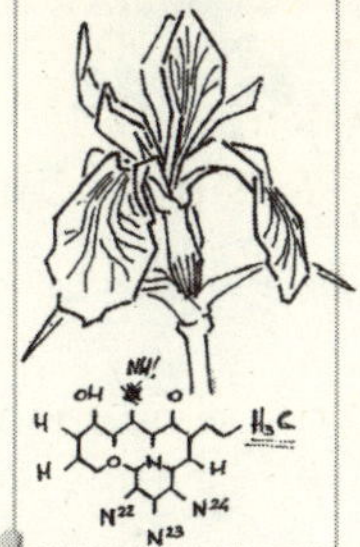

Viaggio Cinereo Intenso

IRIS CHRYSOGRAPHES

Viaggio Nero

IRIS PALLIDA

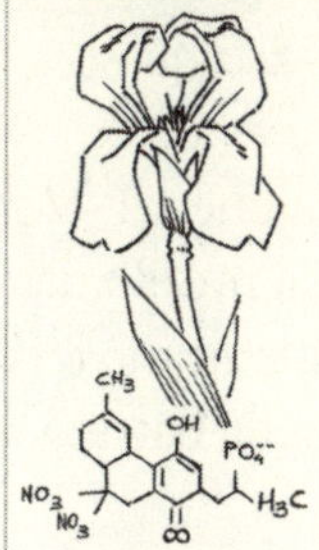

Antidoto Viaggio Cinereo

IRIS PSEUDACORUS

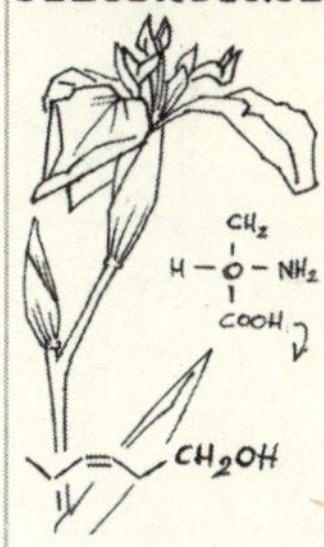

Inversione polarità cristallino

GLICINE

Viaggio Astrale

CALLA

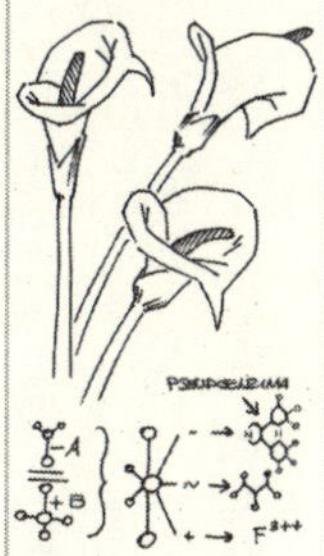

Lucidità nel sonno

TULIPANO

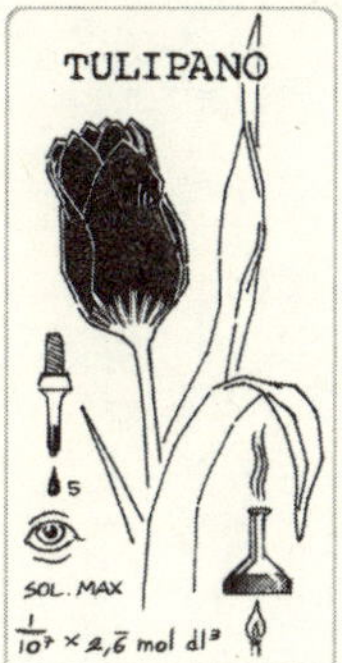

Privazione del sonno

LOTO NELUMBO NUCIFERA

Morte apparente

TACCA CHANTRIERI

(FIORE DEL DIAVOLO)

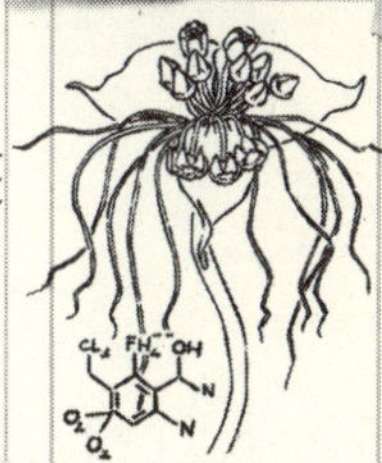

Rigenerante curativo

PASSIFLORA

Telepatia

LILIUM

Telecinesi

MIMOSA

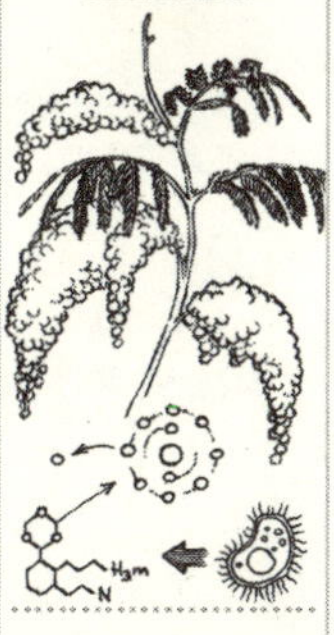

Microcinesi

STRELITZIA REGINÆ

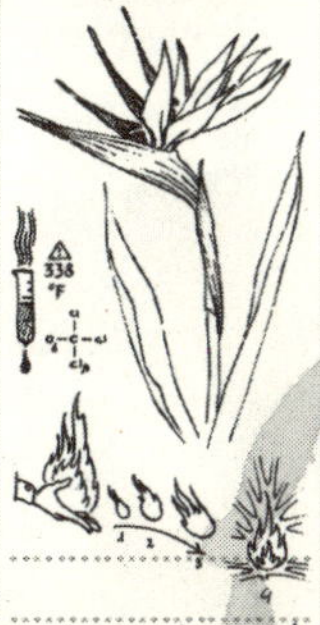

Pirocinesi

NARCISO

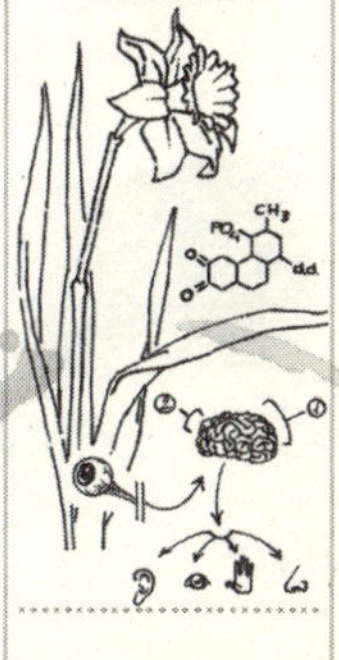

Sinestesia

TAVOLE DEI COLLIRI DEL DOTT. ABRAM TOWE

2/88

ESPERIMENTI

Risvegliarsi sottoterra non è un'esperienza che consiglierei. Ti fa sentire morto. Ma ti fa anche sentire protetto. In un certo senso, fuori dai giochi.

Quando mi alzai dal letto, finii con i piedi sopra alla tavola con i colliri. La sera prima avevo provato a studiarla, ma una stanchezza che non mi ero accorta di avere aveva vinto, schiacciandomi la testa contro il cuscino.

Fu un odore di uova fritte a farmi riprendere. Non avevo idea di che ora fosse. La finestra sul muro era solo disegnata. Immaginai che di là stessero preparando una specie di colazione.

Clive mi aveva lasciato dei vestiti sulla sedia. Una sua tuta da ginnastica che mi misi senza fare la doccia. Di certo non sarei potuta andare in giro con un abito da sera.

La porta della stanza si aprì senza bisogno del codice e mentre mi muovevo lungo il corridoio, tenendo le mani nelle tasche, insieme all'odore di fritto sentii anche uno sfrigolio e una radio sintonizzata sul passato.

Feci capolino nel laboratorio. Clive e suo padre mi stavano dando le spalle e si muovevano in modo ridicolo seguendo il ritmo. Anche Rudolph, il cane più brutto del mondo, si molleggiava sulle zampe ai loro piedi, sperando che prima o poi cadesse qualcosa. E qualcosa cadde. Il dottor Tower fece saltare un uovo per aria, ma i suoi riflessi da Nocturno non lo aiutarono a riprenderlo. Andò a finire in terra e a me scappò una risata. I due si voltarono all'unisono.

«Non è molto indicato usare il becco Bunsen per cucinare» dissi raggiungendo il tavolo di metallo su cui la sera prima stava morendo Clive. Adesso era apparecchiato con delle tovagliette e un vaso di fiori. Rose gialle. Mi sedetti.

Rudolph si era già avventato sulla frittata e il dottor Tower, un po' meno diffidente nei miei confronti, mi venne accanto per prendere dei tovaglioli di carta. Aveva tolto gli occhialoni, ma i suoi occhi risultavano ugualmente tondi e sporgenti, circondati da occhiaie come Saturno è circondato da anelli. Mi sorrise appena, incrociando il mio sguardo per pochi istanti, e timidamente se ne andò via. Nello stesso istante Clive sbatté sul tavolo due piatti con uova e pancetta. Si tolse anche il grembiule a scacchi che aveva addosso. Io avevo già cominciato a sbocconcellare il pane tostato al centro del tavolo.

«Ti piacciono le uova?» mi chiese senza interesse, sedendosi di fronte.

«Sì...»

«A me piacciono, ma mi disgusta pensare a cosa sono».

Alzai le sopracciglia e continuai a mangiare. Erano buone.

«Non credo di voler sentire il resto...»

«La più grande cellula esistente» bisbigliò il dottor Tower da accucciato.

«Pensavo peggio» risposi portandomi un pezzetto di uovo alle labbra.

«È un ovulo non fecondato» tenne a precisare Clive.

Riposi la forchetta sul piatto, facendola cadere da pochi centimetri e lo guardai storto.

«Prenderò il bacon, allora».

«Meglio. Più uova per me» disse, togliendomi il piatto. «Hai fatto i compiti ieri sera?»

Cercai di ignorare il suo atteggiamento. Sarebbe stato meglio farci l'abitudine: si prospettava un lungo periodo da passare insieme.

«Ho provato, ma mi è sembrato davvero assurdo... Ho letto cose che facevano un po' troppo... Superman».

«No» mi fermò lui come se avessi detto qualcosa di blasfemo. «Superman vola».

«Vabbè... Parlavo di telecinesi, pirocinesi... Insomma, roba da *X-Files*. Sul serio possiamo fare certe cose?»

Clive abbassò le palpebre e rimase con la forchetta ciondolante.

«Ok, forse ho esagerato un po' con i termini. Non ti aspettare di mettere una tutina e saltare sui tetti per salvare il mondo... Dio, staresti malissimo vestita così».

«Clive, ti prego» cercai di farlo concentrare.

«Hai ragione. Si impara più con la pratica che con la teoria».

Si alzò in piedi e uscì dal laboratorio per dirigersi nella sala dei computer.

«Cosa...» dissi seguendolo di là.

Si stava legando alla gamba una specie di fondina per le pistole. Mi avvicinai a lui per guardare meglio cosa stava facendo e mi accorsi che conteneva una serie di fialette con liquidi colorati, come i campioncini che regalano nelle profumerie.

«Ah, ho aggiustato il tuo computer» disse mentre era ancora chinato.

Rimasi a fissare i suoi capelli argentati.

Non avevo collegato le parole.

«Il tuo computer» continuò alzando la testa e spostando gli occhi dal mio volto a un tavolo lì accanto. «Me lo sono fatto dare dal negozio in cui lo aveva portato a riparare tua madre».

«Ma come...» balbettai riconoscendolo.

«Non dirmi che ti stupisci per così poco. È stato semplice farsi scambiare per l'assistenza. Tutti i tuoi dati sono al sicuro».

Si tirò su e si diresse verso la rampa che portava all'ascensore.

«Belle foto, comunque. Ludkar sarà anche stato uno psicopatico, ma il suo corpo era... sanissimo. Non ti è andata male, alla fine».

«Ehi!» esclamai raggiungendolo.

Questa volta ero davvero seccata.

«Sono cose private! Non ti sarai messo a frugare fra...»

«No» rispose Clive mentre entravamo nel bagno-ascensore. «Ho solo letto il tuo diario».

Il cagnetto ci raggiunse all'istante, come se avesse avuto un radar. Si sistemò fra le mie gambe con la lingua di fuori.

«Potevi evitarlo...» commentai incrociando le braccia. «Beh, almeno ti sei chiarito un po' le idee su come sono andate le cose».

«Sì...» mugolò Clive soffiando via i capelli. «Anche se non mi sono piaciute molto le parti in cui c'ero io. E poi...» tirò lo sciacquone per azionare i meccanismi di risalita «che razza di titolo è *Fiori di cenere*? Chi è che dà un titolo al proprio diario?»

***

Uscimmo dalla roulotte.

Il sole autunnale non riscaldava l'aria, era un'illusione che batteva la terra polverosa dello spiazzo come le luci della base sotterranea. Clive mi informò che era l'una del pomeriggio e si sedette su una delle sedie da campeggio. Il cane gli saltò sulle ginocchia.

«Allora, da quale vuoi cominciare?»

Io gli stavo davanti, in piedi. Alzai le spalle.

«Non lo so...»

Clive sorrise e prese dalla fondina una fialetta rosso bordeaux.

«Prova l'essenza di Dionea Muscipula» disse lanciandomela.

Era così piccola che per poco non mi cadde dalle mani. La presi per miracolo. Lo guardai per vedere se mi dava qualche istruzione in più. Mimò solo il gesto di mettersi il collirio. Così tolsi il tappino e guardai verso l'alto. La boccetta era a pochi centimetri dal mio occhio e la vedevo sfuocata in trasparenza. Una goccia cadde precisa dentro la mia pupilla.

Sbattei un paio di volte le palpebre.

«E cosa dovrebbe fare e in quanto tempo...»

Clive non mi lasciò terminare la frase. Scagliò una bottiglia di birra vuota contro di me, come un matto.

Senza che me ne accorgessi, l'avevo afferrata al volo. Guardai ancora incredula la bottiglia fra le mie mani. Quando mi ripresi dallo spavento, mi resi conto che per quei pochi secondi avevo avuto la sensazione che il tempo rallentasse. Un sorriso mi si allargò sulle labbra.

«È... è incredibile!» dissi prima di mettermi a ridere.

Una sensazione inebriante.

Anche Clive si lasciò sfuggire un sorriso.

«Dura per pochi minuti, ma può servire».

Inutile dire che l'eccitazione mi correva dentro come una scossa elettrica. Volli subito provarne un'altra. Clive acconsentì e mi passò un secondo flaconcino. Questa volta era blu cobalto.

«Passiflora. Questo è per la telepatia, ma non ti aspettare grandi risultati...» disse Clive mentre mi stavo già mettendo le gocce negli occhi. «In realtà, è una percezione delle mie sinapsi attraverso il secondo livello, quello del Cinerarium».

Una sorta di frastuono silenzioso mi percorse le orecchie.

Aggrottai le sopracciglia. Clive aveva smesso di parlare. Non stava muovendo la bocca, ma riuscivo a sentire qualcosa... Frammenti distorti dei suoi pensieri. "Funziona... ma è meglio non usarlo vicino a te".

«Dura solo pochi secondi» replicò facendo finta di niente «ma basta saper fare la domanda giusta, per avere una risposta sincera».

Quindi si alzò in piedi, tenendo sotto braccio Rudolph, che si comportava come se fosse stato un salsicciotto vivente. Impassibile, stordito e ansimante.

«Ok, direi che possiamo saltare l'estratto di rose rosse, per l'incremento dei feromoni. Con me non funzionerebbe e rischieresti che Rudolph si attacchi a una tua gamba...»

«Va bene, va bene... passiamo oltre» risposi scacciando via con le mani quell'immagine orribile. «La pirocinesi... sarei davvero in grado di accendere un fuoco a distanza?»

«No» rispose Clive accarezzando il cane. «Si tratta più che altro di uno spostamento delle fiamme viola nel livello due. L'apparizione del fuoco sul nostro livello è legata a quello. Ma ci vuole pratica. Lascia stare».

«Ok...» risposi leggermente offesa.

Volevo provarli tutti, però Clive mi aveva detto di andarci piano. Non ero abituata a quelle sostanze e non era nemmeno possibile assumerne tante a breve distanza di tempo. A meno che non mi piacessero i collassi nervosi.

«La sinestesia invece... di cosa si tratta? So cos'è in letteratura ma...»

Clive approvò la mia scelta, come se fosse stato un sommelier.

«È una delle nostre potenzialità più interessanti». Frugò nella fondina fino a trovare quello che cercava, una provetta giallo canarino. «Non è tanto diversa dal concetto scritto. Si fa col narciso. Ti fa percepire una sensazione attraverso un senso diverso. Per esempio, puoi sentire il sapore di un colore, o vedere attraverso l'udito».

«Sembra interessante».

E infatti fu molto interessante quando la provai. Clive disse di usarne una sola goccia, ma anche con quella piccolissima lacrima artificiale il mondo divenne un'allucinazione chiarissima.

Mi accasciai al suolo per quanto avevo perso i riferimenti. Sotto le mani sentivo un suono polveroso e davanti agli occhi vedevo odori elettrici, ondulati, incomprensibili. La realtà era diventata di Kandinsky. Poi tornò mia.

Rimanemmo là nello spiazzo, davanti alla roulotte, per quasi un'ora e Clive mi fece provare una decina di essenze. Da quelle empatiche, che facevano cambiare il mio stato d'animo come un colpo di vento, a quelle che incrementavano capacità fisiche o sensoriali. Provai anche l'estratto di rosa gialla e per qualche momento dimostrai a Clive che non ero così da sottovalutare. Ma forse trattarmi male, per lui, era soltanto un modo per dire che gli piacevo.

«Direi basta così, per oggi» sentenziò Clive richiudendo la fondina. «Non sono da sprecare. È molto complesso ottenerle e procurarsi i fiori. L'estratto di Tacca Chantrieri che ti ho regalato, quello rigenerante... è il più difficile da produrre. Ci vogliono otto mesi per distillarlo e otto Fiori del Diavolo per ogni goccia. Fiori estremamente rari» sorrise amaramente. «La natura non ci aiuta mai... Non si poteva fare con il prezzemolo, dico?»

Gli sorrisi mentre prendeva un'altra sedia da campeggio e la apriva vicino alla sua. Ci sedemmo e senza dirmi nulla mi passò ancora un flaconcino.

«Credevo che avessimo finito».

«Prova ancora questo. Il collirio di orchidea nera. È per il controllo del metabolismo».

«E cosa dovrei...»

«Tu prova e basta».

Feci come mi disse. Misi una goccia per occhio e poi, sempre seguendo le sue istruzioni, reclinai la testa all'indietro.

«Ora pensa ai tuoi capelli...» mi sussurrò Clive all'orecchio destro, mentre al sinistro sentivo ansimare Rudolph.

Una strana sensazione mi percorse il cuoio capelluto. Era come un brivido continuo e frusciante. Andò avanti per quasi un minuto ed era una sensazione davvero piacevole. Poi si fermò e, rilassata come dopo un lungo massaggio, mi rimisi a sedere composta. Ero scivolata per metà sullo schienale.

Quando guardai a terra, vidi i miei capelli.

«Non ci credo...»

Erano cresciuti a dismisura. Toccavano quasi il suolo. Li presi in mano e risalii con le dita. Più andavo in su e più si schiarivano. Dal biondo cenere passavano al bianco argentato.

«Cosa mi hai fatto fare...» dissi indecisa se essere contenta o furiosa.

«Ti ho fatto diventare quello che sei. Come me» disse Clive, ruotandomi le spalle per farmi tornare a dargli la schiena.

Incominciai a sentire le sue mani muoversi fra i miei capelli.

«Sei fortunato che prima mi hai fatto provare l'estratto calmante».

«Ne avevi bisogno».

Lo lasciai lavorare rimanendo a sospirare e guardando il panorama della periferia. Sapevo che non dovevo essere così tranquilla, che oltre quei palazzi stavano accadendo cose in cui dovevo intervenire, ma non mi dispiaceva quella serenità artificiale.

«Cosa credi che dovremmo fare adesso?»

«Beh...» rispose Clive «io vorrei fermare la Octagon, ma immagino che tu abbia altre priorità».

«Povera Penny...» dissi mordendomi le labbra. «Dovrei andare nel Cinerarium, per vedere come stanno lei e sua sorella, ma non è il momento».

«Almeno Ludkar è stato arrestato. Non penso che tu ti debba preoccupare per il corpo della bambina come ti ha fatto credere. Non lo ucciderà per tornare nel Cinerarium. Per il momento gli è comodo».

«Forse hai ragione, ma sono lo stesso in pensiero. Dovremmo scoprire dove l'hanno portato e poi potrei usare la polarizzazione inversa del cristallino per guardarlo e rimandarlo nel mondo di cenere a forza».

«Lo faremo. Dirò a mio padre di controllare sui computer della polizia. Ecco fatto». Clive si alzò in piedi: «Ho sempre pensato che saresti stata meglio con la treccia».

Mi alzai in piedi anch'io e guardai i capelli che penzolavano fino alle ginocchia. Clive era un ottimo acconciatore. Sorrisi. Un cambio di look, date le circostanze, poteva essere un buon modo per vedermi diversa. Per vedermi per quello che ero. Una Crepuscolare.

«E Nate?» gli domandai. «Mi aiuterai anche con lui?»

«Ho già chiamato il taxi».

SOTTO E SOPRA

Il taxi ci portò verso il centro della città in meno di dieci minuti. Clive mi permise di usare il cellulare e chiamare Christine solo se non rivelavo quello che stavamo per fare. Mi sembrava un po' paranoico, ma lo potevo capire. In ogni caso, avremmo potuto usare un palmare che aveva con sé per comunicare.

Era una specie di palmare fatto in casa, con cui riusciva a rimanere in contatto con il padre e accedere al sistema operativo della base a distanza. Mentre ci dirigevamo verso casa della mia amica, lo usò per tutto il tempo senza rivolgermi la parola.

Chiamai anche Leo, che stava uscendo da casa per andare da Margareth. Dopo la follia che si era scatenata a teatro, mia madre lo aveva portato al pronto soccorso e lui non era più riuscito a sentire la sua pseudo-ragazza. Forse saremmo passati da loro più tardi, ma quando Clive sentì le mie parole, fece di no con la testa. Salutai e terminai la chiamata.

«Beh, se pensi che i suoi genitori abbiano qualcosa a che fare con la Octagon Corporation, non è un bene che siamo amici della figlia?»

Clive continuava a non rispondere. Alzò le sopracciglia e tornò a giocare con il suo aggeggio.

Nel frattempo il taxi si fermò davanti a casa di Christine. La mia amica era davanti al portone che ci aspettava.

Aprì la portiera senza guardarmi e si sedette di fianco a noi.

«Sei ingrassata o non sai farti più in là?» poi si voltò e ci vide. «Oh, mio Dio… Cosa hai fatto ai capelli!? E questo gran figo…»

All'ultima elegante osservazione di Christine, Clive alzò la testa e spalancò per un istante gli occhi.

«È quello a cui hai lavato la faccia con uno scopettone».

Christine rimase con la bocca aperta passando a guardare ripetutamente lui e me. Intanto Clive si sporse in avanti e diede indicazioni al tassista per farlo ripartire.

«Cl... Clive!? Sei anche tu un Crepuscolare?»

«Non è educato fissare così le persone» continuò lui fingendo di non essere divertito.

«Hai saputo cosa è successo a teatro?» le domandai mentre lei si appoggiava allo schienale e continuava a fissare la mia treccia bianca. «Leo mi ha detto che te l'ha raccontato».

«Sì... non riuscivo a credergli. È assurdo... Insomma, ho giocato alla playstation con Ludkar! Ci sono rimasta a casa tua da sola...»

«E io ci ho dormito insieme, Christine» dissi con un tono molto serio, per cercare di farla riprendere. «Ma ci sono altre cose che devi sapere...»

Clive intervenne.

«Fai in fretta perché fra poco arriviamo».

Dando fondo alle mie capacità di sintesi, che quel giorno erano molto scarse, tentai di mettere Christine al passo con gli avvenimenti. Le raccontai chi era veramente Clive, cosa fosse il Cinerarium e come mai i miei capelli erano cresciuti a quel modo. Cercai di essere il più chiara possibile, anche sulle cose che mi erano risultate più oscure. Le raccontai anche di Demidoff e conclusi dicendole dove stavamo andando.

L'auto si fermò proprio davanti all'uscita del metró, alla stazione che portava al vecchio rifugio di Ludkar.

«E tu saresti venuta da sola qui sotto?» mi domandò, mentre scendevamo, come se fosse un rimprovero. «Sei fuori come un giardino pensile! E adesso vuoi che venga con te?»

«No, se non te la senti» le risposi.

Christine incrociò le braccia osservando Clive che pagava il tassista.

«Sei proprio sicura che lui sia gay?» mi domandò lasciandomi un po' perplessa.

«Cosa...»

Sorrise e seguì Clive verso l'entrata del metró. Sorrisi anch'io, scuotendo la testa. Era brava a non ammettere mai quanto fosse mia amica. Non so quante persone sarebbero scese là sotto per amicizia.

Li raggiunsi e scendemmo le scale dirigendoci fino alla macchinetta automatica. Clive stava facendo i biglietti per tutti.

«Ma con i tuoi giochetti tecnoerotici, non puoi farci passare senza biglietto?» gli domandò Christine studiandolo.

Doveva sembrare parecchio strano anche a lei che quel ragazzo fosse lo stesso viscido Clive che strisciava per i corridoi della nostra scuola. Ma non ne era affatto dispiaciuta.

Lui si voltò senza sorriderle. Forse Christine era la sola persona che poteva tenere testa alla sua arroganza. Le mise in mano un biglietto.

«L'unico motivo per cui potrei baciarti» disse passando direttamente al sodo «è per farti stare zitta. Andiamo».

Christine ringhiò qualcosa sottovoce e, stringendo i denti, ci seguì fino ai tornelli. Passammo i biglietti e spingemmo la barra di metallo. Eravamo dentro, ma dovevamo scendere ancora per raggiungere la banchina.

«Come fate ad essere sicuri che troveremo Nate in questo... cos'è, una galleria abbandonata?» domandò Christine mentre percorrevamo gli scalini.

«Non siamo sicuri. È il posto più probabile».

«Scusa...» chiese ancora Christine a Clive «dici di essere tanto intelligente, ma mi sembra da idioti andare così alla cieca. Perché non hai fatto venire anche tuo padre? È un Nocturno, no? Potrebbe sentire il suo odore e dirci dov'è».

Ormai ci trovavamo sulla banchina. Fortunatamente non c'era quasi nessuno ad aspettare il treno.

«Mio padre non può uscire dalla base».

«Giusto, è un cagasotto».

Clive rise contro voglia.

«No, prenderebbe fuoco» le rispose stringendo in mano il palmare e lanciando occhiate alle telecamere di sorveglianza.

«Eh?» disse Christine arricciando il naso.

«Si è convinto di essere un vampiro. Sa perfettamente che non è così, che la mutazione dei Nocturni non ha niente a che vedere con leggende. È uno scienziato...»

«E allora?»

A me aveva già spiegato tutto sul dottor Tower, ma non intervenni. Allentava la tensione vederli darsi contro a vicenda. Se fosse stato un combattimento fra galli, non avrei saputo su chi scommettere.

«È psicosomatico anche quello, ok?» disse Clive alzando gli occhi al cielo. «Si è convinto a tal punto, che se uscisse prenderebbe fuoco davvero».

«Non ha senso...» commentò Christine aggiustandosi i codini.

«Anche altre persone dicono cose che non hanno senso... E ora lasciami lavorare».

Quell'affermazione mezza sussurrata fece talmente innervosire la mia amica che si tolse gli elastici e lasciò i capelli neri liberi. Non lo faceva praticamente mai.

«Ecco fatto» concluse Clive, facendo segno con la testa di seguirlo. «Le telecamere sono staccate».

Come avevo fatto io la prima volta, aspettammo l'arrivo del treno per intrufolarci nel passaggio della galleria. Nessuno si accorse di niente e ci appiattimmo contro al muro aspettando che il metró si allontanasse.

Clive tolse, da un moschettone che teneva alla cintura, tre piccole torce a led molto potenti e ce le passò.

«Vedete di non cadere di sotto».

«Sei tu quello davanti a me. Non sono io quella che deve fare attenzione...» rispose Christine acida come uno yogurt scaduto.

Ci incamminammo lungo il tunnel e questa volta, senza il terrore del buio, fu molto più semplice. La biforcazione della galleria non era così lontana come ricordavo.

Scendemmo gli scalini per arrivare al portellone e lo trovammo aperto. Clive stava per girare la maniglia, ma prima si voltò per guardarmi.

«Ah, mio padre mi ha mandato un messaggio. Ha controllato nei file della polizia, ma non risulta niente su Penny. Cioè, su Ludkar. Ci sono state segnalazioni, denunce, ma non si sa ancora cosa abbiano fatto della bambina».

Poi spinse la porta e ci ritrovammo nella galleria. La luce sul fondo era ancora accesa, però non c'era nessuna musica a muoversi nell'aria. Solo un grande silenzio sotterraneo, fatto di gocce e sospiri della pietra.

Fermai Clive e Christine.

«È meglio che vada avanti io...» dissi passando fra di loro. «Il letto... è tornato al suo posto».

Il letto a baldacchino montato sui binari era tornato là dove lo avevo visto la prima volta. Le tende stracciate erano tirate, e non potevamo essere sicuri che fosse vuoto.

Ci avvicinammo con cautela. La galleria era lunga e scura, e non c'erano tracce di presenze umane o non umane. Se Nate era lì, doveva essere nascosto.

Mentre procedevamo sulla strada ferrata, usai la torcia per illuminare il soffitto. Non volevo che se ne stesse là acquattato come un ragno ad aspettarci. Ma le uniche cose che la torcia rivelò erano aloni rossastri di ruggine e infiltrazioni.

Quando infine raggiungemmo il letto, Clive ispezionò il suolo, cosparso di morte.

«Queste ossa... devono avere come minimo vent'anni» disse a bassa voce. «Consolati. Il tuo ragazzo non ha aggiunto pezzi alla collezione di Ludkar».

Christine si portò una mano alla bocca.

«Non riesco a sopportarlo...» disse, facendoci pensare che si riferisse agli scheletri. «Chi può aver ridotto così un jukebox come quello?»

Era evidente che si sentiva a disagio, anche se sapeva quello che avremmo trovato là sotto. E per il momento non era neppure il peggio.

A quel punto decisi di avvicinarmi al letto. Dovevo vedere cosa si nascondeva dietro ai tendaggi logorati dall'umidità e dalla mia angoscia. Clive non disse nulla. Mi guardò mentre salivo la piattaforma.

Strinsi un lembo del tessuto. Tirai con uno strattone e un tanfo di marcio mi investì come se fosse stato tangibile. Mi coprii il naso con la manica, ma sul materasso non c'era niente. Forse c'era stato qualcosa, perché le coperte sembravano state sporcate di recente.

Voltai la testa verso gli altri. Clive e Christine rimasero a fissarmi interdetti.

«Dobbiamo usarlo» dissi.

La mia amica approfittò della titubanza di Clive per mostrarsi superiore e fare una mossa di vantaggio nella loro assurda partita.

«Ok» rispose salendo sulla piattaforma e ignorando il tanfo.

Per un istante sembrò non riuscire a trattenere un conato, ma quando Clive salì insieme a noi, gli sorrise.

«Aggrappatevi a qualcosa» li informai mentre mi spostavo vicino alla leva che avrebbe azionato i meccanismi.

I due si tennero alla struttura del letto, fissandosi come se fossero stati loro il vero problema. Non sapevamo dove quel letto ci avrebbe portati e sicuramente non sarebbe stato un hotel a cinque stelle.

Afferrai la leva, pregai sottovoce qualche dio metropolitano e tirai. Uno schiocco metallico risuonò nella galleria. Qualche cigolio, un gracchiare sordo di ingranaggi e il letto cominciò a vibrare. Uno scossone lo fece muovere e anch'io fui costretta a sedermi su quel sudiciume.

Le ruote si mossero lungo la strada già decisa e, traballando, ci spinsero verso la grata che aveva bloccato le mie mani. Si sollevò per lasciarci passare, per farci inghiottire dall'ombra, e da un momento all'altro ci ritrovammo in balia di quel viaggio nell'ignoto.

L'oscurità era riempita solo dal suono delle rotaie battute dal nostro peso in corsa. Non sapevamo a che velocità stessimo andando, ma ci rendemmo conto che stava aumentando perché l'aria ci veniva contro con maggiore violenza, quell'aria torbida e umida, di catacomba, già respirata dai morti e dai vermi.

Clive imprecò, forse aveva rischiato di scivolare. Vidi una luce accendersi, mentre i tendaggi ci battevano addosso come bandiere in un temporale. Stava usando la torcia per illuminare le pareti anguste del traforo, ma quelle sfrecciavano tanto veloci che vedevamo solo sfumature marroni.

«Tira di nuovo la leva, cazzo!» gridò Clive. «Ci sarà un freno su questa cosa!?»

Mi rimisi in piedi e accesi anch'io la mia torcia. Me la misi fra i denti e afferrai la leva con entrambe le mani. C'era una maniglia che forse regolava la corsa.

Mi sporsi per vedere oltre la testiera. La luce che tenevo in bocca mostrava i binari filare come schegge spettrali, inoltrandoci nelle profondità anguste della terra. Curve violente ci fecero sbandare da una parte all'altra, mentre cercavo di tirare con tutto il mio peso. Ero troppo debole per farcela.

«Clive! Passami un estratto di garofano!»

Lo sbirciai trafficare nella fondina. Alcune provette schizzarono via per i contraccolpi.

«Eccola!»

Si sporse e mi affrettai a strappargliela dalle dita. Non era proprio il momento adatto per mettersi un collirio. L'unica cosa che potevo fare era rovesciarmelo in faccia e sperare che qualche goccia trovasse la strada. E così feci.

Sentii le palpebre bagnarsi, mentre la stoffa mi schiaffeggiava. Qualcosa era entrato. Un calore improvviso mi percorse i muscoli. Tirai. Scintille. Sfrigolii.

Oltre la testiera del letto, i binari terminavano pericolosamente contro una parete d'acciaio.

Strinsi gli occhi e continuai a strattonare la leva contro il petto. Era uno sforzo tremendo, ma avvertivo che la velocità stava calando. Rallentavamo. Christine rise e urlò alle mie spalle, come se fosse stata a un rodeo.

Il letto perse velocità, i tendaggi smisero di essere indemoniati e un fischio acutissimo ci squarciò i timpani. Un ultimo colpo fece fermare definitivamente il letto contro la barriera.

Non eravamo morti. Era già una vittoria.

«State tutti bene?» chiesi di prassi.

«Sì... tranne che il lavoro di mesi è andato in fumo...» commentò Clive richiudendo la fondina.

Christine si rialzò e scese dal letto barcollando.

«Odio... odio le montagne russe».

Anch'io scesi da quel congegno e mi ripulii la tuta dagli schizzi come meglio potevo.

Clive aveva tirato di nuovo fuori il palmare e stava toccando lo schermo, muovendo freneticamente le dita.

«Non c'è campo qua sotto. Non riesco a capire dove siamo».

«Senza il tuo giocattolino sei perduto?» gli domandò Christine sbirciando da dietro la sua spalla.

Io ero più interessata a capire cosa avremmo fatto adesso. Davanti a dove si era fermato il letto, c'era un'altra grata che dava sul vuoto. C'erano dei cavi d'acciaio tesi in verticale e, sulla destra, due bottoni incrostati. Sembrava un montacarichi, un ascensore rudimentale.

Clive e Christine mi vennero accanto. Stavo per chiedere una loro opinione, ma la mia amica fu più svelta a premere il pulsante.

«Brava, un buon modo per non farsi notare...» la rimproverò il Crepuscolare.

«Cosa volevi, stare qui ad aspettare il comitato di benvenuto? O risalire su quel letto?»

Il loro vociare venne presto coperto dai rumori meccanici dell'ascensore. Il pulsante premuto si era acceso di rosso e i cavi avevano cominciato a muoversi. Alzammo le teste e vedemmo il montacarichi scendere lentamente. Si abbassò fino alla nostra altezza e si arrestò. Era vuoto, sporco come tutto il resto, e non aveva porte.

Clive aprì la grata e fece un cenno con la mano.

«Prego, prima le signore».

E così dicendo, entrò per primo.

«Non possiamo lasciarlo qui?» mi digrignò Christine all'orecchio. «Leo in confronto è un santo...»

Alzai le sopracciglia e feci battere le scarpe contro il fondo di metallo. Richiusi la grata senza risponderle. C'era un altro comando all'interno, una scatola collegata con dei fili mezzi scoperti. Clive l'aveva presa in mano.

«Sembra che ci sia una sola destinazione» disse premendo il bottone.

Il montacarichi mugolò prima di riprendere la salita. Si mosse piano, con una calma d'acciaio pachidermica. Quella sembrava l'unica consolazione rispetto alla follia del mezzo che avevamo appena lasciato. Poi il montacarichi entrò nella sua tana verticale e, nell'ultimo spiraglio vicino ai nostri piedi, vedemmo scomparire le rotaie.

Ci guardammo, mentre ballonzolavamo leggermente. Una luce giallastra, ingabbiata sulla parte superiore, quasi fosse pericolosa, illuminava i nostri volti. Non avevamo molto da dirci. Prestavamo tutti attenzione a quel ronzio continuo, che non prometteva di tenerci sospesi fino alla fine. Ogni tanto qualche schiocco, che ricordava una sega piegata e poi lasciata andare, attraversava lo spazio fra i nostri occhi. L'unica cosa che venne detta uscì dalla bocca di Christine.

«Stai proprio male con quella treccia...»

Poi la durata esasperante di quella salita tolse a tutti i pensieri.

Clive tentò di cronometrarla e si mise a maneggiare il palmare, cercando di capire la velocità e calcolando quanto distavamo dalla superficie. Le espressioni che comparivano sul suo volto facevano intuire che qualcosa non gli tornava.

«Non è possibile... anche ammesso che fossimo a cento metri sottoterra...» disse preoccupato un attimo prima che la luce del giorno lo abbagliasse.

Il montacarichi era arrivato a destinazione.

Il passaggio dall'oscurità sotterranea al chiarore fece male agli occhi di tutti, ma quello che soffrì di più fu il mio cuore. Non c'erano porte da aprire. Il pannello di vetro satinato era già spalancato. I calcoli di Clive non erano per nulla sbagliati.

Non ci trovavamo al livello del suolo. L'inferno aveva traslocato ai piani alti. Quello era l'attico di Margareth.

LA FILOSOFIA DEL COLTELLO

Oltre i giganteschi vetri dell'attico, la città si apriva davanti a noi come una di quelle cartoline pieghevoli. Era un paesaggio irreale, non aveva niente a che fare con gli uomini. Allo stesso modo ci appariva l'appartamento di Margareth. Un luogo gelido, finto, in cui nessuno avrebbe mai potuto abitare.

Uscimmo dall'ascensore in silenzio, posando con cautela i piedi su quel pavimento lucido fino all'inverosimile, tanto da sembrare liquido. Clive avanzava con il terrore che potesse inghiottirlo e teneva una mano sulla fondina come se avesse una pistola.

Cosa significava il montacarichi, che connessione univa la metropolitana, l'attico e la Octagon Corporation? Non sapevo cosa temere, ma l'aria che respiravo era carica di tensione.

La sala era vuota, eppure tutte le luci erano accese. C'era un biliardo al centro dello spazio, un biliardo telato di rosso. Una partita era stata cominciata e lasciata a metà. Forse ero io a dover prendere in mano la stecca.

In quell'istante un rumore squillante provenne dalla mia destra. Era quello di un bicchiere che veniva appoggiato su un tavolo. Vetro contro vetro.

Voltando la testa, trovai gli stessi divani di pelle chiara, squadrati, su cui mi ero appoggiata prima della cena. Avrei pensato che fossero vuoti, se non fosse stato per un paio di gambe femminili che sbucavano da un lato. Erano incrociate e portavano calze aderenti e scarpe eleganti col tacco.

Sotto un grande quadro astratto, il camino era accesso e il lieve strepitio delle fiamme si confondeva con il rumore di una gola che si disseta.

Poi, da dietro lo schienale, emersero dei capelli. La persona che era sdraiata si stava alzando. Un fremito mi scosse mentre vedevo comparire quello chignon legato tanto stretto da far risultare il resto della testa come un marmo venato d'oro.

La donna si mise definitivamente in piedi dandoci le spalle.

Non c'era bisogno che si voltasse. L'avevo già vista vestita a quel modo. Una maglia bianca a collo alto e un tailleur grigio attillato più di una camicia di forza.

«Margareth...» dissi provando la sensazione di aver sbagliato nome.

Ma anche se quel nome non le apparteneva, si voltò ugualmente verso di noi, con un unico giro sui tacchi.

Sorrideva. Sorrideva in un modo limpido, tenendo la testa alta e il bicchiere con entrambe le mani. Con i suoi occhi azzurri, leggermente divergenti, ci fissava immobile, dando la sensazione di guardare oltre noi, verso una meta lontana.

Ma c'era dell'altro su quel viso, qualcosa che mai prima vi era comparso. Profonde cicatrici le scendevano ai lati esterni degli occhi fino al mento, come se avesse pianto acido. E quei solchi, che artigliavano la sua bellezza, erano riempiti di nero, di oscurità. Portava lo stesso trucco di quando aveva interpretato la Regina della Notte.

«Oggi è una bella giornata!» disse con un tono particolarmente ispirato. «Dovrei far licenziare qualcuno».

Lanciò il bicchiere verso uno dei finestroni che era stato lasciato aperto. Il cristallo attraversò il vuoto e si perse silenziosamente nell'aria, quell'aria novembrina che entrando tormentava le fiamme.

«Potete smetterla di chiamarmi Margareth» disse la donna riportando l'attenzione su di sé. «È un nome orribile, non so neanche come mi sia venuto in mente...»

Un'altra voce, maschile, fece eco dal fondo della stanza. Enea se ne stava fermo accanto al tavolo da pranzo, tenendo le braccia dietro alla schiena.

«Ha ucciso quella ragazza, signora, per prenderle l'identità».

«Giusto. Grazie, Enea...» rispose Margareth prendendosi un gomito e rimanendo con la mano libera a mezz'aria. «Devo averlo segnato in piccolo da qualche parte sull'agenda» gesticolò in modo nervoso e si puntò l'indice contro il suo bel mento. «Il mio nome è Aracmill. Molto più altisonante. Bello, vero?»

Mentre io non sapevo ancora che cosa dire o cosa provare, Christine batté tutti sul tempo.

«Stronza eri e stronza rimani...» biascicò.

Margareth, che aveva appena perso ai nostri occhi nome, anima e fiducia, aggirò il divano, misurando con attenzione i propri passi.

«Dovresti fare proprio qualcosa per quel brutto carattere, Christine... Io ti consiglierei di mettere la lingua fra i denti e poi un bel pugno dall'alto verso il basso» mimò il gesto, quasi scherzosamente. «Che ne dici?»

Guardò me e Clive muovendo la testa a destra e a sinistra, come se cercasse una sorta di cameratismo impossibile.

«Potremmo diventare amiche del cuore...» replicò ancora Christine. «Abbiamo proprio la stessa considerazione l'una dell'altra».

Poi la donna, che aveva definitivamente smesso di essere ragazza appena cominciato a parlare, si fermò a pochi metri da noi, riunì i piedi e fece battere i tacchi uno contro l'altro.

«Già, però a me la lingua ricrescerebbe» disse appena dopo lo schiocco.

Sentivo freddo. Il gelo era l'unica sensazione che provavo in quel momento. Non sapevo se il vento polare soffiasse dagli occhi di lei, o se quel palazzo fosse fatto di ghiaccio, ma il mio cervello era finito in un'ibernazione profonda, impegnato a pensare. Sapevo di essere lì, in quella stanza, anche se i miei occhi stavano richiamando immagini lontane, dal passato. E poi, d'improvviso mi rividi.

Rividi Ludkar passeggiare sui camminamenti metallici della raffineria nel Cinerarium. Lo rividi mentre mi raccontava qualcosa sul suo passato e rispondeva a una mia domanda: "Esistono molti Nocturni al mondo?".

Lui si era voltato lentamente e aveva risposto da dietro i capelli, dalle profondità del sangue: "Non credo, io conosco solo tuo padre... e Aracmill".

«Aracmill...» dissi a voce alta alzando la testa. «Ludkar... mi aveva parlato di te...» balbettai prima di riprendere coscienza di dove mi trovavo. «Tu sei... un Nocturno».

Aracmill, perché questo era il suo vero nome, non velò una certa soddisfazione nel vedermi ricollegare i fili. Chiuse gli occhi e per un istante il pesante trucco nero, insieme alle strane cicatrici, fece sembrare che sul suo volto si fossero aggrappati due ragni.

«Sono solo più intraprendente di voi. Con la perseveranza si arriva ovunque» sorrise guardando fiera davanti a sé. «A volte serve un coltello, qualche ricatto, un po' di pressioni qua e là... Ma in fondo è solo una filosofia di vita» si lisciò il tailleur. «E poi un giorno sei miliardaria a capo di una multinazionale».

Clive, che fino a quel momento era rimasto dietro di me in silenzio, sicuramente impegnato a pensare al futuro piuttosto che al passato, strinse i denti e si fece avanti.

«La Octagon Corporation...»

Aracmill fece qualche passo verso di lui e gli cominciò a girare attorno. I tacchi rimbombavano nell'attico come picconate sul ghiaccio.

«Mr Spectre» disse guardandolo dall'alto in basso con i suoi occhi gelidi, che con lo strabismo di Venere avevano poco a che fare. «Quello giusto, questa volta. Ho controllato nei nostri schedari. Tuo padre lavorava per me un tempo. Sei cresciuto bene» si voltò verso Enea. «Segna. Un esperimento riuscito» e tornò a guardare Clive facendo un gesto di vittoria, muovendo il braccio con il pugno chiuso, come se avesse sottinteso: "Per poco non ci hai giocati, bravo!".

Clive, immobile, la seguiva solo con gli occhi. Non aveva paura. O la sua paura era diventata qualcosa di molto più oscuro.

«Hai distrutto le nostre vite...» le disse con un rancore denso e controllato.

«Decisioni aziendali» rispose Aracmill, senza dargli peso. «Non si può sempre sperare di conciliare tutto».

Se ne tornò verso il divano, come se avesse voluto studiare una nostra reazione al suo avvicinamento. Io non riuscivo a sentirla un nemico. Avevo capito perfettamente, ma quella che avevo davanti agli occhi era ancora Margareth. Parlava, si muoveva e pensava in modo nettamente diverso e inquietante, eppure non riuscivo ancora a separarle. Se il suo scopo era di distruggerci dall'interno, c'era riuscita. Ma perché prendersi quel disturbo, perché farsi voler bene? Ero talmente stupita, e tutto era troppo acerbo per sentirlo come un tradimento, che glielo chiesi.

«Perché sei entrata nelle nostre vite?»

Lei si fermò, si toccò lo chignon e lisciò di nuovo il tailleur. Il suo atteggiamento era davvero indecifrabile. Sembrava le piacesse spiegarci tutto, che ci tenesse in considerazione, ma contemporaneamente voleva dirci che non era così. Era davvero strana. Aveva qualcosa di militare, di severo e lontano dall'umanità, e un'altra parte dissociata, estremamente femminile e cristallina. Una bellezza nordica che uccideva come il gelo.

«Gli affari richiedono accuratezza, precise indagini di mercato... All'inizio mi sono avvicinata a voi solo perché credevo che Ludkar fosse tornato».

«Lavorava con te?» chiese Christine facendola voltare.

Aracmill scrollò le spalle.

«Eravamo una coppia, anni fa. Ah... quanti massacri» respirò a fondo facendo gonfiare il petto e guardando sempre soddisfatta l'infinito. «Era davvero ingestibile. Una relazione difficile».

«Sembri abbastanza psicopatica da tenergli testa» continuò la mia amica con scioltezza, come se avesse sospettato da sempre o, più probabilmente, perché adesso poteva dire tutto ciò che si era tenuta dentro.

«Siamo persone molto diverse invece» rispose lei prendendosi un gomito e gesticolando con l'indice. «Lui era un cane sciolto, si accontentava di poco, voleva solo un osso per il gusto di morderlo. Voleva vedere il mondo bruciare. Io volevo il potere, l'ordine, il controllo» si fermò per sorridere con fierezza. «Le mie qualità sono la razionalità e la precisione».

Clive provò a infrangere quel suo sorriso dai denti perfetti, ma non ci riuscì.

«Definirti una persona è un insulto verso l'umanità...»

«Qualcuno si è sentito offeso?» domandò lei sgranando gli occhi. «Ho un esercito di avvocati, oltre che un esercito armato. Le mie possibilità di vittoria sono molto alte».

Finita la frase, rimase a fissare me come se stesse aspettando un mio intervento. Alzò ancora le sopracciglia per incitarmi a dire qualcosa. Mi guardai intorno. L'atmosfera era così silenziosa e aziendale... Paradossalmente avrei preferito sentirmi a disagio nel binario morto del metró.

«Perché...» azzardai provando a fissare quegli occhi dalle zampe di ragno «perché ci stai raccontando tutto questo se hai intenzione di ucciderci? Non ha... non ha senso».

«Ottima domanda!» esclamò lei puntandomi con l'indice. «Non vi ucciderò. Mi nutro solo di belle ragazze per mantenermi in forma. Sono una mangiatrice di modelle». Mosse la testa come un condor nel nido, di qua e di là, tenendo gli occhi verso l'alto, facendo finta di pensare. «Potrei uccidervi per divertimento. Ma non mi diverto a uccidere. È noioso. Finisce sempre allo stesso modo» arricciò il naso. «E ci si sporca molto».

Visto che tre ostaggi erano pochi, il destino pensò di far aprire la porta d'ingresso a un quarto. Le nostre teste si voltarono all'unisono quando sentirono la voce di Leo chiedere permesso.

Arrivò in soggiorno seguendo il ritmo della musica che stava ascoltando nelle cuffiette. Non alzò lo sguardo subito su di noi, si tolse prima giacca e zaino, lasciandoli cadere sul divano, assorto nella canzone.

Tutti noi, compresa Aracmill, rimanemmo a osservarlo spiazzati, mentre ripeteva alcune frasi a voce alta. Notai la mano fasciata mentre si toglieva gli auricolari e il suo sorriso si smorzava. Scrutò la situazione, scrutò soprattutto Aracmill e provò di nuovo a sorridere. Vide che non provocava nessuno effetto.

«Ehi, ragazzi... cosa sta succedendo?» domandò rendendosi finalmente conto che qualcosa non andava.

Nessuno gli diede spiegazioni. Rimanemmo a guardarlo. Nemmeno io me la sentii di dire qualcosa. Era semplicemente inaccettabile.

«Margareth...» continuò Leo avvicinandola titubante, come se fossimo impazziti «bel vestito... Sembra proprio che ci sia una festa... Mi spieghi per favore cos'è questa... tensione?»

«La puttana si chiama Aracmill» disse secca Christine.

Leo fermò i propri passi, prendendo un'espressione contrariata, ma prima che attaccasse Christine, Aracmill fece di sì con la testa.

«Vero. Tranne puttana».

«Intendevo in senso metaforico» ribatté la mia amica sarcasticamente.

Aracmill emise un suono prolungato e nasale, come se non avesse davvero capito l'ironia.

«Allora va bene». Poi voltò la testa di scatto verso Leo e sfoggiò uno dei suoi sorrisi radiosi e polari. «Leo, la realtà dei fatti è che non mi è mai interessato nulla di te. Abbiamo una differenza di età troppo grande» disse tutto di seguito, senza cambiare tono, come se stesse licenziando qualcuno. «Una signora non dovrebbe far sapere quanti sono i propri anni, ma se stessimo insieme... andremmo ben oltre la pedofilia. Ho dei principi ferrei» si compiacque della battuta, approvandola con un movimento veloce della testa. «Questo sì che era sarcasmo!»

«E quali sarebbero questi principi?» incalzò Clive.

«Non ne ho idea» rispose lei alzando le spalle e lasciando ricadere le braccia sui fianchi. «Lo dico sempre alle conferenze. Per incoraggiare i soci».

A quel punto Leo cominciò a capire che le regole del gioco erano improvvisamente cambiate e i suoi passi si mossero nella nostra direzione.

«No, scusate... Mi sono perso qualcosa o sbaglio?

«Te lo faccio dopo io, il riassunto» lo zittì Christine. «E inizierà con: "Te l'avevo detto"».

«È l'ex di Ludkar» tagliò corto Clive.

Leo si fermò di nuovo. Si voltò a guardare la sua Margareth

strozzata in quel tailleur grigio ipocrisia. Non trovò la sua Margareth, ma solo un'inquietante delusione. Un surrogato spietato dell'immaginazione. Tornò a guardare noi.

«Oh cazzo… no, dai…»

«Zing bang!» rispose Aracmill strizzando un occhio e usando le mani come fossero due pistole.

«Tutto quello che c'è stato… era finto?» balbettò Leo indietreggiando.

«Sono brava come attrice» rispose Aracmill seguendolo con lo sguardo e passando a fissare Clive. «Vi è piaciuta l'opera?»

Lui aggrottò la fronte sostenendo quegli occhi in uno scontro fra colori. Viola contro azzurro.

«Soprattutto il finale…»

«*The show must go on*…» rispose lei allargando appena le braccia. «Sono rimasta da sola in teatro a cantare. Sono scappati via tutti per quella bambina… Non c'è più rispetto per l'arte».

Scossi la testa, possibile che non avesse capito?

«Quella bambina era Ludkar» le dissi.

Aracmill ruotò la testa di scatto nella mia direzione, come se un meccanismo nel suo collo fosse scattato. Mi rispose rimanendo immobile, senza espressione, come un manichino.

«Lo so. Le guardie lo hanno portato da me».

«Dov'è adesso?»

Alla mia domanda, lei accennò appena un sorriso.

«Pensavo che volessi sapere dove si trova Nate».

E, dicendo quella frase, si voltò verso una porta a vetri scorrevole. Dietro la superficie trasparente e satinata potevamo intravedere una sagoma umana.

«Nate…» dissi piano, mentre la porta cominciava a scorrere, sperando di sbagliarmi.

«Devo dire, da un punto di vista tecnico…» commentò Aracmill, soddisfatta nell'istante in cui fu chiaro a tutti chi stava uscendo «che sa usare molto bene un corpo che non è suo…»

Mentre le mie orecchie trasmettevano al mio cuore quelle parole come catrame bollente, Clive approfittò del momento di distrazione per prendere qualcosa dalla sua fondina. Me ne accorsi appena. La mia attenzione si era concentrata su tutt'altro.

Nate uscì dalla stanza a piedi scalzi, scendendo i due scalini che stavano davanti alla soglia. Si stava abbottonando una camicia di seta grigia su cui erano disegnate delle righe nere a spina di pesce. Era molto elegante e allo stesso tempo selvaggio. Con quei pantaloni perfettamente stirati sembrava un modello. Era come se Aracmill lo avesse ripescato dalle fogne e rimesso a nuovo. Teneva la testa piegata su un lato, mentre i suoi capelli rossastri erano legati in una coda e solo un paio di ciuffi gli pendevano davanti agli occhi.

«Thara...» disse sorridendo il volto che apparteneva a Ludkar «non ne hai mai abbastanza...»

«Sono io che non ne ho mai abbastanza...» alluse Aracmill, porgendogli una mano.

Lui non la prese, ma le andò vicino.

Sentii il mio corpo cominciare a corrodersi dall'interno. Avevo la sensazione che quella scena potesse triturarmi le ossa. Volevo dire qualcosa, volevo dire a voce alta che non era vero ciò a cui stavamo assistendo, però l'unica cosa che pensavo era quella che disse Christine.

«Voi due... Sto per vomitare».

Sentii un dolore acuto scorrermi ai lati del naso, come due spilli liquidi che finirono per farmi sanguinare gli occhi. La gola mi si chiuse. Il mio ragazzo non poteva aver fatto con lei quello che non aveva voluto fare con me, dopo tante scuse e compromessi. Ma non era tanto il gesto a devastarmi, era l'idea che mi avesse accantonata, abbandonandomi lungo una strada che stavamo facendo insieme. Mi aveva tradito nell'anima.

«Dovresti essere da un'altra parte...» disse Nate con una smorfia, come se non gli importasse, come se ferirmi ulteriormente fosse possibile.

«No, lasciala» intervenne Aracmill, contenta di vedermi divorata dall'angoscia e dai dubbi. «Va bene qui. Sono ospiti dell'azienda».

«Nate...» sussurrai con uno sforzo enorme, quasi non riuscissi più a reggermi in piedi. «Fino a questo punto...» la mia voce si era fatta tremante, debolissima, tanto da non accorgermi neppure che Christine aveva poggiato una mano sulla mia schiena. «Fino a questo punto... Ti prego, dimmi che non è vero...»

Nate non solo ebbe la forza di sostenere il mio sguardo in lacrime, ma anche di gustarsi il silenzio e i singhiozzi senza darmi una risposta. Aracmill, invece, non resistette a mettersi ancora una volta tra noi.

«In realtà, mi sento di prendermi il merito» disse alzando la testa e lisciandosi il tailleur. «In parte l'ho creato io. È come Ludkar, ma meglio» accarezzò una guancia di Nate, anche se non c'era amore nel suo gesto, bensì un grande compiacimento, come se fosse stato solo un altro prodotto della Octagon Corporation. «La versione 2.0. Nate doveva proprio essere una bella persona. Non sono in grado di giudicare certe cose, però mi fido della vostra parola, se confermate».

Nate non reagì, la guardò semplicemente come avrebbe guardato un'opportunità. Allora non riuscii più a trattenermi, vedere le dita di quella donna sfiorargli il volto, e lui lasciare che accadesse, mi fece esplodere. Gridai, e la mia voce riempì l'attico facendo quasi tremare le vetrate.

«Nate non ha niente a che vedere con Ludkar! È il mio ragazzo!»

Se il mio sfogo aveva turbato i miei amici e messo in allarme Enea, su Aracmill e Nate non ebbe più effetto di un soffio leggero di vento.

«Thara, guarda i fatti» rispose Aracmill, sporgendosi un po' in avanti e incrociando le mani, come a dire che fosse scontato. «Nate se n'è andato. Si è sciolto fra queste sinapsi malate e ha aggiustato tutti quei difetti del vecchio proprietario...»

«Stai zitta!» gridò anche Clive, tanto da farmi voltare verso di lui. «Non ascoltarla, Thara, Nate è lì davanti a te e ti sta guardando».

Mi fissava con una sicurezza tale, che per un momento desiderai credergli. Ma credere alla speranza di Clive era molto più difficile che vedere le evidenze di Aracmill. Quanto avrei voluto che fosse stato il contrario!

Allora Nate si mosse e incurvò le labbra all'ingiù. Non voleva davvero venirci vicino, solo farci capire che poteva e che, se lo avesse fatto, non ci sarebbe piaciuto.

«Clive… si avvicina l'ora di cena. Comincio ad avere fame… e mi piacciono le lingue lunghe».

Mi presi i capelli alla base del collo, non sapevo più a cosa aggrapparmi.

«Cosa ti hanno fatto…» ripetei un paio di volte a bassa voce. «Cosa ti hanno fatto…»

Aracmill mi rispose, come se quella domanda l'avessi rivolta a lei. Sembrava convinta che tutte le domande fossero sempre rivolte a lei.

«Ho solo dato una mano alle cose» disse incrociando i piedi e facendo sporgere ancora di più la propria testa dal collo, muovendola di qua e di là. «Di solito do una mano alle malattie, per vendere più vaccini, o alle guerre, per vendere più armi… In questo caso, ho solo dato a Nate quello di cui aveva bisogno. Carne umana» strizzò un occhio «e un po' di gelosia».

«Come…»

«Alla cena…» continuò sedendosi elegantemente sullo schienale del divano «quel carpaccio delizioso… era appena stato tagliato dalla gamba di una modella. Fino a quel momento non sapevo che ci fosse qualcun altro dentro il corpo di Ludkar, credevo che il mio Nocturno fosse impazzito del tutto, che avesse cambiato personalità negli anni in cui era scomparso o che per qualche motivo, davanti a voi, fingesse di non riconoscermi» allargò il sorriso, come se le facesse piacere poter essere finalmente sincera. «Per questo mi ero introdotta nelle vostre vite, per studiarvi. Leo è stato di grande aiuto» concluse, guardandolo direttamente. «Flirtare con lui durante il pasto è stato fondamentale per far riaffiorare certe cose… Un'esperienza interessante».

Leo, che era rimasto a fissare un punto del pavimento, rialzò piano la testa e provò a guardarla. In due giorni era stato ferito nel corpo e nell'anima, ma aveva saputo conservare quel senso di meraviglia e stupore che lo rendeva unico.

«Avrei preferito essere rapito dagli alieni» disse, provando a vedere se riusciva a sentirsi meglio con una battuta.

Però ad Aracmill non importava come reagissero gli altri, semplicemente non ci faceva caso. Le interessava solamente essere ascoltata, e continuò.

«Il resto è stata una reazione a catena... E i ricordi sono tornati...»

«Ricordi sbagliati!» urlai ancora io.

«Bel titolo per una canzone!» esclamò lei sorpresa, voltandosi verso il suo aiutante. «Segna, Enea. Anche quella della puttana di Christine, la userò alla prossima conferenza».

Stavamo superando qualsiasi limite. Limiti che non sapevo ai bordi di cosa fossero tracciati, ma che si affacciavano su qualcosa di malato e inumano.

«Allora riprenditi il tuo psicopatico e rendile il suo ragazzo» provò a dire Christine, che non si era ancora accorta della dimensione in cui eravamo stati catapultati.

Perché era successo proprio quello. La realtà che condividevamo non aveva niente a che vedere con le vecchie regole. Tutto era stato stravolto, dalla rifrazione della luce alla gravità, al senso comune. Aracmill aveva puntato su di noi una luce abbagliante, un sole artificiale, che continuava a renderci ciechi.

«Tu che ne dici?» domandò Aracmill a Nate. «Non mi sembra un buon affare. Forse dovrei convocare gli amministratori per una riunione e discuterne...»

Lui sbuffò, quasi seccato.

«Lascia a me le battute. Mi vengono meglio».

Lei non sembrò risentirsi e precisò:

«Non era una battuta».

«Il lavoro ti stressa troppo...» continuò Nate appoggiandole una mano sul fianco. «Forse dovremmo andare di là e rilassarci...»

Aracmill, la portatrice di luce, come al solito fu radiosa nella sua imperturbabile professionalità.

Nate mi rivolse di nuovo la sua attenzione.

«Thara, non puoi capire...» disse inclinando la testa e guardandomi con una compassione fasulla. «È stato l'istinto» aprì la bocca facendo saettare la lingua «a farmi tornare da lei. L'istinto è l'unica cosa che conta...»

Quel silenzio, occupato solo dal suo sorriso, venne presto spazzato via da qualcosa di ancora più strano. Avvertii Clive mettermi una mano sulla spalla e strattonarmi verso di sé. Ero troppo intontita per avere i riflessi pronti e mi lasciai voltare.

«Facciamo una contromossa, allora» disse guardandomi e avvicinando il suo volto al mio. «Vediamo se questo funziona per smuovere qualcosa...»

E prima che potessi anche solo avere un'opinione, le sue labbra stavano appoggiandosi sulle mie, i suoi capelli argentati stavano sfiorando la mia fronte e i nostri sguardi erano allineati come pianeti in un evento cosmico eccezionale.

«Mi devi cinquanta dollari per questo. E del disinfettante» disse Clive prima di svenire, travolto dal vento violaceo che soffiava dalle mie pupille.

Le mie braccia non si mossero mentre il peso del suo corpo premeva contro il mio petto e scivolava giù, fino a riversarsi sul pavimento. Rimasi a guardarlo intontita, sentendo il sapore del suo bacio e senza capirne il senso.

Poi qualcosa capii, perché alla mia destra Nate aveva assunto un'espressione sconvolta. Un'espressione che non avevo mai visto sul volto di Ludkar e nemmeno su quello del mio ragazzo. Era qualcosa di estraneo, che non apparteneva a nessuno dei due. Un'espressione di repulsione e dispiacere. Un'emozione così forte da farlo allontanare da Aracmill e correre verso i finestroni.

Lei rimase immobile a braccia incrociate, tenendo il suo sguardo divergente fisso su di noi, ignorando completamente ciò che stava avvenendo. Rimase serena e indifferente anche mentre lui saltava oltre il bordo.

Nate spinse con le gambe il più possibile, dandosi uno slancio impressionante che lo fece volare all'esterno dell'attico. Rimasi col fiato sospeso a vederlo là, sopra a un vuoto alto ottanta piani. Il mio istinto mi diede uno scossone così improvviso che corsi anch'io verso i grandi vetri, fermandomi solamente perché le mani incontrarono la superficie trasparente.

Per quanto fossi stata veloce, non avevo nessun mezzo per fermare quel gesto sconsiderato, che non sapevo se apprezzare o detestare. Nate aveva già raggiunto l'apice del salto e stava precipitando. Stava cadendo nella fenditura della città. Lo seguii con gli occhi scendere giù, a braccia spalancate, come se desiderasse poter presto abbracciare il suolo e accogliere la morte come un'amica. Ma il suo corpo non avrebbe trovato né morte né poesia, solo cemento: un Nocturno non può morire.

Non aspettai di vedere l'impatto, mi ritrassi dal vetro poco prima. Mi strinsi le braccia attorno al corpo e, quando mi voltai verso i miei amici, l'immagine che trovai non fu per niente di consolazione.

Alcune guardie armate, vestite di nero, con giubbotti antiproiettile, stavano immobilizzando Leo e Christine. Portavano inquietanti maschere antigas che le rendevano irriconoscibili e le trasfiguravano in spaventapasseri chimici. Ma la cosa più orribile da vedere fu che premettero contro il volto dei miei amici qualcosa che sperai fosse solo uno straccio imbevuto di cloroformio.

In quell'istante Aracmill si mise fra loro e me, accompagnata dal suono martellante dei tacchi.

«Ho detto che non vi avrei uccisi» disse sorridendo. «È stato Nate a chiedermelo. Ma questo non mi impedisce di prendervi gli occhi» furono le ultime parole che riuscii a capire prima che una mano soffocasse anche la mia bocca e il mondo diventasse nero. «Già, bisogna fare attenzione alle clausole quando si firma un contratto...»

MANGIATRICE DI MODELLE

Provai ad aprire gli occhi, ma il semplice volerlo non bastava. Li spalancai con enorme sforzo e l'unico risultato che ne ricavai furono due fessure arrossate. Fu allora che desiderai di non averlo mai fatto.

Non c'erano deserti di cenere o paesaggi onirici che nemmeno Dalì sarebbe stato in grado di immaginare. C'erano piastrelle bianche. Piastrelle bianche ovunque e superfici d'acciaio. Non misi subito a fuoco le immagini, sentivo la testa pesante. Avevo i muscoli della faccia completamente intorpiditi.

Allora fissai un punto più scuro che stava a qualche metro dai miei piedi. Sembrava uno scolo per l'acqua, ma i segni dei gorghi rappresi tutt'attorno erano marrone scuro.

L'odore pungente che mi entrò nel naso poco dopo fu la conferma che quello era sangue. Il cuore batté due colpi contro le costole, e purtroppo non era mia madre che mi voleva mandare a scuola. Buttai la testa all'indietro, di scatto, e la battei contro qualcosa. Dopo il colpo sentii la voce di Leo lamentarsi.

«Thara... quella era la mia testa».

«Leo...» dissi riprendendomi e provando a voltarmi di lato.

La luce artificiale faceva male più delle cinghie che mi bloccavano braccia e gambe alla sedia.

Accanto a noi vidi anche Clive e Christine. Erano legati schiena contro schiena a una seggiola particolare, che ricordava quella di un barbiere. "Un barbiere molto sbadato" pensai, notando le incrostazioni dell'acciaio.

La mia amica si stava riprendendo, mentre Clive non dava segni di miglioramento.

«Dove… siamo?» la sentii biascicare.

Provai ancora a guardarmi attorno. L'unico lato positivo della paura che mi stava scuotendo era che mi faceva riprendere velocemente.

Il posto in cui eravamo non aveva niente da invidiare a un macello. Sul soffitto si trovava un binario elettrico su cui erano fissati dei ganci. Alcuni erano liberi, altri tenevano sospesi corpi ricoperti da un materiale trasparente e opaco. Quel tanto che bastava per riconoscere sagome umane.

Respirai a fondo. Non dovevo perdere il controllo. Con ogni probabilità eravamo circondati da cadaveri e il beneficio del dubbio non sembrava contemplabile.

«Cosa facciamo…» disse Leo, senza dare un vero tono alla domanda.

Non potevamo fare niente, questa era la verità. Probabilmente quello che vedeva lui era lo stesso orrore che avevo davanti io. Sperare che ci fosse qualcuno vivo sdraiato su qualche tavolo, e che potesse liberarci, era fantascienza. Non avevamo neanche idea di dove ci avessero portato.

Poi un rumore metallico, seguito da un cigolio, mi fece sobbalzare. Qualcuno era entrato da una porta, ne ero sicura. Per reazione, afferrai i braccioli e schiacciai la schiena contro la poltrona. Non poteva essere niente di buono.

«Come… come è possibile…»

Sentii dire da Christine e il tono della sua voce sembrava sollevato.

I passi, che si sentivano appena, vennero vicino alla sedia a cui eravamo legati Leo e io. Voltai la testa verso la persona che era entrata. Avrei potuto aspettarmi chiunque, ma non lui.

«Clive!?» esclamai cercando una spiegazione a quel fenomeno assurdo.

«Vuoi fare un po' di silenzio?» disse lui mentre mi liberava il polso e la caviglia destra dalle cinghie.

«Come è possibile…» balbettai. «Tu sei legato su quella sedia!»

Spostai la testa per vedere alle spalle di Clive e dietro di lui trovai proprio Clive, immobile, legato e svenuto.

«Sveglia...» disse girandomi attorno e passando a liberare l'altro lato. «Non speravo che funzionasse, ma ha funzionato. I tuoi occhi hanno ancora una polarizzazione inversa abbastanza forte... decisamente più dei miei. Mi hai mandato nel Cinerarium e sono tornato passando attraverso il fuoco del camino».

Aggrottai la fronte mentre finiva di togliere l'ultimo legaccio. Era vero. Osservando la pelle delle sue braccia, si potevano scorgere delle venature. La cenere di cui era composto il suo corpo temporaneo si stava sfaldando.

«Aiutami, non abbiamo molto tempo».

Feci di sì con la testa e, mentre lui passava a liberare Leo, io andai da Christine.

«Potrei cambiare idea sul conto del tuo amico» disse sgranchendosi la mano che le avevo appena slegato.

«Christine, se usciamo vivi di qui è già tanto».

Pochi secondi dopo anche i miei amici riuscirono ad alzarsi dalle sedie che erano state riservate alla loro tortura. Mentre Clive liberava se stesso, ci chiedemmo se era il caso di controllare i corpi presenti nella stanza. Forse qualcuna delle ragazze era ancora viva.

Io non me la sentivo, ma Leo lo avvertiva come un dovere. Non riusciva neppure a guardare Christine in faccia. Potevo capirlo. Sembrava portasse sulle spalle un senso di colpa enorme dal quale non sapeva come liberarsi. Ci sarebbe voluto molto tempo.

«Mi date una mano qui!?» esclamò Clive tenendo il proprio corpo reale fra le braccia di cenere.

Lo andammo ad aiutare per rimetterlo in piedi.

«E ora?» domandai.

«La doccia» disse lui indicando con un cenno del capo il soffione che era appeso a un muro.

Christine lo afferrò e srotolò il tubo frettolosamente, poi aprì il rubinetto. Si ricordò di come avevamo fatto con Ludkar e puntò il getto sul Clive dell'altra frequenza.

Appena l'acqua lo toccò, il suo corpo scrosciò al suolo pezzo dopo pezzo, come un castello di sabbia travolto da un'onda. Non fu più in grado di sorreggere se stesso e io mi ritrovai di colpo a doverlo tenere in piedi da sola. Per fortuna, furono pochi secondi, poi gli occhi di Clive si riaprirono e le sue gambe risposero ai neuroni. Lo lasciai andare.

«Basta, va bene così, fa' attenzione, che non ho voglia di bagnarmi» disse a Christine spostandosi da un lato.

La mia amica richiuse il rubinetto e lasciò cadere il soffione.

«Mi accontentavo di un "grazie"».

A quel punto Leo ci stava aspettando davanti alla porta d'acciaio, che ricordava quella di una cucina o di una sala operatoria.

«Sono tutte morte» disse serio, come non lo avevo mai visto.

Clive gli picchiettò su una spalla e con la mano spinse uno dei battenti.

«Non te la prendere. Essere belle ha un prezzo».

Christine e io li seguimmo oltre la soglia.

Ci ritrovammo in una grande cucina, tutta rigorosamente in acciaio, come quelle dei ristoranti. Mentre passavamo accanto ai banconi, notammo un paio di gambe riflesse contro lo sportello di un frigo. Erano stese al suolo. Clive doveva aver approfittato della sua condizione momentanea di invulnerabilità per mettere qualcuno fuori gioco.

Si muoveva con grande sicurezza e noi lo imitammo cercando di fare meno rumore possibile. Forse c'era ancora qualcuno di guardia, anzi sicuramente, ma di certo anche lui aveva un piano.

«Abbassate la testa» disse soltanto, mentre passavamo accanto a una porta.

Feci come mi aveva detto, e per un attimo riuscii a vedere la sala da pranzo attraverso l'oblò. Fui disgustata di aver passato una serata lì. Come potevo sospettare che nei nostri piatti fosse stata servita carne umana e che delle modelle fossero state fatte a pezzi solo due muri più in là... Non mi ricordavo cosa avevo mangiato e sperai di non ricordarlo per il resto della mia vita.

Uscimmo dalla cucina passando per un'altra porta, più piccola.

Entrammo in una specie di dispensa, anche se la grandezza era quella della mia casa. C'erano attrezzi per pulire e scorte di cibo. Su uno scaffale erano presenti anche i nostri effetti personali.

Clive si fermò per riprendere il suo palmare, ma la fondina in cui erano rinchiusi gli estratti dei fiori era sparita.

«Maledizione!» esclamò sottovoce, guardandosi nervosamente attorno.

Solo io sapevo quanto fossero importanti quelle boccette, ma Leo sembrò trovare una consolazione che andava bene a tutti.

Raccolse da accanto al muro una mitragliatrice automatica.

«Qualcuno la sa usare questa?» domandò.

Clive gliela prese di mano.

«Io imparo in fretta».

E con il gomito si appoggiò alla maniglia di una porta che scoprimmo dare sull'esterno.

Il vento cittadino a quell'altezza era freddo come su una montagna. Era ancora pomeriggio, ma la luce si era fatta strana sopra ai palazzi. Forse eravamo noi ad avere una percezione diversa. Condividere la stessa aria con tutta quella morte, morte recente, aveva spezzato qualcosa dentro le nostre anime. E ormai, dopo che Clive mi aveva detto che forse non abbiamo un'anima, che si tratta solo di una vibrazione diversa del nostro corpo, potevo credere che si fosse spaccata davvero.

Ma quello non era il tempo di capire. Quello era il momento di agire. Così, uno dopo l'altro, prendemmo la scala di metallo che portava sul tetto. Pochi pioli, su cui i nostri piedi e le nostre mani facevano fatica ad aggrapparsi, ci mostrarono l'unica fuga possibile.

Quando anche Christine, per ultima, ci venne a fianco, davanti a noi potevamo vedere un grande elicottero militare nero. Un elicottero identico a quelli che Nate e io avevamo visto alla baia di Cape Cod. Una di quelle bestie meccaniche che avevano strappato al fondo dell'oceano un oscuro segreto.

Clive si mise la mitragliatrice a tracolla e andò deciso verso l'elicottero. Dovette farci segno di muoverci per convincerci a raggiungerlo. Eravamo incerti, ma nessuno ebbe il coraggio di chiedergli se sapeva pilotarlo. Non c'erano alternative, a meno che qualcuno volesse seguire l'esempio di Nate.

Lo raggiungemmo e sulla fiancata dell'elicottero vidi di sfuggita la sigla della Octagon Corporation.

Appena saliti, Clive andò a sistemarsi nel posto riservato al pilota.

«Chiudete il portellone!» disse mettendosi le cuffie al collo.

Leo eseguì l'ordine, sigillando il velivolo con un colpo secco. Poi andò a sedersi accanto a Christine, su uno dei seggiolini dall'altra parte della fiancata.

Io, invece, raggiunsi Clive e lo osservai mentre controllava la strumentazione. Mi sistemai al suo fianco cercando di capirci qualcosa. Stava frugando con le mani sotto la cloche.

«Hai bisogno... di aiuto?» gli domandai inutilmente.

«Stai calma e lasciami pensare. Non sarà come un simulatore, ma intanto...» Il suo braccio fece uno scatto e staccò dall'apparecchiatura una scatola nera. «Preoccupiamoci che non possano rintracciarci».

La gettò fuori dal finestrino e azionò una serie di piccole leve. Alcune spie luminose si accesero e le lancette sugli indicatori si mossero. Poi cominciò anche il rumore.

Oltre il vetro potevo vedere le ombre delle pale muoversi sul tetto di cemento. Dapprima lentamente, poi sempre più veloci, fino a fondersi in un disco immaginario.

Avvertii il sedile vibrare e, anche se ci trovavamo all'interno, il rumore era così forte da rendere inutile qualsiasi comunicazione.

Clive mi indicò un altro paio di cuffie per farmi capire che avrei dovuto mettere quelle se volevo parlargli. Feci come mi aveva suggerito e mi voltai per vedere la situazione sul retro.

Leo e Christine si stavano tenendo a dei supporti che uscivano dalla parete. Sembravano tranquilli, ma più probabilmente stavano cercando di pensare che non erano lì.

Poi uno scossone attraversò l'elicottero e capii che c'eravamo staccati dal suolo. Tornai a guardare davanti a noi e vidi il tetto che si abbassava e si inclinava leggermente. Clive teneva tutte e due le mani sulla cloche e sul volto non aveva nessun sorriso.

L'elicottero si alzò bruscamente, tanto che sentii la forza di gravità attirarmi con più decisione verso il basso. Non chiusi gli occhi, anche se era quello che desideravo. Osservare ogni cosa mi dava la sensazione di poter tenere la situazione sotto controllo, anche se in realtà la vita di noi tutti era nelle mani di Clive, mani che fino a quel momento erano sembrate sicure.

Mosse la cloche verso destra e una virata piegò del tutto il panorama. Sembrava che il mondo fosse sul punto di capovolgersi. E un po' era quello che stava succedendo.

La città si apriva sotto di noi come un luogo senza vita, ma ciò che notai, mentre facevamo inversione per dirigerci chissà dove, fu la cima del grattacielo appena abbandonato.

Anche là, sul tetto, era disegnato l'enorme simbolo della Octagon Corporation. Un ottagono viola, diviso in otto parti. Un simbolo inquietante che vegliava sopra la testa di tutti, dichiarando apertamente a chi apparteneva l'edificio.

Solo Dio e noi, però, avevamo il privilegio di quel punto di vista.

IMMORTALI FINO A PROVA CONTRARIA

Era da ormai un quarto d'ora che avevamo lasciato il cielo della città alle nostre spalle e ci stavamo spostando sopra alla campagna. Davanti all'elicottero, i campi si estendevano a perdita d'occhio e il mondo sembrava un modellino. L'unico riferimento che mi faceva capire quanto fossimo in alto era una striscia di asfalto, quasi fatta con una matita, su cui si muovevano piccoli puntini che sapevo essere macchine.

Mi ero tranquillizzata. Clive sembrava essere a suo agio nel pilotare l'elicottero e ci aveva messo al corrente che non eravamo seguiti. Era strano rilassarsi con la consapevolezza che sotto il pavimento c'erano chilometri di vuoto, ma il mio cervello aveva bisogno di una pausa. Erano state emozioni davvero troppo intense.

Sul retro, Leo e Christine sembravano essersi addormentati. Anche per loro lo shock era stato forte. La mia amica teneva la testa appoggiata sulla spalla di Leo e quella piccola tenerezza, di cui nessuno dei due si sarebbe mai accorto, mi fece sorridere. Dopo il sorriso, però, mi venne in mente Nate, e i pensieri furono invasi rapidamente da grandi nuvole nere.

«Avevo ragione» disse la voce di Clive dentro le mie cuffie, leggermente alterata.

Mi voltai verso di lui.

«Sei stato...» dissi pesando le parole «non so se darti dell'eroe, ma hai fatto qualcosa di molto simile».

Lui ignorò il mio modo di ringraziarlo e continuò a guardare oltre il vetro.

«C'era anche la mia di pelle, oltre alla vostra, in gioco. Ho un buon istinto di sopravvivenza».

Non continuò a parlare di proposito. Sapevo che gli faceva piacere un po' di adulazione e se la meritava, così gliela diedi.

«Come facevi a sapere che Nate avrebbe reagito in quel modo?» gli domandai.

Avevo fatto la domanda che voleva. Me ne accorsi perché gli sfuggì un piccolo sorriso, che si preoccupò subito di nascondere.

«Quando Nate è comparso uscendo dalla stanza, ne ho approfittato per prendere qualche goccia di passiflora. Sono riuscito a leggere la sua mente. Solo poche informazioni, erano confuse... Ha un bel casino in testa il tuo ragazzo».

In quel momento mi ricordai di averlo notato prendere un flaconcino dalla fondina.

«Sembra di sì...» dissi cercando di essere positiva.

«Ma in quel casino c'è del buono» continuò Clive lanciandomi un'occhiata. «Nate è ancora lì. Il piccolo shock emotivo, chiamato anche "bacio", ha fatto riemergere la sua personalità. Ha capito che doveva andarsene prima che il cervello di Ludkar tornasse a comandare o sarebbe stato un pericolo in più per noi. La strada più breve per farlo era la finestra... Nate ti ama, Thara, in parte sta fingendo per proteggerti, in parte sta combattendo contro il suo cervello. Se è andato a letto con Aracmill... beh, non è una tragedia».

«Spero che tu non lo dica per consolarmi, perché funziona poco».

«Te lo dico perché è vero» rispose, cercando di capire come reagivo e provando a farmi sentire un po' meglio usando un tono ironico. «Non ti avrei baciata se non fossi stato sicuro al cento per cento di dare una mano a Nate. Ha risvegliato in lui quel tanto che bastava per contrastare il cervello di Ludkar».

Lo guardai, facendogli capire che avevo apprezzato. Era un po' eccentrico, ma la sua intelligenza meritava di essere riconosciuta.

«È stato così male baciarmi?» cercai di sdrammatizzare.

«Non come con Rudolph, ma mi è bastato».

Riuscimmo persino a ridere, ma il suono delle nostre voci, nelle cuffie, ci diede l'impressione che a ridere fosse qualcun altro e presto smettemmo. Clive aveva ancora qualcosa da dirmi.

«Sai...» sospirò «ho letto anche la mente di Aracmill. Di sfuggita, se si può dire...»

Tornai seria anch'io.

«Mi sembra ancora impossibile che Margareth sia...»

«Margareth non è mai esistita, Thara» tagliò corto lui, quasi con violenza. «Lascia stare il passato e non farti ingannare dai sentimenti. Noi due sappiamo bene quanto il mondo sia solo un miraggio. Con le persone è fin troppo facile».

«Lo so... è che...»

Clive mi interruppe, scuotendo la testa.

«A quella cena, non ha solo dato da mangiare carne umana a Nate, ha anche dato a te delle gocce per ripolarizzare gli occhi...» tolse un attimo la mano destra dalla cloche per frugare nella tasca dei pantaloni. «Anch'io so come si fa, ma l'effetto che ha avuto su di te sembra duraturo... Non ha intenzione di lasciarci andare. Dobbiamo pensare a cosa fare... Intanto sono riuscito a scaricare dei file dal suo computer. Li guarderemo all'arrivo».

Mi appoggiò sulle gambe una manciata di provette.

«Queste, per fortuna, le avevo messe via prima che ci legassero. Non è granché, ma c'è una fiala di estratto di iris. Mentre voliamo, potresti vedere come stanno Susan e Penny. Insomma...» disse un po' a disagio «pensavo che ti facesse piacere».

Gli sorrisi. Era dal giorno prima che volevo assicurarmi che stessero bene.

«Grazie, Clive...» gli dissi prendendo fra le dita la fiala contenente quel liquido violaceo. «Dove stiamo andando?»

«Al lago di Gorey» rispose lui.

Non chiesi altro e lasciai cadere due gocce nel mio occhio sinistro. Fu come essere travolta da un'onda del mare. Il colore mi annegò e precipitai nel fondale dei miei pensieri.

***

Penny e Susan. I loro volti erano stati l'ultima cosa chiara prima che il Cinerarium mi risucchiasse. E adesso che riaprivo gli occhi non sapevo se le avrei davvero ritrovate. Sapevo che Ludkar aveva preso possesso del corpo della piccola, ma della sua anima, se così potevo ancora chiamarla, non ero in grado di conoscere il destino.

La cenere mi entrò nel naso. Tossii. Ero sdraiata su qualcosa di apparentemente solido. Mi puntai con le mani per rimettermi in piedi e quando ci riuscii, alla mia sinistra, trovai il volto di un cavallo imbizzarrito. Sussultai prima di rendermi conto che era soltanto parte di una giostra annerita.

Mi guardai rapidamente intorno. Conoscevo quel luogo, quel Luna Park... Il Luna Dark: così lo avevamo chiamato. Era stato là che avevo incontrato per la prima volta le due sorelle.

Non capivo come mai mi fossi risvegliata in quel posto. Pensavo che mi sarei ritrovata nella Biblioteca di Alessandria. Forse non mi ero concentrata abbastanza. Ma proprio mentre mi spolveravo i vestiti, la voce di Susan mi arrivò alle spalle.

Mi voltai e vidi le due sorelle corrermi incontro, passando accanto al tunnel dello spavento.

«Grazie al cielo...» dissi rincuorata.

La piccola stava bene.

Scesi dalla piattaforma della giostra sorreggendomi a uno dei pali e controllando che il territorio fosse sicuro. Anche se Ludkar non era più nel Cinerarium, i Grigi rimanevano una minaccia. Ad ogni modo, sembrava tutto tranquillo.

«Thara... mio Dio, Thara!» disse Susan quando mi arrivò vicino, con le lacrime agli occhi.

Mi prese le spalle e mi guardò con un misto di gioia e preoccupazione.

«Sono così contenta che tu sia qui... Ludkar...» provò a dire prima che la interrompessi.

«Lo so...» dissi socchiudendo gli occhi sconfortata. «Ha preso il corpo di Penny».

La fronte di Susan si corrugò, era davvero sul punto di cedere alla disperazione.

«Non sai… non sai cosa abbiamo passato. Ci ha trovate…»

«Vi ha fatto del male?» domandai guardando la piccola che tutto sommato sembrava tranquilla.

Forse non si era resa del tutto conto di ciò che era accaduto, ma le sorrisi per farle vedere che andava tutto bene. Sapevo che non era così.

«No…» singhiozzò Susan asciugandosi gli occhi. «Ci ha trovate proprio quando la tempesta di cenere è iniziata…»

«Cioè quando Penny stava tornando nel proprio corpo» dissi io.

Susan fece di sì con la testa.

«Esatto. Ha visto il tornado… ci ha raggiunte alla Biblioteca e…» respirò a fondo «e mentre Penny si alzava nell'aria, per andare verso la luna nera… lui ha saltato. Sai quanto in alto può saltare!?» domandò in modo isterico. «È passato lui… lui è entrato nel buco prima di Penny…»

Appoggiai la mia fronte alla sua.

«Su… non fare così. Troveremo una soluzione».

«Certo…» disse lei piano, vicino al mio orecchio, in modo che fossi la sola a sentirla. «Mi sto trasformando, Thara… Sto diventando uno di loro… E anche Penny».

Rimasi in silenzio ad osservare la bambina che guardava la giostra. Lei sopravviverà più a lungo, pensai. Quello che vuole è solo fare un giro sui cavalli. Il suo spirito è innocente, ma in quell'universo grigio può essere la vera forza.

«Anche la Biblioteca è andata distrutta…» continuò a sussurrare Susan. «Il tornado l'ha fatta a pezzi… Per questo siamo venute qui… Era l'unico rifugio che conoscessimo».

«Si sarà ricostruita da qualche altra parte» provai a consolarla. «Lo sai che qui le cose cambiano… Volano via, si riformano…»

«Non lo so…»

«Il corpo di Penny sta bene, comunque. Me ne sono presa cura io» dissi.

Susan si scostò un poco per studiare la mia espressione. Aveva capito che quella era una mezza verità.

«Tu… ti sei presa cura di Ludkar?»

«Credevo fosse Penny» ammisi. «Però me ne sto occupando».
«Non credo di voler sapere i dettagli» concluse.
Poi incrociò le braccia e si voltò, camminando in direzione di ciò che rimaneva delle montagne russe. Una costruzione che sembrava fatta con un po' di fiammiferi, colla e pochissima voglia.
Penny mi prese inaspettatamente per mano.
«Io lo so che ci salverai» mi disse piano. «L'ho sempre saputo» e allargò un sorriso che mi riscaldò il cuore. «Ce lo ha detto anche il tuo papà».
Quell'ultima frase spazzò via tutto. Fu come se una folata di vento fosse arrivata dagli orizzonti del deserto per disintegrare con una sola passata tutto il mondo di cenere.
«Mio… padre?» domandai stupita, senza voce.
«È là che sta andando la sorellona» disse allargando i suoi occhi. «Al cinema!»
Non mi fu subito chiaro cosa stava dicendo, ero frastornata, così lasciai che le sue piccole gambe mi conducessero attraverso il Luna Dark senza farle altre domande.
«Il tuo papà è davvero simpatico…» continuò mentre passavamo fra le impalcature bruciate delle montagne russe. «E anche quel signore con lui. Mi fa tanto ridere».
Davvero non capivo. Stava succedendo qualcosa di molto strano. Susan era a pochi metri davanti a noi due, ma sembrava aver bisogno di rimanere da sola con i propri pensieri. Esattamente come me.
Ormai ci eravamo lasciate alle spalle le attrazioni bruciate del Luna Dark, e davanti a noi si susseguivano le dune come schiene di mille balene bianche.
Non vedevo nulla di particolare nel deserto, le solite macerie sparse qua e là, al massimo qualche bagliore di fiamme viola, rarefatto e lontano. Tranne una volta, in cui il fuoco apparve vicino a noi e sputò nel Cinerarium una zucca di Halloween.
Rotolò lungo la duna fino a fermarsi in un avvallamento, dove rimase a fissarci e a sorridere. Probabilmente era una decorazione di plastica che si era fulminata e aveva preso fuoco, anche se era

più facile darle il significato di un presagio. Anche se turbata risi insieme a Penny.

Poi vidi Susan fermarsi e indicare lontano. Io e la piccola le andammo a fianco e assottigliai lo sguardo. Era difficile distinguere qualcosa a quella distanza. Si vedeva una costruzione, un edificio basso e rettangolare.

Susan prese dalla borsetta che portava a tracolla un binocolo e me lo passò. Non mi stupii che fosse riuscita a trovarne uno nel Cinerarium. Lo portai agli occhi e, anche se le lenti erano venate e annerite, riuscii a usarlo. Lo puntai verso la costruzione e la riconobbi. La riconobbi all'istante.

Quello era il vecchio cinema. Il cinema che ci aveva lasciato Charles. E là fuori, sulle dune, stagliate contro il cielo lunare, c'erano due figure.

Riabbassai il binocolo e mi sentii tremare.

«No… non può essere».

Ero talmente felice e incredula da essere spaventata.

Ripresi a camminare sentendo le gambe farsi fragili, ma più mi avvicinavo, più mi rendevo conto che quello non era un miraggio.

Per qualche istante mi dimenticai che Penny e Susan erano con me. Anche loro stavano avanzando. Mio padre si era accorto della mia presenza, doveva aver riconosciuto il mio odore.

La distanza che ci separava era del tutto trascurabile, era come se fossi già lì. I miei occhi mi trascinavano con così tanta forza che mi sembrò di volare. E proprio mentre risalivo la duna, calcando i piedi nella cenere, per arrivare davanti al cinema, le immagini anziché farsi più chiare furono sommerse dalla mia commozione.

Mi portai una mano alla bocca e cominciai a singhiozzare.

Charles teneva le braccia aperte, pronte a stringermi, e sorrideva.

Mi gettai contro di lui con così tanta forza che per poco non lo buttai a terra.

«Charles! Charles! Dio, è tutto vero… mio Dio…» gridai per quanto ero felice.

«Sì» disse lui gioviale stringendo le mani sulla mia schiena. «Cara ragazza... Che avventura pazzesca...»

«Credevamo che fossi morto...» piagnucolai come una stupida al suo orecchio.

«Già, l'ho creduto anch'io... E invece ho dovuto rovinare la storia con questo scarso colpo di scena...» scherzò lui. «Neanche nelle peggiori soap opera».

Ci mettemmo a ridere di gusto e lo lasciai andare dalla mia presa. Mi asciugai gli occhi e mi passai una mano fra i capelli, incontrando la treccia che mi ero dimenticata di avere. Mio padre la stava osservando incuriosito.

«Cosa hai fatto ai capelli?» mi chiese volendo dare un tono più contenuto alla conversazione.

Lo ignorai e abbracciai anche lui.

«È incredibile...» dissi ancora, aprendo le braccia e lasciandole ricadere. «Ma come... insomma...»

«Ti racconterò tutto» disse mio padre muovendosi verso l'entrata del cinema. «È meglio non stare qua fuori... I Grigi sentono quando c'è troppa agitazione».

Feci di sì con la testa, non avevo davvero voglia che quel momento venisse interrotto dalle creature. Mi voltai verso Susan e Penny che erano rimaste in disparte a guardare.

«Pazzesco...» ripetei facendole sorridere.

Poi Charles mi mise una mano sulle spalle ed entrammo insieme nel cinema. Avevo notato che i suoi occhi erano diventati color arcobaleno, come quelli che mi avevano fatta innamorare di Nate, ma adesso c'erano cose più importanti di cui parlare.

***

Era uguale a quella notte. La notte del sangue e dell'addio. Non potevo più chiamarla la notte in cui Charles venne ucciso, perché Charles era là, davanti ai miei occhi, appoggiato con la schiena alla parete dello schermo. E sorrideva. Non era vivo, non nel senso tradizionale del termine, ma sorrideva e al collo portava il suo papillon. Questo era abbastanza. Al suo fianco stava in piedi mio padre, mentre Susan, Penny e io eravamo sedute in prima fila, come per assistere a uno spettacolo.

«Ludkar… l'ho visto ucciderti» dissi socchiudendo gli occhi e studiando il volto anziano e giovanile di Charles. «Non era il suo vero corpo… Come ha fatto a farti sopravvivere?»

Charles guardò mio padre.

«Infatti non è stato lui. È stato Kolor».

Anche i miei occhi si spostarono su di lui.

«Tu…»

«Quando tornammo in città dalle grotte della luna…» cominciò a raccontare mio padre incrociando le braccia dietro alla schiena «tu mi raccontasti di Charles… di come Ludkar lo aveva fatto a pezzi».

Feci di sì con la testa. Nonostante sapessi che Charles stava bene, quelle immagini mi turbavano ancora moltissimo. Con lo sguardo feci notare a mio padre che forse era il caso di alleggerire i toni. Penny era lì con noi.

«Ad ogni modo… nella notte andai all'ospedale e seguii il suo odore, fino a raggiungere l'obitorio in cui era conservato il suo corpo».

«È un peccato che me lo sia perso» ridacchiò Charles aggiustandosi il farfallino.

«Lo trovai disteso su un tavolo… Non potevo più fare niente, ma volli comunque tentare… Mangiai una parte di Charles».

«*Bon appétit!*» commentò ancora Charles con un francese scimmiottato.

«Beh… in qualche modo l'ho riportato indietro».

Saltai sulla sedia.

«Sì… è possibile» dissi ripensando alle lezioni di biologia. «È sicuramente possibile! Mi ricordo di una lezione… Recenti studi hanno dimostrato che il cervello umano, dopo la morte, continua comunque ad avere scariche elettriche per parecchie ore…» mi rivolsi a Charles: «Forse è bastato quello a permetterti di resistere».

«Non parlare con me di queste cose…» disse lui muovendo un dito attorno alla testa. «Non ci capisco niente, sono uno all'antica.

So solo che mi sono risvegliato in questo posto e non ricordavo chi ero».

«Avevi perso la memoria?» gli domandai stupita.

«Sì. Il suo dna è rimasto in circolo nel mio corpo, ma la morte deve aver rovinato parte dei suoi ricordi» disse Kolor riflessivo.

«Non ti preoccupare» scherzò ancora Charles, strizzando un occhio. «Kolor mi ha rimesso al passo con tutto».

«Non mi importa come... L'importante è che tu sia qui...» dissi respirando a fondo e tornando a guardare mio padre. «Quello che invece non capisco... è cosa ci fai tu nel Cinerarium».

Kolor sorrise, mostrando appena i suoi incisivi appuntiti.

«Avevo perso le tracce di Nate quando ci siamo lasciati... Temevo che si fosse "ucciso" per liberarsi del corpo di Ludkar» la sua espressione si fece più cupa. «Sapevo che quella era una strada senza ritorno, ma non potevo dirtelo».

«Sì che potevi» mi alterai leggermente. «Dovevi».

«Brutta faccenda essere padre» lo difese Charles appoggiandogli una mano sulla spalla.

«Quindi non sei andato fuori città...» lo precedetti io.

«No» continuò Kolor. «Sono sceso nella cantina della villa e là mi sono trafitto con le mie stesse unghie».

Sussultai.

«Ti sei... ucciso!?»

«Momentaneamente» precisò. «Il mio corpo è dentro un armadio. Non volevo che vi preoccupaste. Né tu, né tua madre, né Sally».

«E così ha incontrato noi» intervenne Susan. «E Charles».

Mi tenni la testa appoggiandomi col gomito al bracciolo del seggiolino su cui ero seduta.

«Ho provato a mettermi in contatto con voi» disse Charles. «Non so come sia possibile, ma Leonard è comparso qui, nel mio cinema, qualche tempo fa».

«Sì» dissi distrattamente. «Sono io la responsabile... Allora eri tu che gli avevi toccato la spalla».

«Brava!» esclamò Charles indicandomi. «Ma si è dissolto in cenere prima di voltarsi».

«Beh… ora è tutto chiaro. Così chiaro da essere abbagliante e non capirci niente lo stesso» sospirai. «Anch'io ho qualcosa da raccontarvi, ma la mia storia non semplificherà le cose…»

E così cominciai a parlare, informando tutti su quello che era successo nell'altra vibrazione. Raccontai di Clive, di quello che mi aveva insegnato, di Aracmill e della Octagon Corporation, di Penny e del teatro, ma soprattutto di Nate e di come il mondo stesse continuando a crollare.

Man mano che ricucivo la storia, mi sorpresi ad essere io quella più incredula. Mentre parlavo con loro ero in viaggio verso Gorey, addormentata in un elicottero. Riuscirono a capire gran parte di quello che dicevo e, nonostante molte zone della storia risultassero ancora oscure, non mi interruppero. Però mi accorsi che mio padre storceva il naso al nome di Aracmill.

«Credevo di essermi sbagliato…» disse quando terminai il racconto. «In città ci sono così tanti odori… E invece era lei».

Si stava riferendo ad Aracmill.

«La conoscevi?» gli domandai mentre lui si voltava, dandoci le spalle.

«Sì… la conoscevo… speravo si fosse persa nel passato».

Fece qualche passo allontanandosi da noi, come se volesse uscire da quella conversazione, ma dovette bloccarsi.

«È una donna pericolosa. Forse più di Ludkar. Le loro pazzie sono diverse, la sua è estremamente lucida» sospirò e il suo grande sospiro avvolse la sala del cinema come un vento nero. «È abituata a ottenere ciò che vuole… non ha limiti. È ossessionata dal potere ed è intelligente. Molto intelligente, in modo disumano. Collaborò anche con i nazisti durante la seconda guerra mondiale… Otto Von Lanz, lo scienziato regista… Deve aver continuato con lui i progetti» si voltò bruscamente. «La Octagon Corporation… certo!» scosse piano la testa. «Thara… figlia mia… vorrei poterti tenere fuori da tutto questo».

«Temo che sia impossibile, ormai» dissi seria. «E non ho intenzione di lasciare Nate nelle sue mani».

Mio padre scambiò uno sguardo con Charles.

«Se, come dici, il bacio di Clive lo ha così scosso...» ipotizzò «allora la voce di un padre potrebbe davvero essere utile».

Stavo cominciando a capire dove voleva arrivare.

«Vuoi far tornare Charles nel tuo corpo...» affermai.

«Credo sia l'unica soluzione ragionevole» concluse Kolor tornandomi vicino.

Mi alzai in piedi per guardarlo negli occhi. Volevo che capisse quanto fossi pronta a combattere. Non ero debole come pensava. Avevo resistito a venti molto forti che mi avevano piegato come un fiore fino a farmi toccare il suolo, ma che non mi avevano mai spezzato. Al contrario, mi avevano resa più forte. Ero un'erbaccia difficile da estirpare.

«Torneremo alla villa e toglieremo le unghie dal tuo petto» mi voltai verso Charles con decisione. «Charles, tu tornerai nel corpo di mio padre e... proveremo a fare qualcosa».

«Sembra un buon piano» scherzò Charles. «Se lo può permettere chi è già morto una volta».

«Tu, nel frattempo, rimarrai qui con Penny e Susan...» continuai a dire a mio padre. «Farò riavere anche a lei il suo corpo».

Kolor mi guardò con dolcezza.

«Non voglio che ti venga fatto del male...» disse piano.

«Non glielo permetterò».

DIETRO LE QUINTE

«Charles è vivo!» gridai quando mi risvegliai.

Ma non c'era nessuno a sentire la grande notizia. Ero sola nell'elicottero ed eravamo atterrati. Ero scivolata quasi giù dal sedile nel sonno e la cintura che Clive mi aveva allacciato mi stava quasi strozzando.

Feci scattare la sicura e mi misi in piedi. Oltre il vetro del cruscotto vedevo alti alberi secchi che si intrecciavano in un'unica e complessa ombra nera, dando l'impressione che il cielo fosse in schegge e sospeso in un'eterna caduta.

Scesi dall'elicottero con un balzo e i miei piedi trovarono un morbido tappeto di foglie morte. Eravamo a Gorey, sapevo che ci stavamo dirigendo là, ma non mi ero accorta di essere tanto vicina al castello.

Mi voltai. Alle mie spalle la costruzione di pietra nera continuava a stare in piedi come meglio poteva. Con le sue torrette storte e le mura mezze crollate, accatastate come montagne di sale, sembrava chiedere alla terra di essere inghiottita.

I miei amici dovevano essere all'interno, così mi incamminai fra le statue sbrecciate che ricoprivano il suolo, passando sotto a un mezzo arco rampante che ricordava una gigantesca falce. Ormai si poteva entrare nel castello anche passando di lato.

Mi insinuai fra le pietre ferite dall'acqua e dai rovi, e così mi trovai nella sala centrale. Il cielo grigio illuminava svogliatamente i pavimenti di marmo attraverso i grandi buchi del soffitto, ma la luce mi bastò per individuare Clive, Leonard e Christine.

Erano seduti all'inizio di una scalinata che si perdeva nel buio. Stavano guardando il palmare di Clive e, lì per lì, non si accorsero che li stavo raggiungendo. Quando arrivai accanto a loro, la luce digitale illuminava i loro volti in modo severo. Si sentiva anche un debole audio provenire dall'apparecchio.

Clive alzò appena la testa e mise in pausa quello che probabilmente era un filmato.

«Questo lo devi vedere» disse Christine facendosi più in là per farmi sedere.

Prima, però, avevo io qualcosa da dire.

Anche se erano tanto seri e la temperatura così bassa, il mio sorriso e le mie parole smossero dentro di loro un'energia incontenibile.

«Charles è vivo. Ludkar non è riuscito a ucciderlo».

Leo scattò in piedi.

«Lo sapevo! Lo sapevo!» gridò facendo vibrare il castello.

Anche Christine si alzò in piedi, spalancando la bocca e rimanendo senza parole. Le misi una mano sulla spalla.

«È vivo e sta bene. L'ho visto nel Cinerarium con mio padre, Susan e Penny».

Solo allora si lasciò andare a una risata e mi abbracciò. Mi abbracciò così forte da doverle chiedere di allentare la presa.

«Charles non lo ammazzano neanche con le cannonate!» gridò assordandomi.

«Ma...» interruppe la nostra allegria Clive «non ha più un corpo».

Leo e Christine abbassarono lo sguardo su di lui. Avrebbero voluto colpirlo, probabilmente, ma dovettero ammettere che aveva ragione.

«Lo so...» dissi io sedendomi piano al suo fianco. «È vivo nel Cinerarium solo perché mio padre ha nelle vene un po' del suo sangue».

Leo e Christine stavano cominciando a calmarsi e si sistemarono vicino a me. Per qualche istante dimenticarono i dissapori che li tenevano distanti. Allora non persi tempo e feci anche a loro un breve riassunto di com'erano andate le cose nell'altra vibrazione.

Furono d'accordo sul piano di riportare Charles nel corpo di mio padre, e non celarono una certa impazienza. Oltre che per aiutare Nate, non stavano più nella pelle di rivederlo.

«Chiamiamo Sally intanto...» propose Leo, ma Clive lo frenò.

«No, non se ne parla. Non dobbiamo dare nessuna possibilità ad Aracmill di rintracciarci». Poi voltò il palmare nella mia direzione. «Faremo le cose alla vecchia maniera... Intanto, anche tu dovresti vedere questo».

L'immagine sullo schermo era sgranata, si trattava di una ripresa estratta da una telecamera di sicurezza. Mi piegai in avanti per cercare qualche dettaglio.

«È il retro del teatro dell'opera...» mi spiegò Clive indicando col dito. «Questa è l'uscita riservata agli artisti. La vedi la porta... le scalette. Lo so che è buio, ma schiaccia play».

Feci come mi diceva.

«L'ho scaricato prima di liberarvi... Questo è successo dopo lo spettacolo di ieri. Ho ricavato l'audio con un sintetizzatore della Octagon Corporation, collegandomi alle registrazioni dei walkie talkie, ironia della sorte...»

«Sì, lascia perdere i dettagli» lo zittii.

In quell'istante la luce sopra alle scalette si accese, rendendo tutto più chiaro, e alcune figure uscirono dalla porta di servizio.

Erano Aracmill, con addosso ancora il trucco di scena, Enea e una guardia armata come quelle che ci avevano sedati. Fu allora che dal fondo del vicolo arrivarono altre tre ombre. Due erano guardie armate mentre quella nel centro, tenuta sospesa con la forza mentre scalciava e gridava, era una bambina. Era Ludkar. Fu portato di peso fin sotto le scalette, dove la luce che proveniva dall'alto lo illuminò chiaramente. Quando vide Aracmill, sembrò calmarsi di colpo. Lei fece un cenno per dire di lasciarlo andare. Le guardie obbedirono, ma facendo un passo indietro rimasero comunque a puntargli le armi alla testa. Ludkar non se ne curò.

La voce di Aracmill arrivò come un brusio.

«Sei tu, allora» disse incrociando le braccia. «Come ti sei ridotto...»

La bambina, con i vestiti ancora sporchi di sangue, fece un passo in avanti sorridendo.

«È una situazione momentanea. Riavrò il mio corpo».

«No» rispose lei alzando la testa. «Non lo riavrai».

Ludkar, per la prima volta da quando lo conoscevo, sembrò disorientato. Rimase perplesso a guardare lei e cercò spiegazioni nell'indifferenza di Enea. Rise brevemente, come se si aspettasse di sentire che quello era uno scherzo.

«Per vent'anni ho provato a cercarti» disse Aracmill cominciando a scendere le scalette. «Vent'anni in cui sei scomparso senza spiegazioni. E senza nemmeno la scusa delle sigarette».

Ludkar si grattò la testa.

«Ero imprigionato nel Cinerarium...» e sputò in terra del sangue che gli impastava i capelli sulle labbra. «Potevi anche intuirlo».

«Non sono stupida, amore mio» disse lei gelida e sarcastica. «Sono venuta a cercarti all'inizio. Mi sono uccisa diverse volte per te».

Lui allargò le braccia con l'idea di stringerla ma lei, una volta scese le scalette, si fermò a debita distanza.

«Questo sì che è amore!» scherzò.

«Una volta, forse» lo zittì Aracmill, con i lineamenti del viso che la trasfiguravano in qualcosa di davvero oscuro. «Quando ancora avevamo dei progetti assieme... Ho rischiato la pazzia per te!»

In uno scatto che apparentemente non mostrava ira, Aracmill diede una testata violentissima alla guardia armata che stava al suo fianco. La fece stramazzare al suolo, svenuta, poi cercò di ricomporsi, sorridendo. L'altra guardia, anche se impaurita, continuò a imbracciare l'arma e a puntarla sul corpo di Penny.

«La composizione del mio corpo, dall'altra parte, era altamente instabile» continuò Aracmill barcollando leggermente. «I sentimenti nei tuoi confronti erano troppo forti. Mi rendevano fragile e il processo di disgregazione era troppo accelerato. Non posso più andare nel Cinerarium a causa tua».

Ludkar non disse nulla. Rimase a studiarla inclinando la testa. Puntò un dito verso il suolo.

«Aracmill... neanch'io potevo tornare da questa parte. Quando ho scoperto di poter passare attraverso il fuoco, mi trovavo in posti del mondo lontani da te... per pochi minuti... non sapevo come trovarti» gesticolò agitandosi. «Ho scoperto la raffineria solo poco tempo fa... Non potevo nemmeno contare i giorni...» rise raucamente, usando la voce della bambina in un modo estremamente inquietante. «Quando sono venuto per riprendermi il corpo, tu non eri qui. Ma adesso che sono tornato, possiamo...»

«No» ripeté Aracmill sporgendo la testa. «Ti ho già detto che non riavrai il tuo corpo. Non ho nessun interesse ad aiutarti. Non provo più niente. Ho altri scopi, adesso. E chi occupa il tuo corpo... è meglio di te».

La Nocturna mosse lo sguardo, sorridendo verso la porta di servizio. Vicino a Enea, come un'ombra comparve Nate.

Non appena Ludkar se ne accorse, gridò inferocito e tentò di saltare verso di lui, dando fondo a tutti i propri istinti primordiali. Ma il corpo della bambina non era quello di un Nocturno e le gambe non furono capaci di sollevarlo nell'aria. Ottenne solo un risultato grottesco, penoso, che Aracmill derise.

«Ridammelo! Brutto figlio di puttana!» gridò la bambina cercando di afferrare i piedi di Nate.

E Nate, senza muoversi, si fece afferrare. Ludkar non poteva fare altro e dopo pochi secondi se ne accorse. Lasciò andare la presa e tornò a parlare con Aracmill.

«Se vuoi farla pagare a qualcuno...» gridò fuori controllo, ma ugualmente inoffensivo «è Kolor quello da scuoiare! Lui e sua figlia!»

«Ludkar» gli rispose Aracmill freddamente «non ho nessun interesse nella vendetta. Il passato mi annoia. È nel futuro che risiede la mia visione» alzò la testa fieramente, accompagnando le parole con un gesto teatrale, quasi volesse fare un monologo. «Sono diventata una donna molto influente in questi anni e la Octagon Corporation è una potenza mondiale. Anni fa, quando ancora conoscevo i sentimenti, ho commesso l'errore di seguirti fin qui dall'Europa perché dovevi ritrovare il tuo amico... Kolor.

Avevo persino fatto costruire una sede della società collegandola al nostro vecchio rifugio, quando eri sparito... Ma ho saputo trasformare l'errore in un'opportunità».

«E allora...» digrignò fra i denti Ludkar. «Perché sei qui, adesso?»

«Ho continuato a studiare il Cinerarium. Non per riportarti indietro. C'è qualcos'altro là che mi interessa» si sistemò i capelli. «I miei scienziati hanno fatto di recente un ritrovamento nella baia di Cape Cod. Sono tornata per quello. È stata una casualità averti incontrato. Ho sentito il tuo odore e ho iniziato a spiarti. All'inizio credevo davvero che fossi tu. Credevo che avessi perso la ragione» rise ispirando profondamente. «Scherzo. Ho imparato, hai visto?» Attese da Ludkar una risposta che non arrivò, così tagliò corto. «Solo dopo ho capito che era un altro».

«Nate...» ripeté la bambina col suono di una bestemmia.

«Non odiarlo, Ludkar. In fondo sei tu. E poi fa venire le rughe» scherzò ancora Aracmill indicando le lacrime nere che le fendevano il volto. «Nate mi sta aiutando molto, mi ha permesso di avvicinare Thara. E ho bisogno di un Crepuscolare per la mia ricerca. Adesso ha l'età giusta. Anche per questo non ti ridarò il tuo corpo» aggrottò la fronte. «Considerala una specie di assicurazione».

Poi Aracmill gli diede le spalle e cominciò a camminare lungo il vicolo, immergendosi nell'oscurità.

«Sono sicura che all'asilo troverai un sacco di amichetti» furono le ultime parole che gli disse.

Enea e Nate scesero le scalette e la seguirono. Ludkar frenò l'istinto di rincorrerli solo perché la guardia armata stava continuando a tenerlo sotto tiro. Era furioso. L'unica cosa che poté fare fu urlare.

«Ti voglio bene!» gridò inferocito, mentre un Suv della Octagon Corporation si fermava per far salire i tre.

Pochi istanti dopo se ne andarono e la guardia armata abbassò il fucile chiedendo al walkie talkie l'autorizzazione per lasciare libera la bambina. Quella piccola distrazione le costò la vita.

Distolsi gli occhi dal monitor, disgustata. Ludkar aveva raccolto una bottiglia rotta e aveva colpito l'uomo alle gambe. Gli strappò la mitragliatrice e gli sparò ripetutamente alla testa. Fece lo stesso anche all'altra guardia già atterrata da Aracmill. Poi, imbracciando l'arma, si allontanò nel vicolo ridendo. Una bambina ricoperta di sangue, con un mitra al collo e una risata fra i denti, si preparava a bruciare la città.

Clive schiacciò stop sul palmare e me lo sfilò dalle mani. Stavo sudando freddo.

CAVIE E LABIRINTI

Uscimmo dal portone principale con passo sicuro. Eravamo una squadra. Avevamo uno scopo.

Abbandonammo il castello e l'elicottero, ce li lasciammo alle spalle e scendemmo a piedi per i boschi. Ci aggrappavamo ai tronchi di tanto in tanto per non scivolare sulle foglie marce, ma non rallentammo il passo.

Quando arrivammo finalmente alle sponde del lago, ci guardammo intorno.

«Credo che sia di là» disse Leo indicando un punto sulla destra.

Il paese di Gorey si distingueva a malapena fra le colline che abbracciavano le acque. Doveva essere la direzione giusta. Ci incamminammo lungo la strada fangosa, sporcandoci scarpe e pantaloni e sentendo i piedi diventare sempre più freddi. Poco ci importava. Dopo aver visto che anche Ludkar era tornato a camminare sulla terra, liberare il corpo di mio padre era diventata la priorità.

Dopo almeno dieci minuti di percorso, Leo si fermò di colpo e guardò verso il basso.

«Ci siamo» disse scostandosi.

Il suolo era coperto di tartarughe che attraversavano la strada, spostandosi goffamente fra l'acqua e l'entroterra. Voltammo tutti la testa.

A un primo sguardo era difficile distinguerla dalla vegetazione, ma addossata agli alberi, costruita per metà su palafitte e per metà su un miracolo, c'era la casa di una nostra vecchia conoscenza.

Era la casa di Rickie. Noi l'avevamo ribattezzata "la signora delle tartarughe".

Corremmo sotto la veranda, evitando di schiacciare le piccole creature, e bussammo. Il legno era tanto marcio che il suono si propagò per le assi di tutta la casa con un sinistro scricchiolio. Fermai la mano temendo che le vibrazioni potessero far crollare giù tutto.

«Temo che sia inutile...» borbottò Clive alle mie spalle.

Si appoggiò al portico e il suo peso fece cedere la balaustra. Non cadde a terra solo perché Leo fu svelto ad afferrargli un braccio.

Rickie ci venne ad aprire proprio in quell'istante. Un tanfo insopportabile uscì dalla casa insieme a lei, ma sorridemmo tutti quando ci abbracciò. Fu un momento di grande coraggio.

«Ragazzi... cari ragazzi» disse entusiasta. «Volete entrare per un tè?»

Rimanemmo a fissare la sua capigliatura fatta di nodi bianchi e il suo viso tenuto insieme come nebbia. Aveva detto le stesse identiche parole della prima volta.

«Grazie, Rickie, ma quello che ti vorremmo chiedere è un'altra cosa» dissi io cercando di essere gentile.

Clive entrò nella conversazione a gamba tesa.

«Signora, ha una macchina da prestarci?»

Il volto della donna non cambiò di espressione. Sognante e intontito, sembrò non aver capito la domanda. Leo provò a ripeterla con più garbo e allora gli occhi di lei si fecero meno vitrei.

«Una macchina io non ce l'ho...» disse alzando le spalle con una lentezza esasperante e riabbassandole prima di riprendere a parlare. «Il vecchio Jim... il vecchio Jim aveva un trattore una volta. Potreste chiedere a lui...» poi la sua fronte si fece grinzosa, come carta velina bagnata. «No... il vecchio Jim è morto anni fa...»

«Siamo messi bene...» disse Christine sottovoce. «Questa è bella che suonata».

«Aspettate!» esclamò Rickie come se si fosse appena aperta una porta nel suo cervello. «Io un'auto ce l'ho...»

Rimanemmo perplessi a vederla rientrare. Probabilmente, una volta in casa, si sarebbe dimenticata che eravamo sotto il portico, e invece tornò subito da noi con in mano un mazzo di chiavi. Scese gli scalini, pianissimo, e si diresse nello spiazzo che stava accanto alla casa. Sospirammo e la seguimmo. Non speravamo in niente di funzionante, ma forse un paio di biciclette per raggiungere la civiltà c'erano.

Sotto una tettoia gonfiata dall'acqua e screpolata dai licheni, vedemmo qualcosa di discrete dimensioni coperto da un telo e da una rete da pesca. Rickie ci andò accanto e afferrò uno dei lembi tenendosi la schiena.

«Dovete fare voi, mi sa... le mie ossa fanno i capricci».

Leo e Clive, senza perder tempo, si misero ai due lati e, afferrato il telo, lo sollevarono con un unico colpo. Scivolò a terra, mentre i nostri occhi si spalancavano di meraviglia.

Nascosta sotto il telo c'era un'auto sportiva che poteva essere esposta nelle vetrine di un concessionario. Era cromata di giallo e nero, e nonostante il clima brillava quasi l'avessero appena lucidata.

«L'ho vinta con i biscotti...» disse Rickie guardandomi e sorridendo affabilmente. «Io non so guidare. Non so che farmene...»

***

Dieci minuti dopo avevamo già lasciato Gorey e l'auto sfrecciava nella campagna come un calabrone fra i fiori.

Rickie era stata di grandissimo aiuto. Chi poteva immaginare che una persona con la passione per animali tanto lenti potesse avere un'auto come quella!

Stavamo andando anche troppo forte per i miei gusti e soprattutto per il mio stomaco, ma non mi sentii di dire a Clive di rallentare. Avevamo tutti scelto di mettere lui alla guida. Se aveva saputo pilotare un elicottero, quattro ruote sarebbero state anche troppo facili da gestire.

Durante il tragitto parlammo più che altro di quello che avevamo visto nel video, ipotizzando che fine avesse fatto Ludkar. Chiamai mia madre al cellulare per dirle di fare attenzione, ma aveva visto con i suoi occhi cosa quel Nocturno poteva fare. Tacqui su tutto il resto, non volevo allarmarla oltre il necessario. Le dissi solo di stare lontana dalla Octagon Corporation, per scrupolo. Le diedi un bacio mentre stava ancora parlando e riagganciai. Non avevo bisogno di ascoltare le sue ansie, in quel momento.

Arrivammo ai confini della città immettendoci dalla strada provinciale su una più trafficata. Ci trovavamo in periferia, però dall'altra parte rispetto alla base sotterranea di Clive.

I miei occhi ogni tanto sbirciavano fuori dai finestrini verso il cielo. Avevo la sensazione che quella giornata potesse schiacciarci, ma soprattutto temevo che Aracmill avesse dato ordini di perlustrare la zona.

Clive era stato costretto a rallentare l'andatura. Aveva deciso che procedendo così piano il suo cervello non era abbastanza impegnato, così mi mise il palmare fra le mani e cominciò a spiegarmi come usarlo.

Non ci capivo granché, l'unica funzione che memorizzai fu come contattare il dottor Tower, suo padre. Se ci fossimo trovati nei guai, avrebbe potuto fare tutto lui dalla base.

«Perché dovremmo trovarci nei guai?» domandai, mentre entravamo in una galleria.

«Perché Aracmill si è presa tutti i colliri. Avremmo dovuto assumere dell'estratto di Rafflesia per modificare il nostro odore prima di tornare. Per questo volevo passare dalla base».

E su quella frase inchiodò.

«Tu porti una sfiga che non hai idea...» disse Christine sporgendosi dai sedili e guardando insieme a noi oltre il parabrezza.

In quell'istante, infatti, alcune macchine si erano messe di traverso, bloccando la strada. Le auto in arrivo, frenando, stavano formando una coda. Oltre i tettucci, riverberava una luce giallognola; a bloccare il flusso erano dei Suv. Suv neri su cui spiccava un ottagono viola.

«Ora...» disse Clive a bassa voce «dovremmo rimanere calmi e seduti».

«Cosa dici!?» esclamò Leo a bassa voce. «Dobbiamo filarcela subito!»

Altri automobilisti erano scesi dalle proprie auto per sbirciare cosa stava accadendo là in fondo. Noi eravamo i soli a sapere che le cose dovevano ancora succedere e che sarebbero successe proprio là in mezzo.

Leo aprì la portiera, ma appena sentii lo scatto e un po' dell'aria presente nell'abitacolo uscì, la voce di un altoparlante arrivò distorta nella mia direzione.

«Vi preghiamo di abbandonare le vostre vetture e di uscire passando lungo i muri, grazie».

Clive si voltò bruscamente e lo obbligò a richiuderla.

«Deficiente!» lo insultò. «Adesso ha di sicuro sentito il nostro odore!»

«Deficiente!» rincarò la dose Christine dandogli un colpetto dietro la testa.

«Fuori. Subito» disse un'altra volta il megafono, ma adesso, a parlare, era una voce femminile, una voce che riconoscemmo all'istante.

«Come… come ha fatto?» domandai cercando una risposta nello sguardo pensieroso di Clive.

«Non ha importanza» disse lui piano. «Quello che dobbiamo decidere adesso è come faremo noi ad andarcene».

Gli passai timidamente il palmare. Era più utile a lui. Lo prese dalle mie dita con delicatezza, la stessa che serviva per gestire quella situazione. Intanto, fuori dai finestrini, potevo vedere la gente uscire dalle automobili parlottando e rasentare i muri bianchi della galleria. In pochi istanti, saremmo rimasti noi gli ultimi e abbassarci fra i sedili non sembrava l'idea vincente.

Clive toccò velocemente alcune schermate che comparvero sul display e le studiò con attenzione. Lo vidi chiudere gli occhi e respirare a fondo.

Quella situazione non mi piaceva per niente. Avevo come un *déjà vu*. Provavo le stesse sensazioni della volta in cui Ludkar aveva sbarrato la strada a me e Charles, solo che al posto di un muro di fuoco adesso c'era qualcosa di molto più grande e pericoloso.

All'esterno la galleria era deserta. Non c'erano più persone in circolazione, solo auto.

Sentii un rumore di gomme dietro di noi e, sbirciando nello

specchietto retrovisore, vidi che i Suv della Octagon Corporation stavano bloccando anche l'altra uscita della galleria.

«Andiamo» disse allora Clive mantenendo una calma inquietante e spegnendo il motore.

Lasciò le chiavi nel cruscotto e aprì la portiera. Quando mise un piede a terra, mi voltai e guardai i miei amici. Feci di sì con la testa e ci preparammo a fare lo stesso. Aprimmo le portiere e scendemmo.

Clive si chinò per qualche istante e fece qualcosa come allacciarsi una scarpa. Era dall'altro lato dell'auto e non mi fu possibile vedere. Solo dopo avrei capito. Poi si rialzò.

Ce ne rimanemmo là, in piedi, fra le auto abbandonate. Erano state tutte spente e non c'era rumore di città. C'era un silenzio allarmante, fatto solo di bagliori. Sui Suv della Octagon, che spiccavano sopra tutte le altre auto, ruotavano alcuni lampeggianti violacei che si mischiavano con le luci gialle della galleria come i colori nei petali di un iris.

Un piccolo esercito nero con maschere antigas e mitragliatrici ci aspettava.

Davanti a tutti stavano Aracmill ed Enea. E accanto a loro c'era anche Nate.

Il momento sembrava congelato nel tempo. Poi Aracmill riabbassò il megafono e la vidi sorridere.

Mi voltai verso Clive. Lui non ricambiò il sorriso. Avanzò.

Non capii che intenzioni avesse, ma leggermente in disparte lo seguimmo. Passammo fra le auto a testa alta, proprio come stavano facendo i nostri avversari.

Ci fermammo a pochi metri da loro, faccia a faccia. Ci scambiammo sguardi carichi di rancore come saluto. Aracmill sembrava molto compiaciuta dei risultati che stava ottenendo. Nate, invece, ostentava disinteresse. Lo guardai per qualche istante, ma ciò che era diventato mi dava troppo fastidio.

«Eccoci di nuovo qui» disse Aracmill alzandosi leggermente in punta di piedi. «Potevamo vederci nel mio ufficio, sarebbe stato tutto più semplice».

Poi sgranò gli occhi e gli sfregi neri che le scendevano sulle guance come pece divennero la sua espressione: «Come vogliamo organizzarci?».

«Vengo io con voi» furono le parole che uscirono dalle labbra di Clive.

Leo, Christine e io ci voltammo lentamente verso di lui. Avevamo sentito bene. Si era veramente offerto volontario. Non gli avrei mai permesso di fare la parte del martire.

«No, Clive...» dissi decisa.

«A patto che lasci andare loro» continuò il Crepuscolare con un tono adulto e cosciente.

«Mi sembra ragionevole» concluse Aracmill, con un segno di assenso. «Avrei preferito Thara per via della polarizzazione inversa già in atto, ma so accontentarmi».

«Perché dovresti?» domandò Nate inclinando la testa e facendo ricadere tutti i capelli da un lato. «Prendili tutti, non hanno più possibilità di un topo in trappola».

«Roar!» fece Aracmill imitando il graffio del leone.

Sembrò divertirsi molto nel farlo.

Nate la guardò con gli occhi a mezz'asta.

Non capivo. Non potevo sapere se quelle parole provenivano dalla sua anima o dal cervello di Ludkar. Forse aveva in mente qualcosa per salvarci, o forse qualcosa di orrendo.

Aracmill si voltò verso Enea come per ricevere un consiglio. Clive ne approfittò per passarmi il palmare. C'erano delle informazioni sopra. Informazioni molto precise che pregai fossero giuste. Nascosi velocemente l'apparecchio in tasca e parlai.

«Conosco il numero» dissi per impedire che la situazione precipitasse.

Aracmill sembrò stupita e interessata all'argomento. Sporse la testa e mi fissò col suo sguardo divergente e uncinato.

«Cosa sai del numero?»

«So che lo state cercando. Io lo conosco».

Anche Clive voltò piano la testa, stupito.

«Il numero nei nostri occhi, quello di ottantotto cifre».

Non avevo la più pallida idea di cosa fosse il numero. Mi ero ficcata da sola in una situazione peggiore di quella da cui cercavo di salvarmi. In realtà dovevo solo prendere tempo per studiare la struttura della galleria e quello sembrava il solo argomento che potesse tener buona Aracmill. Mi morsi le labbra.

«Non lo so a memoria. L'ho scritto… potrei dartelo in cambio di alcune garanzie».

«D'accordo. Dov'è?» disse prontamente Aracmill.

Avevamo esattamente 107 secondi perché il piano funzionasse.

«In macchina» dissi continuando a mente il conto alla rovescia.

«Vallo a prendere».

«Non so dove l'ha messo Christine» precisai.

La mia amica ebbe l'intuito di starsene zitta.

«È nel borsone, nel portabagagli» aggiunse Leo, che cominciava a capire cosa stessi facendo. «Sono l'unico che può aprirlo, ha un difetto…»

«Forza!» ci incitò Aracmill sgranando gli occhi. «Andate a prenderlo!»

Era chiaro che pensava di averci in pugno e forse aveva ragione. Si era anche resa conto che il mio poteva essere un bluff, ma non le costava niente lasciarci tornare alla macchina. Non sospettava che avevamo una speranza, ma io sapevo bene che quella speranza non avrebbe salvato anche Clive. Cercai di non mostrare il turbamento che mi stava togliendo le forze e, stringendo i pugni, le diedi le spalle.

Tornammo tutti e tre verso l'auto. Christine stava per chiedermi qualcosa, ma mi misi un dito davanti alle labbra per farla star zitta. Aracmill e Nate potevano essere in grado di sentirci. Mancavano 44 secondi.

Il tombino accanto all'auto era aperto. Era stato Clive a scoperchiarlo appena sceso. Guardai i miei amici e sgranai gli occhi. Capirono all'istante di doversi buttare.

Il primo fu Leo, poi partirono gli spari.

Christine e io ci accucciammo, mentre Aracmill gridava e i proiettili saettavano sopra le nostre teste. Con la coda dell'occhio potevo intuire le scintille, mentre la mia amica scendeva la scaletta in tutta fretta. Io la seguii immediatamente e ci lasciammo scivolare giù, fino a raggiungere il suolo. L'impatto fu parecchio doloroso e cademmo una sull'altra.

«Perché diavolo ci sta sparando? Aveva detto di essere disposta a lasciarci liberi in cambio di Clive!» domandò Leo coperto di liquame, come noi del resto.

«Otto secondi!» esclamai guardando verso l'alto.

Dal tombino si affacciò Aracmill.

«Perché quattro occhi sono meglio di due» disse sorridendo.

Ma mentre compativa il nostro misero tentativo, immaginando che ci avrebbe preso facilmente, non sapeva che da qualche parte nella città, qualcuno in una base sotterranea, seduto davanti a schermi di computer, stava agendo sul sistema fognario.

«Uno. Zero» dissi sentendo il rumore dell'acqua arrivarci alle spalle.

Il getto ci travolse con una violenza che non mi aspettavo. Ci scaraventò letteralmente via. L'acqua aveva una forza devastante. Ci torse le braccia, ci fece battere la testa, ci entrò in bocca e nel naso. Non avevamo tempo di disgustarci, quello che ci interessava era l'ossigeno.

Fummo spinti via, lungo la rete fognaria, finché il condotto di cemento in cui ci trovavamo non ci sputò fuori come insetti da una grondaia. Precipitammo ancora verso il basso, tuffandoci in una nuova area. Boccheggiai cercando di tenermi a galla in mezzo ai liquami. Mi guardai intorno. Leo e Christine stavano facendo lo stesso. Nuotai verso i bordi, dove alcuni topi scapparono via impauriti.

Clive e suo padre ce l'avevano fatta. Noi ce l'avevamo fatta.

Mi issai con le braccia strisciando a riva e pulendomi la faccia da tutto quello schifo.

«Siamo nella merda...» disse Leo tirandosi fuori a sua volta.

«Letteralmente» commentò Christine.

Estrassi dalla tasca il palmare. Per fortuna, era impermeabile. La mappa delle fogne ci mostrava la nostra posizione, indicandoci la strada per la fuga con una linea luminosa.

“Scappate” c’era scritto sotto. “La strada vi porterà alla villa”.

Ci alzammo in piedi e mi lasciai sfuggire un’esclamazione.

«Ci ha salvati… è un genio» dissi ridendo, prima di ricordarmi che Clive non era con noi. «Siamo abbastanza lontani per far perdere le nostre tracce e questo odore… Aracmill non potrà sentire il nostro».

Feci cenno ai miei amici di muoversi e soprattutto di non pulirsi. Condivisero gli ottimi motivi e cominciammo a correre nelle fogne, perdendoci in quel labirinto sotterraneo di fetori e liquami.

Aracmill aveva la sua cavia, ma non le bastava. Mentre ci spostavamo lungo i cunicoli mi chiesi perché non fossimo scappati subito nel tombino, ma la risposta fu chiara come non lo era quel posto.

Clive aveva informato suo padre della nostra posizione, però il dottor Tower doveva aver avuto bisogno di tempo per organizzare la fuga.

Una lacrima si confuse con la sporcizia sopra alle mie guance. Non me la sentivo di dare al padre la notizia che il figlio non ce l’aveva fatta.

Avremmo liberato il corpo di Kolor e saremmo andati a salvarlo.

IL NOCTURNO, LA SEGA E L'ARMADIO

Quando il percorso luminoso si esaurì e restò solo un puntino a lampeggiare, rimisi via il palmare. Eravamo arrivati.

Alzammo le teste e trovammo una scaletta di metallo che si aggrappava alla parete, portando verso la superficie. La salimmo a fatica. Avevamo camminato per diversi chilometri nelle fogne e oltre a sentirci distrutti, preoccupati, infreddoliti e sporchi, provavamo paura.

Avevamo avuto il tempo di riflettere e il tempo di capire. Questa volta a inseguirci non c'era uno psicopatico. C'era una multinazionale con un esercito, implicata in esperimenti fin dal tempo del nazismo, al cui vertice stava una dirigente immortale. Se fossimo solo stati costretti a fuggire, l'obiettivo almeno sarebbe stato chiaro, ma noi volevamo tornare da loro.

Leo spinse con le braccia il tombino, scoperchiando un'apertura da cui ci aspettavamo provenisse una forte luce. Ma mentre noi avevamo camminato in un modo sotterraneo, il tempo della superficie aveva continuato a scorrere ed era ormai scesa la notte. Dalla mezzaluna del tombino provenne solo una tenue pioggia luminosa.

Con un'ultima spinta, Leo fece scorrere via del tutto la copertura di metallo e uscì in strada. Tese una mano per aiutarci. Io accettai, Christine uscì scansandolo. Nelle fogne doveva aver trovato tempo per pensare al loro rapporto.

Una volta in piedi, fu chiaro a tutti dove ci trovavamo. Eravamo in mezzo alla strada, davanti alla villa di Charles.

Poche macchine stavano parcheggiate vicino agli altri palazzi, ma erano le auto che ci venivano incontro con i fari accesi quelle di cui dovevamo preoccuparci. Il suono di un clacson ci fece risvegliare di colpo e ci affrettammo a spostarci sul marciapiede. Oltre il cancello, le luci della casa erano accese.

Ci guardammo, ora che ne avevamo la possibilità, e ci rendemmo conto di essere davvero in condizioni pietose. In un altro momento, Sally ci avrebbe giustamente lasciato fuori, ma ora non avevamo tempo per pulirci.

Spinsi le inferriate. Non prestai attenzione al cigolio. Invece bisognerebbe sempre prestare attenzione ai cigolii. Certi cancelli sono in grado di riferire chi è già passato.

Attraversammo il vialetto come tre uomini della palude e, arrivati sotto il portico, vedemmo che le zucche di Halloween erano spente. Erano tutte schiacciate, come se qualcuno le avesse prese a calci.

«Va tutto bene...» provai a dire, vedendo che i miei amici stavano cominciando ad allarmarsi.

Schiacciai il campanello. Il trillo attraversò la casa alla ricerca di qualcuno. Mentre aspettavamo, notai che la serratura era stata forzata. No, non era stata forzata. C'erano dei buchi, fori di proiettile.

«Oh, no...» sussurrai spingendo ciò che rimaneva della maniglia.

L'ingresso era illuminato, ma per la prima volta quella casa aveva assunto un aspetto spettrale. Era una sensazione, una vibrazione della luce che accarezzava in modo diverso gli oggetti.

Mentre entravamo, con estrema cautela, il mio sguardo vagò lungo i muri, su per le scale, dove regnava l'oscurità. Gli occhi dei gufi impagliati con i cappellini da festa erano vitrei e quasi reali. Ci osservavano dalla morte.

Voltai la testa verso la cucina. Padelle e piatti rotti erano riversi a terra come un mosaico della follia.

Poi, dal salotto, provenne un rumore rauco e gracchiante, un suono terribile che ci assordò a tal punto da non farci sentire le urla. Corremmo a spalancare la porta e in quell'istante ci si fermò il cuore.

Ludkar, nel corpo della bambina, con una motosega in mano, stava facendo a pezzi il tavolino al centro della sala. Sul divano, accanto allo scheletro che leggeva il giornale, c'era Sally, legata e imbavagliata. Ci guardò con occhi stravolti, la faccia paonazza e sudata, mentre la piccola affondava la catena impazzita della sega nel legno, gridando e ridendo, facendo saltare trucioli ovunque.

La sega si inceppò per qualche istante, continuando a far borbottare il motore, ma Ludkar, puntando un piede sul tavolinetto, la strattonò via. La fece entrare di nuovo in funzione e roteare pericolosamente sopra la testa di Sally.

Poi si voltò di scatto nella nostra direzione e si leccò le labbra. Era spaventoso. Portava ancora i vestiti della sera precedente, su cui il sangue si era rappreso. La faccia della bambina era diventata una maschera del male.

«Ciaaaaao!» disse prolungando il saluto e facendo toccare la lama al suolo.

Mostrò i denti in un sorriso forzatissimo. Ci squadrò, notando la nostra condizione, e finse di essere disgustato.

«Puzzate come carogne... Dovreste farvi una doccia o trovare delle iene che vi mangino».

Sapevo che era inutile chiedergli di fermarsi e non era difficile capire quanto la situazione fosse nelle sue piccole e feroci mani.

«Sappiamo tutto. Ti aiuteremo» dissi alzando un braccio.

«Bene!» esclamò Ludkar spostando la sega elettrica con un certo sforzo. «Allora chi è che me la tiene ferma mentre le stacco le gambe?»

Feci un passo verso di lui. Poteva essere molto pericoloso, ma dovevo dimostrargli che stavamo facendo sul serio e, se avesse tentato di usare la sega contro di me, forse avrei potuto evitarla. Il corpo della bambina non riusciva a maneggiarla con precisione.

«Sappiamo di Aracmill. Sappiamo che ti ha tradito...»

«Voi non sapete niente...» ridacchiò Ludkar arricciando il naso.

«Io potrò anche aver preso il tuo corpo, ma lei si è presa il mio ragazzo» dissi con fermezza. «Davvero, Ludkar. Voglio aiutarti a riprendertelo. Il tuo corpo ha fatto solo danni. Ha fatto impazzire Nate, è convinto di essere te...»

Ludkar piegò la testa da un lato e con la mano libera si grattò la tempia.

«Scusa, Thara... ti rendi conto che stai chiedendo a me di fare un patto? No, dico... sono Ludkar».

«Sì. Me ne rendo conto. Metti via la sega e parliamo».

La bambina, invece, premette il bottone per far andare il motore su di giri. La sega elettrica le tremava fra le braccia mentre la alzava.

«Allora è lei che ha il mio corpo adesso!?» gridò abbassando la lama sul cannone in cui Sally teneva i giornali.

Quando la catena incontrò il metallo, produsse una fontana di scintille che illuminò la stanza come un'acciaieria. Il volto di Ludkar riverberava di follia. Gridò ancora, poi lasciò cadere la motosega. Spenta.

Si voltò verso di noi sorridendo e usò la voce della bambina.

«Ok» disse lasciandoci perplessi.

Quella era l'ultima cosa che avrei voluto fare, ma forse era l'unica con un briciolo di logica. Ludkar conosceva Aracmill e per il momento sembrava molto più infuriato con lei che con noi. Stavamo giocando col fuoco, lo sapevamo, ma l'alternativa era la cenere. Inoltre era necessario che Ludkar restasse nel corpo di Penny.

Ingoiai la saliva e feci un cenno a Leo per dirgli di liberare Sally.

«Che peccato, però...» si lamentò Ludkar guardando verso il basso. «Avevo già ammazzato suo marito. Mi infastidisce lasciare i lavori a metà...»

Leo si fermò e mi guardò preoccupato. No, era solo l'ennesima battuta di Ludkar, non aveva intenzione di usare la sega. Forse.

La bambina si allontanò dal divano, trascinandosi dietro la sega come una clava. Non sarei riuscita a convincerla a mollarla. Mentre Leo slegava Sally, Ludkar aprì un mobiletto che aveva fatto a pezzi per metà e tirò fuori una bottiglia di brandy. Tolse il tappo con i denti e bevve a canna. C'era qualcosa di osceno in quell'immagine.

Quando Sally fu finalmente slegata, mi abbracciò nonostante i miei vestiti fossero inzuppati di liquami, ma non riuscì a stare in piedi per molto. Christine mi venne accanto per sorreggerla e mi bisbigliò all'orecchio:

«Spero che tu sappia quello che stai facendo...».

La guardai. L'unica cosa che sapevo era che Sally non era stata fatta a pezzi e che io avevo ancora una carta da giocare.

«Scendiamo un attimo in cantina a prendere delle bende» dissi rivolgendomi a Leo e facendo in modo che Ludkar sentisse.

Il mio amico fece di sì con la testa, ma il suo sguardo implorava di non lasciarlo da solo. Potevo capirlo, però una volta liberato il corpo di mio padre avremmo avuto un Nocturno dalla nostra parte e Ludkar non avrebbe potuto più farci del male neanche con una sega elettrica.

Christine e io ci allontanammo, continuando a tenere d'occhio la bambina che trangugiava brandy finché non uscimmo dalla stanza.

«Pensi che non lo sappia?» domandò la mia amica mentre accendevo la luce nel sottoscala.

«No. Non sa che qui c'è mio padre. Con il corpo di Penny, non può sentire gli odori».

Cominciammo a scendere gli scalini tenendoci al muro.

«Perché è venuto qui e non da te, allora?» mi domandò ancora Christine.

«Forse pensava che Sally sapesse dov'era suo figlio».

«Ma vuoi davvero fargli riavere il suo corpo?»

Sospirai.

«Non lo so, ma Nate non può continuare a stare dentro al suo».

«Vuoi dire... che tornerà nel Cinerarium?»

Preferii non risponderle.

Quando arrivammo in cantina, mi guardai attorno. Era pieno di cianfrusaglie, scatoloni e vecchi mobili. Sul soffitto era appesa una barca e alla nostra destra c'erano persino una culla e un cavallo a dondolo. Avanzammo, passando accanto a un mobile su cui riposavano vecchie bottiglie di vino.

In fondo c'era un grande armadio nero. Una delle due ante era socchiusa.

Ci avvicinammo e lo aprii con cautela. Sapevo che lì dentro c'era mio padre, ma si trattava lo stesso di scoprire un cadavere.

Quando la luce dell'unica lampadina attaccata al soffitto lo illuminò, mi sentii a disagio. Era in piedi, rigido, appoggiato nell'angolo. La bocca era spalancata in un urlo silenzioso ed eterno, gli occhi erano diventati lattiginosi e nel suo torace teneva conficcata una mano. Si era pugnalato con le proprie unghie.

«Forza» disse Christine vedendo che ero restia a toccarlo.

Lo prese per un fianco e lo tenne fermo, aspettando che io facessi il resto. Non potevo certo tirarmi indietro. Così afferrai la mano e, un po' disgustata, cominciai a estrarre le lunghissime unghie dalle sue costole. Non uscì sangue, anzi, mentre venivano, via la carne sotto i vestiti strappati si stava ricomponendo.

Quando terminai di estrarle, lasciai ricadere il braccio. Le unghie, drittissime, lunghe più di mezzo metro, rimasero a penzolare inermi per qualche istante, poi si immobilizzarono. I nervi della mano si contrassero e Kolor respirò piegandosi in avanti. Fu così improvviso da spaventarci. Sembrava qualcuno appena riemerso dopo una lunga apnea dalle profondità della notte.

«Papà...» dissi piano dando un tono interrogativo alle mie parole.

Quando il Nocturno si fu ripreso, dopo due colpi di tosse mi guardò e sorrise.

«Sono Charles!» disse con un'espressione inequivocabile.

«Charles!» gridò Christine abbracciandolo.

Mi feci un po' in disparte. Avevo già avuto il privilegio di stringerlo.

Non avevo mai visto la mia amica stringere con così tanto affetto qualcuno. I suoi occhi erano chiusi, ma notai che erano umidi.

«Ci siete riusciti...» dissi sorridendo.

«Già» confermò Charles uscendo dall'armadio un po' goffamente. «Come fa Kolor a usare questo corpo? È altissimo... Io non sono abituato... eh, eh!»

Si guardò le mani dubbioso.

«E queste unghie? Come faccio ad accorciarle?»

«Per il momento... è meglio che le lasci così».

Sapevo che erano dure e taglienti come il diamante. Se Ludkar avesse usato di nuovo la sega, prima che fossimo riusciti a togliergliela, avrebbero potuto ripararci.

«Nate? Nate è di sopra?» domandò allora guardandoci con un'espressione gioviale e tranquilla.

Christine e io invece ci rabbuiammo. Stavamo per metterlo al corrente della situazione al piano superiore, quando il suono della sega elettrica lo fece da sé.

Ci precipitammo tutti e tre su per le scale della cantina. Charles aveva ancora qualche problema a muoversi e verso gli ultimi scalini lo dovetti spingere da dietro per non farlo cadere.

Arrivammo in soggiorno. Sally e Leo erano pietrificati in un angolo della stanza, mentre Ludkar dall'altra parte stava segando la libreria, distruggendo libri su libri. Quando si accorse di noi, si fermò solo per puntare la sega verso Charles.

«Tu...»

«Non è mio padre!» lo fermai prima che facesse qualcosa di irreparabile. «È Charles!»

«Chi?» domandò lui storcendo il naso.

«Quel Charles che eri convinto di aver ucciso. Il padre di Nate».

Ludkar fece rallentare la corsa della catena.

«Ah... sì. Ti trovo bene» disse allora infastidito.

«Charles?» domandò Sally lasciando andare Leo. «Sei... sei davvero tu?»

Fece qualche passo verso di lui, tremante. Era terrorizzata, ma l'eccitazione di vedere un marito che pensava morto era grande. Charles le andò incontro, commovendosi.

«Amore mio!» disse aprendo le braccia.

«Attento alle unghie!» fece Christine.

Charles e sua moglie si abbracciarono rimanendo stretti. Si dissero qualcosa sottovoce, cose che fecero sorridere Sally e che le asciugarono le lacrime. Anche Leo si avvicinò, più tranquillo, ma non si mise fra loro. Rimase a fissarli sorridendo e muovendo piano la testa, soddisfatto. Charles gli strizzò un occhio.

«Ok… mi sto annoiando» dichiarò Ludkar spezzando quel momento magico e venne verso di noi inclinando la testa. «Lo sai usare almeno quel corpo?»

Charles lo guardò senza rimanere turbato. C'era una serenità inspiegabile nel suo volto. Sapeva che quello era l'essere che lo aveva ucciso e divorato, ma non permise al rancore di sfiorarlo.

«Ludkar?» gli disse con tono mite. «Che bella bambina che sei».

Ludkar non apprezzò l'ironia, diversamente dal solito, ma Charles serviva anche a lui. Sospirò e guardò Sally.

«Che uomo insopportabile…» disse, prima di farle una domanda. «Dove sono i vestiti di tuo figlio?»

TURBOLENZE DI TERRA

Fu parecchio strano vedere Ludkar spiegare a Charles come usare il suo naso da Nocturno, ma il fatto che avesse lasciato la sega in soggiorno ci aveva rilassato i nervi.

Mentre frugavano nel cesto della biancheria sporca alla ricerca di vestiti da annusare, mi domandai se fosse il caso di guardare Penny negli occhi e rimandare il suo occupante nel Cinerarium adesso. Forse era la cosa giusta da fare, ma una volta nell'altra vibrazione lui avrebbe di sicuro rintracciato mio padre e avrebbe potuto creare problemi. Per il momento il corpo della bambina era una discreta prigione. Inoltre, conosceva se stesso e potenzialmente era in grado di capire Nate meglio di noi.

Sally non sarebbe venuta con noi e, nonostante le proteste, convinsi Christine a rimanere con lei. Noi quattro invece andammo in garage. Là c'era l'auto di Charles. Non era stata ancora riparata da quando Ludkar ci aveva aggrediti. Anche se la vernice era annerita per le fiamme, funzionava ancora. L'unico pezzo mancante era il parabrezza, ma tutto sommato non era un gran male, considerato il fetore che rilasciavamo io e Leo.

Salii in macchina con gli altri e mi sedetti dietro, insieme a Ludkar. Ci scambiammo un'occhiata nella quale rivedemmo i nostri trascorsi. Lui si leccò le labbra, io lo ignorai.

Leo, che si era messo al volante, girò la chiave e mise in moto. Charles, al suo fianco, teneva le testa in avanti e annusava l'aria come un cane.

Uscimmo passando per il vialetto e, quando ci trovammo in strada, Leo domandò se doveva andare a destra o a sinistra. Charles usò una delle unghie per indicare.

«Di qua...»

Appena l'auto prese un po' di velocità, la mancanza del parabrezza cominciò a farsi sentire. L'aria gelida di novembre ci veniva addosso senza pietà. Per fortuna, io avevo un sedile dietro cui ripararmi, ma Leo doveva patire parecchio. Lo vidi asciugarsi gli occhi che stavano lacrimando.

«Viene... di là, dobbiamo andare di là» disse ancora Charles usando i suoi nuovi sensi da Nocturno come una bussola.

«Trallallero, trallallà!» commentò Ludkar. «Cantiamo una canzone tutti insieme».

Nessuno aveva voglia di rispondergli.

Mentre la città notturna, fatta di ombre, vapori e luci, scorreva fuori dal nostro veicolo scricchiolante, ricordai che avevamo un altro alleato dalla nostra parte. Mi diedi della stupida per non averci pensato prima, ma ero troppo tesa per restare completamente lucida.

Presi il palmare dalla tasca e ripetei la sequenza che Clive mi aveva mostrato per mettermi in contatto con il dottor Tower.

«Che gioco è? Posso fare una partita?» chiese Ludkar sporgendosi nella mia direzione.

Sul monitor comparve un'immagine a bassa risoluzione che si spostava a scatti. Il padre di Clive era seduto davanti alla postazione dei computer e sembrava muovere la testa come quella di un piccione.

«Dottor Tower... mi sente?» domandai.

Dopo qualche istante l'uomo fece frettolosamente di sì con il capo.

«Abbiamo bisogno del suo aiuto. Può calcolare cosa incontreremo nella nostra direzione, basandosi sul punto di origine della nostra partenza?»

L'ometto fece di nuovo lo stesso gesto e lo vidi cominciare a battere frettolosamente sulla tastiera. Scrutava con gli occhi vispi tutti gli schermi e prendeva appunti su una lavagna luminosa. Poi si fermò di colpo e il suo mento traballò.

Scrisse qualcosa su un foglio e lo mostrò alla webcam.

C'era scritto "Logan Airport".

In quell'istante sollevai la testa e vidi il dito di Charles puntare nella direzione di un cartello stradale. Sull'indicazione c'era scritto proprio il nome dell'aeroporto.

Ludkar capì all'istante.

«No, amore mio...» disse fra sé e sé. «Non te ne andrai con me senza di me!» e rise di gusto per il gioco di parole.

Mi sporsi fra i sedili. L'aria mi arrivò in faccia come uno schiaffo e dovetti urlare per farmi sentire.

«Credo che l'odore venga dall'aeroporto!» informai Leo e Charles. «Aracmill... Stanno andando via!»

Leo svoltò in quella direzione.

«Ok!» gridò sporgendosi verso di me. «Ma come facciamo a entrare? Dico... è un aeroporto, la sicurezza e tutto il resto...»

«Sfondiamo la recinzione e massacriamo!» propose Ludkar con sarcasmo.

«Non sapremmo avere il tuo stile...» dissi tornando a sedermi. Poi parlai al dottor Tower.

«Può farci andare sulla pista?»

Nel monitor il padre di Clive si stava massaggiando il mento. Pensò per qualche istante, quindi sembrò avere un'idea e scrisse su un nuovo foglietto quello che avremmo dovuto fare.

***

«Sì, l'odore qui è molto più forte...» disse Charles mentre Leo fermava l'auto nel parcheggio sotterraneo.

«Questo vuol dire che anche lei sa che siamo qui» rispose Ludkar provando ad aprire la portiera senza riuscirci. «Ehi! Chi è che ha messo la sicura per i bambini?»

Sentii Charles ridere mentre usciva dall'auto. Aprì lui a Ludkar. Quando fummo tutti e quattro fuori, ci rendemmo conto che non potevamo passare inosservati. Leo e io eravamo lerci, Ludkar era coperto di sangue e Charles... era un Nocturno.

«Il dottor Tower ha aperto un passaggio riservato al personale. Disattiverà le telecamere mentre entriamo».

«Il dottor Tower?» domandò Charles.

«È una lunga storia...»

Tenendo il palmare davanti a me, seguimmo il percorso che il padre di Clive ci stava indicando. Passammo accanto alle auto posteggiate fino a raggiungere una porta blindata. C'era bisogno di una tessera magnetica per entrare, ma il dottor Tower la attivò con facilità a distanza.

Secondo la planimetria, ci stavamo muovendo lungo i corridoi che portavano al deposito bagagli. Vedemmo la porta di uno spogliatoio riservato al personale. Feci segno agli altri di entrare. Forse potevamo recuperare delle tute per non farci riconoscere.

Trovammo una pila di uniformi sporche proprio accanto all'entrata. Andavano benissimo. Non erano della taglia giusta per tutti, ma ci arrangiammo. Ludkar rimase così com'era.

Dopo un'occhiata furtiva, tornammo a camminare nel corridoio. Il dottor Tower, che non sapeva della scomparsa del figlio, era troppo impegnato ad aiutarci per accorgersi che ero solo io a usare il palmare.

Poco dopo ci ritrovammo in una grande sala, dove il personale stava smaltendo e dividendo i bagagli. Sui nastri trasportatori le valige si susseguivano a una certa velocità. Erano tutti abbastanza impegnati e ci ignorarono. Continuai a seguire le indicazioni di Tower costeggiando il muro. A un certo punto, una porta a vetri con un maniglione ci mostrò l'esterno: dava direttamente sulla pista.

La spinsi e uscimmo con la dovuta cautela. L'attenzione che ero costretta a tenere era tripla. Oltre a seguire le indicazioni del palmare e a preoccuparmi che nessuno interferisse con i nostri movimenti, dovevo sempre controllare cosa accadeva all'altezza della mia cintura. Avere un Ludkar in miniatura alle calcagna era angosciante. Dovevo solo sperare che lo scorpione tenesse tutto il suo veleno per un'unica preda.

Adesso ci trovavamo sotto una copertura dove erano parcheggiati i camioncini a rimorchio per i bagagli. Ce n'erano una decina, affiancati come trenini, e oltre si apriva la pista di atterraggio, espandendosi verso la notte come una gigantesca lavagna. Una lavagna complessa e indecifrabile, dov'erano state tracciate con le luci equazioni luminose che solo i piloti potevano capire.

«Siamo vicini...» sussurrò Charles annusando l'aria.

Lo imitai, ma sentivo solo puzza di carburante e gomme bruciate. Leo mi strattonò per un braccio. Ci stavamo muovendo verso i camioncini elettrici.

Avrei voluto dire di no, ma Charles si stava già sistemando al posto di guida del primo.

Ludkar mi afferrò per la treccia.

«Thara, mamma Thara, posso stare seduta davanti? Dai, dai...»

Gli tolsi i miei capelli dalle mani e rimasi a guardarlo disgustata. Ero tentata di colpirlo, ma per fortuna intervenne Leo, che lo afferrò e lo sistemò sul seggiolino accanto a Charles.

«Ecco, però niente dolci prima di cena, ok?»

Ringraziai Leo con uno sguardo e assieme andammo a sistemarci dentro uno dei vagoncini. Leo dette due colpi col pugno contro la fiancata per far capire che eravamo pronti. Sorrideva. Non so per quale motivo, ma aveva ragione a farlo. Se ci si doveva giocare il tutto per tutto, almeno era giusto farlo con il sorriso sulle labbra. Il risultato non sarebbe cambiato. Anche se approvavo quell'atteggiamento, mi fu molto difficile riuscire a piegare anche solo un angolo della bocca. Eravamo arrivati fino a quel punto e speravo che niente andasse storto prima del dovuto. Se ci avessero scoperti, ci avrebbero arrestati tutti. Eravamo improbabili come terroristi, ma non avremmo avuto scuse.

Uno scossone leggero fece muovere il vagone. Sporsi la testa per vedere dove stavamo andando. Charles aveva abbandonato il deposito e si muoveva in linea retta in mezzo alla pista.

«No, Charles...» dissi mordendomi le labbra. «Così ci farai scoprire...»

Era talmente concentrato nel seguire l'odore, da dimenticarsi che si trovava su una pista di atterraggio. Lo vedevo annusare l'aria con gli occhi socchiusi, mentre Ludkar, al suo fianco, aveva appoggiato le piccole gambe sul cruscotto.

Pochi istanti dopo, infatti, un boeing ci passò accanto, coprendoci per qualche attimo con la sua immensa ala.

Alzai lo sguardo e vidi l'imponente turbina in controluce fischiare cupamente. Era impressionante, ma per fortuna durò poco, poi l'aereo si allontanò e dietro alla sua silhouette fece comparire il miraggio dell'aeroporto.

Sembrava che ad allontanarsi fosse la grande struttura. Bassa, allungata, ricordava un grattacielo addormentato, steso su un fianco. Assomigliava quasi a un palazzo perso nel Cinerarium. Dai grandi finestroni proveniva una luce invernale, che dava l'impressione di un interno gelido, quasi che tutto fosse bloccato nel ghiaccio. Eravamo troppo distanti per intuire il passaggio delle persone e sembrava che in quel posto non ci fossero né arrivi né partenze.

La mia mente si era concessa un momento di pausa, probabilmente per il troppo stress, ma un bagliore viola mi fece voltare e mi riportò all'orrendo presente.

«Ci stavano aspettando...» sussurrò Leo corrugando la fronte.

Mi alzai tenendomi salda ai bordi del carrello e, anche se si stava ancora muovendo, riuscii a rimanere dritta e stabile, ferma a fronteggiare una situazione inaffrontabile.

Là, davanti a noi, a meno di un centinaio di metri, si ergeva il regno di Aracmill, la sua scacchiera personale, senza regole, occupata da un esercito di spaventapasseri chimici. E dietro le guardie, sulla pista, i Suv neri della Octagon Corporation erano fermi a far roteare le loro luci viola.

Lampi color iris sorvolavano selvaggiamente la pista, riflettendosi sulle pistole, i cofani e le maschere antigas. Ma era dietro, oltre tutta quella scena militarizzata, che si trovava il vero protagonista.

Circondato dalle guardie, un jet privato, nero con la sfumatura di un incubo e il simbolo della casa farmaceutica sulla fiancata, si stava preparando al decollo.

Charles curvò leggermente la traiettoria e si fermò davanti ai Suv. Resistetti con le gambe al piccolo sobbalzo. Ci fu un istante di silenzio e immobilità. Un istante denso e pesante.

Ricambiai con determinazione gli sguardi lucidi e neri che occupavano i volti antigas delle guardie armate. Il perimetro sembrava impenetrabile.

«Ci siamo» dissi scendendo dal vagoncino.

Così fece anche Leo e rimanemmo immobili ad aspettare Charles e la bambina.

«Tuo figlio...» dissi, quando con la coda dell'occhio avvertii la vicinanza di Charles «non è quello che ti ricordi. Tienilo a mente».

Charles rise.

«Mio figlio, quello che mi ricordo, era dentro a una bara. Chiunque sia diventato, non potrà che essere meglio».

Mi voltai verso di lui. Il Cinerarium non lo aveva cambiato. Charles, vecchio Charles, unico amico della morte, che nessun orrore sarebbe mai stato in grado di toccare, che riusciva a ridere tenendo per mano il suo assassino...

In realtà Charles non stava tenendo Ludkar per mano. Ludkar non c'era più. La bambina era scomparsa.

«Dove diavolo è!?» chiesi a Leo.

«Non... non lo so» disse lui guardandosi attorno. «Era qui un attimo fa».

Respirai a fondo e pregai che non facesse niente di irreparabile. Non avevamo tempo per la sua follia. E forse, di tempo, gliene avevamo dedicato anche troppo. Così dimenticai Ludkar, mi feci coraggio e avanzai.

Leo alla mia sinistra, Charles alla mia destra, ci dirigemmo verso il jet. Le guardie rimasero immobili mentre passavamo loro accanto. Era stato dato l'ordine di non intervenire e, illuminate dalle luci viola lampeggianti, avevano qualcosa di sinistro. Di morto. Di inumano.

Il jet aveva i motori accesi, ma era ancora fermo. Il rumore non era assordante. Faceva vibrare l'aria come se fosse l'emanazione di un terrore comune. Una paura condivisa anche dal suolo.

Il portellone era spalancato e, sulla scaletta che lo congiungeva con il suolo, c'era lei: dirigente d'azienda delle ombre, cantante lirica di ogni aberrazione biologica, reginetta di ogni reparto psichiatrico, bellezza della notte polare, senza battito, senza ciglia, senza stelle sulla sua corona.

Aracmill se ne stava là, con le braccia conserte, a guardare il piccolo mondo dall'alto. E il suo volto rigato in verticale di nero, lungo gli zigomi, era quasi più agghiacciante delle sue intenzioni.

Le nostre tre figure si fermarono alla base della scala, con le ombre che venivano distorte in continuazione dalle luci isteriche.

La Nocturna rimase immobile, mosse appena le labbra.

«Non capisco davvero, Thara... Non c'è logica nelle tue azioni» e alzò una mano, rimanendo in una posizione innaturale. «Prima scappi, e poi vieni qui di tua spontanea volontà. Con un notevole impiego di energie e ingegno...» Poi si rivolse a quello che credeva mio padre perché, del resto, ne muoveva il corpo: «È da tanto che non ci vediamo, Kolor. Potresti firmare una liberatoria per permettermi di strappare gli occhi a tua figlia?».

Charles si fece serio e alzò la testa verso quella donna che non aveva mai visto, ma di cui percepiva chiaramente la grande e contagiosa negatività. Là sulle scale, vista dal basso e illuminata a singhiozzo da quelle luci viola, sembrava una modella fotografata da demoni astrali.

«Non sono il padre di Thara. Mi chiamo Charles. Sono il padre di Nate. Vorrei che lo lasciassi libero».

Aracmill dilatò le pupille, come sassi che rompono un vetro infrangibile, e si portò una mano al petto.

«Libero? Ma certo. Non avrei problemi a farlo... Il fatto è che per lasciare libero qualcuno è necessario prima tenerlo in prigionia. E questo non credo sia il caso» si voltò appena, lanciando uno sguardo al tetto del jet. «Vero, Nate?»

Tutti e tre alzammo lentamente gli occhi. In alto, sopra l'aereo, appoggiato con la schiena alla coda, c'era Nate. Lo vidi ridere e fare l'equilibrista con le braccia allargate. Era fuori di sé, più dell'ultima volta. Si lasciò cadere di sotto. Sì, si buttò a peso morto e precipitò al suolo, atterrando di faccia.

Charles lo osservò teso, e non sembrò sollevato quando Nate, ridacchiando, si rimise in piedi inciampando nelle proprie gambe e barcollando. Aveva preso una bella botta.

«Wow!» esclamò con i movimenti di un ubriaco, sistemandosi per finta il foulard rosso e avanzando sotto la pancia del jet. «Newton aveva proprio ragione... La prossima volta proverò quella con l'aquilone e la chiave».

Charles sembrò commuoversi. Non so come ci riuscisse, ma evidentemente era in grado di vedere al di là, di scorgere qualcosa che né io né Leo riuscivamo a cogliere, qualcosa che solo un padre sa vedere in un figlio. Un figlio che non incontrava da vent'anni. Come una scintilla nell'oscurità. E un'oscurità maggiore di quella che avvolgeva il cuore di Nate non esisteva.

Eppure Charles aveva visto quella scintilla. Me ne ero accorta osservando i suoi occhi. La stessa espressione di mio padre quando mi aveva riconosciuta alle grotte della luna. Nonostante quel momento fosse assurdo e grottesco, c'erano sentimenti veri e profondi, nel suo sguardo.

«Nate...» disse tendendo una mano con le lunghissime unghie.

Ma ciò che del figlio restava in quel corpo non sembrò riconoscerlo. O, peggio, se lo riconobbe, aveva solo intenzione di ferirlo, come aveva già fatto con me.

«Kolor...» disse Nate inclinando la testa. «Vuoi che suoniamo insieme come ai vecchi tempi?»

«Nate... sono papà...» provò ancora Charles, con le dita che cominciavano a tremare.

Quello che una volta era stato il mio ragazzo mi guardò arricciando la fronte. Sperava di trovare disprezzo, ma gli regalai solo una sbiadita malinconia.

«L'alzheimer galoppa da queste parti, eh?»

Niente, nemmeno le sue parole mossero le mie sopracciglia.

Poi la mano di Aracmill scivolò sul corrimano della scaletta. Stava scendendo alcuni scalini. Con calma, senza fretta, con la sicurezza di chi è convinto di aver già ottenuto la firma di un contratto.

«Mi commuovo sempre quando si risolvono vecchi problemi di famiglia...» disse tenendo lo sguardo fisso su di me, come se un cavo di inchiostro congiungesse le nostre pupille. «Nel frattempo, noi potremmo parlare di affari».

Non mi allontanai mentre vedevo il suo sorriso perfetto venirmi incontro. I suoi capelli erano talmente tirati da evidenziare persino la perfezione del cranio.

In quel momento mi pentii di aver permesso a Leonard di venire con noi. Avrei dovuto lasciarlo a casa insieme a Christine.

«Affari... Le persone non sono affari» le dissi sostenendo il suo sguardo divergente e limpido. Il suo occhio destro era il Polo Sud, il suo occhio sinistro il Polo Nord.

«Esistono scopi più alti, Thara. Scopi che tu non puoi capire. E onestamente...» aggiunse alzando le spalle «non mi interessa che tu capisca». Poi, senza girarsi, indicò l'aereo. «C'è un posto riservato che ti aspetta. Prima classe. Sempre il meglio per chi sta dalla mia parte».

La fissai cercando di intuire quali pensieri si muovessero dietro il ghiaccio dei suoi occhi.

«Non salirò su quell'aereo».

Lei non smise di sorridere e fece un gesto per chiamare uno dei suoi soldati. Lo seguii diffidente con lo sguardo mentre si avvicinava con un mitra a tracolla. L'uomo con la maschera antigas ci raggiunse e si fermò a fianco della Nocturna.

Se solo avesse voluto, Aracmill poteva farci sparare. Ma a noi non fu fatto alcun male. Al militare, sì. Aracmill lo colpì con una testata. Lo tramortì letteralmente e l'uomo cadde a terra svenuto, se non morto.

Rimanemmo tutti allibiti. Avevo già osservato una scena simile nel video di Clive, ma così, all'improvviso, era un po' come vedere un documentario sugli squali e poi trovarsene uno vero davanti.

Aracmill si ricompose, scostando una ciocca bionda che le era scappata davanti alla fronte.

«Devo sfogarmi quando divento nervosa» disse senza perdere il suo inquietante contegno. «Allora?»

«Non salirò su quell'aereo» ripetei.

«Cosa speravi di ottenere venendo qui, allora?»

Ricambiai il suo sorriso.

«Quello che sta accadendo alle tue spalle».

Aracmill tentennò prima di voltarsi, ma quando lo fece, lentamente, potei quasi vedere le cicatrici nere sul suo volto aprirsi come crepe su un lago gelato.

La bambina se ne stava in piedi sopra un Suv. In una mano teneva una tanica di benzina vuota, nell'altra uno zippo. L'accendino era aperto e lo stoppino bruciava.

«Tesoro!» disse Ludkar attirando l'attenzione di tutti, anche dei radar. «Una volta la nostra passione era ardente... Che ne dici di fare un tuffo nel passato?» domandò.

E assolutamente disinteressato alla risposta, lasciò cadere lo zippo al suolo. L'accendino precipitò lentamente, come un sasso che affondava nel lago ghiacciato che era il volto di Aracmill.

Non avevo idea di cosa accadesse quando un vulcano e un iceberg collidono, ma me ne stavo per fare un'idea.

Lo zippo rimbalzò al suolo facendo una piccola giravolta, un minuscolo e letale numero da circo. Poi cominciò lo show delle bestie feroci. Senza domatore.

Una lingua di fuoco serpeggiò sulla pista espandendosi a una rapidità impossibile da seguire con gli occhi. Creò un labirinto di fiamme e il caos andò ad assalire le guardie armate. Un paio degli uomini di Aracmill vennero letteralmente avvinghiati alle caviglie e si buttarono a terra urlando e rotolando. Ma il fuoco non si limitò a cercare carne umana. Voleva di più. Voleva metallo, esplosioni. E così raggiunse anche i Suv della Octagon.

Aracmill non si scompose e mi lanciò un ultimo sguardo.

«La riunione è aggiornata» disse con un filo di disappunto nel suo eterno splendore e tornò verso la scaletta.

Sapeva che, se fosse rimasta lì, anche l'aereo poteva essere coinvolto nell'inferno che si stava impadronendo della pista. Non poteva rischiare di perdere Clive fra le fiamme.

Con i suoi tacchi, corse fino al portellone e gridò al pilota di partire.

«No, non abbiamo ancora finito...» sussurrai, guardando Charles.

«Maleducata, la signorina...» rispose lui.

E mentre Ludkar rideva e continuava a saltare entusiasta sopra al tetto dell'auto, esplosero altri due Suv, gonfiando l'aria notturna di un fungo incandescente. Il boato scosse la pista e le ultime guardie rimaste in piedi furono scaraventate lontano dall'onda d'urto.

Charles reagì con una prontezza incredibile. Strattonò Leo e lo spinse via un attimo prima che il fuoco lo ustionasse. Riparò anche me con la schiena: si mise davanti all'esplosione e spalancò le braccia, creando una barriera. Mi accucciai, mentre alcuni pezzi di un'auto schizzavano nell'aria e un parafango colpiva Charles dietro la nuca. Vidi il dolore scolpirgli la faccia, ma resistette anche quando le fiamme gli bruciarono la schiena.

«Charles!» gridai rimettendomi in piedi e tossendo. L'aria bollente e appestata mi bruciava naso e polmoni.

I vestiti di Charles stavano fumando, in parte erano carbonizzati, e la pelle delle sue mani e della testa presentava orribili scottature, bolle e squarci. Nonostante il corpo stesse già iniziando a risanarsi, stava soffrendo enormemente.

«Thara... è la nostra unica occasione» disse guardandomi stravolto. «Controlla che Leo sia al sicuro... partiamo anche noi».

Non avevo idea di cosa volesse fare, ma mi fidavo di lui come di nessun altro al mondo. Mi voltai cercando disperatamente con gli occhi Leo. Si stava trascinando verso uno dei carrellini. Quella zona non era stata raggiunta dal fuoco. Sembrava tutto intero. Lo vidi issarsi fra alcune valige e, quando le forze glielo permisero, si voltò alzando un braccio nella mia direzione.

Un momento dopo le turbine del jet cominciarono a fischiare, ricordando il lamento di un dio ferito.

Attraverso il muro di fuoco che ci abbagliava cercai Nate con lo sguardo. Il calore era troppo forte e mi bruciava le ciglia. Non avevo idea di dove fosse finito, attorno a noi c'era solo un caos arroventato, le immagini tremolavano per l'aria infuocata.

Poi il jet cominciò a muoversi, con il portellone ancora aperto, allontanandosi dalla scala di accesso, mentre le esplosioni gli facevano da sfondo. L'aria venne mossa dai motori e le fiamme sbatterono al vento come bandiere infernali.

Charles mi strinse a sé e interruppe con uno strattone i miei pensieri di cenere.

«Tieniti forte...»

E saltammo.

Saltammo tanto in alto che tutto divenne minuscolo in un batter d'occhio. Lo stomaco mi raggiunse i piedi, il respiro e lo sguardo si svuotarono. Sembrò di precipitare al contrario. Attraversammo le nuvole di fumo come un fulmine che ritorna nelle mani di Zeus, il calore divenne gelo all'istante e la scena, sotto di noi, per il tempo di un palpito, sembrò qualcosa di estraneo, di insignificante e di sospeso. Sbirciai l'eternità.

Poi, la forza di gravità tornò a reclamarci.

«Siamo troppo in alto!» gridai mentre la vertigine ci risucchiava.

Charles mi strinse più forte per non farmi scappar via.

«Non lo so usare questo corpo!»

Eravamo a una ventina di metri di altezza, sarei morta se fossi scivolata.

Tutto il mondo mi tornò addosso con uno schiaffo. Le gambe da Nocturno che si ritrovava Charles atterrarono sull'ala del jet, attutendo il colpo come ammortizzatori. Non fu una bella sensazione, mi sembrò di essere scaraventata da una fionda gigante. Quando guardai la scocca dell'aereo, la trovai profondamente curvata. Con quelle incavature pensavo che non potesse decollare, ma la mia valutazione si rivelò inesatta.

Enea si stava sporgendo per afferrare il portellone. Ci guardò un istante, mentre il jet prendeva velocità, poi lo richiuse, lasciandoci con indifferenza, come fossimo insetti, al nostro destino.

Ancora qualche istante e ci sarebbe stato impossibile resistere in equilibrio, così Charles mi fece poggiare i piedi sulla superficie dell'ala e cercò maggior stabilità. Si voltò a guardarmi mentre l'aeroporto e le fiamme correvano via.

«Com'è che si usano queste?» domandò alzando una mano e facendo fuoriuscire le unghie lunghissime.

«Mi pare che tu lo sappia già...» risposi tenendomi stretta a un suo braccio.

Charles rise.

«Vediamo se so ancora tirare di scherma!»

E dando uno slancio incredibile al proprio braccio, tanto che le unghie sibilarono sovrastando il rumore del jet, conficcò quelle temibili armi naturali nella pancia dell'aereo. Era stupefacente: potevano tagliare la pietra e suonare come un violino.

Lo fece altre due volte, usando entrambe le mani, poi, gridando per lo sforzo, fece leva nella fessura che aveva aperto nello scafo. Il metallo si dilaniò come il coperchio di una scatola di latta.

Il jet, adesso, stava correndo all'impazzata sulla pista. Sentivo l'aria spingermi via, urlandomi che non ero ben voluta su quell'aereo, che il mio posto era a terra, anzi, possibilmente sotto terra, ma le speranze e la tenacia che mi sostenevano erano molto più forti dei miei muscoli da ragazza.

In quel momento, col suono di uno sciame di locuste, le ruote del carrello si staccarono dal suolo e il muso dell'aereo si impennò verso l'alto.

«Diciott'anni!» dissi rotolando dentro l'aereo insieme a Charles.

Era il 2 novembre. Il giorno dei morti. Avevo appena compiuto diciott'anni.

Il jet si staccò dalla pista e il mio corpo rimase come schiacciato sul pavimento.

«Le responsabilità aumentano, con l'età...» sentii dire da Aracmill.

L'alzarsi in quota dell'aereo mi rese più difficile rimettermi in piedi. Andai a sbattere contro un mobiletto e rovesciai un soprammobile. Charles, che si era già alzato, mi bloccò, dandomi la possibilità di guardare davanti a me.

Sollevai faticosamente lo sguardo. La treccia sbatteva nel vento strattonandomi violentemente la testa all'indietro, come una murena elettrica che voleva uscire da una tana troppo stretta. I vestiti mi sventolavano addosso, facendomi sentire bagnata e fredda.

Alla nostra sinistra, la fenditura dello scafo fischiava come una bocca mostruosa che aveva inghiottito la notte. Il cielo scuro sfrecciava all'esterno ed era un pozzo infinito in cui saremmo inciampati.

E là, in mezzo al jet, seduta su una poltrona, dietro un tavolo di vetro trasparente, stava Aracmill. Il piano tremava, ma lei teneva le gambe incrociate e, nel chiarore asettico, bianco e glaciale, fra le strutture d'acciaio, sembrava un mostro moderno, una leggenda da inventare.

Se quella sua tranquillità, simile all'epicentro di un ciclone, era intollerabile, ciò che mi turbò come il peggior scherzo possibile, al di là di ogni cattivo gusto, fu quello che vidi sul tavolo.

Era una torta. Una torta di compleanno. Bianca, immacolata.

«Auguri, cara» disse senza espressione, senza intenzioni, mentre Enea, in piedi al suo fianco, si chinava per accendere l'unica candelina presente.

Il vento battente non glielo permise. Nemmeno le scintille avevano vita. Charles e io rimanemmo in silenzio a osservare l'assurda scena. Dopo una decina di tentativi, nel fragore più silenzioso, Aracmill gli fece segno di smettere.

«L'avevo fatta preparare... per narcotizzarti nel caso fossi salita di tua spontanea volontà. Sapevo che saresti arrivata».

«Apprezzo la sincerità...» dissi io, guardandomi attorno, mentre gli occhi mi bruciavano a causa della bassa temperatura.

Nate non era lì. Forse era rimasto a terra a causa della partenza improvvisa, ma se così fosse stato... non volevo pensare alle conseguenze.

«Restituiscici Nate e Clive, o giuro che abbattiamo l'aereo!» dissi stringendo i pugni e facendo un passo verso di lei.

Lo pensavo davvero.

Aracmill sorrise, allargando le pupille come cerchi nell'acqua.

«Non posso restituirvi Nate» disse facendo finta di avere dei sentimenti. «Cercate di capire la mia posizione... È una garanzia avere quel corpo occupato: non posso permettere che Ludkar ne torni in possesso...»

Poi si appoggiò con i gomiti al tavolo di vetro, che tremava tutto e da un momento all'altro sarebbe potuto andare in frantumi.

«Mentre Clive...» continuò «è un elemento fondamentale per la mia ricerca... Come lo sei tu... Ho bisogno del numero che è nei vostri occhi. Hai detto che lo conosci».

«Sì» dissi io con fermezza.

Aracmill rimase immobile, come se la mia risposta non l'avesse né convinta né toccata. Le lacrime nere che le avevano graffiato il viso sembravano l'antico residuo di un unico e profondo dolore. La sola prova che quella creatura, un tempo, aveva provato qualcosa.

«Potrei lasciarvi andare in cambio di quel numero. Questa è la mia offerta. Lo hai trovato nel libro dei Crepuscolari?» domandò guardando Charles, inclinando lentamente la testa.

«Sì» dissi io prontamente per riprendere la sua attenzione.

Ma lei non schiodò i suoi occhi polari da lui.

«Fantastico» bisbigliò, continuando a fissarlo. «Se è come dici».

Nonostante l'aria continuasse a scuotere l'interno dell'abitacolo e i nostri vestiti fremessero al vento, i capelli di Aracmill, così come i suoi abiti attillati, sembravano non risentirne, come se davvero nulla la potesse toccare.

«Se non lo è...» concluse «temo che sarà un problema un po' per tutti...»

In quell'istante, sulla parete alle spalle di Aracmill si accese un monitor. Apparve il volto del dottor Tower, trasfigurato. Non aveva niente della timida creatura che avevo conosciuto. C'era determinazione e rancore nei suoi occhi.

Il gelo che mi assalì veniva da dentro e fu anche peggiore di quello che attraversava la mia pelle.

Non poteva essersi inserito nel sistema, Clive mi aveva assicurato che la Octagon aveva un firewall impenetrabile, che per accedervi era necessario farlo fisicamente, ma ciò non aveva impedito che il dottor Tower avesse ascoltato tutta la nostra conversazione. Sapeva che suo figlio era stato rapito. Sapeva che suo figlio era in grave pericolo. E soprattutto sapeva che chi voleva portarglielo via aveva già rovinato la sua vita: la Octagon Corporation.

Capii subito che le cose sarebbero degenerate. Mi voltai verso Charles. Fui io questa volta a dirgli di tenersi forte.

L'aereo virò con una violenza furiosa. Si piegò su un lato e la forza centrifuga non bastò a tener saldi il tavolo e le poltrone. La prima cosa che volò via fu la torta, aspirata e mangiata dalla notte, poi la scrivania si schiodò dalla propria base e andò a frantumarsi contro la fenditura. Lo squarcio dello scafo triturò e inghiottì anche quella, insieme a un mobiletto. Fogli e carte turbinarono come in un carnevale senza colori.

Aracmill non si mosse. Rimase salda al proprio posto, con le gambe incrociate. E restò totalmente indifferente anche quando Enea scivolò e si aggrappò alla sua caviglia per non essere risucchiato.

Il maggiordomo chiese aiuto, implorò di essere salvato, ma il suo principale aveva altri programmi.

Aracmill non abbassò nemmeno lo sguardo mentre le dita di lui perdevano la presa e scivolavano. Charles e io vedemmo il ragazzo sbattere contro la parete un paio di volte e poi sentimmo il suo urlo sfumare all'esterno, come un'eco che si perdeva nella grotta più grande, quella della notte.

«Thara, non mi lasciare!» disse Charles, che non poteva afferrarmi: con le unghie ancora così lunghe avrebbe rischiato di ferirmi o addirittura di uccidermi.

«Dottor Tower, si fermi!» urlai, mentre Aracmill, sfidando ogni legge della fisica, si rimetteva in piedi.

La Nocturna afferrò la maniglia di un armadio d'acciaio proprio mentre il jet si piegava dalla parte opposta. Il dottor Tower doveva essere entrato nel sistema di pilotaggio e stava muovendo l'aereo a distanza. Aracmill aveva certo capito che quello che stava succedendo non era casuale. Attraverso la fenditura, in lontananza, vedevo l'incendio sulla pista di atterraggio. Il padre di Clive ci stava facendo tornare indietro.

Fu allora che Aracmill spalancò l'armadio e mostrò con orgoglio l'agghiacciante contenuto. Su un lettino d'acciaio, sistemato in verticale, c'era Clive, tenuto stretto da cinghie nere.

Privato della vista da una maschera di cuoio e della parola da una sfera d'acciaio dentro la bocca, sembrava la vittima di una follia aliena. Sul collo, sulle braccia e sulle gambe, grossi aghi gli penetravano la carne iniettandogli costantemente una sostanza violacea, che scendeva da tubicini trasparenti ed era spinta da pompe meccaniche.

«Dottor Tower?» gridò Aracmill, perdendo per qualche secondo il controllo. «O smette subito o suo figlio muore!»

Lo disse rivolgendosi a una telecamera che era appesa a un angolo del soffitto.

Non si era neppure voltata a guardare lo schermo, sapeva che il dottor Tower stava seguendo tutto dalla sua base sotterranea, e quelle parole bastarono a far tornare stabile l'aereo, anche se la corrente d'aria travolgeva ancora ogni cosa.

«Come puoi prendertela così con dei poveri ragazzi?» intervenne Charles.

Aracmill sorrise e, portandosi una mano dietro alla testa, sfilò la stecca d'acciaio che teneva stretto il suo chignon. I capelli biondi le ricaddero sul tailleur grigio dibattendosi, ma non addolcirono l'aspetto della donna. Quello che aveva sfilato era un bisturi e ora lo teneva proprio sotto la gola di Clive. Sarebbe bastato un piccolo scossone per vedere il suo collo bianco aprirsi come burro.

«Dottor Tower» continuò Aracmill «potremmo fare uno scambio: suo figlio per la ragazza».

«No!» esclamò Charles, che aveva smesso di scegliere il silenzio. «Mai!»

Il mio cuore batteva oltre ogni sopportazione, sapevo che Tower si sarebbe piegato al ricatto. Era un cuore debole, per quanto immortale, e suo figlio era tutto per lui. Non poteva capire che Aracmill ci avrebbe tenuti entrambi. Così il dottor Tower, che avrebbe potuto essere la nostra unica speranza di salvezza, si sarebbe trasformato nel miglior alleato di Aracmill.

La Nocturna capì di aver vinto. L'aereo riprese stabilità.

«Grazie, dottor Tower...» disse, riprendendo l'usuale contegno e sorridendo alla telecamera.

Al mio fianco sentivo Charles ribollire di rabbia. Lo guardai. Il volto era quello di mio padre, ma i tratti somatici stavano cambiando, si stavano lacerando.

«Uno contro uno! Finché questo corpo mi darà vita, non ti permetterò mai di fare del male a Thara! È come se fosse mia figlia!»

Aracmill lo guardò con una certa noia.

«Sarà una cosa lunga, allora... Ma credo che tu sia in svantaggio. E se proprio ci tieni ai figli...» Aracmill diede un calcio tremendo alla fiancata dell'aereo. «Nate, avrei bisogno del tuo aiuto. Lo so che ti piace l'aria fresca, ma non è il momento di fare la parte del cane».

Passò qualche istante in cui non capimmo cosa stesse accadendo. Poi una mano afferrò un lembo della fenditura. Nate stava entrando dall'esterno.

Sgranai gli occhi. Non era possibile che per tutto il tempo fosse rimasto là fuori... Era da pazzi... Era da Ludkar.

Una risata precedette la sua comparsa. Poi, attraverso lo squarcio, sbucò un sorriso. Un sorriso sommerso da un turbinio di capelli neri e rossi. Nate stava facendo forza sulle braccia per contrastare la terribile corrente che lo voleva strappare all'aereo.

«Nate!» gridò Charles. «Ragazzo mio! Aiutaci, ti prego!»

Ma certo non trovò traccia di suo figlio quando Nate rotolò all'interno con una capriola e si rimise in piedi come un trapezista. Solo un volto bianco, dal ghigno di demone, che lo fissava storto, con occhi lucidi di follia.

«Papà, vedo che abbiamo qualcosa in comune... Corpi che non ci appartengono» disse facendo un passo verso di noi.

Si leccò le labbra e si tolse il foulard rosso dal collo. In terra c'erano vetri rotti su cui camminava scalzo.

Lo aveva chiamato papà. Non avevo idea di come fossi riuscita a prestare attenzione a quel dettaglio, ma lo avevo fatto. Allora Nate aveva capito che quello era Charles... O stava fingendo. Ma anche se fingeva, il suo cervello aveva riconosciuto qualcosa.

«Nate...» continuò Charles lasciandosi sfuggire un sorriso. «Vent'anni... per vent'anni ti ho creduto morto...» vidi i suoi occhi diventare lucidi «e per incontrarti di nuovo sono dovuto morire anch'io! Nate... tu vivi nel corpo del tuo assassino: non condividerne anche le attitudini».

Rimase a sorridergli convinto che quelle parole potessero fare effetto. Ma se il mio amore non era riuscito a smuovere Nate, cosa poteva esserci di più forte?

Nate si fermò. Cambiò espressione. Il ghigno divenne solo una bocca troppo larga e la sua fronte si corrugò.

«Papà...» disse con voce pacata, dolce. «Vent'anni...» Poi il suo volto tornò truce. «Ti sei preso un bel disturbo, ma non me ne frega niente» e mi afferrò per un braccio strattonandomi via.

Charles fu troppo ferito per reagire. Non riuscì ad aggredire suo figlio, potevo comprenderlo, e allo stesso tempo soffriva nel vedermi maltrattata da lui. Era convinto di essere un prestigiatore delle parole, quando l'avevo conosciuto si vantava di saper raccontare le barzellette più divertenti del mondo... Povero Charles, che barzelletta poteva raccontare adesso?

«Nate...» provai anch'io, facendo resistenza con i piedi. «Lasciami, Nate!»

Ma la sua forza era enorme e le sue orecchie erano sorde. Aracmill ci osservava, oscenamente compiaciuta. Nonostante fossimo riusciti a danneggiare il suo piano, continuava a mostrare di avere la situazione sotto controllo, come se conoscesse tutte le possibilità che riservava il futuro.

In quell'istante nel mio cervello saettò una scossa inaspettata, che percorse chilometri di ricordi, fino a trovare il volto di Clive. Quel volto non era imbavagliato e stava parlando. Diceva: "La Octagon Corporation è impenetrabile... L'unico modo che avrei per inserirmi nei loro sistemi è quello di avvicinarmi abbastanza per interferire fisicamente...". Quello spiraglio di passato fu sufficiente per farmi agire.

Non potevo contrastare la forza di Nate, ma intanto potevo liberarmi di Tower.

Mi infilai una mano in tasca per cercare il palmare. Era grazie a quello che Tower riusciva a controllare l'aereo. Sgranai gli occhi. Non c'era. Non era possibile...

«Lasciala pure andare» intervenne Aracmill, togliendo il bisturi dalla gola di Clive. «Thara, dopotutto, ci ha dato una mano... Liberati del vecchio, ora».

Nate mi sbatté contro la parete.

«Con molto piacere...» disse, leccandosi le labbra e camminando curvo verso Charles.

«Fermo! È tuo padre!» urlai, anche se sapevo che era inutile.

Charles scelse di non reagire. Guardò Nate con una tristezza profonda, mentre questo lo afferrava per il collo e lo sollevava dal suolo. Lo stringeva così forte che il suo volto divenne più pallido di quanto non fosse già. Charles si lasciò alzare e trasportare verso la fenditura.

C'era anche una profonda disperazione nei suoi occhi. Si sentiva colpevole, impotente. Voleva quasi essere punito. Non poteva salvare suo figlio dal mostro che lo teneva chiuso dentro il proprio corpo come un uccello in una gabbia.

«Nate...» disse piano mentre il figlio lo teneva sospeso oltre la fenditura.

La notte e il vento lo scuotevano come un frutto sull'albero della morte.

Mi rimisi in piedi dolorante. Lanciai uno sguardo ad Aracmill. Non mi considerava neppure. Non ero una minaccia per lei, ero semplicemente il suo trofeo.

C'era una cattiveria ingiustificata negli occhi di Nate. Una brutalità atavica che lo deturpava come una ferita insanabile e infetta. Eppure... nonostante ciò, non aveva ancora scagliato Charles nel vuoto. Lo teneva lì, sospeso nell'aria, schiacciandogli le dita sul collo. Non lo lasciava cadere.

«Nate...» provai ancora avvicinandomi a lui senza prudenza. «Tua madre è in pensiero per te... Lo siamo tutti...»

Lui mosse appena le pupille nella mia direzione.

«Dovresti essere felice per quello che stiamo facendo...» continuai. «Aiutaci. Aiutaci ad aiutarti... Non ci importa di quello che hai fatto finora... Facciamo tutti degli errori». Sentivo il vento risucchiare anche me, le mie gambe non erano forti come le sue e sarei potuta scivolare sui vetri e le carte da un momento all'altro. «E i tuoi errori non li hai commessi tu».

Il terribile volto di Ludkar mi stava ascoltando. Era già un risultato. Un risultato che andava a sommarsi a un altro: la bocca di Ludkar non stava parlando.

«Amore, ti prego, ascolta il tuo cuore» dissi ancora, con le lacrime che si cristallizzavano sul viso, con il fischio del vento che quasi mi impediva di sentire la mia stessa voce. «Guarda dietro la maschera del tuo nemico. Guarda dietro il volto di mio padre». Forzai i suoi ricordi, cercando di far rievocare a Ludkar l'amicizia lontana che aveva avuto con Kolor, un'amicizia finita nel sangue e nell'odio. «Dietro quel volto c'è l'anima di chi ti ha messo al mondo. Non c'è Kolor in quel corpo, ma Charles. C'è l'anima di chi si è sacrificato per te, di chi è tornato dalla morte per te e di chi si sacrificherebbe ancora e ancora...» Appoggiai le mani sulle ginocchia forzando la mia gola a rimandare giù i singhiozzi. «Di chi... accetterebbe persino di essere ucciso da te. Da suo figlio. Amore. Nate...» Lo guardai mentre scrutava indeciso i tratti somatici del padre, scavando fra le rughe con gli occhi come un cane scava il terreno. «Liberati dal male...» gridai. «Liberati di Ludkar!»

Allora, non so come, qualcosa dentro di lui si ruppe, o si aggiustò. La luce dei suoi occhi tornò a baluginare per qualche istante con mille colori.

«Papà...» bisbigliò commovendosi.

Ma la sua commozione sincera ebbe orrore della stretta della sua mano e l'istinto gli fece allentare le dita. L'istinto aveva sbagliato. La bontà si ostina a non pagare mai.

E Charles scivolò. Scivolò fra le dita di chi, per un attimo, lo aveva riconosciuto. Agonizzante, nella sua momentanea immortalità, intravide Nate attraverso gli occhi gonfi. Intravide il figlio perduto.

E sorrise. Sorrise felice. E precipitò felice.

Nate, con gli occhi di nuovo suoi si guardò le mani. Le guardò tremando e poi guardò me.

«Ti amo...» disse come mai prima lo avevo sentito dire.

E prima che Aracmill potesse anche solo capire cosa stava succedendo, prima che anch'io riuscissi a capire, mi prese per un braccio e mi scagliò via.

Sì, mi lanciò dall'aereo.

Mi gettò fra le nuvole.

La luna mi apparve di fronte all'improvviso, come uno specchio di ghiaccio. Il mio terrore non vi si rifletteva.

"Pensa... pensa che la luna sia un foro nel cielo..." diceva mio padre "che ci fa vedere la luce, la luce del giorno dopo". Ma per quanto quel pensiero mi trafiggesse in modo assurdo e improvviso, non riuscivo davvero a immaginarla così. Credevo solo che quella fosse l'ultima cosa che avrei visto nella mia vita. Che il giorno dopo non ci sarebbe stato. Che il buio mi avrebbe preso con sé.

E mentre precipitavo, con gli arti che provavano disperatamente a fermare l'aria, sentivo il mio corpo abbandonarsi e prepararsi a incontrare il suolo. L'aeroporto sotto di me continuava a ingrandirsi mostruosamente ma i miei occhi, congelati dall'aria che mi investiva come l'urlo del mondo, non riuscivano a guardare.

Il vento mi fece girare sulla schiena e, mentre cadevo verso il mio letto eterno, fissai le nuvole. Alcune lacrime si staccarono dalle mie guance andando nella direzione sbagliata, verso l'alto, come gocce che tornano indietro nel tempo. Fu allora che vidi la sagoma dell'aereo e quella piccola luce viola venire verso di me.

Forse era un'allucinazione, forse era il mio cervello che si preparava a staccare definitivamente la spina, forse avevo già toccato il suolo ed era così che si moriva.

Ma non era un'allucinazione, quella lucciola violacea e artificiale era vera, era solida ed era stata lanciata dall'aereo per me.

Arrivò ronzando a meno di un metro dalla mia faccia e stabilizzò la sua corsa. Aveva l'aspetto di un prisma regolare che emetteva bagliori cristallini. Una diavoleria della Octagon Corporation. Una diavoleria che mi avrebbe salvato la vita.

Il piccolo oggetto tecnologico mi girò attorno sparendo dal mio campo visivo per attivarsi. Sentii un forte colpo alla schiena e qualcosa che mi stringeva vita e spalle. Dal prisma erano uscite delle stringhe, dei legacci, che si erano chiusi automaticamente attorno a me.

Poi il paracadute si aprì nell'oscurità come un gabbiano dispiega le ali sul mare.

Il contraccolpo, l'impatto che l'aria ebbe con la stoffa, mi fece risalire come una bollicina nell'acqua. Lo strattone fu doloroso, ma lo preferii a qualsiasi schianto.

Il terrore però non era per niente diminuito. Ero comunque sospesa nel cielo. Non avevo la più pallida idea di come si usassero quei legacci e come si facesse una volta vicini al suolo.

Urlai.

Urlai per sfogarmi, per la rabbia e per il terrore.

Il mondo è stranamente silenzioso a quell'altezza.

La mia discesa si fece allora più tranquilla e i venti vollero darmi una mano. Mi stavano spingendo verso la pista da cui eravamo partiti.

Poi il suolo si fece davvero vicino. Il fumo dell'incendio mi stava entrando nel naso e negli occhi. Mi sforzai di tenerli aperti per non rompermi le gambe. Mancavano pochissimi metri all'impatto e speravo solo che quel paracadute fosse programmato anche per l'atterraggio.

Tre. Due. Uno.

I miei piedi toccarono terra. Ruzzolai urlando, ammaccandomi gomiti e ginocchia, mentre il paracadute si afflosciava su di me come una medusa sulla spiaggia.

Risi istericamente. Non c'erano pensieri nel mio sistema nervoso. Ero viva. Ero viva. E questo mi rendeva euforica.

Strisciai sotto la stoffa sintetica, quasi organica, cercando una via di uscita. Scavai fra la tela attraverso cui vedevo i bagliori delle fiamme e, finalmente, trovai il mondo.

Il prisma si sganciò automaticamente, così come si era fissato, e cadde a terra, mentre io rimasi in piedi a guardare la notte.

Là, in alto, si scorgevano ancora le luci sulle ali del jet. Continuai a seguirle anche quando l'aereo sfumò nell'oscurità, perdendo forma e consistenza.

Strinsi i pugni e mi resi conto che stavo tremando. C'era ancora troppa adrenalina nel mio sangue.

Le sirene dei camion antincendio avevano cominciato a urlare, ma io ero come sorda, ipnotizzata da quella visione invisibile. Il jet aveva abbandonato Boston, la mia città, e non sarebbe tornato.

Io, che fino a pochi giorni prima credevo che il male avesse il volto di Ludkar, mi sentivo una piccola stupida impotente. Il male, quello vero, sa fare molto meglio le cose. Ludkar, nella sua scombinata e selvaggia violenza, era stato persino d'aiuto.

Voltai la testa per vedere cosa stava facendo adesso, ma la bambina non era più sul tetto dell'auto. Ormai anche quel Suv era finito bruciato.

«Thara...» sentii chiamare.

Era Leo. Si stava avvicinando tenendosi la testa con una mano.

«Sei pazza...» rise e mi abbracciò. «Charles?» mi domandò poi con gli occhi rossi per colpa del fumo.

«Charles...» ripetei io, facendo di sì con la testa.

Non avevo la forza di spiegargli com'erano andate le cose. Dovevamo cercarlo. Mi guardai attorno, senza sapere bene cosa stessi facendo, quando un'ombra si mosse oltre un muro di fiamme.

Pensammo che fosse lui. Ma dal fuoco venne fuori qualcos'altro. Dalle fiamme saltò fuori un animale.

Un cervo.

Un cervo di cenere.

E non era un'allucinazione. Lo vedemmo saltare sull'asfalto e bramire. Ero incredula. Non si erano mai visti animali nel Cinerarium. La bestia grigia, a cui poco importava del nostro stupore, corse via sulla pista sfaldandosi subito nel vento. Le corna si fecero cenere e il corpo si sparpagliò come un soffione.

«Eccolo!» urlò Leo indicando una figura che si trascinava sul suolo.

Corremmo incontro a Charles, che non riusciva a reggersi in piedi. Nonostante il suo corpo fosse quello di un Nocturno, l'impatto con il terreno aveva avuto su di lui un effetto devastante. Lasciò che lo reggessimo sotto le braccia e riuscì persino a sorridere.

«È lui...» disse come in estasi mentre lo rimettevamo in piedi. «E sa che sono io...»

Sospirai e ricambiai il sorriso, ma i miei occhi tornarono presto a scrutare il cielo.

Allora Clive aveva ragione. Nate era ancora là dentro, da qualche parte.

«Ha detto... che deve fare così...» tossì Charles, cominciando a reggersi da solo sulle gambe.

Guardai Leo, preoccupata. Non sapevamo cosa significassero davvero quelle parole, ma in quel momento non mi interessava capire. Volevo solo indietro il mio ragazzo e che Aracmill sparisse insieme alla sua Octagon Corporation.

Rifiutai di sentirmi egoista pensando di scappare senza aver ritrovato Ludkar e il corpo di Penny.

Corremmo via, facendo a piedi la strada dell'andata, mentre dietro di noi l'incendio continuava la sua breve vita.

Sirene e pompieri arrivarono presto a sconfiggere il mostro, senza sapere che il vero mostro era volato via, che aveva modi gentili e capelli di seta.

EPILOGO

Quando ero piccola mi chiedevo sempre se i morti sognano. Alcuni chiamano la morte "eterno riposo", quindi suppongo di sì. Ma se sognano, cosa sognano? Quali sono i sogni dei morti?

Adesso che gli anni sono passati non me lo chiedo più. Adesso mi chiedo cosa vuol dire quando i vivi non riescono più a sognare.

Perché questo era successo a noi. Non sapevamo più sognare. Riuscivamo a stento a stare svegli, a credere che quella che stavamo vivendo era davvero vita.

Da quella notte all'aeroporto le nostre anime avevano continuato a creparsi e dentro al nostro cuore sentivamo che erano sul punto di rompersi. Di cadere a terra in frantumi.

Eravamo tornati alla villa con sguardi assenti e mani sporche.

Charles, dopo aver baciato Sally, disse che era giusto tornare nel Cinerarium, che avrebbe atteso, che aveva speranza. Avrebbe tenuto lui compagnia a Susan e Penny. Mio padre doveva riavere il suo corpo. Inoltre Kolor sarebbe stato molto più utile nella ricerca di Nate. Così disse e si conficcò le unghie nel petto.

Christine, davanti a quel nuovo addio, accettò l'abbraccio di Leo.

Quando ce ne andammo dalla villa, sapevamo che i nostri passi non ci avrebbero riportato a casa. Sì, forse ci avrebbero riportato ai nostri letti, alle nostre scrivanie, alle nostre abitudini, ma non alle nostre case.

Nel giardino gli iris rimasero in silenzio a guardarci andar via. Mentre spingevo il cancello, li osservai con disprezzo.

Come potevano fiori così belli causare tanto dolore?

CAPITOLO FUORI DAL LIBRO

Richiusi la porta di casa alle spalle senza accendere la luce.

Oscurità. Anche se tenevo gli occhi spalancati, mi sembrava di essere in bilico sull'orlo dell'universo. In bilico. Mi bastava solo una piccola spinta per cadere di sotto.

E la spinta arrivò.

Una luce sottile, quasi quella di una nebulosa, si fece notare appena sul fondo del corridoio. Proveniva da una porta socchiusa, quella della camera di mia madre.

Ero sporca, esausta, disperata. Non c'era più spazio nelle mie azioni per la cautela.

Avanzai e appoggiai la mano sulla porta. Fu sufficiente quel tocco per spalancarla. La stanza era vuota, il letto rifatto, la televisione accesa. Aggrottai le sopracciglia mentre mi sedevo sul copriletto. Un segnale digitale disturbato, fatto di pixel e versi d'insetto, stava ricomponendosi come un puzzle dimensionale.

Ci mise qualche istante prima di prendere una logica sufficiente per essere comprensibile e, quando lo fece, le mie unghie strinsero la stoffa così forte da rischiare di strapparla.

Il volto di Penny, enorme e distorto, faceva strane smorfie studiando l'obbiettivo.

«Ehi...» disse sorridendo oscenamente mentre alle sue spalle la pista di atterraggio bruciava. «Tu sei quello... quel dottore, giusto?»

Un Suv esplose illuminando il volto della bambina come un lampo che proveniva dalle profondità della terra.

«Che ne dici se facciamo un accordo io e te, eh?» Prese a correre con il palmare in mano e lo capii solo perché l'immagine diventava sempre più mossa. «Fammi salire su quell'aereo e ti riporto tuo figlio!» Si fermò accanto al carrello del jet, proprio sotto la scaletta, e si leccò le labbra. «Lo so che con questo aspetto non sembro molto affidabile... Ma il diavolo si nasconde nei posti più impensabili. E se devi combattere il male... Beh, puoi sperare di vincere solo se dalla tua parte hai qualcuno di peggio!»

Spostò la telecamera e per un istante vidi Charles che mi riparava dall'esplosione appena avvenuta.

Le turbine del jet si erano messe in moto e Ludkar stava assumendo un'espressione sempre più spazientita. Poi alzò la testa di scatto e sorrise. Il dottor Tower aveva aperto un portellone nella pancia dell'aereo.

«Grazie tante, dottore...» disse prima di interrompere la comunicazione, guardando dritto nell'obbiettivo. «E se mai questo messaggio dovessi vederlo tu, Thara, se sopravviverai... ti auguro una buona notte».

Fece saettare la lingua, i suoi occhi divennero bianchi e saltò. Lo schermo ridivenne nero. La televisione si spense.

E io rimasi là, seduta nel buio, da sola, con l'augurio della buona notte più inquietante della mia vita.

Era stato proprio il dottore a mostrarmi quel video. Voleva mettersi in contatto con me.

"Non adesso, dottor Tower..." pensai.

Non quella notte.

E mi lasciai cadere sul letto sentendo la pelle intorpidirsi e i lividi pulsare. L'unico pensiero che riuscii ad avere fu che l'uomo nero, prima di nascondersi sotto il letto dei bambini, controlla che non ci sia Ludkar.

Né sotto.

Né sopra.

INGIURIE E RINGRAZIAMENTI

Nel libro precedente al posto dei ringraziamenti avevo messo solo scuse. Questa volta mi permetto addirittura le ingiurie. Di solito si manda all'inferno, io invece manderò al Cinerarium.

Mando al Cinerarium Maria Chiara Bettazzi, la mia editor, che non trova mai motivi per odiarmi. Uno le può fare comodo. Se ne vuole di più, le farò conoscere mia madre.

Mando al Cinerarium Vicki Satlow, la mia agente letteraria, perché all'Inferno, nel Walhalla, nei Campi Elisi e nel Nirvana c'è già stata, e le piace vedere sempre posti nuovi.

Mando al Cinerarium Igor Della Libera, che ha ispirato fra i personaggi quello di Demidoff. Sono stato gentile nei suoi confronti, in realtà è molto peggio. Mi consolo pensando che le persone cambiano, ma non migliorano.

Mando al Cinerarium Annc (Ana Carlota Pacunayen), che sta disegnando il manga di Iris così velocemente da tornare indietro nel tempo. E poi miagola troppo.

Mando al Cinerarium Chiara Bracale e Bon (il criceto che vive nella sua testa), l'altra mangaka, quella seria, che sta lavorando a Iris. Ho detto "seria" e "criceto in testa" nella stessa frase?

Mando al Cinerarium Andrea Lanza, regista di spettacoli così bui da chiedersi se ci sono davvero gli attori. Lo conosceremo presto, nella saga di Iris, come Otto Von Lanz.

Mando al Cinerarium Giancarlo Norese, artista concettuale, sperando che un giorno riuscirò a capire quello che fa.

Mando al Cinerarium Valentina Tarantino, cantante lirica e fotografa, perché capisce quello che fa Norese.

Mando preventivamente al Cinerarium Daniel Faccilongo e

Donatella Ruscitti, che mi malediranno per averli inseriti fra queste pagine. Anche se spera di dissuadermi, Daniel sarà il disegnatore della graphic novel di *Tutti i colori del buio*.

Mando al Cinerarium Susanna Scavone, che, nonostante la scusa di aver avuto una bimba, è riuscita suo malgrado ad aiutarmi.

Mando al Cinerarium Giuliano Giunchi, così almeno saprò dove si trova quando lo cerco. La morte non gli fa niente a uno così. Ci vediamo presto, amico mio.

Mando al Cinerarium Elena Temporin, la mia cugina illustratrice, l'elfo, la strega della polvere, perché è colpa sua se da piccolo ho iniziato a disegnare. Adesso lavoriamo sui Navigli di Milano nello stesso Sottomarino. Dovrebbe chiedersi chi ha riattivato il reattore.

Mando al Cinerarium Gerti Ibra, che dopo essere stato membro di ben quattordici sette religiose diverse ha deciso di avere fede in me e di aiutarmi con i book trailer.

Mando al Cinerarium Stefano Pessino, che non ha mai letto niente di quello che scrivo, che mai lo leggerà, e che non potrà mai, per fortuna, prendermi sul serio. Alle sue cene accade di tutto, ma ciò che si beve rimuove i ricordi.

Mando al Cinerarium Stefano Grosso, perché riesce a trovare un senso comico in tutto. Si suppone sia il figlio illegittimo di Machete e Chuck Norris.

Mando al Cinerarium Lucis, e mi scuso subito dopo, così conta anche per il libro precedente in cui non lo avevo nominato e andiamo in pari.

Mando al Cinerarium José Saramago, perché non ha scritto abbastanza. Ci siamo incontrati poco prima che la sua morte da intermittente diventasse continua, ma ho fatto in tempo a ricambiare il suo abbraccio con un ritratto.

Mando al Cinerarium Luigi Serafini e Max Manfredi, perché non passiamo abbastanza tempo assieme. Sono giovane! Non mi rimangono pochi anni!

Mando al Cinerarium Thara Repetto, che ha ispirato il personaggio di Thara. Vittima di stalking da parte mia all'epoca del liceo, con scarsi risultati.

Mando al Cinerarium Lorenzo Turni per il suo alias Seth Genocide. Ha prestato il volto e i piedi a Ludkar nel video e nelle foto, rischiando, camminando scalzo per Milano, di completare in una sola volta l'album "malattie dal mondo".

Mando al Cinerarium Alcide Pierantozzi e Andrea De Spirt, che mi piombano sempre in studio alle ore più assurde con i personaggi più assurdi. Ignorano quanto materiale possiedo per ricattarli e quanto materiale mi forniscono per i miei libri.

Mando al Cinerarium Ellena D'Agostino, che nel Cinerarium c'è stata davvero e che ha costretto me e Igor a interrompere un gustoso aperitivo per correre all'ospedale.

Mando al Cinerarium Davide Ferrari (Dodo). Giusto per sprecare un po' di inchiosto Giunti. Virale, eh?

Mando al Cinerarium Jacopo Rossi, aspirante cantautore e trangugiante bevitore, perché ha preso in gestione un bar senza dirmi niente!

Mando al Cinerarium Elena Carloni, che fa le pulci ai miei dattiloscritti e gli acari alle pulci, ma grazie a lei ho smesso di essere allergico ai tagli.

Mando al Cinerarium Mattia Ottolini, che ha reinterpretato i miei bozzetti facendomi fare bella figura.

Mando al Cinerarium Valeria Vollaro, perché è la madre di mio fratello.

Mando al Cinerarium Anna Chiesura, Fabio Temporin, Andreina Valente, Arturo Figheti, Lucia Brandolese, Lino Temporin e Domenico Chiesura, che hanno creato il minestrone genetico e psicologico da cui sono nato.

Mando anche me stesso al Cinerarium, così ci trovo gente interessante.

INDICE